老秘新语

孙宪武·著

作家出版社

目录

中篇【散文·小小说】

下篇【专业论著·回忆录】

序　言

余钦伟

宪武兄将他的书稿递到我手中的一瞬间，我立刻感受到了它的分量。这绝不仅仅是物理学意义上的质量——整齐的A4纸，盈寸之厚，像一块结实的板砖。其实我明白，这书稿，凝结着宪武兄多年的心血和精力。古人云：一枝一叶总关情。对宪武兄来说，这书稿中的每一个字，每一句话，都是他对生活，对国家，对民族的真情流露。位卑未敢忘忧国，这偌大的一部书稿，正是宪武兄笔耕生涯的真实写照。

我与宪武兄相识已久。在青岛，鲜有像他这样大幅度跨界转行的。他先由政府机关去了大学校园，又从大学校园调去金融企业。当然，每一次华丽转身之后，听到的都是宪武兄业务上的提高和政治上的进步，他由秘书而秘书处长又办公室主任……他用自己质朴而踏实的努力，改变着自己，改变着命运。

书稿中分量最重的当属上篇"敬畏土地"，看来宪武兄深得鲁迅先生投枪匕首之三昧，这些杂文、评论，短小精悍，鞭辟入里，有感而发，切中时弊，是宪武兄用勤奋的学习，敏锐的观察，缜密的思考，逻辑的分析和犀利的文字成就的一篇篇上乘之作。这些杂文、评论，论述涉及生活的方方面面，既有经济体制改革，又有社会治理建设；既有文明素养的提升，又有诚信体系的构建；既有政府的民生工程，又有百姓的衣食冷暖；既有文化的传承，又有传统的扬弃；既有从严治党的期盼，又有反腐倡廉的呐喊……字里行间，透出的是天下兴亡、匹夫有责的赤子之心。更为难能可贵的是，早在几年前，宪武兄便关注到了"杀手"乘客这一社会现象，发出了振聋发聩的呼吁："最近以来，少数乘客不顾大家的安危，有的擅自打开飞机的安全门，有的在公交车上打司机、甚至强夺方向盘，有的在高速公路上从车里往下扔重物……这些'杀手'乘客屡屡出手危及公共安全，引起全社会的强烈不满。对此，我们不能熟视无睹，必须给予迎头痛击！"宪武兄条分缕析提出了治理这一社会乱象的具体措施。遗憾的是，这些睿智的声音、强烈的谴责，没有化为有关部门的实际行动，终至酿成了因"杀手"乘客的肆意妄为而导致的万州公交车坠江事件！

见微而知著，防患于未然。所有握有公权力的人，都应该善于倾听像宪武兄这样良善之人的谆谆告诫。净言和谠论，往往是清除社会积弊的良药妙方。

《雪落乡村》是书稿的中篇。一看标题便知，这是一组充满着乡愁的忆旧文章。这些散文、小小说，以质朴的文字，细腻的描写，娓娓道来，记述着宪武兄的童年往事，交织着生命与奋斗的礼赞。他忘不了胶莱河畔那个小小的村落，忘不了他的奶奶、他的哑巴叔、他的邻居杏花妹，忘不了他的小学校、他的老师同学，他更忘不了他入伍的军营，他的大学校园和课堂……

本质的真实是艺术永恒的生命。唯其真实，才有撼动人心的强大力量。当年，郭沫若初读蔡文姬的《胡笳十八拍》时，不禁击掌赞叹："真是好诗，百读不厌，非亲身经历不能作此。"同理，宪武兄的这些散文和忆旧文章，非亲身经历者，是无论如何也"编"不出来的。这是他的世界，这是属于他的宝贵财富。是的，经历就是财富。将个人经历与独特的审美感受告之于大众，这就是个人纪录与公共写作的最大不同。《小雪三景》《怀念黍子》《绿在春里萌发》都是我特别喜欢的篇章。《放歌春天》里那诗一般的语言，读来令人心旌摇动："好雨知时节，当春乃发生。"这雨，像一绺披肩长发轻轻拂过面颊，像值得推敲的笑声银铃般摇响于耳畔。细细的春雨洒向原野，嫩绿的小草刚刚探出头儿。有的正在贪婪地吸吮着甘甜的雨露，就像婴儿爱恋地在吸吮着母亲的乳汁；有的则摇动着两片绿叶，就像邻家小妹甩动着细细的辫子在接受春雨的洗礼。啊！这润物无声的春雨，唤醒了万物，催绿了大地，使人们热爱自然，走进自然……

书稿的第三部分是宪武兄的工作总结、回忆文章和专业论文。这其中，有他多年从事文字工作的经验总结，也有他作为办公室主任对办公室工作的独到体会。其中，办公室主任要当好四种动物，"看家的狗""出力的牛""受气的驴""替罪的羊"，读来让人忍俊不禁。当然，这一部分当中，我最看重的是宪武兄《关于青岛大学建校情况的回忆》一文。这是迄今为止见到的非官方的最生动、最详实的回忆文字。青岛大学之于青岛，其影响、其作用，无论怎样评价都不会过分。宪武兄是全程参与了青岛大学建校的所有过程和环节，他的回忆，有着无可辩驳的史料价值。当年，法兰西历史学派极力主张，完整地，不带偏见、不加取舍地记录历史，是当下之人对子孙后代最宝贵的贡献。宪武兄做到了。对于此文，给予多么高的褒奖，他都当之无愧！

开卷有益，此书亦然。

是为序。

2019年新春

上篇

杂文·评论

话说"照镜子"

照镜子是人们日常生活中的平常事。爱整洁的人，每天都要照几次，把自己梳理得干干净净。

对于执政者来说，"照镜子"的寓意更为深刻。公元643年，唐太宗李世民最器重的大臣魏征病故。李世民悲痛万分，哭着说：人用铜作镜，可以正衣冠；用史作镜，可以知兴衰；用人作镜，可以明得失。魏征走了，我丧失了一面镜子。

一个大臣的去世，为何让皇帝如此悲伤？原来，魏征并非一般官臣，他是李世民的"镜子"，当时魏征在朝中任谏议大夫，专门负责向皇上"进谏"。魏征为了国家的长治久安，敢于直言，向皇帝提出若干批评意见和建议，李世民虚怀若谷，认真听取魏征的批评和建议，并付诸改正落实，使他执政的23年，成为中国历史上国泰民安、歌舞升平的"盛唐"。

李世民善于"纳谏"治国的精神，成为后人之楷模。今天，我们在实现中华民族伟大复兴的进程中，党中央提出"照镜子"，其意义深远，恰逢时机。

开展批评与自我批评，本来就是我党的优良传统和作风，可在有些单位和一些党员干部身上不能很好地继承和发扬，而将此走了过场。开民主生活会，党委成员开展批评说什么"XX整天拼命工作，不注意身体"之类。批评乎，表扬乎？这分明是典型的"表扬与自我表扬""吹捧与自我吹捧"式变味的"批评与自我批评"，根本起不到解放思想、动真碰硬的效果。

开展批评与自我批评，首先要照对镜子，找准问题。一方面，找问题，要以党章为镜，对缺点和错误多往深处、细处照，使之纤毫毕现；论危害，要正视自己的缺点和错误，自觉把党性正一正，把党员义务理一理，把党纪国法紧一紧，"使患者为之一惊，出一身汗"。另一方面，又要倡导积极的善意的实事求是的批评与自我批评，大家坦诚相待、如切如磋、如琢如磨，总结经验教训，交流思想认识，达到帮助同志、增进团结、做好工作的目的。

照镜子要做到持之以恒，才能使自己永葆洁美容颜。开展批评与自我批评，千万不能做"会上查摆问题痛哭流涕觉着自己不是人，改正错误避重就轻装作人，风声一过我行我素还是那个人"式的风派人物，要真正对自己的作风之弊、行为之诟进行彻底大扫除，以"毒蛇在手，壮士断腕"的勇气痛改前非，以新的形象树立在人民群众面前。

得人心者得天下。民为邦本，自古而然。人心相背看作风。老百姓认识和评判一个政党、一个干部，最直接、最有力的依据就是观其作风。当年，"日穿草鞋，夜打灯笼"的苏区干部，唤起了工农千百万；"三大纪律、八项注意"的长期锤炼，锻造了一支所向披靡的人民军队。那些卓励奋发的红色岁月仍如晨鼓暮钟，穿透时空，悠然回响，激励着我们。今天，我们要照好镜子，发扬好党的优良传统和作风，把疏远了的党群、干群关系恢复到心心相印、须臾不离的鱼水之情，为实现中国梦汇聚起磅礴力量。

敬畏土地

三峡移民时，一位老汉带着儿孙跑到三峡岸边，用红布包了一包泥土带在了身边。他依恋不舍地说："我们祖祖辈辈在这儿生活，这泥土是我们的根，走到天涯海角也不能忘。"

是啊，只有用汗水耕耘过土地的人，才会惦记着土地，感恩土地，他才不忘和敬畏养育自己的土地。

毛主席曾经说过，我们共产党人好比"种子"，人民群众好比"土地"，并反复强调，对人民群众这块"土地"、这份"热土"，永远低看不得，小看不得。低看了，己不稳；小看了，己难存。他一生践行着一切为了人民群众、一切依靠人民群众，坚持从人民群众中来、再到人民群众中去的群众路线。

周恩来总理20世纪60年代到革命圣地延安视察，看到那里的人民群众依然过着贫困的生活，深情地说，解放这么多年了，延安人民群众还没有过上好日子，这是我们的失职啊！是延安这块"土地"用小米养育了我们，我们不能忘本。他嘱咐省、市和随行的中央有关部门的负责同志，要加大对老区人民的支持力度，让他们早日过上好日子。

能否始终保持与人民群众的血肉联系，关系到执政党的生死存亡。李瑞环同志曾经深刻地说过，中国的老百姓最可敬、最可怜、最可畏。其中"最可畏"，说的是如果我们不善待老百姓，甚至欺压老百姓，那么老百姓就会与你离心离德，最终就会失去老百姓。他举了历史上秦王朝压迫老百姓而引起陈胜、吴广农民大起义而推翻秦王朝的例子。同样，今天马克思主义执政党的最大危险就是脱离群众。我们党的一些领导干部长期脱离人民群众，使形式主义、官僚主义、享乐主义和奢靡之风，这"四风"严重损害了党群、干群关系，甚至动摇了党的执政根基，如果久而不治，亡党亡国也并非杞人忧天。

在新的历史时期，要始终保持与人民群众的血肉联系，首先要做到不忘本。陈毅元帅曾在他的诗里写道："第一想到不忘本，来自人民莫作恶。"所谓"不忘本"，就是不要忘记了自己是打哪儿来的，胜利是怎么取得的，天下是怎么坐得的。作为执政党的干部，要深知今天的一切都是人民给的，失去人民群众将会一无所有。所以，共产党人要知人民救命之恩以忠诚相报，知人民养育之恩以服务相报。而这种回报，是长期、无条件的，是永远无止境的。

要保持与人民群众的血肉联系，就必须设身处地为人民群众办实事。一是要善于听人民群众之所言，包括与自己意见不一致甚至是反对自己的话，都要听。良药苦口能治病，忠言逆耳可改误。当年毛主席就是听了党外人士李鼎铭先生的不同意见而对边区工作实行精兵简政而大受其益的。二是要解人民群众之所惑，对人民群众思想上的认识包括错误的认识，要动之以情、晓之以理，使其从思想深处达到与党的路线的统一。三是要帮人民群众之所困，对人民群众遇到的困难，要千方百计给予帮助，暂时办不到的也要讲明原因并定出时间表，使人民群众要有盼头。四是要急人民群众之所需，要第一时间了解并给予人民群众急所需的，不要将"应急方案"只为自己方便。五是要担人民群众之所忧，面对改革与发展中老百姓的后顾之忧要？想在前，并设计好解决这一后顾之忧的最佳方案，使人民群众在参与改革与发展的同时直接享受到好的成果，成为最大的受益者。

"达于上天，敬哉有土！"今天，我们要成就事业，实现梦想，不敬"土地"、不靠"土地"，永远只能是空想。对于从群众中来的共产党人，必须时时不忘本，做到爱"土地"、护"土地"、敬"土地"、畏"土地"，使全部情，倾注于"土地"；让所有行，扎根于"土地"，最终使"土"沃苗壮，民富国强。

对于土地，我们只有精心呵护，才能长出丰硕果实、人畜兴旺，一起过上丰衣足食的好日子；对于人民群众，我们只有忠诚热爱，才能与你相濡以沫、不离不弃，共同实现中国梦。

华夏土地，扎满我们生命的根须，永远是我们心灵皈依和朝拜的圣地！

打铁还需自身硬

"打铁还需自身硬"，多用来比喻领导干部要注重自身素质的提高，在各项工作中和日常生活中为群众作出表率。

习近平同志指出，理想信念是共产党人精神上的"钙"，理想信念坚定，骨头就硬，没有理想信念，或理想信念不坚定，精神上就会"缺钙"，就会得"软骨病"。他的这番话说明理想信念对我们领导干部的"自身硬"是何等的重要！现实中，一些领导干部沦为腐败分子，坠入犯罪深渊，根本原因就是在于理想信念上出了问题。

领导干部对共产党人的理想信念要做到虔诚而执着，至信而深厚，就必须大兴学习之风，坚持学习、学习、再学习，坚持"仕而有则学"。坚定理想信念，不是一蹴而就、一劳永逸，而是一个需要个人坚持学习、终身不懈努力的过程。而我们的一些干部在为"仕"做官之前，还是愿意在寂静的求学中阻断外界的喧嚣，在不懈的奋斗中保持身心的清净，如饥似渴地进行学习。一旦"学而优则仕"了，就仕而不再学了，好些的，整天忙于工作，只低头拉车，不抬头看路，而忽略学习；差一点的，要么整天研究什么"厚黑学""明星情变"之类的无聊读物，要么将时间沉酣于迎来送往的歌舞厅、茶室酒吧。有些领导干部只在乎组织上入党，而忽视思想上入党，久而久之，与党离心离德，甚至走上犯罪的道路。"世运之明晦，人才之盛衰，其表在政，其里在学。"历史和现实一再证明，为官从政，终生学习是一个不老的话题。

领导干部要使自己的理想信念矢志不渝，就必须将身子沉下去，在那里经风雨、见世面，接受群众的监督和检验。随着社会发展的不断进步，人民群众对领导干部的要求越来越高，也越来越"挑剔"。你的理想信念是否正确，就看是否代表了人民群众的根本利益。这只能将自己投身到人民群众中去，由他们来评判。领导干部只有深入实际、深入基层，与群众零距离接触，及时准确了解群众所思、所盼、所忧、所急，从群众的角度去感受他们的喜怒哀乐，尤其是多听听群众的冷言冷语，尖锐批评，多问一问群众的烦心事、恼火事，从中获得真情况、真情绪、真忧苦，并以此修正自己的理想信念误差，作为决策、办事的依据。这样，才能得到群众的肯定和拥护。而一些领导干部长期浮在水面，脱离群众，使"鱼水关系"变成了"油水关系"；有的领导干部热衷于"广播里有声、电视上有影"，群众却难觅行踪。这些干部的共同特点是"拍脑袋"决策、"拍胸脯"保证、"拍屁股"走人。对此，群众从不买账，深恶痛绝。因此，领导干部只有以虚怀若谷、从谏如流的胸怀，眼睛向下、甘当小学生的决心，拜群众为师的精神，才能使革命理想高于天，带领群众放飞梦想。

领导干部要保持党的理想信念不动摇，除了自身学习、深入群众之外，还得将其权力关进制度的笼子里，戴上"紧箍咒"，涂上"防腐剂"，使他们不敢、不愿、不能滥用权力。因此，领导干部要守住做人、处事、用权、交友的底线，时刻警示自己如履薄冰、如临深渊，终日乾乾，翼翼用权，常思入党誓词，常怀育己人民，为党的理想信念而奉献终生。

喊破嗓子不如做出样子，"打铁还需自身硬"。领导干部在党的群众路线教育实践活动中，要以身作则，树立新的形象。

"照镜子"贵在坚持

开展批评与自我批评，本来就是我党的优良传统和作风，可在有些单位和一些党员干部身上不能很好地继承和发扬，而将此走了过场，出现了"会上查摆问题痛苦流涕觉得自己不是人，改正错误避重就轻装作人，活动过后我行我素还是那个人"的一阵风现象。

照镜子要做到持之以恒，才能使自己永葆洁美容颜。同样，开展批评与自我批评，只有在"经常"和"长效"上下功夫，才能不犯或少犯错误，得到群众的拥护。

首先，"照镜子"要找准目标。邓小平同志多次强调，我们制定的政策对不对，要看群众拥护不拥护、赞成不赞成、高兴不高兴、答应不答应。这也是我们"照镜子"的唯一标准。作为党员干部，不能单以遵纪守法为底线，而在工作中平庸无为，应该有更高的标准、更严的要求，因为我们共产党人是特殊材料制成的人，不能混同一般的老百姓，应成为前进道路上的火车头，成为干事创业的领头羊。

其次，"照镜子"要关注细节。中央领导强调，教育实践活动"要有针对性地查找问题，问题找得越具体越好。"改进作风，一些同志大事做不来，小事看不上，群众很反感。群众利益无小事，一枝一叶总关情。只有办好了群众关心的这一件件小事、杂事、难事，才能换来群众的充分理解和真心支持。干部作风重小节，细微之处见精神。只有从自己做起，从平时做起，从细节做起，才能养成良好作风。当年，为了解决陕甘宁边区人民的生活困难，毛主席要求领导干部并身体力行"不惜风霜劳苦，夜以继日，勤勤恳恳，切切实实地去研究人民中间的生活问题、生产问题，并帮助人民具体地而不是讲空话地去解决这些问题。"正是这些"手摇纺车，南泥湾开荒"的边区干部与群众同甘共苦，自力更生，克服了反动派的封锁，唤起了工农千百万，唤来了"解放区的天是明亮的天，解放区的人民好喜欢"的局面。如今，那些卓励奋发的红色岁月仍如晨鼓暮钟，穿透时空，悠然回响，激励着我们。

再次，"照镜子"除了自己主动外，还要发挥好群众的监督作用和制度的约束作用。一方面，要有"丑媳妇不怕见公婆"的勇气，经常在群众中"亮丑"，让群众"挑刺""揭短"，让群众评头论足，让群众评判我们的政策和作为是否正确，以及时修正错误，总结经验。另一方面，要建立切实可行的制度，形成批评与自我批评的长效机制。如各级党委要求的每年一度的民主生活会制度，就是一项很好的群众监督制度。为了发挥长效机制，还可以创新思维和方式，如，有的单位在这次教育实践活动中制定的每季一次"群众见面会"、设立征求群众意见"聚宝箱"并指定专人管理的一些做法，都是开门"纳谏"、自觉"照镜子"的有益尝试。在此基础上，各单位根据自身实际再制定一系列对违规者以严厉的督查和惩处措施，使党员干部不能、不敢违背群众意愿行事，使"照镜子"成为党员干部日之必须，离之则无法生存。

通过经常性地"照镜子"，党的优良传统和作风就会得到发扬光大，把疏远了的党群、干群关系恢复到心心相印、须臾不离的鱼水之情，为实现中国梦汇聚起磅礴力量。

改进作风要从培养"习惯"做起

　　一个人习惯的养成，对作风的形成至关重要。习惯是形成作风的温床，作风显示出一个人习惯的优劣。

　　古希腊伟大的哲学家、科学家和教育家亚里士多德有一句名言："我们每个人都是由自己一再重复的行为所铸造的。因而优秀不是一种行为，而是一种习惯。"说明一个人好习惯的养成，对其优秀品德的形成是何等的重要。方志敏同志被捕时，敌人从其身上未搜出钱和贵重物品，觉得不可思议，认为"这么大的官怎会没钱?"方志敏回答说："我们共产党人习惯了清贫，令你们失望了"是啊，正是这种"清贫"的习惯，铸造了我们共产党人艰苦朴素的优良作风，在战火纷飞的年代，与人民同甘共苦，一起吃着"红米饭南瓜汤"，迎来共和国的诞生。革命胜利了，毛主席反复强调，要求党员干部保持"两个务必"的作风，继续发扬党的优良传统。焦裕禄同志就是新中国成立后的优秀代表，他有一句口头禅："吃别人嚼过的馍没味道"，道出了他在担任县委书记期间直接深入基层，与群众面对面进行调查研究、获得第一手材料的工作习惯，成为县委书记的榜样、忠实执行党的群众路线的楷模。杨善洲同志养成一辈子淡泊名利、两袖清风、艰苦朴素、勤俭节约的习惯，在老百姓看来"他当官不像官"，亲切地称他为"草帽书记""草鞋书记""泥腿书记""农民书记"，真正做到了在思想上尊重群众、做老百姓的代言人，在感情上贴近群众、做老百姓的朋友，在工作上依靠和为了群众、做老百姓的办事员，一生"捧着一颗心来、不带半根草去"。

　　而一些党员干部在工作和生活中养成了一些不好的习惯，不能继承和发扬党的优良传统。如：他们习惯自己给下面出题目，层层听汇报。而他们所听的这些汇报多是根据领导的偏好经过精心加工过的，往往听起来"顺耳"，吃起来"爽口"，其营养比起原汁原味要大打折扣；再如，一些党员干部习惯抛头露面，在做足表面文章上下功夫，干事不接地气，不讲实效；还如，有的党员干部管不住自己八小时以外的行为，习惯于灯红酒绿的生活，在生活情操上出了问题。

《晏子春秋·内篇杂下》有言："橘生淮南则为橘，生于淮北则为枳。"这一大自然的规律，说明人生的习惯、环境对于人的作风、本质的形成是非常关键的。习惯是一个人心灵的流露，从一个侧面反映出其思想、道德、文明、志趣、知识等。"耳濡目染，不学以能"，"近朱者赤，近墨者黑"，说的都是这个道理。一些腐败分子的倒台，也从反面向人们显示了其"懒—馋—占—贪—变"生活习惯的演变轨迹。

因此，党员干部要从培养"习惯"做起，在群众路线教育实践活动中自觉纠正"四风"。一方面，要从主观上努力，管住自己的"眼"，养成"向下看"的习惯；管住自己的"腿"，养成"接地气"的习惯；管住自己的"手"，养成"手莫伸"的习惯；管住自己的"嘴"，养成"戒吃喝"的习惯。另一方面，要营造高尚生活氛围，管好个人八小时外生活圈，慎重自己的交友圈，树立清正廉洁的情操，总之，要从培养自己工作、生活习惯做起，发扬好党的优良传统和作风。

对群众要"理直气和"

"理直气壮"是指理由充分，说话有气势。对待群众，则不需要这种方式。毛主席说："有许多时候，群众在客观上有了某种改革的需要，但在他们的主观上还没有这种觉悟，群众还没有决心，还不愿实行改革，我们就要耐心地等待；直到经过我们的工作，群众的多数有了觉悟，有了决心，自愿实行改革，才去实行这种改革，否则就会脱离群众。"因此，作为党员干部，对待群众，要由"理直气壮"变"理直气和"，才能使党群关系永远处于鱼水之情。

今夏，央视曾报道了这样一条新闻：在河南省一条高速公路上，一辆瓜农的货车与一轿车相撞，造成拉西瓜的货车翻车，许多西瓜被摔烂，瓜农损失较大。经侦查，事故责任在于瓜农车速太快所至。按交通法规，处罚瓜农司机，无可非议。而交警支队的领导并没有简单地处罚了事。一方面，他们对司机进行交通法规教育，另一方面发动在场的人员帮助瓜农拣散落的西瓜，并发动支队交警买西瓜，使瓜农的损失降至最小。这一幕"道是无情却有情"的举动很是令人感动，传递了对待有过错群众的教育责任和帮扶情感。

而一些领导干部，自以为一贯正确，高高在上，习惯于发号施令，对基层、对群众指手画脚，把群众当作"训服工具"。对此，群众并不买账。"水至清则无鱼，人之察则无徒"。对群众过分苛求者，很难得到拥护，久而久之，自己就会成为让群众敬而远之的孤家寡人。

杜甫有诗曰："细雨鱼儿出，微风燕子斜"。春天之所以充满生机，是因为有着和煦的阳光和细润的雨露；我们的党之所以伟大，是因它有容人的胸怀与和谐的氛围。习近平同志指出："时刻把群众安危冷暖放在心上，及时准确了解群众所思、所盼、所忧、所急，把群众工作做实、做细、做透。"这就要求我们领导干部在做群众工作时，不仅要把群众利益放在首位，还要注意工作方法和行动举措。一是要以身作则，"喊破嗓子不如做出样子"，要求群众做到的自己先做到；二是对群众要动之以情，晓之以理，做深入细致的思想工作；三是要用事实来证明我们的路线、方针、政策是正确的。

在如何对待群众这个问题上，是"理直气壮"还是"理直气和"？看似简单，却反映出一个领导者的思想境界、工作方法、处事涵养。凡思想境界高者，则视群众如主人，一切以群众利益为出发点；反之，则把群众当奴隶，总是以命令、指挥、家长身份自居，高高在上。凡工作方法正确者，对群众总是百般呵护，耐心说服，细心引导；反之，则简单训服，粗暴干涉，甚至以"家法"替代"国法"。凡处事有涵养者，总是虚怀若谷，甘当群众小学生，处事接地气；反之，则高傲自大，把群众当阿斗，与群众关系如同油和水，甚至水火不相容。

有理不在声高，对于群众的不同意见，哪怕是错误的，也不能动辄训斥。要善于以"温柔的举措"引导其抛弃错误，自觉地聚集在正确群体中，为我们的改革、发展汇聚正能量。

群众观念是金融服务业须遵循的准则

群众观念不仅是我们党的生命线，改进作风的准则，也是金融服务行业必须遵循的准则。

近日，央视报道：一位病重老人临终前欲将自己的存款取出来。因自己行动不方便，委托亲人到银行办理。银行第一次未将办理取款所需证件讲明，使老人亲属来回跑了几次也未办成。当证件齐全后，银行仍不给办理，硬要病重老人必须到现场方可办理。亲属无奈将老人用担架抬至银行门口，取款仍未办成，老人却被活活气死！消息一播出，舆论一片哗然。

人们纷纷不平：金融行业是以国有为主体而独自经营的服务行业，理应很好地为百姓群众服务，凭什么利用这种霸王特权刁难群众？究其原因，还是群众观念淡薄的问题，与"四风"同出一辙。

近来，我们会经常看到这样的现象，一些金融等服务行业为了获得最大利益，有的夸下海口，什么"客户是上帝""群众是亲人"，什么"您的困难就是我们的牵挂"；有的许下愿，什么"走进xx行，实现你的梦想""理财到x行，红利包你赚"。一旦群众、客户被引上道，则变成了"门难进、脸难看、话难听、事难办"的"衙门"。

精明的商家都懂得这样的道理：诚信是经商的根本，回头客是聚财的基础。只有心里装着群众，把客户服务好，才能生财有道。"金杯银杯不如群众的口碑"，群众的拥护和信任才是聚财的不竭之源。很难想象一个不讲诚信、不为群众真情服务的行业，能走向辉煌。即使一时繁荣，但也不会持久。那些昙花一现行业的轨迹已向世人充分证明了这一点。

群众观念，不仅是我们党执政理国的根基，也是各行各业经营的准则。金融服务行业不能只顾经济利益，而忽视社会责任。民心稳，国则安。社会的稳定，是经济发展的基础。金融服务行业应该做社会稳定 的促进派，成为和谐社会的排头兵。一方面，要真正把群众当"上帝"，时刻不忘本，把群众当成自己的衣食父母；另一方面，要从行动上为群众服好务，做到急群众之所需，帮群众之所困，解群众之所忧，助群众之所成，使每个服务窗口都能成为"宾至如归"的温馨港湾。

精诚所至，金石为开。在这次群众路线教育实践活动中，我们也高兴地看到，一些服务行业自觉纠正行业不正之风，在不违背原则和规定的前提下，他们组成若干"爱心服务"活动小组，主动上门专为行动不便老人当场办公、服务，很受群众拥护。

得群众者得天下。在当今竞争十分激烈的形势下，有了群众的拥护，还怕有打不赢的商战？但愿我们的服务行业都能树立良好的群众观念，使老人气死在银行门口的悲剧不再发生。那些成事不足、败事有余的服务者也该清醒清醒了。

要敢于担当　做"劲草""真金"

习近平总书记在全国组织工作会议上强调："坚持原则、敢于担当是党的干部必须具备的基本素质""为了党和人民的事业，我们的干部要敢想、敢做、敢当，做我们时代的劲草、真金。"坚持群众路线，就该为群众勇于担当，对群众敢于负责。

首先，党员干部要坚定理想信念，树立远大理想。要常思党章和入党誓词，时刻站稳政治立场，做到革命理想高于天。没有理想信念，或者理想信念不坚定，就可能导致政治上变质、经济上贪婪、道德上堕落、生活上腐化。而少数党员干部信仰迷茫、精神迷失。有的不关心政治，无心干事，善于探听小道消息，玩手机传播低级段子；有的"不问苍生问鬼神"，从封建迷信中寻找精神寄托，热衷与算命看相、烧香拜佛；有的甚至向往西方社会制度和价值观念，对社会主义前途命运丧失信心，等等。

其次，要有勇于负责的精神。尤其是在一起搭班子的成员，要胸怀宽广、敢于担当，要同舟共济、多补台。而少数党员干部，往往只在乎自己的权力，忽视了自己的责任和担当。有的遇到困难拈轻怕重，沾光的上，吃亏的让；有的遇到矛盾绕道走，不敢对错误正面交锋，在原则问题上当"和事佬"；有的出了问题上推下卸，自躲清白，与己无关；有的拉帮结伙，搞小团体主义，在班子里搞内耗，等等，使班子形不成一个坚强的战斗堡垒，使群众没有依靠感。

再次，党员干部要有社会责任感。除了在本单位、本部门做群众的表率外，还要在社会上树立正气，传播正能量。不可以其昏昏，使人昭昭。而少数党员干部对落后的社会思潮等闲视之，甚至同流合污；有的是非观念淡薄，正义感退化，事不关己，高高挂起；有的信谣传谣，在大是大非问题上人云亦云，忘记了自己的身份，混同于街头巷尾的小市民。

最后，党员干部要承担起管好自己家人、亲人和身边人的责任。一方面，要绷紧党纪国法的"高压线"，严格遵守廉政建设各项规定，绝不用党和人民赋予的权力为家人、亲人和身边人谋私利；另一方面，要坚守做人、处事、交友的道德"底线"，自觉抵制低级趣味、庸俗作风的侵蚀，加强意志磨炼，培养人生修养，做一个高尚、纯洁的人。最近，王岐山同志对国资委纪委负责人在查处中国铁建招待费事件的报告上签字背书，并强调：有权就有责，责权要对等。"签字背书"就意味着承诺和责任，既是压力，更是动力。向党员干部传递了责任担当比权力更重要的信息。从一些腐败干部落马的案例中，我们看到了有多少人就是因听了枕边风而倒在石榴裙下的，可谓前车之鉴。

疾风知劲草，烈火显真金。"国家兴亡，匹夫有责"，早已是妇孺皆知的名言警句，作为党员干部更要在干事创业中经得起多种考验，自觉担当起带领广大人民群众实现中国梦的崇高责任。

密切联系群众要从小事抓起

习近平总书记指出："要一心一意为老百姓做事，心里装着困难群众，多做雪中送炭的工作，常去困难地区走一走，常到贫困户家里坐一坐，常同困难群众聊一聊，多了解困难群众的期盼，多解决困难群众的问题，满怀热情为困难群众办事。"党的十八届三中全会提出了通过新一轮改革，使一切创造社会财富的源泉充分涌流，使发展成果更多更公平惠及全体人民。群众盼望能够从改革的红利中得到更公平更公正的分配。但在落实到具体工作中，群众需要我们帮助解决更多的是一些"柴米油盐"式的"小事"。这些涉及群众利益的点滴小事，恰恰就是影响人心向背、关乎经济发展和社会稳定的大事。

20世纪70年代，在北京长安街每个交叉路口的中央都设有一处"安全岛"，供南北行人在过长安街遇到红灯时能在"安全岛"上可安全逗留，又可观看东西长安街上车水马龙的景象。但人们却很少知道这是周总理发现长安街太宽、行人信号灯过短而影响行人安全而向北京市交警、城管部门提出的一项具体解决措施。人们很难想象日理万机的周总理竟把这样一件小事为群众做到了极致。同样80年代初，在刚步入市场经济时，市场上出现了市民不再凭票买豆腐而物价不稳定的问题，时任市长不久的俞正声同志在电视上与百姓聊豆腐物价问题，使大家充分认识市场经济的必然规律。当时，也有人对市长具体管"豆腐"这样的小事不理解。然而，这些小事关乎党和群众的关系。我们共产党人的宏观视野、战略思维、大局观念、方针政策，最终留到群众头上的就是吃穿住行、家长里短、鸡毛蒜皮的小事。这些小事虽小，但贴着百姓生活，直接影响到人们的生活感受，党员干部尤其是领导干部不管，谁管？老百姓心中有杆称，说一万句大话，不如办成一件小事；说一万句空话，不如办成一件实事。这些小事、实事可能不如大项目的工程那样突出、耀眼，却"润物细无声"，能加深党和群众的感情，提高政府的公信力。我们也懂得和理解了，普通人当年送周总理远行时，为什么十里长街泪洒京城……

在奔小康的征途中，一些困难的群体尽管只占少数，但我们不可忽视。"民之所乐，我则遂之；民知所苦，我则除之。"对困难群众的每件小事，我们必须认真对待，不可拖延和懈怠。我们要把他们的"难事"当成急事办，把办成的"好事"当成习惯做。因此，党员干部要有一颗真正的爱民之心，切实做到民之乎成之所在，扶在关键处，帮在需要时，不贪"一时功"，不做"夹生饭"，以锲而不舍、久久为功的行动，用踏实留印、抓铁有痕的劲头，善始善终、善做善成，让人民群众切实感到党和政府的温暖。

"衙斋卧听萧萧竹，疑是民间疾苦声。些小吾曹州县吏，一枝一叶总关情。"我们的党员干部，在密切联系群众中，一定要从群众特别是困难群众的点滴小事抓起，要动感情、动脑筋、动真格，多谋民生之利，多解民生之忧，带着感情雪中送炭。要在切实保障改善民生上下功夫，决不允许以改善民生为名搞形象工程、面子工程和政绩工程。

给自然让路就是给自己留生机

生态文明建设关系人民福祉，关乎民族未来。党的十八届三中全会指出，必须把生态文明建设放在突出地位，处理好经济发展和生态建设的关系，促进生态领域改革和经济体制改革良性互动，努力建设美丽中国，实现中华民族永续发展。可是，前几年我们对生态的保护却不尽人意，特别在胶州湾的保护上亏欠了太多。

胶州湾作为岛城人民的母亲湾，千万年来不仅馈赠我们丰美的海鲜，更为岛城的空气流通、南北气流循环起到了不可替代的作用。然而，我们的一些领导者和一些单位，打着所谓"拥湾发展"的旗号，填海造田，卖地建楼，使高楼平地起、海洋天天少。据有关统计，胶州湾因人为填海破坏，其面积比30年前缩小了三分之一，特别造成了一些物种的灭绝，更是永远无法复制的。相比之下，日照市保护沿海生态环境的做法却与我们形成了鲜明的对照。几年前，日照市委、市政府提出沿海岸线向内陆1公里宽、60多公里长的地带，不准建造任何物体，统一植树造林、建绿化带，对已有建筑物（如宾馆、招待所、养殖池等），市委、市府带头拆迁。几年下来，这里形成了一个64公里长、1公里宽的中国沿海少有的生态绿化带，日照市也因此被联合国授予"人居奖"。

从胶州湾生态环境的破坏和日照市对沿海生态环境的保护，我们可以从中明白了这样的道理：人给自然让条路，自然为人留生机。党的十八届三中全会提出了坚持低限思维方式，为建设美丽中国而划定生态保护红线。指出生态红线具有空间上的不可替代性和无法复制性。生态红线破坏之后，物种灭绝，将永远不会再有了。

为了保护胶州湾的生态环境，让自然给子孙后代留下更多的生机，我们必须做到：一是出台完善保护胶州湾的法规，从制度上、机制上改革生态环境保护管理体制，实行最严格的源头保护制。对此，我们已高兴地看到，市人大已出台了一些关于保护胶州湾的法规，这无疑对岛城人民是一个好的期盼。二是借我市举办世园会的契机，强化生态保护宣传力度，弘扬人人关爱生态，从点滴做起，"让生活走进自然"。三是转变发展观念，加大人力财力投入。在生态环境上的投入，往往不能立竿见影，对GDP的增长也不会那么快，但却给我们整个社会发展带来长期效应。不可只为了眼前利益而牺牲生态环境，要"风物长宜放眼量"。其实，近年来，为了海洋资源的长期发展，我国所实行的每年一度的休渔期，所带来的实惠足以说明科学发展的成效。

坚持是很难的，消失却很容易，对生态环境的保护要做到持之以恒困难不小。但只要看看我们人类眼下所受到大自然给予众多的报复，想想我们的后代的有限生机，我们必须毫不动摇，坚守"生态红线"，与自然和谐相处。

理解和包容是社会稳定的基础

近日，央视报道：一位老人被骑摩托车的青年撞倒，众人怕骑车青年逃逸，把他围住，见况老人劝众人说："我伤得不重，我也有医疗保险，放他走吧！"其实，老人并没有医疗保险，且家境较贫困。一句善意的谎言，不仅化解了矛盾，更彰显了这样的道理：人与人之间多一些理解和包容，是社会稳定的基础。

然而，在现实中也看到一些不文明和丑恶现象：有的为了个人私利而在马路上大演"碰瓷"闹剧；有的面对病倒街头的人怕受牵连而故意躲开；有的自己撞了人，不但不赶紧实施救治，反而逃逸……与我们正在营造的和谐文明社会格格不入。

遇事换位思考，多想他人，可能就明白自己该如何做才是对的。孔子曰："出门如见大宾，使民如承太祭。己所不欲，勿施于人。在邦无怨，在家无怨。"为了使人类的悲剧不再重演，我们每个人都要常思己所恨在他人之所苦，常念己所乐于他人之所喜，不可将快乐建立于别人之痛苦之上，不可把私利强加于他人之损失之上。

能否理解和包容他人，既是个人修养问题，也是世界观问题。毛主席早年就号召我们要注重个人修养，加强世界观改造，向白求恩同志学习，做"一个高尚的人，一个纯粹的人，一个有道德的人，一个脱离了低级趣味的人，一个有益于人民的人。""冰冻三尺，非一日之寒"。要成为这样的人，必须从理解和包容他人的点滴小事做起，任何时候都要经得起利欲的诱惑，做到耐得住清贫和寂寞，不跟风、不比阔，守住做人的底线。

当前，新一轮改革正在开展，各种利益矛盾交叉，人心较浮躁，社会的和谐稳定极为重要。为维护社会稳定大局，愿大家都能相互理解和包容，为培育和践行社会主义核心价值观做出贡献。

"治理"彰显了社会的公正、公平和正义

十八届三中全会多次提到了国家治理、政府治理、社会治理的概念。这是国家治理基本理念的更新，是党的又一理论创新，是粗放管理向科学管理的转变，是单纯由人管理向依法治理的根本改变，彰显了社会的公正、公平和正义。

首先，治理比管理更科学。管理的主体只是政府或单位、部门的各级领导者，体现的是领导者的职责和意见，其运作模式是单向的、强制的、刚性的；而治理的主体还包括社会组织乃至个人，体现了多元共治的理念，反映了人民群众的愿望和诉求，治理比管理更接地气，其运作模式是复合的、合作的、包容的。如，人们当前所关心的雾霾的治理则需要国家、政府、单位和个人共同参与治理，方能有效。

其次，治理比管理更公正。治理是以法规为基础，是依法从事的，更加制度化、规范化、法治化，是任何人都不可逾越的底线。体现了社会的公正、公平和正义；而管理更多展示或掺杂了管理者个人的意念和手段，不免会出现失误，其成本也比治理要高得多。

再次，治理比管理目标更明确。治理是国家治理体系和治理能力的体现，其目标是永恒的，需要一代或几代人不懈努力才能完成。如，中国梦的实现，需要我们党带领全体人民共同努力，靠科学发展才能实现。而管理往往随着管理者本身职责的终至而终至，更多体现的是阶段性的短期行为。如，有的领导者不讲科学发展观，在自己任期内寅吃卯粮，靠牺牲自然成本铸造GDP的增长。

第四，治理比管理更体现渠道的多元化。治理既有从上到下，也有从

下到上，甚至可以从中间向上、向下延伸开来、铺展开来，渠道的多元性明确了协商民主的若干形式，更加民主；而管理多是自上而下，体现的是管理者对下属的要求和指令，下属对管理者只能是服从甚至盲从，不可避免地要走一些弯路。

从管理到治理，言辞微变之下涌动的，是一场涉及国家、社会、公民三者关系的思想革命。其意义重大，我们要深刻理解，并付诸实施，自觉参与新一轮改革，为实现中国梦聚集正能量。

从"零容忍"到"零拖欠"彰显了党与群众的"零距离"

习近平总书记在十八届中纪委二次全会上强调，对各级领导干部发生的腐败问题要"零容忍"，做到"老虎""苍蝇"一起打，决不手软，体现了新一届党中央对惩治腐败的坚强决心。最近，春节渐近，一些地方政府采取多项措施，出真招，对农民工工资做到"零拖欠"，表明政府为群众办实事的态度。从"零容忍"到"零拖欠"，都是群众关心的问题，都做到了群众的心坎上，体现了党和政府与群众"零距离"的贴心联系，很接地气。

领导干部的腐败问题，是群众反映最强烈的问题，是群众深恶痛绝的。通过党的群众路线教育实践活动，我们高兴地看到，"四风"问题得到了遏制，一些腐败分子受到了严惩，群众无不拍手称快。以往，群众最担心的是"运动一阵风"，惩治腐败是抓了少数逃了多数，问题前面纠后面冒，群众总是放心不下。党中央为了从根本上惩治腐败，不搞一阵风，出台了从制度上、法规上对腐败"零容忍"的长效机制，并以"咬定青山不放松"的韧劲，做到思想上不放松、标准上不降低、力度上不减弱，一鼓作气，一抓到底，使腐败行为不敢、不能形成，确保了党的纯治性。我们的领导干部只有清正廉洁，才能顺民意，接地气，得到群众的拥护。

同样，每到春节临近，农民工讨工钱就成了他们的一大伤心事，也是各级政府的牵挂难题。而今年，一些政府部门从法规上、制度上纷纷出真招，对农民工工资做到"零拖欠"，不仅给农民工兄弟了吃了定心丸，也受到广大群众的称赞。

其实不仅如此，随着党的群众路线教育实践活动的广泛开展和反腐败斗争的不断深入，党与群众的"零距离"贴近就会多起来，党与群众的联系更密切了，领导干部为群众想得更周全了，政府为群众办的事更实在了，群众得到的实惠也越来越多了，自然老百姓的怨言就会少起来，党和政府的威信就会高起来。

勤俭是实现中国梦的传家宝

勤俭不仅是一个好的家风的需要，也是一个好的党风和国风的体现。从勤俭持家到勤俭建国，是中华民族的传统美德，是我们实现中国梦的传家宝。

北宋真宗时，寇准在朝中任宰相。寇准因坚持抗击北方契丹人进犯有功，被封为莱国公。时逢寇准五十寿诞，功成名就的寇准却忘乎所以，指示下人为其大办寿宴，不仅派人携一万两银子专程去苏杭一带挑选歌童舞女、采办古玩玉器，还将寿宴布置的富丽堂皇，当时点的蜡烛流下的油满地，将寇准的养母刘妈滑倒。刘妈感慨万分，想起寇准儿时的贫寒生活。原来寇准少年丧母，亲母在临终前将寇准托付给女仆刘妈养育，还交给刘妈一副亲手绘的图画，让其日后教诲寇准之用。图中画着寒窗孤灯之下，衣着简朴的太夫人在教导寇准读书的情景。画的一旁还由太夫人提诗四句："孤灯课读苦含辛，望儿修身为万民，勤俭家风遵母训，他年富贵莫忘贫。"当年由于寇准家境贫困，无钱买蜡烛，其母便到山上采集松香代油灯照明，一次因上山受了风寒，便大病不愈而离世。刘妈将此一一讲给寇准听，并哭着说："相爷啊！你忘了太夫人在世时，经常教诲你要以勤俭为本，你现在庆寿竟不惜花费万金，身为宰相如此豪华，倘若上行下效，怎能让满朝文武清廉自守？"刘妈的一番教诲，令寇准醒悟，即跪谢刘妈的诚言教诲，并从自身做起，戒除奢华，尽心朝政，勤俭建国，成为我国历史上的一代贤相。

新一届的中央领导同志，以身作则，从参观展览沿途不封路，到河北踏雪访真贫；从广东考察吃自助餐，到北京包子铺排队就餐，率先垂范，反"四风"旗帜鲜明，转作风久久为功，党风政风为之而清、社风民风为之而新。最近，我市召开的人代会和政协会的会风为之一新，场内不摆鲜花，场外没有祝贺标语，开幕直奔主题，中间没有宴请，闭幕简单明了，少了些摆谱，多了些赞扬，拉近了党和群众的关系，为转变会风开了好头。

然而，总有少数领导干部把反"四风"当成一阵风，把勤俭当成一时做样子，总舍不得改掉那些人民群众深恶痛绝的安逸享乐之作为。有的领导干部不从灵魂深处检讨纠正自己的奢靡之风，总以为吃吃喝喝是小事。"不虑于微，始成大患；于防于小，终亏大德"，转变作风，必须从点滴抓起，不要小看一顿请吃、一瓶礼酒、一条香烟。倘若不认真对待，总以小事为由来者不拒。那么，千里之堤必溃于蚁穴。

第二批群众路线教育实践活动已经开始了。活动将深入治国理政的"神经末梢"，离基层、离群众都更近，联系实际也就更密切。我们只要将勤俭之风树得正、抓得牢，实现中国梦就能聚集起正能量。

三个"最严"彰显了依法治国的必由之路

李克强总理在十二届全国人大二次会议上所作的政府工作报告中强调，用最严格的监管、最严厉的处罚、最严肃的问责，坚决治理餐桌上的污染，切实保障"舌尖上的安全"。这三个"最严"，表明了政府对管理饮食安全和惩处破坏、影响饮食安全的坚强决心，打消了广大群众对"吃"的忧虑，既是群众幸福安康的保障，也是对不法分子破坏饮食安全的强大威慑。总之，三个"最严"彰显了依法治国的必由之路。

首先，三个"最严"表明各级政府对管理饮食安全的坚强决心。近两年，从中央政府到地方各级政府，都把饮食安全当作"天大的事"来管。一是把饮食安全纳入法治轨道管理，全国人大今年拟对已出台的《食品安全法》进行修订，对危害食品安全的行为将以"零容忍"进行惩处，各级人大、政府也将对配套条例、办法进行修订，以保障食品安全在法治轨道上实行全面管理。二是明确了监管部门的职责，除掉了互相推诿扯皮，并对监管不作为者将实行最严肃的问责。三是监管措施进一步细化，从源头到过程，严不疏失，真正将食品安全关进政府监管的笼子。

其次，三个"最严"打消了老百姓对"吃"的忧虑，对安全的期盼有了着落。"民以食为天"，老百姓整天与吃喝打交道，哪一天也离不了菜篮子、米袋子。可前几年，菜篮子和米袋子并不安全，今天出了毒大米，明天又有了瘦肉精，后天再泛地沟油，使老百姓餐桌上、舌尖上很难找到安全感。总理的报告，给百姓吃了定心丸，使群众对饮食安全的期盼真正有了着落。现在琳琅满目的市场，呈现给老百姓的多的是放心、绿色食品，不信，你可以查它的"祖宗八代"，使百姓尝到了依法维护食品安全的甜头。

再次，三个"最严"是对不法分子的强大威慑。过去，很长一段时间，在饮食安全上，有法不依，执法不严的问题经常出现。从去年以来，那些危及饮食安全的不法分子想逃之夭夭难了。我们高兴地看到，一批制造地沟油、毒大米、毒韭菜等案件的不法分子相继受到了的法律的严厉惩处，并在全国媒体曝了光，使不法分子感到"世界末日"的到来，使其不敢、不能再违背良心、唯利是图地坑害老百姓。如果不法分子胆敢以身试法、那么，迎接他们的将是灭顶之灾！

法治营造了太平盛世，人民的幸福安康离不开法治。人民群众只有在法治的呵护下，才能使梦想成为现实，三个"最严"彰显了依法治国的必由之路。

生命至上是我国政府永恒的执政理念

"两会"已胜利地落下了帷幕。但在会前发生的昆明"3.01"暴恐事件和会中发生的"3.08"马航客机失联事件，让与会人员充满了悲痛和牵挂，也打破了大会的既定程序。为此，在政协会开幕式上，全体与会人员为昆明"3.01"暴恐案件中的遇难同胞默哀；在人代会上，李克强总理在做政府工作报告时脱稿阐述要坚决打击一切亵渎国家法律尊严、挑战人类文明底线的暴恐犯罪、确保人民生命安全的决心。在马航客机失联的第一时间，习近平总书记和李克强总理都作出重要批示文，表明我国"只要有一线希望，也永不放弃搜救"的立场，并实施了空中、海上一系列救援措施。彰显了生命至上是我国政府永恒的执政理念。

中国人口占世界人口的五分之一。在这样一个大国，自然灾害和各类危害人民生命安全的事故时有发生。但在每次灾害和事故发生时，我们党和政府领导人都在第一时间作出指示："要把救人、挽救生命放在第一位"，有时还多次亲临现场指挥救灾，看望受灾群众、慰问遇难者亲属。正是由于党和政府这种生命至上的理念，确保了各级政府把关爱民生、保障民生作为执政的第一要务。从而也得到了广大人民群众的拥护，更加唤起了中华民族不畏艰险、拼搏向前、自强不息精神的发扬光大，为实现中国梦聚集了正能量。

生命至上的执政理念，也赢得了国际社会的广泛关注。我们不会忘记，在汶川大地震中，党中央、国务院在第一时间做出部署："救人是第一位的"，"挽救生命，只要有百分之一的希望，也要做百分之百的努力"。在大灾面前，党和政府指挥全国军民，万众一心、众志成城，以大爱无疆的真情实力挽救了无数生命，并用最短时间帮助灾区人民建起更美好的家园。这令国际社会不得不感叹："这样的大灾，能使人的生命财产受到最小的损失，并能在最短的时间内恢复生机，只有中国政府才能做得到，奇迹只有在中国这样的国度才能出现。"

而比起一些高喊"人权主义"却在大灾大害面前所出现的灾民流离失所、死伤者得不到有效救助的西方国家而言，我们更有充分的理由说："只有中国特色社会主义才能救中国！"

习近平总书记指出："要坚持以人为本、执政为民，接地气、通下情，想群众之所想，急群众之所急，解群众之所忧，在服务中实施管理，在管理中实现服务。"新一届中因领导集体和各级政府，在改革与发展中，认真践行总书记的这一要求，以生命至上、民生为本抓好各项工作。我们高兴地看到，为了让全体人民过上好日子，已采取或正在采取水陆空"三位一体"的得力措施，坚决向污染宣战，使人民群众能够舒畅地生活在蓝天白云之下、绿水青山之间，用三个"最严"，保障群众"舌尖上的安全"；各级财政也正在加大投入，不断提高城乡低保水平，让困难群体都有"保命钱"，让困难群众住有所居，让农家子弟上重点高校人数再增加一成，如此等等，人民群众对幸福的期盼在不断增加，和谐氛围在我们国家愈加浓厚。

焦裕禄精神是共产党人一辈子的宝贵财富

习近平总书记近日在"县委书记的榜样"焦裕禄工作过的地方——河南兰考调研考察时，深刻阐述焦裕禄精神过去是、现在是、将来仍然是我们党的宝贵财富，语重心长地勉励党员干部大力学习弘扬焦裕禄精神，要做到深学、细照、笃行。

50年后的今天，兰考早已难觅当年灾害肆虐的踪迹；"焦桐"成荫，也仿佛无语诉说当年感人的故事。然而，焦裕禄虽然仅在兰考工作了一年多的时间，却在群众心中铸就了永恒的丰碑，留给了共产党人一辈子的宝贵财富，让我们终生受用。要学习他那种"心中装着全体人民、唯独没有他自己"的公仆情怀，发扬党密切联系群众的优良传统，心系民生、关爱民生，把群众最关切的事办实、办好；要学习他凡事探求就里、"吃别人嚼过的馍没味道"的求实作风，按照习总书记关于"谋事要实，创业要实，做人要实"的要求，襟怀坦白，清清白白做人，踏踏实实干事，处处用"实"说话，胜过一切阔论虚功；要学习他"敢教日月换新天""革命者要在困难面前逞英雄"的奋斗精神，面对改革与发展出现的新问题、新矛盾、新困难不回避、不畏缩，勇于担当，科学应对，克难向前；要学习他艰苦朴素、廉洁奉公、"任何时候都不搞特殊化"的道德情操，淡泊名利，远离低级趣味，以党和人民的事业为最高追求，成为新时期老百姓的依靠者和领头羊。

"百姓谁不爱好官？把泪焦桐成雨。生也沙丘，死也沙丘，父老生死系。暮雪朝霜，毋改英雄意气。""为官一任，造福一方，遂了平生意"……习总书记20多年前的这首《念奴娇》词，写尽焦裕禄的为民情怀与英雄本色，也道出了广大党员干部对焦裕禄留给我们的这一宝贵财富的崇敬和珍视。这一宝贵财富将是我们共产党人一辈子学习的榜样、对照的镜子和笃行的标杆。

严于律己是领导干部应具有的人格魅力

习近平总书记提出的"三严""三实",是各级干部正心修养的重要守则,是干事创业的行动准则。其中"严以律己"则是领导干部应具有的人格魅力。

敬爱的周总理在"严于律己"方面做到了极致,彰显了他应具有的人格魅力,为全党树立了榜样。他有"十条家规",除了要求自己,也同样要求家属、部下和身边的人。他严于律己,勿使有一点灰尘,不留一点遗憾,使亲属部下也都跟着做出了牺牲。周总理的侄女周秉建"文革"中到内蒙古草原插队,数年后应征参军。她很兴奋地穿着军装来看伯父,周总理说,让你去插队就要在那里扎根,结果她脱了军装重回牧区,嫁给一个蒙古族青年。国家恢复高考后,周总理的侄孙女周晓瑾从外地考到北京广播学院。这时周总理已经去世,孙女很兴奋地给邓颖超奶奶打电话,要去看她。邓颖超先让秘书到学院去查档案,看是否真是靠成绩入学的,查过无事后才见面。这些,在常人看来似乎太苛刻。然而,敬爱的周总理正是用自己的这种伟大的人格魅力教育影响着自己的家人、下属和身边人,为人民的事业鞠躬尽瘁,死而后已。

同样,焦裕禄同志在严于律己方面也为我们做出了表率。一次,儿子在机关大院看戏因没花钱买票受到他的严厉批评。焦裕禄同志以此想到干部廉洁的问题,制定了"干部十不准",要求党员干部从自己做起廉洁自律。在他身上,我们也同样看到了一个共产党人的人格魅力。这与他"任何时候都不搞特殊化"的道德情操是一脉相承的。

他们的这种严于律己的精神与官场上存在的以权谋私、为家属谋利、提拔重用亲信的某些人形成了强烈的反差。自己不正，焉能正人？领导干部如果不严于律己，在自己身上丧失原则，就会在千百万人身上失去说服力。上行下效，"四风"很难纠正，社会风气的根本好转也无从谈起。

领导干部只有终生践行习总书记"三严""三实"的要求，从点滴做起，从身边事做起，以人格魅力为群众树立起榜样，聚集正能量，才能促进党风的改进、社会风气的根本好转。

排污成本提高倒逼减排发力

据央视报道：天津出台了对高排污企业处罚额度是原来九倍的政策。排污成本的提高倒逼减排发力，一些排污大户因撑不住而纷纷动了起来，要么关闭原生产项目转行干低污染的行当，要么对原生产线进行升级改造，降低排污。这一举措实在是大快人心。

长期以来，一些企业生产以牺牲生态环境为代价换取 GDP 的增长，其根源之一就是创业不实，不按科学发展观的要求办事，追求的只是短期效应。如果企业能将账算细、算准，就不难发现，这种发展一坑百姓，二害国家，到头来得不偿失，还把自己搭进去。

一些企业之所以对自己的排污不重视，还有一个原因就是我们的少数管理部门不能下狠手，有的甚至为了某种利益而姑息养奸。管理部门的处罚手段和措施往往是企业经营策略的风向标。一方面，如果管理部门处罚很轻，企业觉得有利可图，则我行我素，反正不伤自己筋骨；另一方面，管理部门出台的规则不严密，企业觉得有空可钻，并存有侥幸心理，有的甚至靠歪门邪道蒙混过关。因此，这就要求我们管理部门出台严厉可行的制度和法规，使重排污者不敢、不能随意排污。

李克强总理在今年的"两会"期间指出：为了建设生态文明的美好家园，我们要像对贫穷宣战一样，坚决向污染宣战。并强调，向污染宣战，"就要'铁腕'治污加'铁规'治污，对那些违法偷排、伤天害人的行为，政府绝不手软，要坚决予以惩处。对那些熟视无睹、监管不到位的监管者要严肃追查责任"。"宣战"不仅对管理者、重排污者是一种通牒和威慑，更是在向民众表达政府"加快产业转型升级、促进经济增长方式转变"的决心。"宣战"并不是一句口号，这需要各级政府和有关生产企业坚决践行科学发展观，做实生态文明建设，将保障民众的居住环境、提升民众的幸福感作为施政与生产的动力和标准，不要再以污染环境为代价，换取经济数字的好看与体面，换取非法利益。政府出台的法规和政策，加大了企业减排的力度，为百姓建设美好家园带来了希望。

我们高兴地看到，在向污染"宣战"中，各级政府都动了起来，管理部门不断加大力度，生产企业也在减排上下真功夫，一座座高污染的大烟囱被炸掉，一片片绿地在恢复，一条条河流在治理，一个个百姓期盼的天蓝、水清、地绿的美好家园将呈现在华夏大地。

密切联系群众是领导干部的常态化工作

通过群众路线教育实践活动的深入开展，党与群众的关系也越来越密切，使人们高兴地看到，在领导干部身上丢掉的是官气，沾的是土气，接的是地气，聚的是人气。密切联系群众正在变为领导干部的常态化工作。

一是形象。人们看到的多是领导干部不再像以前那样的前呼后拥，而是轻车简从；不再是兴师动众开大会、发号令，而是放下身子下基层，在田间地头、在农院炕头拉家常，与群众同吃同住；群众也不再把领导干部当成敬而远之的"官儿"，而把领导干部当作自己人。这种领导干部与群众的"零距离"，才是人民群众心中的真形象。

二是心细。习近平总书记指出："要坚持以人为本、执政为民，接地气、通下情，想群众之所想，急群众之所急，解群众之所忧，在服务中实施管理，在管理中实现服务。"这就要求我们领导干部服务群众要心细，从土地、劳动问题，到柴米油盐问题，无论大事、小事都要关注，要事无具细，像毛主席说的那样："对面的木桥太小会跌倒行人，要不要修理一下呢？……一切这些群众生活上的问题，都应该把它提到自己的议事日程上。"领导干部只有时刻将群众冷暖挂心上，从每一件小事着眼，并办实做细，才能赢得群众与之心心相印。

三是话真。面对群众，切忌讲大话、假话、空话，要掏心窝子讲真话，群众才能跟你交心谈底，才能掌握第一手材料，起到调查研究之目的，才有真正的发言权，党和政府出台的政策才能有的放矢，在群众中才能有号召力。

四是事实。要想把政府的"好心"办成群众满意的"好事"，办事就要遂群众愿。有的新生事物，群众一时难以理解和接受。对此，领导干部则要带头做出样子，将好事办好，让群众看在眼里，由"政府要干"变为"百姓自觉干"。做到民有所呼我响应、民有所难我来帮、民有所忧我来解，群众动嘴干部跑腿，群众提诉求干部即动手。有的地方，还把干部为群众办实事进行入档考核，将干部为群众办的实事记录入档考评，由群众签字认可才算数，使制度追着干部跑、干部围着群众转，将实事办好，深受群众拥护。

五是情深。曾有人问焦裕禄的次女焦守云："焦裕禄精神是什么?"焦守云回答："做人讲感情，做事有担当。"因为讲感情，所以奉行"亲民爱民、无私奉献"；因为有担当，所以民心归顺、一往情深。当年，我们党的干部与老百姓情深似海，靠的是党为老百姓谋幸福而获得的信任。今天，要使领导干部变"过客"为"亲人"，必须担当起造福于民的重任，把群众的福祉扛在肩上，才能变"口号"为"口碑"。这种感情不仅会创造"鱼水之情"的和谐，更能积淀出"血浓于水"的厚重。

领导干部要带头践行核心价值观

今年5月4日，习近平总书记在北京大学师生座谈会上发表的题为《青年要自觉践行社会主义核心价值观》的讲话，在全国、全社会引起高度重视，一个学习、践行社会主义核心价值观的热潮正在全国、全社会掀起。作为领导干部，带头践行社会主义核心价值观则是责无旁贷的。

一是要担当起勤学的责任。习总书记指出："为学之要贵在勤奋、贵在钻研、贵在有恒。"作为领导干部，首先自己要深学弄懂，从核心价值观的历史内涵到现实意义，从核心价值观构成的国家、社会、个人三个层面的价值要求到实现中国梦的"三个自信"，"要勤于学习、敏于求知，注重把所学知识内化于心，形成自己的见解，既要专攻博览，又要关心国家、关心人民、关心世界，学会担当社会责任。"不可为求得一知半解而走捷径，以其昏昏、使人昭昭是不行的。

二是要担当起宣传群众的责任。领导干部除了自己深学弄懂之外，还要担当起宣传群众的责任。在深入基层做好宣传中，要从中华历史文明中汲取与核心价值观一脉相承的思想和理念，要从百姓传统美德中提取精华，善于聚焦群众生活点滴、从群众身边的感人事迹选取材料，从油盐酱醋茶、酸甜苦辣咸的平实生活中汲取养分，用草根式的语言表达，透过小故事讲清大道理，起到润物细无声、潜移默化的作用。做群众宣传切忌假、大、空，要按照毛主席所说的那样："我们共产党人好比种子，人民好比土地。我们到了一个地方，就要同那里的人民结合起来，在人民中间生根、开花。"

三是要担当起笃实的责任。道不可坐论，德不能空谈。要按照习总书记"三严""三实"的要求，迈稳步子，夯实基础，久久为功。一方面，要引导群众特别是年轻人扣好人生第一个扣子。根深才能叶茂，人生只有打好基础，才能在成长的道路上逐步按照核心价值观的要求规范自己的言行。另一方面，领导干部要检查自己人生扣子的对与错，坚持对的，改正错的，要从一言一行、点滴小事做起，认真笃行核心价值观，在群众中树立起良好的形象，当好践行社会主义核心价值观的领头羊。

以奖代补彰显了环境治理的务实举措

据《青岛日报》近日报道：从今年起至2016年连续三年，市财政将安排专项资金，通过以奖代补的方式支持农村环境综合整治工作。这彰显了我市在治理农村环境中的务实举措。

曾几何时，在治理农村环境中，要么对破坏环境的行为给予处罚，要么对不达标的环境治理给予补贴。而这些手段收效甚微，往往治标不治本。而以奖代补的方式，不仅是方式上的转变，而是带来了成效的根本改变。

首先，把效果作为治理的唯一标准。言必信，行必果。一件事情，不在于你说得如何动听，也不在于你组织得多么漂亮，关键是看这件事的效果如何。对于好的效果，群众拍手称快，大加欢迎，政府按规定给予奖励既是非常必要的，也是非常可行的，更是应加提倡的。

其次，以奖代补，使资金用到了实处。俗话说，好钢要用在刀刃上。如果以补的方式治理环境，很可能将有限的资金撒了"芝麻盐"，容易造成"真干的"不如"会说的"，使资金出现漏洞，干得好的与干得差的和不干的差别不大，很难调动干事创业者的积极性。而以奖代补，可使获奖者感到光荣，使未获奖者也觉得服气，并可促进比、学、赶、帮、超活动的开展。

再次，以奖代补，弘扬了正气，聚集了正能量。以奖代补，不仅是对治理农村环境本身是一项改革创新和务实举措，也是对弘扬正气尤其对践行社会主义核心价值观从一个侧面是最好的诠释。弘扬核心价值观，一方面，要按习总书记"三严""三实"的要求，做到创业干事要实，不图虚名，不玩花架子，更不能沽名钓誉、盗名欺世；另一方面，要加大对治理农村环境做出贡献的单位和人的奖励力度，不仅从资金上给予奖励，还要从宣传导向上给予引导，以实创业干事者受到全社会的尊重，在全社会聚集正能量。

要帮孩子扣好人生第一粒扣子

近日，中宣部、国家发改委发出通知，要求在青少年中开展节俭养德主题教育，让青少年在浓郁的氛围中受到熏陶、得到感染。少年儿童是祖国的希望，而父母则是其教育的启蒙者，对孩子的成长至关重要。在重庆红岩革命烈士纪念馆里，陈列着一封由江竹筠烈士在狱中用竹签蘸着棉花烧的灰和水写给亲友的信。信中这样写道："……假若不幸的话，云儿（指江竹筠与彭永梧所生的时不到两岁的儿子彭云）就送你了。盼教以踏着父母之足迹，以建设新中国为志，为共产主义革命事业奋斗到底。……孩子不要娇养，粗服淡饭足矣！"读来感人肺腑。我想，这些话对于今天年轻的父母如何教育自己的孩子应该是有所启迪的。

当然，历史已进入了新时代，当年渣滓洞集中营革命先烈们的那种困苦生活与现在的幸福生活是无法比拟的，尤其对儿童来说，除了党和国家在法规上给予特殊保护外，各家都将其视为掌上明珠，在方方面面被照顾的无微不至，以粗服淡饭待孩子的时代可以说一去不复返了。然而，革命先烈关于"孩子不要娇养"的嘱托仍有现实意义。孩子人生价值观的形成，要靠父母从小培养。习近平总书记指出："这就像穿衣服扣扣子一样，如果第一粒扣子扣错了，其余的扣子都会扣错。人生的扣子从一开始就要扣好。"如何帮孩子扣好人生第一粒扣子呢？

首先，对孩子不能溺爱、迁就。爱子之心，人皆有之。但不能在原则问题上一味迁就，百依百顺，对其形成溺爱，要做到爱严分明、爱严有度。溺爱会对孩子造成任性、是非观念淡薄的缺点。很难想象，一个从小受溺爱、娇生惯养的孩子，长大能成为栋梁之材。惯子如杀子，少数出身于高官名人家庭却没有受到很好教育的孩子而走向犯罪道路的例子很是发人深省。

其次，以身教对孩子加以影响。俗话说："身教重于言教。"对一个儿童来说，家庭教育、包括父母从小给他的种种有意无意地引导和影响，起着相当重要的作用，是儿童成长的起点。这个起点好不好，方向对不对，与其一生都有很大影响，切不可等闲视之。一方面，父母要当好榜样，要用自己的模范言行去影响孩子的思想情感和行为；另一方面，要配合学校、社会给予联手教育，不能有"护犊子"心理，总认为"自己筐里没有烂杏"，要及时发现、敢于面对孩子在外面犯下的错误，并帮助其改正。

再次，要让孩子容于社会，经风雨、见世面。温室的花朵是经不起风雨吹打的。一方面，要培养孩子的自理能力，不要事事越俎代庖，要让其在困难中磨炼自己、增长才干；另一方面，让其多参加有意义的集体、社会活动，如"夏令营"、志愿者活动等，培养其团结友爱、集体观念、勇于担当的精神，为将来走向社会奠定正能量。

"凿井者，起于三寸之坎，以就万仞之深。"只有帮孩子扣好人生第一粒扣子，才能使社会主义核心价值观成为他们的基本遵循，并在以后的人生道路上身体力行地笃实。

党员领导干部"结穷亲"更接地气

据《青岛日报》报道：近日，市南区在开展"党员领导干部联系帮扶困难家庭"活动中，347名副处级以上干部每人帮扶一户困难家庭，取得了良好效果。这表明，党员领导干部"结穷亲"解难题更接地气。

党员领导干部"结穷亲"解难题，彰显了党员领导干部的责任担当。在当下，无论在城市还是在乡村，由于发展的不平衡，总有少数贫困人群摆在我们面前。习总书记指出："对各类困难群众，我们要格外关注、格外关爱、格外关心，时刻把他们的安危冷暖放在心上，关心他们的疾苦，千方百计帮助他们排忧解难。"通过党的群众路线教育实践活动，一大批党员领导干部把为群众办实事、办真事当作自己的一份义不容辞的责任，把为人民谋利益、谋幸福认定是自己推卸不掉的担当。我们高兴地看到：西藏60名省军级干部建立基层联系点，干群结对子、实干出样子；广西桂林实行干部换位当一次群众，换出作风新气象；中央和行业类媒体采编人员通过开展西柏坡革命老区行活动，从老区人民对三大战役的无私支援、从当年"最后一尺布用来做军装，最后一碗米用来做军粮，最后的老棉被盖在担架上，最后的亲骨肉送到战场上"的动情民谣中体会到，要牢固树立"人民群众是真正的英雄"的理念，时刻牢记"为了谁、依靠谁、我是谁"，"基层是考场、群众是考官"，"人民群众是共产党人一辈子不能割舍的根基"。《大学》有言："一家仁，一国兴仁；一家德，一国兴德。"家无大事，家事非小事，点滴细节蕴含着生活和发展的真谛。在向小康迈进的历程中，对于那些贫困家庭，我们要特别关注，要从细处着眼、实处下手，给予真切的帮助，让他们及早解困，与大多数人共同过上幸福生活。

党员领导干部"结穷亲"解难题，是困难群众的期盼。俗话说，人穷亲戚怕上门。对于贫困家庭来说，他们也有自己的梦想，梦想能过上丰衣足食的日子，能往上条件比较好的房子。我们的党员领导干部应到他们当中去，多听他们的诉求和期盼，认真体会他们的感受。现任兰考县委书记王新军深有体会地说："只有经常到群众中去走一走、看一看，自觉问需于民、问政于民、问计于民，才能从民意中看到自身的差距，从群众中找到解决问题的办法，从群众的期盼中增添奋勇前进的动力。"

党员领导干部"结穷亲"解难题，还要处理好"输血"与"造血"的关系。习总书记指出："生活在我们伟大时代的中国人民，共同享有人生出彩的机会，共同享有梦想成真的机会，共同享有同祖国和时代一起成长与进步的机会。"这就要求我们党员领导干部不仅要帮贫困家庭"输血"以解燃眉之急，更应帮助其恢复"造血"功能使其焕发青春。要根据其实际情况，与其商讨近期解困方案，中期脱贫计划、远期致富规划，让其树立实现梦想的信心，并采取有效措施让其充分发挥主观能动性，在政府的帮扶下实现自己的梦想。

从华润排污造假被查看环保的任重道远

据央视报道：沈阳华润热电公司烟囱多年排污严重超标，使周围群众深受其害。华润为了逃避责任，将排污记录人为造假，媒体曝光后被查处。无独有偶，湖南衡东县一家化工厂排污严重超标，造成该地300多名儿童血铅严重超标。华润等企业这些损害群众健康的卑劣作为，说明我国的环保任重道远。

李克强总理在政府工作报告中指出，今年要努力建设生态文明的美好家园，我们要像对贫困宣战一样，坚决向污染宣战。为此，国务院出重拳强化污染防治：2014年要淘汰燃煤小锅炉5万台，推进燃煤电厂脱硫改造1500万千瓦、脱硝改造1.3亿千瓦、除尘改造1.8亿千瓦，淘汰黄标车和老旧车600万辆，推广新能源汽车，在全国供应国四标准车用柴油；守住生态安全底线，对雾霾围城、环境污染亮起"红灯"，提出以PM2.5和PM10为突破口；用市场之手落实减排，提出2014年能源消耗强度要降低3.9%以上，二氧化硫、化学需氧量排放量都要减少2%；各级政府要改变片面追求GDP速度的倾向，并将环保指标引入领导干部考核机制；完善生态补偿机制，一方面要对因管理不到位而造成环境破坏者实行重罚和追究责任，另一方面对环境造成污染者实行源头追究和跨区域补偿。这些都是中央为保护生态文明在决策制度、评价制度、管理制度、考核制度等方面作出的重要部署。

对中央的要求和部署，使人民群众感到享受蓝天、绿地、清水和新鲜空气的愿望有了盼头。然而，我们的一些生产企业特别是国有大企业却置中央的决策和百姓的健康安全而不顾，有的行动迟缓，有的我行我素，其至造假、欺上瞒下。这里面一个关键问题就是企业负责人核心价值观的缺失，违背了做人的良心。

孟子讲"无恻隐之心，非人也；无羞恶之心，非人也；无辞让之心，非人也；无是非之心，非人也。"生而为人，当有最基本的良心，恪守最基本的良知，否则就会突破做人的底线。做事先做人，做人讲良心，是我们民族最基本的道德准则。河北保定有位"良心油条哥"刘洪安，多年来他拒绝反复炸油，天天使用新油。他说："咱做的是买卖，顾客花钱买的是安全、营养和健康。人不能昧着良心，图眼前小利。如果让顾客吃出毛病来，那咱和图财害命有什么区别？"建议那些大企业家、做大买卖的人要好好向这位做小买卖的"良心油条哥"学学，或许能使自己的良心感悟，改邪归正，实实在在做好对人民群众有益的事。

今年全国两会上，习近平总书记在贵州代表团参加审议时语重心长地说："我现在看到贫困地区的老百姓，确实发自内心地牵挂他们。作为共产党人一定要把他们放在心上，真正为他们办实事，否则我们的良知在哪里啊？"石家庄市原纪委书记姜瑞峰生前有句名言："月拿国家俸禄，日食人民小米……不能对不起自己的良心。"时时叩问自己的良心，不断校正自己的行为，各级领导干部和企业老板办事才会办到群众的心坎上，才会让老百姓真正有盼头。

"传家宝"需要传承更需要弘扬

据央视报道：为了纪念中国共产党成立93周年，央视开辟了"弘扬传家宝"栏目，对中华民族有影响的"传家宝"进行宣传。这一栏目的开辟，无疑是对当前弘扬践行社会主义核心价值观是一个很好的推动。

纵观核心价值观国家、社会和个人的三个层面，好多方面涉及的内容都是我们的传家宝。对于传家宝，我们不仅需要传承，更需要弘扬。

首先，要结合中华民族的优秀传统文化进行弘扬。习总书记指出："中华文明绵延数千年，有其独特的价值体系。中华优秀传统文化已经成为中华民族的基因，根植于中国人民心里，潜移默化影响着中国人民的思想方式和行为方式。"如："天行健，君子以自强不息"的理念，使我们看到了像张海迪这样身残志不残的精神；"出入相友、守望相助"的精神，使我们看到了雷锋、郭明义等助人为乐精神的发扬；"君子喻于义""君子坦荡荡""君子义为质"的信念，使我们看到了焦裕禄、杨善洲等党员领导干部为人民的事业奉献终生的事迹。他们身上的这些传统美德都是我们中华民族的传家宝，是对核心价值观的最好诠释。

其次，要联系百姓日常工作、生活中的细小事情进行弘扬。老百姓日常工作、生活中的文明之举，彰显了社会的正能量，好多被公认为"传家宝"，也是对核心价值观的最好印证。家住陕西省三原县鲁桥镇东里西村的雷国平，是一名普通的退休工人。多年来，他和老伴教子重家风，不仅把子女教育成才，还以实际行动践行"幼吾幼以及人之幼"的古训，自费购图书、自编《家音》杂志，宣传优秀家风、家规、家训，鼓励村里的孩子勤奋成才，使小小村庄走出1名博士、4名硕士和28名大学生。他的这一平凡事迹，给村子带来了巨大变化，也赢得了乡亲们的真诚爱戴。

再次，弘扬"传家宝"，要做到持之以恒。习总书记强调："核心价值观的养成绝非一日之功，要坚持由易到难、由近及远，努力把核心价值观的要求变成日常行为准则，进而形成自觉奉行的信念理念。"一方面，要勤学，下得苦功夫，求得真学问，要以"学海无涯苦作舟"的精神，广学深研；另一方面，要笃实，扎扎实实干事，踏踏实实做人，要以"咬定青山不放松"的韧劲和毅力，干成每一件事，使中华民族的"传家宝"在新时期得到传承和弘扬。

只有动真格才能遏制住生态恶化

据《青岛日报》报道：近日，市环保部门出台了《青岛市环境空气质量生态补偿方案》，确定在市南等6区开展环境空气质量生态补偿工作。按照规定，对达标的，最低可获奖励补偿100万元；对"气质"变差的，最低同样罚100万元。这一奖罚分明的措施，体现了市政府向污染宣战的坚强决心，向社会宣示了在治污中动真格的鲜明态度。

李克强总理在今年初的政府工作报告中指出，今年要努力建设生态文明的美好家园，我们要像对贫困宣战一样，坚决向污染宣战。然而，一些地方和企业却漠视政府的决心，置中央决策和百姓的健康安全而不顾，有的行动迟缓，有的我行我素，甚至造假、欺上瞒下。对此，只有出实招、下狠手、使猛药、动真格，才能遏制住生态恶化，人民群众享受蓝天、绿地、清水和新鲜空气的愿望才会有盼头。为此，必须给生产企业提个醒：

一是企业生产要懂法规。政府管理部门出台的法规，从维护人民群众的基本利益出发，定出了一些不能逾越的红线和底线。如胆敢逾越红线和底线，必将受到法规的惩处。生产企业也不要耍小聪明，靠弄虚作假蒙混过关，要相信法网恢恢、疏而不漏的真理和跑了和尚跑不了寺的后果。只有脚踏实地、用自己诚实劳动干事创业才是正路。

二是企业生产要讲良心。做事先做人，做人讲良心，是中华民族最基本的道德准则。河北保定有位"良心油条哥"刘洪安，多年来他拒绝反复炸油，天天使用新油。他说："咱做的是买卖，顾客花钱买的是安全、营养和健康。人不能昧着良心，图眼前小利。如果让顾客吃出毛病来，那咱和图财害命有什么区别？"建议那些昧着良心排污生产的企业家们、做大买卖的人要好好向这位做小买卖的"良心油条哥"学学，或许能使自己的良心感悟，改邪归正，实实在在做好对人民群众健康有益的事。

三是企业生产要算清账。企业生产不可一味铤而走险，鼠目寸光，图小利而赔大本。企业要树立科学发展观，决不能以牺牲百姓的健康来换取所谓的繁荣。俗话说，偷鸡不成蚀把米，弄不好到头来使己人财两空、身败名裂，那可真是划不来。识时务者为俊杰。真正的企业家应胸怀宽阔、目光远大，将己业繁荣与民众安康视为一体。只有这样，才能不断走向辉煌。

党员领导干部要勇于自责

1937年，贺龙在延安开会时旱烟叶抽光了，警卫让后勤人员买了些烟叶送去。当他得知因自己生活费已用完，这烟叶是用公款买的时，沉痛地说："我贺龙犯了挪用公款之罪喽！"事后两个月间，他每餐减盐减油减菜甚至不吃菜，硬是从生活费中省出钱来把一斤半烟叶款如数还清。贺龙同志这一举动使周围的人既感慨又敬佩。他的这种自责精神，与我党在延安时期形成的自我批评的优良传统作风一脉相承。

然而，在当下，勇于自责者少了，推责者多起来。少数党员领导干部无论犯了什么过错，马上把问题归罪于外界或他人，寻找借口来为自己开脱。就连违纪收礼收钱也能找到"理由"：逢年过节送钱送物已成潮流，你躲得了今天，躲不了明天，躲得了本单位的躲不了外单位的。这种推责，是"四风"难绝的重要原因。作为党员领导干部，必须发扬党的优良传统，要勇于自责。

有了自知之明，才能勇于自责。毛主席说："领导不是百事通，不是万能的。要做群众的先生，先做群众的学生。"党员领导干部要明白，群众身上有许多优秀的传统美德，群众中有无穷的智慧和丰富的经验，值得很好地学习和总结。万万不可将自己当成诸葛亮，把群众当成阿斗。要放下架子，甘当小学生，多同群众交朋友，多向群众请教，才能在工作中发现自己的短处和错误，勇于自责。

有了良心感悟，才能善于自责。人非圣贤，孰能无过。然有错不怕，只有知错能纠，内心尚存良知。当你发现由于自己的错误会给无数无辜群众造成巨大痛苦时，当你发现由于自己的一个小小的过失会给百姓带来很大损失时，定会受到良心的谴责。做人、做事凭良心，你就会处处、时时、事事多一份自责。

有了担当精神，才能乐于自责。习总书记指出：是否具有担当精神，是否能够忠诚履责、尽心尽责、勇于担责，是检验每一名党员干部身上是否真正体现了共产党人先进性和纯洁性的重要方面。作为党员领导干部，要虚怀若谷，做到为人民敬业奉献永不满足，做到事不避难、义不逃责，乐于担责、受屈不计，以敬畏之心对待肩负的职责和使命，始终保持共产党人的蓬勃朝气、昂扬锐气、浩然正气。

湿地鸟蛋被"捡"呼唤全民生态保护意识

据《青岛日报》报道：在胶州湾河套湿地里，一些野生水鸟的鸟蛋被人捡走或破坏，导致今年在此繁殖的水鸟繁殖失败。这说明保护生态文明，不仅是各级政府的责任，更在呼唤全民生态保护意识亟待提升，需要全社会的共同努力。

首先，要从"我"做起，保护生态环境人人有责。今年以来，为了建设生态文明的美好家园，各级政府相继出台了若干政策和措施，从决策上、制度上和法规上为保护生态环境提供了保障。然而，仅这样还远远不够，还必须使人人都知法、懂法、执法，特别是对处在保护区最近的人群，要自觉践行保护生态环境、建设美好家园，加快培养生态文明意识，树立良好生态环境是最普惠的民生福祉的理念。一方面，要组织保护区及其周围群众认真学习国家和政府关于保护生态环境的法规，做到家喻户晓、人人都明白；另一方面，要使为保护生态环境做出贡献者得到褒奖，努力营造保护生态环境的良好氛围。

其次，要坚持依法保护生态环境，出重拳打击破坏生态文明行为。对破坏生态文明的不法分子以零容忍的态度，要坚持有法可依、执法必严，进行坚决打击，使其受到应有的惩处，并以各种形式给予曝光，以儆效尤，让其丑恶行为受到全社会的谴责，在全民牢固树立生态红线观念。

再次，要多管齐下，弘扬保护生态环境的美德。爱鸟护鸟是人类的美德，保护生态文明、建设美好家园，是践行核心价值观的要求，是实现中国梦的重要内容。一方面，要加大宣传力度，通过和采取主流媒体、国民教育、民间文艺、社区帮扶、志愿者服务、警民联防等多种措施，以宣传、教育、防护等手段，使生态文明得到弘扬；另一方面，让生态文明造就的山清水秀、蓝天白云、鸟语花香的美丽家园给人以现实说法，让人们充分感受到生态文明对自己生活的依存度，让生态文明在全民心中生根发芽、开花结果。

要一分为二看主流

随着反腐败斗争的深入开展，党中央坚持从严治党的方针，坚持老虎苍蝇一齐打，使腐败分子无藏身之地，使"四风"受到遏制。

对此，我们的一些同志存有一定模糊认识：有的认为，在党员领导干部中，上到中央领导层，下到基层单位，出了这么多腐败分子，我们党还能否担负起执政为民的重任；有的认为，党风不正，严重影响了社会风气的不好，我们的社会还有没有希望？如此等等，这种对党、对社会失去自信的思潮，必须认真对待。

要坚持马克思主义的方法论，按照一分为二的观点正确看待、分析、评价我们的党、制度和社会。党内一些腐败消极现象、违纪违法案件的发生，毕竟是少数，我们党员干部队伍的主流始终是好的。经过战火考验和无数斗争洗礼的中国共产党，比任何时候的信仰更加坚定、纪律更加严明、作风更加过硬。像焦裕禄、孔繁森、杨善洲、沈浩、郭明义等优秀共产党人的形象，成为中华民族的脊梁，他们的精神是我们社会的正能量，影响着几代人的世界观。

党中央正是坚持了马克思主义一分为二的方法论，在我们党不断发展壮大中，居安思危，提出了纠正"四风"、反腐败的新要求，对腐败分子以零容忍的态度，坚持党纪面前人人平等、党内没有特殊党员，对违纪人员的查办，体现了我们党自我净化、自我革新的政治勇气，彰显了我们党"治国必先治党、治党务必从严"的坚定决心。

同样，在前进道路上出现问题和遇到困难的时候，要看到光明，要树立信心。习近平总书记指出："站在九百六十万平方公里的广袤土地上，吸吮着中华民族漫长奋斗积累的文化养分，拥有十三亿中国人民聚合的磅礴之力，我们走自己的路，具有无比广阔的舞台，具有无比深厚的历史底蕴，具有无比强大的前进定力。"今天，经过党的群众路线教育实践活动的开展，党的优良传统和作风得到了进一步发扬，道路自信、理念自信、制度自信在全党、全民高度统一。"装点此关山，今朝更好看。"中华民族伟大复兴的壮美画卷正铺展开来。今天，我们比历史上任何时期都更有信心、更有能力实现这一蓝图、这个梦想。勿忘昨天的苦难辉煌，无愧今天的使命担当，不负明天的伟大梦想，更加美好的中国将在亿万中华儿女的共同努力中变为现实。

从源头上抗震防灾才是良策

据《青岛早报》报到：山东省政府近日下发了《关于进一步提升建筑质量的意见》，明确提出：工程建筑质量要遵循坚固安全、舒适便利、美观大方、节能环保四项原则，一般建筑正常使用寿命不得低于50年；抗震设防应安全有效，保证建筑物小震不坏、中震可修、大震不倒。这是从源头上提出了抗震防灾的保障，体现了政府对人民生命安全高度负责的举措。

几年来，地震给人民生命财产造成的巨大损失，成为我们的国殇。这次云南鲁甸地震因居民房屋质量差而造成重大人员伤亡，又一次给我们敲响了警钟。自然灾害，本身难以预测，但从源头上我们可以最大限度地提出应对措施，将自然灾害带给我们的损失降至最小。

首先，政府要担当起应担当起的职责。一方面，政府要出台相关法规，从制度上保证抗灾减灾，从抗灾减灾源头上提出相关措施。如：山东省政府提出的《关于进一步提升建筑质量的意见》和《青岛市住宅工程质量通病治理手册》《青岛市住宅工程质量通病防治导则》等，规定建筑设施特别是住宅等方面的标准要求；另一方面，加大监管督查力度，对建筑质量严格监管，对"豆腐渣"工程实行零容忍，严厉查处，使建筑质量经得起历史的检验，并终生追究责任，以防患于未然。

其次，房屋开发商和建筑企业要对人的生命怀有敬畏之意。要树立严格标准、严格工序、严格施工的观念和诚信务实的创业作风，确保工程质量，以优质工程接受历史的检验，换取百姓的信任和口碑。

再次，要在全民中宣传普及抗震防灾知识。要利用媒体及各种可以利用的载体广泛宣传普及抗震防灾知识，有条件的单位要定期组织抗震防灾逃生演练，要让抗震防灾知识人人皆知、家喻户晓，不断提高全民抗震防灾意识和能力。这样，即使灾难来临，我们也会遇事不乱，迅速有效地进行抗御和自救，使损失降至最小。

国有大企业应具有的责任担当

据央视报道：国家电网在川藏电力联网工程中，为了保护生态环境，克服种种困难，五次跨越金沙江，将输电线路贯通雪域高原。体现了国有大企业为保护生态环境的责任担当。

然而，当下少数国有大企业在自身发展中，不顾生态环境，单纯追求经济指标，有的为了逃避责任，竟人为造假，受到了应有的处罚。

李克强总理在政府工作报告中指出，今年要努力建设生态文明美好家园，我们要像对贫困宣战一样，坚决向污染宣战。历史的经验告诉我们，美好的生态环境一旦遭到污染破坏，使其再恢复将是十分困难的。因此，保护原生态是我国的第一要务。在这当中，国有大企业是责无旁贷的。

一是国有大企业要真正树立科学发展观，将保护生态环境放在首位。国有大企业既是国民经济发展的主力军，更是生态文明保护的生力军。其举动影响面大、具有牵一发而动全身的作用。因此，国有大企业在自身发展中，要带头守住生态安全底线，必须让短期效益让位于生态环境，为保护生态环境、普查民生福祉做出积极贡献。

二是国有大企业要树立法治观念，算清经营成本账。前些时候，华润为了逃避责任，存有侥幸心理，将排污记录人为造假，但忽视了在法律面前人人平等的尊严，媒体曝光后被查处，受到严厉处罚，到头来，不仅经济利益受到损失，企业信誉也受到影响。这应作为国有大企业的前车之鉴，应自觉不闯越生态红线。

三是国有大企业要带头践行核心价值观，恪守做人良心。今年全国两会上，习总书记在贵州代表团参加讨论时语重心长地说："我现在看到贫困地区的老百姓，确实发自内心地牵挂他们。作为共产党人一定要把他们放在心上，真正为他们办实事，否则我们的良知在哪里啊?"石家庄市原纪委书记姜瑞峰生前有句名言："月拿国家俸禄，日食人民小米，……不能对不起自己的良心。"时时叩问自己的良心，不断校正自己的行为，各级领导干部和国企老板们才能不会以牺牲自然生态和百姓幸福而换取既得利益，才能办事真正办到群众的心坎上，自觉担当起保护生态环境、造福百姓的重任。

算好"三笔账"　走好为官路

习近平总书记在与党员领导干部座谈时，曾为领导干部算过"三笔账"，要求党员领导干部要守住底线、会算大账，别干得不偿失的事情，珍惜来之不易的事业和人生，走好自己的为官路。

一是要算好利益账。一个领导干部，有稳定的收入，组织上从工作考虑又给了许多必要的工作待遇，退休后还有各方面的不错待遇，细细算来，得到的已经不少了。如果贪赃枉法、一失皆无，值得吗？可偏偏有少数贪官不算这个账，不能坦坦荡荡做人、清清白白为官，而贪得无厌、利用手中权力敛财，要么战战兢兢处于极端焦虑不能自省，要么难逃东窗事发，最终丢官去职，将捞到的歪财全部吐出，落得了人财两空。

二是要算好法纪账。党的十八大以来，党中央强调"以零容忍态度惩治腐败"，坚持"老虎""苍蝇"一起打，以猛药去疴、重典治乱的决心，以刮骨疗毒、壮士断腕的勇气，打出一系列反腐"组合拳"，一批重大案件得以查处，一批腐败分子纷纷落马。然而，少数党员领导干部，有的忽视党纪国法，总以为吃一顿、拿一些、玩一下、贪一点没关系，不知"千里之堤溃于蚁穴"的道理，而终酿成大祸；有的存有侥幸心理，自以为上有"保护伞"、下有"圈里人"，认为"阴沟里翻不了船"，而深陷腐败泥潭不能自拔，终犯大事、栽了跟头。党纪面前人人平等，党内没有特殊党员。如果私欲膨胀、滥用权力、谋取私利，迟早都会摔跟头，甚至走向违法犯罪的深渊。对于这一点，谁都不要心存侥幸，计算"不出事"的概率；谁都不能藐视法纪，存有进了"保险箱"的幻觉。

三要算好良心账。组织上培养一个干部不容易，如果干部以权谋私，既对不起组织，对不起人民，也对不起家人，违背了做人的良心。一个人的成长，背后是父母长辈的关爱、兄弟姐妹的帮助，家人的最大心愿是平淡安宁、和谐团圆。他们最希望的是你一路平安，最想要的是你拥有健康的身体、舒畅的心情、进取的事业。"吃菜根淡中有味、守清廉梦里不惊"，"留一生廉洁给自己、送一份幸福给家人"，"一人不廉、全家不圆"……这一句句朴实的寄语承载着亲人家人对你的厚重期盼。记得小岗村原党支书记沈浩，生前在办公桌上常年放着女儿的照片，背面有这样一行稚嫩的字：爸爸我爱你，你别做贪官。沈浩女儿写下此言时，还只是个10岁的小女孩，但"别做贪官"的告诫，却沉淀着对爸爸淳朴的爱。作为党员领导干部，当你向不义之财要伸手的时候，是否想到子女的深深爱恋、家人的厚重期盼？千万莫将良心的发现变成迟到的泪恨。

总之，党员领导干部任何时候都要坚守理想信念，头悬利剑、手握戒尺，恪守规矩、慎终如始，自觉践行"三严三实"，以敬畏的心态算好每一笔账，走好自己的为官路。

把实事做实群众才能满意

据报道：最近，市南区政府在为百姓排忧解难中办了两件实实在在的事，受到广大群众的点赞。一件是为普及居民环保知识实行垃圾分类，区政府出资每户居民发两只分类垃圾桶，常年免费供给分类垃圾塑料袋，并在居民大院张贴发放垃圾分类宣传品，指导居民实行垃圾分类；另一件是为解决学生午餐问题，区政府投资兴建学生配餐中心，并实行严格的卫生管理，每餐每人只需8元，即可吃到实实在在的绿色放心营养饭菜，人工、管理费等全由政府埋单。

习总书记指出："我们要坚持党的群众路线，坚持人民主体地位，时刻把群众安危冷暖放在心上，及时准确了解群众所思、所盼、所忧、所急，把群众工作做实、做深、做细、做透。"通过党的群众路线教育实践活动，市南区政府把眼睛盯在了为群众办实事上，并将群众犯愁、感到困难的事做实、办细，让群众真正得到实惠。

而当下少数政府部门和党员领导干部把为群众办实事当作儿戏：有的为官不作为，不做事情，不担风险，在其位不谋其政，对群众的事消极懈怠；有的好大喜功，眼睛只盯着能出彩的大项目，对群众的小事、难事不屑一顾；有的作风浮虚，为群众办事不求实际，要么雷声大雨点小，要么半途而废。

为官作为是天职，党员领导干部为群众办实事是本分。当官是为老百姓办实事的，承载着组织的信任和百姓的希望，理应在其位谋其政，任其职负其责，为官一任、造福一方，尽心竭力为群众办实事。倘若对职责无所用心，虚食重禄，尸位素餐，该管的不管，该抓的不抓，就是严重的失职。古代官员尚且懂得"食君之禄，忠君之事"，作为党员领导干部更应时刻牢记自己的职责，为群众的利益主动作为。一是要及时发现群众困难，及时回应群众呼声，及时满足群众诉求，第一时间办好群众所急需的事；二是要针对不同群众的不同诉求和愿望，从点滴小事做起，从难事入手，提供差异化服务，满足不同群体的合理需求；三是为群众办实事不搞一阵风，要坚持一以贯之、持之以恒，以赢得群众的信任和拥护；四是要以群众满意为唯一出发点，把群众期盼的事做实，让群众暖在心上，赞在嘴上。

党员领导干部应抽时间静心读点书

据上海媒体报道：不久前在上海举办的读书节，受到社会各界的追捧，这里当然也不乏党员领导干部的热情参与。这说明，党员领导干部静心读书的风气正在回暖。

党员领导干部能否读好书、善读书，确实兹事体大。然而，党员领导干部精心读书的风气却令人担忧。据《人民论坛》杂志的问卷调查，约六成多党员领导干部每周阅读在6小时以下；而另一项调查中，国人每周阅读时间是8.1小时。相比之下，党员领导干部的阅读时间要大大少于国人的平均值。人们不禁要问："党员领导干部的时间都去哪儿？"可以算一算，党员领导干部呈群体加班加点的时间并不多见，有少数人甚至能在8小时以内干好分内的事就不错了。从反"四风"中暴露出少数党员领导干部的作风问题便可对他们的时间应用略知一二：有的偏信谣言，沉迷于收发各种低级趣味的段子；有的迷恋于麻将扑克，甚至一玩就是通宵；有的热衷于酒桌舞厅，什么"中午围着盘子转，晚上围着裙子转"则是他们的真实写照……试问，在这样一个社会发展与技术革命更新瞬息万变的时代，而当下中国深化改革与改善民生的任务又那么艰巨复杂，那些几乎不读书的党员领导干部，靠什么提高理想信念与文明素质？如何增强自己的治国理政能力？又如何提高自己的决策水平和综合素质？万万不可"以其昏昏，使人昭昭"，再干那些误政坑民害己的事了。

习总书记指出："对领导干部来说，除了工作需要以外，少出去应酬，多回家吃饭。省下点时间，多读点书，多思考点问题。"现在，八项规定不但遏制了公款消费，也把大量业余时间还给了党员领导干部。空下来的时间可以静心读书、静心思考。古人对读书也有许多精辟论述。《礼记·中庸》有言："博学之，审问之，慎思之，明辨之，笃行之"；朱熹则讲："读书有三到：心到、眼到、口到"；汉代刘向对人一生读书学习给予更美好的比喻："少而好学，如日出之阳；壮而好学，如日中之光；老而好学，如炳烛之明。"历史和现实都证明，书籍是智慧的结晶，它能明辨是非为你指明正确的道路。无论是童年、青年或老年，只要和它在一起，就不会感到孤独，而感到生气勃勃。不读书的人就不可能算是一个完人。当然，对党员领导干部而言，读书还要善用，要善于把读书学习的所悟，转化为改革创新、攻坚克难的勇气、智慧和能力。另一面，党员领导干部的行为有着导向和风气引领作用，读好书、善读书，更是他们应尽的社会责任。

让失信者付出更高代价

诚信，是核心价值观的重要组成部分，是我们做人的根本。金杯、银杯，赶不上百姓的口碑，说的就是这个道理。

要诚信，就必须惩戒失信。而当下，我们对失信者往往过于宽容，使其受不到应有的惩戒。如：《产品质量法》规定，对制售假冒伪劣者处没收违法生产、销售产品，并处货值金额三倍以下罚额。仅使以如此轻的惩戒，又如何奈得不诚信者改邪归正呢？这也令国外的一些不法商人看到中国市场有机可乘和有利可图。据说，日本商人出口商品的原则是：一等品销往美国，二等品留在本国，最差的销往中国。这反映出我们对不诚信者给予了很大生存空间，足以使其奄而不息。

杭州"老字号"胡庆余堂里有块牌匾："戒欺"。跋文由创始人胡雪岩写就："凡百贸易均着不得欺字，药业关系性命，尤为万不可欺。"他规定："采办务真，修制务精"，员工有违反，不仅褫夺饭碗，甚至送官坐牢。对不诚信者的严惩可见一斑。有这样一个故事：一个在国外的中国留学生，课余时间在一家餐馆打工。当地餐饮业有一条不成文的行规，盘子必须用水洗上7遍。由于洗盘子的工作是按件计酬的，这位留学生便耍了点小聪明，偷偷少洗两遍。果然，效率大大提高，工钱自然也随之增加。这事儿最终暴露了，老板让他卷了铺盖。后来他又到另一家餐馆应聘，老板打量了他半天说："你就是那位只洗五遍盘子的中国留学生吧。对不起，我们不需要！"第二家、第三家……屡屡碰壁，不仅如此，房东也要求他退房。最后，竟未完成在国外的留学而回国。这样，似乎对这位留学生太过于苛刻。但想来，只有对不诚信行为形成严厉、疏而不漏的制裁体系，让失信者无容身之地，方能使诚信成为整个社会的行为准则。这也给国人算一个不错的借鉴。

我们在弘扬核心价值观中，仅凭正面宣传是远远不够的，还必须采取两手，对不诚信从制度、体系及制裁手段上，实行"零容忍"，让失信者付出更高代价，让其丢掉的不仅仅是"面子"，还有"饭碗"及生存空间，以形成失信者寸步难行、诚信者走遍天下的良好氛围。只有这样，才能使诚信在人们心中永驻，成为整个社会崇尚的理念。

中国人民大学法学院教授刘俊海曾对诚信有一句美好的描述，他说："信用是迈入现代社会的一双翅膀，只有建立起一套让每个人珍惜自己信用羽毛的机制，我们的社会才能飞得更高，飞得更好！"诚信机制的建立，我们还有很长的路要走。

公众人物应是核心价值观的承载者

连日来，中国作协、中国文联、中国记协等相继发出践行社会主义核心价值观的倡议书，文艺界、新闻界以各种形式提倡公众人物树立良好社会形象、勇做践行核心价值观的表率，受到了各界的点赞，使大家看到了我们国家的上层建筑并不因出了个别"涉黄赌毒"违法犯罪的名人而黯然失色，传递出鲜明的导向和责任担当。

习总书记强调，把社会主义核心价值观日常化、具体化、形象化、生活化，特别要抓好领导干部、公众人物、青少年、先进模范等重点人群的示范作用。尤其是耕耘在思想文化园地的文艺工作者，引领着社会思潮，直接为群众提供精神给养。他们能不能言出必行、以身作则，事关核心价值观能否真正深入人心。

践行核心价值观，公众人物之所以责无旁贷，不仅仅在于他们有着广泛的影响力，更因为他们身上被寄托了人们对品性德行的良好期待。他们行为世范，群众则会爱屋及乌；他们表里不一，群众就恶其余胥。打铁还需自身硬，作为公众人物，必须时时、处处、事事保持自省、自警、自律，做到大节不亏、小节不纵、晚节不失，引领好风尚、弘扬正能量。中国文联党组书记赵实说得好："人们心目中的艺术家应当是人类灵魂的工程师，不仅有艺术的绝活，还有思想的启迪、心灵的慰藉、审美的愉悦。所以艺术工作者一定要恪守职业道德，追求德艺双馨，树立良好的形象，要先做人再演戏，德为先、艺为本。"揆诸以往，侯宝林、梅兰芳、常香玉、范长江等文艺界、新闻界德高望重的老前辈，之所以至今仍被人深深缅怀，正在于他们将做人放在首位，做到了做人与从艺同样精彩，一生坚守了核心价值观。

少数公众人物之所以出事，最根本的是他们的价值取向出了问题。在他们尚未出名之前，可能还小心翼翼、如履薄冰地在走好自己的每一步。一旦成了"角儿"，有的忘了师傅的教诲，不走正路，以"吸金"为唯一目的；有的不图上进，靠吃老本，老本吃尽，则靠低俗手段欺骗群众；有的不自重，专交狐朋狗友，一步步走上聚众犯罪道路。著名表演艺术家奚美娟曾说："公众人物的生活方式，对社会风气的形成起到某种潜移默化的作用，从这个角度来说，公众人物更要非常自律。"公众人物必须修身律己，不断校准价值航向，担当起核心价值观的承载者、宣传者和践行者，为社会传播正能量。

坚守职业操守　传播正能量

《办公室工作研究》这本青岛市办公室工作者自己的刊物，在市委、市府办公厅的指导下，在广大会员单位的精心呵护下，已走过20年的历程。20年来，她犹如最初身轻言微的邻家小妹，正逐步成长为言之成理的大家闺秀。如果对她还有什么期待的话，我想，以下几点，就作为我们的共勉吧。

一、指导思想要跟上靠下。一本刊物，必须吃透上情，摸透下情，做到跟上要跟得紧、靠下要靠得亲。

习近平总书记强调，对党绝对忠诚是中办的生命线，是做好中办工作的根本点。同样，各级办公室的同志，第一位的就是必须始终牢记自己姓党，这是首要的政治原则、政治本色和政治品质。作为《办公室工作研究》，所发出的声音，也必须时刻与党中央保持高度一致，坚决服从、全力维护市委、市府的决策，并尽心做好诠释和践行。

所谓靠下，刊物要贴近基层，要言之有物，要接地气。一是要当好"顺风耳"和"千里眼"，将各会员单位有关办公室工作的新鲜经验和做法及时收集起来，并经过由表及里、由粗及精的加工过程，上升为大家的共识，加以推广，达到互相交流、共同提高的目的。二是要当好先行者，要有灵敏的嗅觉，对当前办公室工作最新规则、最先进做法进行及时解读、研判，快速占领前沿制高点，及时传播给会员单位，以创新的姿态引领办公室工作潮流。三是要做好有心人，要想会员之所欲，思会员之所急，解会员之所忧，帮会员之所需，将刊物办成会员之家的平台，为会员单位多做善事。

二、编辑水平要精益求精。一是刊物编辑人员要善学艺高，要在文字编辑、排版设计等方面下功夫。习近平总书记指出，办公室是一个单位的首脑机关，时时处处要起表率作用。那么，作为《办公室工作研究》，就要树立这样一个品牌，即经过刊物发出的文稿，无论在文字语言上，还是在格式标点上，都要规范、严谨、准确，要树立并力争做到刊物发出的东西就是标准、依据、水平。决不可以其昏昏，使人昭昭。二是要将刊物办得引人入胜，要使人爱读，成为读者的知心朋友。一本刊物，必须有一、两个精品栏目；一个栏目里总要有一、两篇精品文章，以起到画龙点睛的作用。这就要求刊物要树立精品意识，在努力打造精品上下功夫。

三、通联工作要创新求实。一是为了提高刊物的层次品位和知名度，可以尝试借用"外脑"，向全国从事文秘、办公室工作的领导及研究的知名专家学者约稿，每期可一篇，作为引领刊物的精品。二是可以尝试开门办刊物，即每期约一个单位作为协办，由其承担本期印刷费用，该单位可享有"本期由×××单位协办"的封面署名权，并可给予免费刊登两页广告。这样，既可为会员单位做宣传，又可补充研究会的办刊经费，达到双赢。

建设忠诚于党、工作一流的办公室

    《秘书工作的风范——与地县办公室干部谈心》和《在同中央办公厅各单位班子成员和干部职工代表座谈时的讲话》，是习近平总书记关于办公厅（室）工作的重要论述。这些重要论述简洁平实、亲切感人，科学概括了办公厅（室）工作的重要性和特点，是做好办公厅（室）工作的根本遵循。我们要学习好习近平总书记的重要讲话精神，努力建设忠诚于党、工作一流的办公室。

    把忠诚的信念浸入骨髓里。习近平总书记强调，对党绝对忠诚是中办的生命线，是做好中办工作的根本点。同样，各级办公室的同志，第一位的就是必须始终牢记自己姓党，这是首要的政治原则、政治本色和政治品质。我们必须始终坚定自觉地与党中央保持高度一致，坚决服从，全力维护，尽心做事。必须把这种信念浸入每一位同志的血液中、骨髓里。坚决服从，就是党中央提倡的要坚决响应，党中央决定的要坚决照办，党中央禁止的要坚决杜绝，任何时候任何情况下都做到旗帜鲜明、立场坚定。全力维护，就是凡是对党、对党的事业、对党中央有益的事情，哪怕再复杂、再困难，都要全力去沟通协调、去组织实施、去督促落实，努力求得最圆满的结果；凡是对党、对党的事业、对党中央有不利影响的事情，哪怕再微不足道，都要全力去制止、去化解，化消极因素为积极因素，努力使上下左右和睦、各得其所。尽心做事，就是把工作当作自己的事、天大的事，全力以赴，以高度的责任感、极端负责的态度做好每一件事，就像习近平总书记所说的，把这份"重、苦、杂、难"的工作当作一项事业来追求。

让坚持一流成为工作习惯。习近平总书记指出，办公室是一个单位的首脑机关，时时处处都要起表率作用。因此，要树立这样一个品牌，即一切经过办公室的工作就规范、严谨、放心，办公室一切工作就是标准、依据、水平。办公室的核心业务有三个：文稿、信息、督办，三者被喻为办公室工作的"一把利剑、两个拳头"。对于文稿，就是要铸就思想的利器，以思想立身。要身在兵位、胸为帅谋，善于站在国际国内发展大局中准确把握经济社会发展和党的建设中的根本性、方向性、关键性问题，想大事、谋全局、献良策、出实招，成为组织和领导的第一"智囊团""思想库""参谋部"。对于信息，就是要建立情报支持。努力构建覆盖完全、反应灵敏、运转高效的信息收集和研判体系，实现"第一手情况""第一道研判""第一时间"的工作目标，使办公室始终处于大信息格局的主导地位，为领导了解情况、科学决策、指导工作提供有力保障。对于督查，就是要建立监督支持。坚持批必查、查必清、清必办、办必果，确立工作监督的第一权威，确保党和政府的工作踏石留印、抓铁有痕作风的养成，使党的方针政策和重大决策得到全面落实。

在不断学习研究中推进工作。习近平总书记要求，要加强办公室的队伍建设，保证办公室干部的生气和活力，使办公室的工作始终在较高水平上运转。办公室工作具有很强的政治性、理论性、政策性和规范性。办公室的同志不仅要把本职工作干好，还要努力成为各领域的行家里手，学会并善于在不断学习和研究中推进工作、开拓局面。一是要学习研究好中国特色社会主义理论体系，特别是要将习近平总书记一系列讲话精神贯彻落实到办文办公、参谋辅政和工作组织等各项任务中。二是要总结好办公室工作的运行规律，真正实现重大工作制度化、常规事务程序化、重点工作环节化。三是系统研究好干部能力标准体系和建设问题，使办公室的每一位干部始终保持强烈危机意识、学习意识、研究意识和创新意识，不断实现办公室工作在更高层次上的规范运行。

亡羊补牢未为迟

近日，从政府有关方面不断传出利好消息：先是为了加强学校食品的安全环境管理，在学校周边划定200米食品"严管线"，对全市259所中小学校周边食品店、餐饮店、食品摊贩展开规范整治，明年上半年完成；继之为了保护我市的水资源环境不受到污染，出台了《饮用水源保护区规划》，将67处饮用水源纳入保护圈。对饮食安全动真格的，这对百姓来说，是莫大的福祉。

多年来，一些不法饮食商贩专盯学生，在学校周围大开餐饮食品店，有的用地沟油、瘦肉精制做饭菜食品，有的以疵充好、以假乱真，糊弄学生，使学生的身心健康受到很大侵害；还有少数不法经常者，置百姓饮水安全而不顾，向饮水源排污，也有少数群众缺乏环境保护意识，随意向饮水源乱倒垃圾，造成了饮水资源的污染和破坏。对此，我们既尝到了苦头，也缴了学费。正如习近平总书记所说："我们在生态环境方面欠账太多了，如果不从现在就把这项工作紧紧抓起来，将来会付出更大的代价。"今天，百姓总算有了盼头，亡羊补牢，未为迟也。

今年以来，各级政府对百姓群众舌尖上的安全及生态环保以"零容忍"的态度对待。一是出台了一系列法规，将饮食安全纳入法治轨道管理，以制度保障作为长效机制；二是对侵害饮食安全的单位和个人给予严厉惩处，使其付出高昂代价；三是加大了宣传力度，大力弘扬核心价值观，已初步营造出"不敢"破坏饮食安全的社会氛围，并正在打造"不能"损害饮食安全的制度环境和筑牢"不想"损害饮食安全的观念根基，全民环护意识正在形成。

习近平总书记指出："我们既要绿水青山，也要金山银山。宁要绿水青山，不要金山银山，而且绿水青山就是金山银山。"这生动形象表达了我们党和政府大力推进生态文明建设的鲜明态度和坚定决心。随着社会发展和人民生活水平的不断提高，百姓对干净的水、清新的空气、安全的食品、优美的环境等的要求越来越高，生态环境和饮食安全在群众幸福指数中的地位不断凸现，正像有人所说的，老百姓过去"盼温饱"现在"盼环保"，过去"求生存"现在"求生态"。尽管我们在生态环保和饮食安全方面还有很长的路要走，但只要我们坚守生态红底，摒弃"先污染后治理"的老路，对舌尖上的安全实行"零容忍"，老百姓享有绿水青山、蓝天白云、饮食无忧的日子已经不远了。

举手之劳　承载文明

国庆长假已结束。在这个黄金周中，舆论关注较多的是"文明旅游"。而令人欣慰的是，经过核心价值观的宣传教育，国人的文明程度在不断提高。在众多媒体的报道中，展现在我们面前的是：10月1日，天安门广场升旗仪式结束后，垃圾比以往减少了三分之二，令环卫工人感动的是，在清场时，不少年轻人主动加入清扫队伍行列，帮助清扫垃圾，仅用了过去三分之一的时间便清扫干净；在上海公交155路崮山路站，大家都在自觉排队上车，让文明像涟漪扩散；10月2日，17名大学生志愿者用3个小时，在杭州西湖白堤1.5公里路程范围捡起了游客随意丢弃的3200个烟头，而去年这一数字是7000多个，一年减少数千，让志愿者见证了游客素质的提高；10月3日，在广东惠州红花湖景区，人们看到一些游客除了将自己带来的垃圾用塑料袋收集起来外，还仔细寻找遗弃在各个角落的矿泉水瓶、易拉罐等，扔到指定地点后，他们能从旅游志愿者手中领取一瓶矿泉水，从而保持了景区的干净；同样在黄山、泰山、华山、衡山等著名景区，启动了"文明旅游，为美丽中国添彩"的主题活动；同样，在巴黎的街头、在曼谷的景点，一些中国游客自觉遵守当地风俗习惯，把文明出行新风带出国外，为国人增光添彩。透过这些游人的举手之劳，让我们看到了承载文明的美丽。

诚然，无论是在国内还是在出国旅游中，一些乱扔乱吐乱刻乱爬、脱鞋喧哗插队打斗的不文明行为还经常发生，不仅破坏了景区的美丽，也损伤了国人的形象。这说明我们在践行核心价值观、倡导公民文明出游中还有很长的路要走。

文明旅游，已经成为社会文明建设的重要组成部分，兹事体大。旅游中的每个人都是一张移动名片，通过这张名片，人们不仅可以一窥而知游客个人的修养水平，还可以由此感受其同胞、同乡、友人的素养状况，进而判断游客的国家、家乡和朋友圈的文明程度。这种名片的感受和形象意识，对于游客来说，尤其如此。

一般来说，一个人在旅游中所表现的文明程度，大致和他在日常生活中的教养水平等量齐观。一个在日常生活中讲规矩懂文明的人，在旅游中也很少会有让人失望的表现。因为文明已经成了"日用而不觉"的行为习惯，根植于生活中。而个人的日常教养水平，又与整个社会文明风气紧密相关，尤其与社会主流的核心价值观密切相关。因此，我们应该做到：一是要进一步加大宣传力度，弘扬核心价值观，褒奖文明旅游者，并将文明旅游从细、从小、从实做起，以举手之劳为文明旅游增光添彩；二是进一步细化出台文明旅游规章和公约，可因景点和地区而异，规范游人行为；三是对不文明行为加大处罚力度，让不文明者付出更高代价。只要多管齐下，形成合力，做到知行合一，讲旅游文明树旅游新风定会成为我们的一道靓丽风景线。

进行普法宣传是全民守法的必由之路

据《人民日报》报道：为进一步提高辖区渔民的法律意识，山东滨州边防支队专门成立普法小分队，进村上船，与渔民面对面，义务为渔民普及法律知识，受到群众的欢迎。

党的十八届四中全会提出了全面推进依法治国，建设中国特色社会主义法治体系，建设社会主义法治国家的总目标，实现科学立法、严格执法、公正司法、全民守法，促进国家治理体系和治理能力现代化。其中，要实现全民守法，就必须做到全民懂法，这些都要通过普法宣传来达到。

而在老百姓的现实生活中，还存在着不少法律盲区。如：不少人往往由于不懂法而犯法；有的犯了法，还不以为非；有的出于维护自身合法权益因使用手段不当而造成违法，如此等等，当下营造一个全民守法的良好氛围是全面推进依法治国总目标的重要一环。这就需要各级领导和司法专业人员走近百姓，进行普法宣传。

首先，普法宣传要做到深入群众，与群众面对面，有的放矢。要针对群众所思、所疑、所问，进行耐心引导、细心讲解，切忌大而空的说教，要从群众的细微点滴入手，做到细大不捐，从其自身的作为和环境中领略法律的尊严，使其认识到学法、懂法、守法可使自己的行为变得海阔天空、一帆风顺；相反，则使自己寸步难行、处处碰壁。

其次，普法宣传要密切联系实际。要引导群众从正面典型中感悟守法对己、与人、为国都是好事；从反面教材中看到违法对己及家人、受牵连的人和国家造成的危害。要将德治礼序的中华民族传统文化与现行的法治观念相结合，使普法宣传与礼序家规、乡规民约的教化作用相结合，形成以法治国与以德治国相得益彰的良好氛围。

再次，普法宣传要做到形式新颖、多样。要根据不同群体和环境，充分发挥群众中的传统优势与现代媒体的先进手段相结合，形成群众喜闻乐见的载体，让法制观念入耳、入脑、入心，引人入胜，从而将一部部深厚的法典化为一段段浅显易懂的事理，如春风化雨般润入人们的心田，使广大群众自觉学法、懂法、守法、护法，使中央的各项决策落地生根，取得实效。

建立政府法律顾问制度是健全依法决策机制的重要保证

据《人民日报》报道：2014年10月，山东省政府在举行"高端装备制造业转型升级座谈会"时，省长郭树清走进会议室，开口便问："法律顾问来了没有？"当确认到场后，会议才开始。可见山东省政府在建立法律顾问制度方面的重视。

《中共中央关于推进依法治国若干重大问题的决定》（以下简称《决定》）明确提出："积极推行政府法律顾问制度，建立政府法制机构人员为主体、吸收专家和律师参加的法律顾问队伍，保证法律顾问在制定重大行政决策、推进依法行政中发挥积极作用。"政府的每一项重大决策，都关乎所在地的社会发展、人民群众的切身利益，有的不仅关系到本届政府任期内的发展，还影响到以后数年乃至长期发展。因此，政府的决策必须科学、高效、守法、诚信。

习近平总书记指出："政府是执法主体，对执法领域存在的有法不依、执法不严、违法不究甚至以权压法、权钱交易、徇私枉法等突出问题，老百姓深恶痛绝，必须下大力气解决。"在少数政府的决策中，我们看到的是乱拍脑袋的"坑民摊子"、缺乏科学依据的"短命工程"、无法依据的"赔本项目"。之所以出现这些问题，一方面是因政府的重要决策者缺乏责任担当，官僚主义作怪，不深入实际调查研究，不听群众呼声；另一方面，政府决策机构缺失法律机制，在行政职能、决策程序上存在不可逾越的法律支撑。因此，从政府自身而言，正如时任山东省省长郭树清所说："人民政府必须带头学法、用法、守法，要学会用法治思维发现和认识问题，用法治方式分析和解决问题。"从机制上，就要积极推行政府法律顾问制度，使政府在研究重大决策事项、重要合同审查、重大项目上马等方面，多听法律顾问的意见和建议，规避法律盲区，使之审批有法可依、执政有法可维。

《决定》指出："行政机关要坚持法定职责必须为、法无授权不可为，勇于负责、敢于担当，坚决纠正不作为、乱作为，坚决克服懒政、怠政，坚决惩处失职、渎职。"建立健全政府法律顾问制度，则可从机制上避免乱拍脑袋决策，少走弯路。但作为政府决策者，还必须以敬畏之心、守法之举，坚持依法行政，否则重大决策终身责任追究制度及责任倒查机制将会使你无地自容。

党员领导干部应带头学法守法

党的十八届四中全会审议通过的《中共中央关于全面推进依法治国若干重大问题的决定》（以下简称《决定》），为全党、全国人民在新形势下怎样依法治国指明了方向。而学法、守法则是治国理政的前提。作为党员领导干部，必须带头学法、守法，才能担当起新的历史重任。

而长期以来，少数党员领导干部法治观念淡薄，"人治思维""特权理念"在其头脑中根深蒂固，什么"我是政府的，我就是王法"，"谁耽误发展一阵子，我就让他难受一辈子"的"官员雷人语录"不断被媒体曝光。这些官员们在开展工作中，往往也不按规矩出牌，决策靠"拍脑袋"、干起来"拍胸脯"、出了问题"拍屁股"的"三拍"作风盛行。而《决定》则为党员领导干部划定了治国理政的"底线"和"红线"：法治观念淡薄的官员要丢"乌纱帽"，"拍脑袋"作决策出了问题要终身追究，不作为乱作为要受到严厉问责直至罢免。

王岐山同志指出："提高治理能力要靠党员特别是党员领导干部牢固树立法治意识，自觉运用法治思维和法治方式想问题、作决策、办事情，带动全社会遵法、守法、用法"，"党员领导干部必须做遵纪守法的模范，决不能打法律的'擦边球'、搞'越位'"，"必须信守宗旨、心存敬畏、慎独慎微，讲规则、守戒律，决不能无法无天、胆大妄为。"因此，党员领导干部在学习贯彻《决定》中责任和担当要更大，要先于严于普通百姓，带头学法、守法。

首先，要善于学习治国理政法规，要在学懂弄通上下功夫。一方面，自己要用心学、系统学，不可断章取义，不能心浮气躁、浅尝辄止、不求甚解；另一方面，要甘做小学生，虚心向专家和法律顾问求教，以他山之石丰富自己的法律知识，并密切联系实际，不断增长自己依法行政的本领。

其次，要自觉守法。要将自己的言行关进法规制度的笼子，慎言慎行，做到不违规决策、不违法行事，坚持法定职责必须为、法无授权不可为，用良法规范自己的行为。

再次，要担当起该担当的责任。一要认真和担当起政治责任，把对党负责、为民奉献作为根本的行动准则和基本的政治素质，为广大人民群众的福祉而忘我工作；二要认清和担当起社会责任，正确行使人民赋予的权力，常修为政之德、常思贪欲之害、常怀律己之心，做守法的引领者和公平正义的维护者；三要认清和担当起历史责任，牢固树立正确政绩观，多干经得起法律、实践、人民、历史检验的实绩；四要认清和担当起家庭责任，坚持从严治家，管好配偶子女，让其慎言善行、遵纪守法，夹着尾巴做人，做建设和谐幸福家庭的模范。

学法、守法是依法治国的客观需要，也是一种主观追求；是自律，也是他律。这种法定责任，不是以个人意志为转移的。不履行法定责任，会受到党纪国法的追究和法规的惩处。位不在高，懂法则名；权不在大，守法则灵。

执法办案全程录像彰显司法的公平正义

据《光明日报》报道：青岛市公安局在执法办案中，实行全过程录像，把执法办案的全过程晒在阳光下，让群众在每一个司法案件中感受到公平正义。青岛市公安局的这一闭环优化体系自实施以来，使执法效率、执法质量和执法公信力大大提高。在山东省公安厅组织的安全的满意度调查中，人民群众对青岛市公安机关执法办案的满意度达97.01%。该体系同时被公安部列入全国50项优秀执法制度之一。

而长期以来，我们的少数司法机关在执法办案中，有的不能依法办案，调查取证不能真正以事实为依据；有的不按照罪行法定、疑罪从无、非法证据排除等法律原则办案，个别的甚至采取逼供手段，从而出现了一些冤假错案，使人民群众受不到公平正义的待遇。

《中共中央关于全面推进依法治国若干问题的决定》（以下简称《决定》）指出："必须完善司法管理体制和司法权力运行机制，规范司法行为，加强对司法活动的监督，努力让人民群众在每个司法案件中感受到公平正义"，并要求构建开放、动态、透明、便民的阳光司法机制，推进审判、检务、警务、狱务公开，杜绝暗箱操作，坚决反对和惩治粗暴执法、野蛮执法行为。因此，要维护司法的公平正义，一方面，要靠执法办案人员的政治担当和为民服务的责任情怀。这就要求执法办案人员要时刻牢记头顶帽徽的分量，代表着党和人民以法治国的重托；要时刻扛得起肩上的重担，要勇于担当为民申冤、为民除害、维护法律尊严的重任；要树立廉洁执法的信念，不为关系、人情、金钱所惑，自觉抵制各种潜规则，不触法律底线、不越法律红线、不碰法律高压线；要精通司法业务，要精确理解和把握执法办案的法规条文，坚持以事实为根据、以法律为准绳，确保案件处理经得起法律和历史检验。另一方面，要创新执法办案手段，以信息现代化和高科技为支撑，不断推陈出新，使执法办案更具科学性。青岛市公安机关所推行的这一科学严谨的手段，执法办案的过程一目了然、公开透明，使民警执法办案有据可依，减少了随意性，杜绝了出警中语言、动作不规范等问题，同时也为落实《决定》中关于"建立健全司法人员履行法定职责保护机制"，为保护民警自身合法权益起到了作用。再一方面，推行这一手段，也便于对公安执法人员的内部考核，使执法办案人员日常绩效公开透明，对于改进执法办案工作、优化司法队伍建设无疑是一项利好举措。

餐桌上的浪费折射出核心价值观的缺失

近日一个中午,去职工食堂吃饭略晚了些,工人师傅正在打点清扫。一位大姐看到餐桌上扔掉的一半一半的包子,还有一些咸鸭蛋壳里尽是清儿,想必有人只吃鸭蛋黄儿,清儿随手就扔掉了。她长叹了一口气:"如今是生活好了,但也不该这么浪费啊!"从那位大姐无奈的叹息中,我似乎读懂了中华民族节俭美德在今天如何发扬光大的重要意义,也折射出核心价值观在当今一部分人身上的缺失。

节俭,是中华民族的传统美德,是好的家风、国风、社风绵延不衰的传家宝,今天已成为核心价值观的重要组成部分。然而,在物质生活不断丰足的今天,不少人不再把节俭当会儿事儿,我们看到:有的在职工食堂就餐,随意扔掉本可以食用的饭菜;有的在外请客,为显大方不量人点菜,剩餐不打包,随意扔掉。据媒体报道,仅国民餐桌上的浪费一年多达2000万元,被扔掉的食物相当于2亿人一年的口粮,一年浪费的粮食相当于2000亩耕地的年产量。而目前我国的基本国情是:近14亿人口吃饭仅保证了自给自足,丰年略有节余,遇上灾年,则需要进口粮食,而在我国农村尚有1亿多扶贫对象,在城市还有几千万贫困人口。相比之下,餐桌上的浪费不能不令人痛心!

习近平总书记2013年1月17日在新华社关于《网民呼吁遏制餐饮环节"舌尖上的浪费"》材料上批示:"从文章反映的情况看,餐饮环节上浪费现象触目惊心。""联想到我国还有为数众多的困难群众,各种浪费现象的严重存在十分痛心。浪费之风务必狠刹!要加大宣传引导力度,大力弘扬中华民族勤俭节约的优秀传统,大力宣传节约光荣、浪费可耻的思想观念，努力使厉行节约、反对浪费在全社会蔚然成风。"对此，我们应该做到：首先，要认真践行核心价值观。要通过工会、共青团在职工尤其是年轻员工中广泛宣传厉行节约的伟大意义，并联系实际组织一些活动，深刻感受餐桌上的"粒粒皆辛苦"，自觉杜绝舌尖上浪费，每个人都要"从我做起"，"从点滴做起"，在全行营造勤俭节约的良好氛围。其次，要认真学习和传承中华民族的优良传统。新中国成立后，毛主席和周总理带头践行"两个务必"，他们艰苦朴素的生活作风感染了几代人。人们忘不了周总理那带补丁的袜子和毛主席那补了又补的睡衣，开国领袖们勤俭节约的风范今天仍在激励着我们。今天，我们讲节俭，并非要每一个人都再过一穷二白那年代忍饥受饿、吃糠咽菜的生活，但厉行节约的本不能忘，艰苦朴素的魂不能丢。忘记了这个本、丢掉了这个魂，我们的思想就会滑坡，就会与核心价值观渐行渐远。千里之堤，溃于蚁穴。一些腐败分子的演变轨迹告诉我们，他们都是从不注重小节、大手大脚、铺张浪费开始逐渐走上犯罪道路的。因此，只有常念勤俭之德，方能担当强国之责；只有常思节约之义，方能珍惜幸福不易；只有继承传统，方能发展未来。再次，要加大对浪费行为的处罚力度。一方面，要对浪费者给予正确引导，进行说服教育；另一方面，对严重浪费者或屡教不改者要实行公开曝光，给予通报批评，并给予处罚，让其付出浪费的代价。要在全行形成"节约光荣、浪费可耻"的良好氛围，使勤俭节约的传家宝得到永世传承。

大学生当义工大有作为

据《光明日报》报道：青岛职业技术学院把学生当义工作为学生的必修课，从新生入校开始，每一名学生必须参加社团活动，为社会志愿服务，当义工以取得4个必修学分。通过当义工，不仅培养了学生的思想品格和为民服务的情怀，也使自己学的科技理论在实践中得到了检验和丰富，为将来走出校门、融入社会奠定了基础。

现在的大学生都是独生子女，家庭生活条件较优越，使少数人处处以己为中心，为民服务意识淡薄；有的读死书，动手能力差，甚至连自己的日常生活难能有条理。为此，让学生当义工，可以让他们走出温室经风雨、见世面，品尝民间生活百味，体验百姓所需杂感，对其培育和践行核心价值观是大有益处的。同时，当义工，学生可以在那里将自己所学有所用，通过实践，以巩固和提高自己的知识，积累自己生存的本领，丰富为民服务的手段。

习近平总书记指出："各级党委和政府要充分信任青年、热情关心青年、严格要求青年，为青年驰骋思想打开更浩瀚的天空，为青年实践创新搭建更广阔的舞台，为青年塑造人生提供更丰富的机会，为青年建功立业创造更有利的条件。"为培养伟大事业的接班人，大学学校责无旁贷。学校除了按照党的教育方针在校内课堂上对学生进行思想教育、综合素质和专业知识培养外，还必须抓好社会实践活动的开展。而组织学生当义工，则是一个大有作为的途径。首先，通过学生当义工，引导学生自觉践行核心价值观。在学生当义工的过程中，可以让学生树立关心社会、关心人民、勇于担当的意识，感悟帮助别人、快乐自己的真谛，打牢扎实干事、诚实做人、平易待人的基础，传承勤俭节约、艰苦奋斗的正能量。其次，通过学生当义工，丰富自己创业干事的本领。在实践中，让学生懂得要干成一项大事业，必须从做好小事、管好小节开始起步，必须树立坚忍不拔、久久为功、百折不挠的意识。再次，通过学生当义工，加强自己的道德修养，锤炼自己的高尚情操。在自己融入集体和社会环境中，学会感恩、学会谦让、学会宽容、学会自省、学会自律，养成健康的生活情趣、乐观向上的人生观念，做到明大德、守公德、严私德。

当"太平官"者可以休矣

据《人民日报》报道：贵州省在年终干部考核中，针对少数干部身上存在的"慵懒散"等突出问题，开展"向慵政宣战、向慵政问责"行动，对跟踪考察仍不合格者，采取转岗、怠职降职、待岗、辞退、解聘等处理措施；辽宁锦州对不作为、慢作为的"太平官"，给予亮丑、督察、戒免等处理。

通过党的群众路线教育实践活动和反"四风"活动，干部干事创业、廉洁从政的面貌焕然一新。但也有少数干部对这种政治上的新常态不习惯，甚至有抵触，认为束缚多了，不好干了，不愿干了，不敢干了，搞"飓风过岗，伏草惟存"那一套东西，为官不为，甘当"太平官"。

担当、干事、创业、作为，是党员干部在政治新常态下必须具有的思想境界和为官之要。

一是党员干部要有担当精神。古人讲"为官避事平生耻"，老百姓都知道"当官不为民做主，不如回家卖红薯"。衡量一名党员干部，敢不敢担当是把重要标尺。担当，就是要面对矛盾敢于迎难而上，敢于跳进矛盾漩涡中去解决问题，积极寻找克服困难的对策；面对危机敢于挺身而出，关键时刻能够豁得出去、顶得上去，成为带领人民群众战风险、渡难关的主心骨；面对失误敢于承担责任，积极主动地改正错误，决不能有了成绩都归自己、出了问题就推给他人；面对恶风邪气敢于坚决斗争，对慵懒散现象严厉整治，对纪律观念淡薄、作风松散现象出重拳，对生活糜烂、骄奢淫逸现象零容忍，对违法违规违纪行为及社会丑恶现象不留情面、坚决打击。

二是党员干部要真干事。干部干部，就要干事，不干事就称不起干部，也不能赢得群众的满意。要干事，就要做到心中有底、眼中有活、手中有数、干中有效、心中有底，就是干事不能触及法规底线，并以百姓满意不满意、答应不答应为标准；眼中有活，就是要消除懒惰之心，克服自满情绪，善于站在全局统筹、着眼长远考虑，善于发现新问题、新矛盾、新情况，多寻求新措施、新路径、新突破，要有与时俱进的眼光；手中有数，就是要算清账，弄清长远利益与当前利益，要树立科学发展观，不以牺牲生态环境换取暂时 GDP 的增长；干中有效，就是不走事倍功半的弯路，要对"上情"吃透、对"下情"搞明，对社情看清，掌握干的主动权，在实际中找准着力点、切入点。只有这样，既想干事，也会干成事。

三是党员干部要树立新常态下的创业观。政治生态的净化，必然为经济社会发展创造良好的条件。有远见的企业家不会再过多考虑与你拉关系、走后门、搞不正之风，关注的恰恰是你那个地方政治生态和法治环境如何，谁愿意到一个吃拿不要、搞不正之风、市场环境差的地方投资兴业呢？因此，只有悟懂创业的真谛、把功夫下到实处，才能建功立业。

四是党员干部要树立有作为才能有口碑和地位的观念。当下，党风清正、道路光明。干净干事的人越来越有舞台，为官不为者也越来越没有市场。对党员干部的考核，在走上公正、公开、务实的轨道。对那些党性强、敢担当、有本事、有实德的干部，为其营造用武之地；而对那些投机者、慵懒散的"太平官"来说，则是穷途末路。

让冬季里的温暖变为常态

据《人民日报》报道：为使环卫工人冬日里能够吃上热早餐，石家庄市政府专门从市财政拨款，安排规范的餐饮业为全市环卫工人提供免费热早餐，使广大环卫工人不再为早餐犯愁。这种冬季里的常态温暖也受到人们的广泛点赞。

环卫工人是一座城市的特殊群体，他们好多人都要在夜间工作，要赶在大家尚未上班之前将城市的马路及有关景点打扫干净。因此，早餐很难在冬日里及时吃上热乎的。冬日里早餐能吃上热乎的，对大多数人来说可谓是再平常不过的事儿，但对工作性质特殊的环卫工人来说，这则是一种渴求和企盼。因此，前段时间一些城市的爱心人士和志愿者便组织了一些诸如在冬日里为环卫工人提供免费热乎早餐活动，很是令人感动。但这并不是长久之策。环卫工人也是每座城市不小的一个特殊群体，对他们的生活应由政府给予常态化的关心安排，才能使冬季里的温暖在他们身上保持常态化。

一方面，对环卫工人的关心要提到一座城市领导者的议事日程上和综合治理的发展轨道上。当年，周总理凌晨冒着严寒慰问扫马路工人的情景，使我们记忆犹新；2013年元旦前夕，习总书记冒着零下十几摄氏度的严寒，驱车300多公里来到河北阜平县看望困难群众。这种深切关怀，如冬日的阳光，温暖着环卫工人和老区群众的心，也给我们的领导干部树立了榜样。因此，对象环卫工人这样特殊群体的人，领导干部要给予格外关注、格外关爱、格外关心，千方百计帮助他们排忧解难，把他们的安危冷暖时刻放在心上。要针对实际问题，提出切实可行的解决措施，并使之常态化。像确保环卫工人能在冬日里吃上干净热乎的早餐这一类问题，每座城市不妨学学石家庄市政府的做法。

另一方面，要弘扬社会主义核心价值观，营造尊重和关心环卫工人的良好氛围。环卫工人是城市的美容师，他们的人格和劳动应受到全社会的尊重。然而，在我们的周围经常发生这样一些不文明行为：有的人在环卫工人刚清扫干净的路面上随手扔下一个烟头、或随即吐下一口痰；有的不听环卫工人的劝阻，将吃玩垃圾随地乱扔，甚至辱骂环卫工人……这些行为不仅是对环卫工人的劳动和人格不尊重，也是对社会文明是一种践踏。我们每个人如果都能从我做起，从点滴小事做起，自觉践行核心价值观，传递社会正能量，那么，环卫工人心中的温暖不再是冬天里的童话。

综合执法打通执法"扯皮"最后一公里

据《人民日报》报道：胶州市在落实以法治市、为民排忧解难中，进行了综合行政执法改革试点，有效解决了推诿扯皮和执法力量薄弱的问题。胶州市在试点中，跟群众密切相关的执法事项，明确由综合执法部门负责，不能推诿，责任明晰。他们整合城镇管理、土地管理、环境保护、安全生产、食品安全、治安管理等6个领域的执法权，在街道办增加文化管理领域，赋予其7个领域共130项执法权；在镇增加畜牧兽医领域，赋予其7个领域共89项执法权。通过综合执法，使餐饮服务场所办证（餐饮服务许可证）率提升45%以上，执法效率提升50%，居民投诉率下降70%。

长期以来，基层群众办事难，并受到不公正待遇，不是因无法可依，而多是由于执法部门出自多头且专业能力不足、互相推诿扯皮所致。而集中执法力量，可以发挥各自专业效能，既解决了处理重大违法案件执法力量不足、专业性不够的问题，也避免互相扯皮，方便了群众。

街镇是社会治理中服务群众的"最后一公里"，能否使治理到位、体现公平正义、提高执法效率、得到群众拥护至关重要。因此，我们必须深刻学习领会习近平总书记关于创新社会治理、加强基层建设工作"关键在体制创新，核心是人"的重要讲话精神，抓好以下几个方面：一是要调整街镇体制改革，明确、理顺职能，铲除不作为的臃肿衙门，撤并重叠机构，消除官本位，以改变以往"多龙治水"无效的局面；二是强化专业技能，培养造就一专多能、高效勤政的执法队伍，以合力执法取代单打独斗，以综合治理改变分权争利的局面；三是要树立群众观念，要在为群众解忧、找公平、伸正义上出实招，要在执法、办理等环节上提高效能、方便群众，在执法落细、落实上下功夫；四是要充分运用科技创新成果，使执法手段、流程、结论形成网络系统化，使其更具操作性，体现公开透明、公平正义。

通过综合执法，使依法治理机制在基层更顺畅，使百姓法治观念不断增强，使群众真正感受到法律的尊严、享受到依法治国带来的社会稳定和生活祥和。

做到心中"四有" 当好"一线总指挥"

近日，习近平总书记在与中央党校县委书记研修班学员座谈时，对在场和全国的县委书记提出了"心中有党、心中有民、心中有责、心中有戒"的要求。座谈中，总书记推心置腹的交流、细致入微的关爱、殷切郑重的嘱托，令在场和全国的县委书记深受教育、备受鼓舞。

今天，在我们党的组织结构和国家政权结构中，县一级处在承上启下的关键环节，是发展经济、保障民生、维护稳定、促进国家长治久安的重要基础。"县委是我们党执政兴国的'一线指挥部'，县委书记就是'一线总指挥'"。要当好这个"总指挥"，就要做焦裕禄式的县委书记。

要做到"心中有党"。首先，要明白总书记所说的："当县委书记，要记住自己是中国共产党的县委书记，是党派你在这里当县委书记的"；其次，要牢记自己的入党誓词，任何时候在思想上和言行上都必须自觉地与党中央保持高度一致；再次，要牢记党的使命，坚定理想信念，要树立终生学习的思想，在不断学习中补足共产党人精神上的"钙"，脚踏实地做一个忠诚的共产党员。

要做到"心中有民"。一方面，"一定要树立正确政绩观，要做到'民之所好好之，民之所恶恶之'，要求真务实、真抓实干，做工作自觉从人民利益出发，决不能为了树立个人形象，搞华而不实、劳民伤财的'形象工程''政绩工程'"；另一方面，要在想细、做实上下功夫，对人民群众之所思、所盼、所忧、所困，要深入群众，与群众面对面，认真听其呼声，并从点滴入手，尽全力为民排忧解难，造福一方。

要做到"心中有责"。一方面，要有责任担当精神。芝麻官、千钧担。

习总书记说："党把干部放在这样一个岗位上是信任，是重托，要意气风发、满腔热情干好。""不能干一年、两年、三年还是涛声依旧，全县面貌没有变化，每年都是重复昨天的故事。"另一方面，要树立科学发展观，不牺牲生态环境换取高污染的经济指标，不以子孙后代的利益换取眼前的风光，要创生态环境美、人民幸福安康、社会经济稳定发展的大事业。

要做到"心中戒"。习总书记指出："廉洁自律是共产党人为官从政的底线"，"选择从政就不要在从政中发财，选择发财就去合法发财"。一方面，要时刻牢记"两个务必"，以身作则，清清白白做人、干干净净做事、坦坦荡荡为官，带头遵纪守法、践行核心价值观；另一面，要教育好自己的家人和身边工作人员，不以自己职权名义谋取私利，做到不添乱、不惹事，共同维护党的形象，为自己当好"一线总指挥"增光添彩。

岂容"杀手"乘客这样任性

据央视报道：最近以来，少数乘客不顾大家的安危，有的擅自打开飞机的安全门，有的在公交车上打司机、甚至强夺司机方向盘，有的在高速路上从车里往下扔重物……这些"杀手"乘客屡屡出手危及公共安全，引起全社会的强烈不满。对此，我们不能熟视无睹，必须给予迎头痛击！

然而，对这些"杀手"乘客任性行为的处理往往太轻，有的只因其行为尚未造成人员伤害而给予说服教育了事。正是由于这种因小恶而得不到惩罚，使"杀手"乘客的任性屡屡出现。这从某种程度上纵容了其任性的发展，有害无益。要阻止"杀手"乘客的任性漫延，我们必须以法治思维，加大对任性违法者的惩处力度，使其不敢、不能、不想任性，还公共交通环境一片安宁和谐。

首先，以法律为准绳从严打击，使"杀手"乘客不敢任性。其实，我国的相关法律，对危及飞机安全者，最高可以判处死刑。即便对那些未造成人员伤害的违法者，也应按上限从严处罚，加大其违法成本。法律是铁律，执法必须靠铁腕。只有以零容忍态度对待"杀手"乘客的不法行为，才能以儆效尤。

其次，采取必要的防范措施和制约机制，使"杀手"乘客不能任性。一方面，航空及公共交通部门，要采取得力防范措施。如：飞机只有司乘工作人员控制安全门，乘客无法打开安全门；公交车在司机与乘客之间建透明防护墙，隔断乘客与司机的直接身体接触（有的出租小轿车已安装防护墙），使不法分子欲行而不能。另一方面，靠机制约束，将"杀手"乘客的任性关进笼子，让其不能任性。据悉，航空部门拟将采取黑名单制，将不法乘客的行为通过系统网络记载，拒绝其以后再乘机。

再次，要在全社会大力宣传交通法规，弘扬乘机（车）文明，让大家自觉维护公共交通安全，营造文明和谐氛围。文明是安全的基础，它既浸润于道德的灌溉，也根植于法治的土壤。双管齐下，久久为功，让"杀手"乘客不能继续任性！

实行公务员淘汰制彰显了用人的公平

据新华社消息：深圳市在推进人事制度改革中，今年实行公务员淘汰制，对年度考核连续两年被确定不称职的，旷工或者因公外出逾期不归连续超过15天等14种情形，用人机关应当解除聘任合同。此举打破了公务员的"铁饭碗"，在一定程度上健全了公务员的退出机制，彰显了从严治党、依法治政及用人的公平。

多年来，公务员被人称为"铁饭碗"，凡进了公务员队伍者，不仅享有比百姓要高的各种待遇，而且职业相对稳定，不必像工人那样担心下岗的危机，长期被不公平的优越褪袄着生活。

随着以法治国的不断推进和改革的不断深入，用人制度也在朝着更加严谨、规范、透明、公平的方向发展。

首先，实行公务员淘汰制，有利于公务员队伍敬业为民综合素质的提高。作为党政机关的工作人员，公务员应具有较高的综合素质，才能胜任其为党和政府传达、执行政策，处理稳护社会发展、公共安全，全心全意为人民服务的基本职责。打铁还须自身硬。作为公务员，必须养成善于学习、锐意进取、奋发有为的精神，才能永葆青春不落伍。然而，受不正之风的影响，极少数公务员端着"铁饭碗"，却不能很好地履行其职责，有的不把心思用在正道上，在拉关系、投机钻营上下功夫，工作平庸，大事办不成，小事不想干，整天混日子。对这种不作为、当太平官的人，老百姓早有微词。"当官不为民做主，不如回家种红薯。"只有动了官者的奶酪，才能倒逼公务员队伍自身素质的提高。

其次，实行公务员淘汰制，有利于公务员激励机制的形成。没有竞争就没有进步，竞争是进步的必由之路。能者上、平者让、庸者下，是当今改革的用人之道。这一机制的形成，让有作为者有了用武之地，为甘居中游者增添了强心剂，使不作为者有了危机感，体现了竞争的公平有序，是调节用人机制的有效保障。

再次，实行公务员淘汰制，有利于反腐倡廉，有利于党政机关良好政治生态的形成。"千里之堤，溃于蚁穴。"一个腐败分子在未变成坏人之前并非如此，从其"懒——馋——占——贪——变"的堕落轨迹中，我们看到了防微杜渐的必要。作为公务员，必须严格自律，时时、处处、事事保持自重、自省、自警、自励，做到防微虑远，从自身做起，在良好的政治生态中锻炼成长，真正做一名称职的公务员，为党和政府担当起应担当的责任。

中小学校长"摘掉官帽"是教育回归本位的体现

据《光明日报》报道：最近，山东出台的《关于推进基础教育综合改革的意见》明确提出，将试点取消中小学学校和校长行政级别，实行校长职级管理等7个方面的改革。中小学校长"摘掉官帽"，对于推动学校去行政化改革来说，无疑是重要一步，是教育回归本位的体现。

多年来，我们的教育体制都与行政级别联系在一起，市里的中学及校长一般为县（处）级，小学一般为科（股）级。受这种官本位的制约，使学校的校长们不能全身心地投入到教学研究和管理中去，凡与级别有关而与教育本身无关的会议、事务，学校校长都须参与作陪，有的还要将贯彻落实情况进行汇报。这一体制，不仅影响了学校科学办学的发展，也阻碍了校长自身专业化成长的道路。

"摘掉官帽"，可使校长从"做官"转向"治学"。校长"摘掉官帽"，可以从大量的社会事务和庸俗的社会关系中解放出来，可全身心地投入到教书育人的研究上。同时，校长职级的实施，使每一位校长都有"危机感"，因为校长不再是"官"，而是一份"高度专业化的职业"。要做好它，需要静下心来读书、学习、思考和研究。

新机制倒逼转变官本位观念。过去，评价校长的权力在局长，校长要紧紧围着局长转；现在不同了，校长要紧紧围着教师、学生和家长转，全部心思都要用在教育和教学上。考核评价导向变了，校长的思维方式和工作重心也必须改变。这从机制上倒逼校长必须转变官本位观念，在自身专业素养和综合素质上下功夫，以不断提高学校的综合素质教育水平为动力。

校长"摘掉官帽",是完善专家办学的必由之路。一位好的校长,就是一所好学校。如何用制度选好、用好、管好校长,就显得尤为重要。实行新的校长职级制管理,校长职级高低与业绩直接挂钩,根据校长治校能力、办学绩效、专业素养、教师认可、同行评级、家长学生评价等要素,评级晋档。因此,要成为一个好的校长,首先要成为一位教育专家。"摘掉官帽",是教育走上专家办学、完善教育治理体系现代化的必由之路。

为节日坚守岗位的人们点个赞

春节假日在欢乐、吉祥的氛围中结束了。但我们不会忘记那些在节日期间坚守岗位的人们，通过央视一个个感人的画面，使我们记住了他们。

青岛列车段年近60的列车员李建国，年除夕正在开往银川的列车上热情为乘客服务。他已连续40个年除夕都在列车上渡过。李建国心中最愧对的是年除夕没能陪自己年迈的母亲吃顿团圆饭。他说，马上自己就要退休了，退休后再弥补对母亲的亏欠，好好陪陪母亲。

在我国最北端的黑河边防哨所，为了让战士能在除夕晚上观看央视的春节联欢会，某边防连的指导员与妻子一起冒着零下40摄氏度执勤6个多小时。这一连队干部站"夫妻"哨传统，已连续多年除夕，连队主要干部都要带上自己的爱人站"夫妻"哨。

在除夕夜，杭州交警王涛为了过往人群的安全，在寒风中将被大风刮断的高压线挺举45分钟。

福州一家医院的心脏外科主治医师与他的团队除夕夜在手术台上连续奋战32小时，及时抢救了病危病人。

武警战士梁培峰，除夕在乌鞘岭隧道值勤，妻子李佳妮带着两岁儿子在列车上为了能与他团圆，相约以一条红丝巾为信号从车窗伸出，由于列车速度太快，他们彼此只相聚了6秒钟，儿子竟没有看清爸爸，但李佳妮已经满足了，她已用红丝巾表达了对心爱的人的无限深情。

同样，沈阳铁路局K388次女列车长王玉梅，在其执勤的列车进入广元站时，与自己的父母只相见了6分30秒，就是亲人的一次除夕团圆。

还有许多画面同样令人感动不已。正是由于他们的舍弃，才换来了大家的团圆；正是由于他们的坚守，为祖国呵护着安宁；正是由于他们的奉献，才为百姓换来安康。我们怀着无比崇敬的心情为他们点个赞！

为农民建筑工工伤办理保险点个赞

时下，全国两会正在召开。其中参加两会的全国政协委员担负着为推进"四个全面"战略布局进诤言、献良策的重任。在过去一年中，全国政协工作，亮点纷呈。而为农民建筑工工伤办理保险，则是政协工作最出彩的亮点之一（央视报道）。

长期以来，因建筑施工企业对广大从事建筑业的农民工安全管理制度不落实，工伤保险参保覆盖率低，使农民工工伤维权能力弱，工伤待遇难以落实，有的农民工终生都得不到工伤理赔待遇，严重影响农民工的切身利益。

为解决这一现实问题，俞正声主席亲自主持召开双周民主协商会，召集国务院相关部门、农民工代表及法律界有关代表参加，对建筑业农民工工伤问题进行专题研究。同时，全国政协由一名副主席挂帅组成调研组赴北京、广东、上海等农民建筑工相对集中的城市进行现场调研，向国务院提出解决问题的建议。最终于2014年12月29日由人力资源社会保障部、住房城乡建设部、安全监管总局、全国总工会等四部门联合印发了《关于进一步做好建筑业工伤保险工作的意见》，规定"建设单位在办理施工许可手续时，应当提交建设项目工伤保险证明……安全施工措施未落实的项目，各地住房城乡建设主管部门不予核发施工许可证"，并对农民工工伤赔偿及连带责任追究等作出了明确规定，从而使农民工工伤保险走上法治轨道。这不仅为我国亿万农民工工伤维权提供了保障，也体现了社会的公平、正义与和谐。我们应为政协坚持建言协商、为民办实事点个赞。

多年来，各级政协坚持民主广开言路、协商凝聚共识的宗旨，深深扎根人民之中，真诚听群众呼声、真实反映群众愿望、真情关心群众疾苦，做到识民情、接地气、暖民心。

商以求同，协以成事。无论是两会的代表、委员，还是党政部门、党派团体，只要坚持"事成""求同"的出发点，切实提高协商质量和效率，就能使协商更好地反映民意，使党和政府的决策更符合群众愿望，也更为群众所期盼，最终凝聚亿万人民的福祉。

关"后门"还须从党员领导干部做起

两会期间，有记者在采访交通部部长杨传堂时，他向记者透露：家人连续三年购车摇号没摇上（据《人民日报》报道）。对这一消息，不少人都怀有"怎么可能？"的疑问。针对当下靠"走后门"办事不正之风的盛行，一个主管全国交通的部长家人买车还需按规矩排队摇号，似乎不为常人可解。

长期以来，我们党和政府对一些人人都向往的好事，为了维持公平、正义，都是立了规矩的。作为无权无钱的普通百姓来说，也都是遵循规矩靠"实力"竞争换来自己应得的那份权益和方便。而偏偏我们的少数党员领导干部利用手中的权力和职务破坏了有关规矩，办事不走正门，靠拉关系、"走后门"；还有的大靠权力寻租，把职权当成摇钱树，一步步走向收受贿赂的犯罪道路。

打铁还需自身硬。党员干部只有带头守规矩，才能带出党的作风清正廉明，才能使社会风气顺通无阻，百姓办事感到更便利。当年，周恩来总理公私分明、廉洁自律，留下了那么多催人泪下的感人事迹：有一次在宾馆开会，由于公务活动已经结束，服务员端上来一杯茶水，他走时按价钱付了费；他要求侄子和侄女们到中南海看望他，必须自己到食堂打饭吃，回家时搭公交车；1970年，他在延安农村插队的侄子周秉和经基层组织推荐，通过正常手续入了伍，高兴地来向他报告，他对侄子说："把参军的机会让给其他知青和青年农民，你要带头在农村做个好农民。"周总理这种对己、亲属和家人近乎苛刻的要求，不仅使我们看到了他作为一个伟大公仆"严以用权、严以律己"的人格魅力，还使我们懂得了"公者千古、私者一时"的做人道理，更使我们学会了"正人先正己、治道先治吏"的规矩。

习近平总书记深刻指出："如果升学、考公务员、办企业、上项目、晋级、买房子、找工作、演出、出国等各种机会都要靠关系、搞门道，有背景的就能得到更多照顾，没有背景的再有本事也无法出头，就会严重影响社会的公平正义……我们共产党人决不能搞封建社会那种'封妻荫子'、'一人得道，鸡犬升天'的腐败之道！"解铃还是系铃人。办事要关闭"后门"，关键是党员领导干部要带头守规矩。一方面，党员领导干部要严于律己，管住自己的嘴和手，不为自己的利益乱打招呼，不为捞好处乱伸手、乱签字批条子；另一方面，党员领导干部都要从严管好自己的亲属和身边工作人员，不允许打着自己的旗号和利用自己的职务、影响力贪便利、捞好处。"后门"被堵住了，走正门的自然就多了，党风和社会风气自然就正了，人民群众工作、生活的气也就正常顺通了，有利的资源也就得到公平分配和享用了。今天，办事不靠"走后门"应成为我们的新常态。

危改资金"雁过拔毛" 暴露了有效监管的缺失

据新华社消息：近年来，农村危房改造资金投入和项目覆盖不断增加。但由于监管乏力，这一民生工程在一些地区悄然沦为少数基层干部的"敛财工程"。少数基层干部采取克扣截留、内外勾结、巧立名目等手段，使农民危房改造资金遭受到了"雁过拔毛"的侵害。这一少数基层干部的腐败行为，暴露了各级有效监管的缺失。

为了有效防范侵害农民利益的发生，必须采取有效监管手段，从制度上、惠民措施的环节上堵塞漏洞，扎好藩篱，在落实、落细上下功夫，让农民应得的实惠足额得到。

首先，要以村务公开为抓手，打造村务公开"清白工程"，让群众看明白账、做明白人，让村干部干清白事、当清白官。江苏省全省14000多个行政村中，99%的村都设立了民主理财制度，将涉及村民切身利益的债务明细、低保五保名单、筹资修路费用、危房改造工程款项、良种补贴等大事小事，都在村部公开栏的公示牌上体现得明明白白。这种广而告之的做法，有效地防止了以往只有村干部自己明白而对百姓则是"一本糊涂账"的不透明行为，使群众满意度达到95%以上（据央视报道）。

其次，上级有关部门要加大检查落实力度。有关部门不能简单地将惠民款项和物品发放到村委会了之。要建立台账，对能分发到户的要直接以快递式送上门并实行签收制。对分不到户的集体项目，也要跟踪查实，及时对账，向百姓公布反馈落实情况。

再次，要加大对"拔毛"者的惩处力度。要以零容忍的态度，严厉查处损害百姓利益的"拔毛"者，让其付出沉重代价，并将其不法行为公之于众，达到以儆效尤之目的。

通过多管齐下，形成多元交叉的制约监督格局，以保证党和政府的惠民政策不卡在"最后一公里"，使百姓充足地享受到温暖。

亮权力清单是全面推进依法行政的重要举措

据新华社消息：近日，中共中央办公厅、国务院办公厅印发了《关于推行地方各级政府工作部门权力清单制度的指导意见》，要求地方各级政府工作部门将行使的各项行政职权及其依据、行使主体、运行流程、对应的责任等，以清单形式明确列示出来，向社会公布，接受社会监督，并明确了省级政府2015年底前、市县两级政府2016年底前要基本完成政府部门、依法承担行政职能的事业单位权力清单公布工作的时间表。

各级政府推行权力清单制度，是全面推进依法行政的重要举措。这对政府工作人员来说，既是一种责任担当的压力，也是一种为人民服务的动力；对百姓来说，既增加了对政府权力的透明度，也给自己办事快捷带来了方便。

首先，权力清单的公布，是对各级政府依法行政的硬约束。各级政府的行为，应坚持法定职责必须为，法无授权不可为，必须用良法规范自己的行为，不可有权任性、不守规矩。而少数政府部门，不按法律依据、不顾群众意愿，将一纸"红头文件"发下来，让群众无条件执行，使百姓多年形成唯命是听的驯服习惯，把"红头文件"看作圣旨一般。亮清单，既强化了各级政府的依法行政的硬约束，也增强了群众辨别良法的意识和遵法的自觉。

其次，权力清单的公布，使政府工作人员的责任担当有了压力，促进政府工作人员勤政为民。李克强总理在《政府工作报告》中指出：各级政府工作人员"要主动作为，狠抓落实，切实做到勤政为民"，"广大公务员特别是领导干部要始终把为人民谋发展增福祉作为最大责任，始终把现代化建设使命扛在肩上，始终把群众冷暖忧乐放在心头"，"对实绩突出的要大力褒奖，对工作不力的要约谈诫勉，对为官不为、懒政怠政的要公开曝光，坚决追究责任。"

再次，权力清单的公布，为群众办事方便提供了明确的线路图。长期以来，政府部门权力交叉、规则繁杂，基层群众要办成一件事，需往返跑多个部门、盖无数个章。随着各级政府简政放权和权力清单的实施，简化了办事手续，使群众明确了办事程序和线路图，大大方便了群众。这样一来，政府部门间的推诿扯皮少了，群众得到的实惠自然就多了。

为90后女孩的道德守望点个赞

读了近日《光明日报》报道的即墨女孩马俊俊信守承诺、替父还债的事迹，其真情感人至深、催人泪下。一个品学兼优的高中少女本可以和常人一样通过自己的努力踏入高等学府去圆自己的青春梦，可面对父亲的重病和家庭的特困，她不想拖累在外打工的父亲，以一句"我成绩挺差，估计考不上大学了"的善意谎言放弃了上大学的机会，高中毕业后即打工挣钱帮父亲维持家里生活；在父、母亲病重相继离世之后，她不仅供弟弟上大学，还将父母欠下的债理清逐一记在本子上，并承诺："父债女还，是天经地义的事，不管多苦多累，我一定把我爸欠下的钱还清。"

替父母还债，供弟弟上学，虽经历困苦，却信守承诺，这个90后女孩用朴素的行动，捍卫了这个时代的道德准则。我们应为这个90后女孩的道德守望点个赞！

俗话说，寒门出孝子。家庭，是文明的摇篮，信仰的培养基，道德的催生婆。面对家庭的不幸，90后女孩把大爱献给了弟弟——供弟弟上大学，把诚信献给社会——替父母还债，把辛苦留给自己——以爱和诚信诠释了核心价值观在当今社会的需求。

当下，极少数年轻人道德观念差，他们在家庭中缺少责任意识，处处以己为核心，不懂尊老尽孝，有的竟成了啃老族；有的缺少社会担当，不讲诚信，甚至为己私利欺骗众人。这些都与我们所弘扬的核心价值观格格不入。典型是一面镜子，榜样是社会进步的坐标。90后女孩马俊俊的感人事迹为年轻人树立了榜样，为社会传递了正能量。我们在与马俊俊的比照中，显出了自己在践行核心价值观上的差距，照出了自己在做人上的不完美。每个家庭都渴望幸福，但幸福需要家庭成员的付出；我们的社会同样需要和谐，但和谐需要人们的诚信和奉献。无论是作为家庭一成员还是社会一分子，只有对道德矢志不渝的守望，家庭才能幸福，社会才能和谐。

水排污造假者不能再任性

据新华社消息：近日，国务院印发《水污染防治行动计划》（简称"水十条"）。这是对目前我国严峻的水污染现状的一次郑重宣战，是为保护生态文明的又一重大举措。

长期以来，极少数企业以牺牲水资源洁净为代价，换取GDP的增长和本单位经营利润。更有甚者，一些大企业竟冒天下之大不韪，将超标排污造假达标，以应对监管部门监察，像以前被曝光的华润集团，还有最近被曝光的山东益康药业有限公司，他们的这种卑劣行为一坑百姓、二害国家、三误自己。

"水十条"规定了对水污染责任者给予最严厉的处罚措施：对地方政府实行"一岗双责"，要求其在履行岗位职责的同时，还要对水污染防治尽职尽责，对治水不利，轻则影响资金分配，重则约谈，甚至追究违纪违法责任；对不顾生态环境盲目决策，导致水环境质量恶化，造成严重后果的企业负责人，给予终生追责，对超标超总量的企业予以"黄牌"警示，一律限产或停产整治，对整治不达标的企业还将面临被取缔的窘境；同时深化"以奖促治"政策，鼓励群众举报投诉水污染情况，一经查实，给举报、投诉人奖励。应该说，"水十条"这一系列奖惩措施对于推行依法整治水污染将定会起到良好的效果。

为使水排污及其造假者不再任性，除了监管部门持之以恒地按"水十条"以"铁腕"监管之外，还需多管齐下，形成综合整治水污染的良好氛围。一方面，要加大对"水十条"的舆论宣传力度，让保护水资源成为全民的自觉；另一方面，政府部门要不断加大资金投入，更新观念，及时淘汰落后生产、生活设备，并以科技创新保护水资源，让百姓真正生活在青山绿水、清洁优美的环境中。

为官者当做到"五有"

在政治新常态下，为官者确实不易。要做一名合格的党员领导干部，不加强修身笃行是很难胜任的。当此之际，适时调整好为官心态，树立正确的从政观念，显得尤为重要。概括起来说，以下五种意识不可或缺：

第一，心中要有信仰。习近平总书记指出："坚定理想信念，坚守共产党员精神追求，始终是共产党人安身立命的根本。对马克思主义的信仰，对社会主义和共产主义的信念，是共产党人的政治灵魂，是共产党人经受住任何考验的精神支柱。"在新中国成立前，共产党人抱着"砍头不要紧，只要主义真"的信仰，而前仆后继、浴血奋战，迎来了五星红旗在祖国大地的飘扬。今天，在实现中国梦的新时代，社会转型，利益多元，价值多样，对党员领导干部的执政能力、治理水平，有了更高要求。但无论时势如何变迁，信仰永远是每个共产党人构筑自己精神世界的基石。罗曼·罗兰曾说过："信仰不是一种学问，而是一种行为，它只有被实践的时候才有意义。"因此，对于信仰，只有脚踏实地的践行，用坚强有力的肩膀担起应担当的重任，才会使信仰的光芒力透时代，拨云雾、驱困惑，站在新的制高点上观云如海，听涛似潮。

第二，用权要有规矩。欲知平直，则必准绳；欲知方圆，则必规矩。为官者严以用权、严以律己，不是做不到，关键是在私与公、情与法、利与义的较量上，敢不敢摆正自己的位置，割舍下一己私利。少数腐败分子之所以垮下来，关键就是用权不讲规矩，把党和人民赋予的权力没有关进纪律和制度的笼子，处处为自己和身边人捞好处，动辄向人民群众发淫威。只有要让规矩通上"高压电"，才能使违规者付出沉重代价、受到严惩。心中有戒，既是对党性的清醒把握、对法纪的成熟认识，也是对优秀传统的继承、对党内规矩的坚持。用权只有讲规矩，才能做到为官清廉，为民所敬。

第三，改革要有民生。"治理之道，莫要于安民；安民之道，在于察其疾苦。"我们讲改革，其出发点和落脚点，都必须是以抓好民生为第一要务，要以百姓真正得实惠为检验标准。民生解决好了，人民群众就安宁、幸福，社会就会和谐，国家就会长治久安。倘若离开民生搞改革，改革就会变成无源之水、无本之木，到头来使改革只能是一场劳民伤财的瞎折腾。因此，改革是保障和改善民生的永恒话题，没有终点，只有连续不断的新起点。

第四，遇难要有担当。当前，我们正处于改革与发展的攻坚阶段，面临情况复杂、任务艰巨。作为党员领导干部，必须勇于担当，迎难而上。而少数为官者，面对矛盾绕道走，有了困难拈轻怕重，出了问题上推下卸；工作中不求上进，平庸应付，脚踩两瓜皮滑到哪里算哪里。这种不作为、不担当的为官者，不仅延误了党的事业，也为自己的命运前途埋下了隐患，君不见当下干部"召回""问责"等已普遍展开，还是早回头是岸。

第五，创业要有实招。党员领导干部要按照"三严三实"干事创业。为官一任要造福一方，不能涛声依旧，老是重复昨天的故事。要改变为官所在地的面貌，一方面，要扑下身子与当地群众同甘共苦，实实在在当好群众的领头羊；另一方面，在出实招中要有创新思维，充分发挥现代科学技术的引领导向，充分挖掘人民群众的聪明才智。要以实干加巧干的精神，干成一番事业，让百姓充分享受改革发展的成果。

"一把手"出庭应诉彰显了依法行政的进步

近日，山东省政府办公厅印发《关于行政机关负责人出庭应诉工作的意见》，明确规定对本机关或在本辖区范围内有重大影响的行政诉讼案件，要由被诉行政机关"一把手"出庭应诉，行政机关负责人要全程参与案件的审理、调解、履行等环节，集中解决行政诉讼中"民告官不见官""出庭不出声"等问题（《大众日报》报道）。这彰显了各级政府机关依法行政的进步。

而长期以来，部分行政机关负责人对行政诉讼工作不够重视，不愿出庭、害怕败诉影响自己脸面，有的接到被诉通知后只派普通工作人员出庭并不准回应出声，只将情况带回向领导汇报，研究对应措施庭下解决。这些不符合法律程序的举动，不仅影响了对案件的审判，也是对法律和百姓正当诉求的蔑视，引起百姓的不满，也阻碍了依法治国的进程。

一方面，重大"民告官"案件"一把手"出庭应诉，是政府机关领导干部的一种责任担当。在你的"一亩三分地"出了问题和矛盾，本应由你亲自出面解决才是正事，在百姓遇到不满意而把你告到法庭上还推诿回避，那你这个官当的还有啥意义？为官一任造福一方，这是政府机关领导干部天经地义的，你的责任就是要直观辖区内的问题，面对群众的困难，并以切实可行的措施化解矛盾、解决问题，才能让群众不受着委屈、憋着气过日子。

另一方面，"一把手"出庭应诉，可以增强领导者依法行政的意识和解决问题的能力。通过出庭应诉，领导者可在庭审前了解案件情况，倒逼机关部门深入实际调查研究，用法治思维提出解决问题的措施；在庭审过程中认真应诉，对违法行为主动纠错，以坦诚的心态面对自己的失误和百姓的不满；案件审结后，尊重并自觉履行法院生效裁判，做好案件分析总结，拓展了行政机关负责人出庭应诉的功能。

我们高兴地看到，在推进行政诉讼法的实施过程中，青岛市中级人民法院与市南区政府机关部门最近联合组织观摩庭审演练，由机关负责人在演练中当"被告"，让机关部门负责人亲身感受出庭应诉的责任和压力；即墨区人民法院通过电视台、官方微博直播了一起工伤行政确认案件，由被告即墨区人社局负责人出庭应诉的情况。这些无疑对实现负责人出庭应诉的常态化和规范化都是一种积极的推动，强化了行政机关依法行政的意识。

行政机关和领导干部只有带头遵法、守法、执法，才能引领百姓遵法、守法，营造依法治国良好氛围的形成。

岂容电子烟毒害青少年

据央视报道：最近，一些地区（包括山东）的不法商贩，在中小学校周围出售电子烟，并受到不少学生们的追捧。据有关专家介绍，这种电子烟内含有大量尼古丁等有害物质，其致癌成分是普通香烟的10倍。对少数不法商贩这种大逆不道、毒害青少年的行为实在令人发指，政府有关部门必严厉查处。

首先，公安、工商等部门要联合执法，对这一毒害青少年的不法行为进行严厉查处。一方面，要对流通领域进行查处，对出售电子烟的不法商贩进行严厉处罚；另一方面，要追本溯源，对生产厂家进行严厉查处，要依法按最高上限给予毁灭性打击，断其制毒生产的再生能力，并实行黑名单制，将其违法行为公布于世，让社会监督。

其次，学校与家长要联手对学生、孩子进行宣传教育。要从关心爱护青少年身心健康的眼前处境和长远利益进行有效劝说教育，让青少年远离这类毒品，自觉抵制不良行为的侵蚀。

再次，青少年要在弘扬核心价值观上下功夫。要在同学中形成崇尚科学、崇尚健康生活情操的良好氛围。同时，要在同学中形成互相监督的制约机制，发现吸电子烟者，采取同学帮劝、教师家长对其教育等手段，将此类不良行为消灭于萌芽之中，以防患于未然。

只有多管齐下，在全社会形成老鼠过街人人喊打的态势，才能杜绝该毒品在青少年中的传播蔓延，还青少年一个安全文明的成长环境。

"短命工程"折射出城市治理中的责任缺失

据央视报道：广州市2011年耗资8亿元建成的一座广场今年便被拆除，引来人们的非议。其实，在我们的城市治理中，收到非议的何止一个广场？一些城市的决策者和规划者经常靠拍脑袋办这样的事：今天建，明天拆；一条好好的马路，今天自来水工程挖开，工程完毕刚填好，不久电信工程又挖开……曾被百姓戏称为"寻思军 拍脑袋"，"扒路军动手干"。

"短命工程"为何层出不穷？一方面是城市的决策、规划者缺乏责任担当，在履职时，没有把这些要花的钱当回事，反正不掏自己的腰包。倘若自己掏腰包装修自家的住宅，决不会随意干，干得不合适今天装明天拆，另一方面，少数城市决策、规划者官商勾结，借工程项目贪污受贿，把城市建设当成自己的摇钱树。

责任，是当下城市治理的关键所在，作为一个城市的决策者，必须把责任担当作为自己履职行政的前提。习近平总书记指出："为群众办好事，办实事，要从实际出发，尊重群众意愿，量力而行，尽力而为，不要搞那些脱离实际、脱离群众、劳民伤财、吃力不讨好的东西。"只有按照群众的意愿进行科学决策，才能责无旁贷，为群众办成事，并经得起历史的检验，有了这种高度的责任心，我们城市的建设项目就不会为"一朝天子一朝臣"的过眼云烟，回变为百姓心中的永恒丰碑。如果仅有能力而缺失责任心，你的决策手笔越大，给社会和群众造成的危害就越大，成为公众非议留下骂名也是必然的。

因此，要在城市治理中消除"短命工程"，就要做到：一是出台切实可行的法规，将工程项目关进制度笼子，并在工程项目上马之前召开由专业人士和群众代表参加的听证会，促使决策者和规划制定者能够经过充分论证，进行科学决策，避免靠拍脑袋随意决策；二是决策者腰树立责任意识和主人翁意识，把城市当成自己的家业经营和呵护，精打细算，为国家和人民用好每一分钱；三是要加大处罚力度，对决策失误造成重大失误者实行严厉问责和终生追究，做到以儆效尤。

动物遭投喂致死谁之过

据央视报道：近日，上海动物园非洲食草区三头羚鹿因食游客投喂的异物而死于胃肠梗阻。对此，不免引起社会对不文明游客的谴责。但仔细探究，这过错不只是游客的，难道动物园的管理者没有责任？这好比居民家遭小偷入室盗窃，小偷固然属犯罪行为应受到惩处，而被盗居民为啥不吸取以往被盗居民之教训而采取安装防盗门窗一类的防护措施呢？何况上海动物园早在几年前就发生过长颈鹿误食游客投喂的食物包装袋而死亡的悲剧。至此，动物管理者对亡羊补牢的教训吸取得还不够到位，倒很是发人深思的。

为使此类悲剧不再重演，动物园的管理者和社会各界都应认真反省，需采取有效措施，加以杜绝。首先，动物园管理者要深刻自我反省，不能只怨游客不文明，要从自身防范管理入手查漏洞补缺失，采取在参观券上和动物观赏区加警示语、对动物与游人之间加有效隔离屏障等措施，甚至可加大一点投入、上一些高科技措施。只要用心将防护措施做实、做细、做精，定会获得保护动物和游客愉悦的双赢。其次，社会要大力弘扬文明旅游举止，特别要加强对少年儿童的科普、文明教育宣传，要从娃娃抓起，让他们懂得如何观赏、保护动物。再次，要加大对危害动物行为的处罚力度。一方面，动物园应增加流动监管人员，及时规劝、制止伤害动物的行为；另一方面，要抓住典型案例给予媒体公开曝光，在全社会形成文明观赏、保护动物生活的良好氛围。

期望教育更公平

据央视报道，在今年的全国高考中传出了两则消息：一是教育部门针对残疾考生的不同特点量身定制专门考场，并实行专人监护，这不仅使这些特殊人群受到一种温馨的关照，更彰显了我国高等教育的公平公正；二是针对极少数替考等作弊者，教育部门联手警方采用高科技手段对案件进行侦破，并对作弊者给予惩处，这同样彰显了教育的公平公正。

特别是对残疾人高考的特殊关照，很是令人感动，让我们看到了教育公平的新曙光。其实，百姓对教育公平公正的期盼远不止这一点，如：像高等教育资源高的大城市的考生要比高等教育资源低的省份的考生录取分数低许多，能否通过教育改革，使高等教育资源低的省份的考生也能如同大城市考生享有高等教育的公平待遇？再如，对替考等作弊者，能否改变其违法犯罪成本太低而屡禁不止的问题？

一方面，高等教育改革要涉深水区，通过高等教育资源向考生多的省份倾斜和提高考生多的省份的录取比例等切实措施，使考生多的省份的考生逐渐享有大城市公平高等教育的待遇，使我国名校的大门能够多向考生多的省份再放开一些。

另一方面，对高考替考等作弊犯罪行为，国家层面应尽快纳入立法和依法惩处范畴，提高犯罪的成本，使之受到法律的严惩，达到以儆效尤，使心存侥幸者不敢作弊。

如此，才有可能确保教育公平公正，维护广大考生切身利益与社会和谐稳定。

让生命之殇不再上演

据《青岛日报》报道：近日，市北区市场监管局在对全区507家、4100部电梯安全检查中，发现各类问题873个，并对263家单位下达限期整改指令书，约占所有被检查单位的51%。这暴露了一些单位安全隐患的严重性。电梯是关乎人之生命的公共设施，丝毫不可懈怠，必须高度重视。

而长期以来，总有一些单位对公共设施安全不重视，如马路、工地古力盖缺失，电梯带病运行等等时有发生，给无辜者造成极大伤害。以人为本、生命之上，是公共设施确保安全的第一要务。为了生命之殇不再上演，我们必须着力补齐短板、堵塞漏洞、消除隐患。正如习近平总书记所说的"要深刻吸取教训，强化维护公共安全的措施，确保人民生命安全。"

首先，要以法治思维管理公共设施安全。政府管理部门要针对各类公共设施的不同特点进一步修订完善具体安全可行的管理细则，并加大安全宣传力度，使安全管理落地生根，让各类公共设施管理制度明确，执法有据，措施到位。

其次，要安监关口前移。一方面，设施所属部门要时刻绷紧安全弦，居安思危，舍得投入，安全管理不缺位，将安全保障列入单位的日常工作首位，不为隐患留余地、不给事故闲空隙，并制定安全应急预案、定期进行演练，将公共安全做细、抓实，做到警钟长鸣、防患于未然。另一方面，监管部门要利用定期检查和不定时抽查相结合的方式对公共设施进行全覆盖监管，发现苗头及时督促设施所属单位整改到位，并针对共性问题举办单位管理人员培训班，提高整体安全意识和管理能力。

再次，要加大处罚力度。对安全隐患不重视、故意隐瞒、整改不力的单位和责任人要依规依法，严厉查处，并公之于众，以儆效尤。同时，鼓励对安全隐患及不负责任者进行举报，将不安全缺失消灭在萌芽之中。

唯有如此，才能让生命之殇不再上演。

自然生态也要经得起审计

据央视报道：四川绵阳市实行对离任的政府一把手进行自然生态审计。通过对一把手所在县、乡的生态环境状况进行全面审计，优秀者将被组织重用，不合格者给予降职或免职处罚，并将生态审计结果终生记入干部档案。这一做法得到中央有关部门的肯定，拟在全国推行。这对领导干部坚持科学发展观、保护自然生态环境无疑是一个巨大的推动。

通过反腐败斗争，在各级党员领导干部中营造一个好的政治生态环境已初步显现。但在推进经济发展中，少数地方政府对自然生态环境还不够重视，有的甚至以牺牲自然生态换取短期经济效益。

如果说好的政治生态是我们党立于执政的根基，而自然生态文明则是我们伟大民族赖以生存的土壤。作为基层政府一把手，必须坚持两手抓，一手抓政治生态文明建设，一手抓生态文明建设。2013年9月7日，习近平总书记在哈萨克斯坦纳扎尔巴耶夫大学发表演讲并回答学生们提出的问题，在谈到环境保护问题时他指出："我们既要绿水青山，也要金山银山。宁要绿水青山，不要金山银山，而且绿水青山就是金山银山。"这生动形象诠释了我们党和政府坚持科学发展观的内涵。在抓经济建设中，我们要按照尊重自然、顺应自然、保护自然的理念，贯彻节约资源和保护环境的基本国策，把生态文明融入经济建设全过程，建设美丽中国，努力走向生态文明和谐发展的新时代。

良好的生态环境，是最普惠的民生福祉，是我们党执政的要务。随着社会的进步和经济的发展，人们对干净的水、清新的空气、安全的食品、优美环境等的要求越来越高，生态环境在群众生活幸福指数中的地位不断凸显，环境问题日益成为重要的民生问题。正像有人所说的，老百姓过去"盼温饱"，现在"盼环保"，过去"求生存"，现在"求生态"。作为基层政府的一把手，必须心系百姓的期盼，在制定政策、拟定规划、付诸行动时，必须以百姓的期盼为出发点。

实践证明，在社会发展中，人只有给自然让空间，自然才会给人留出路。地方政府一把手要充分按照科学发展观的要求，统筹人口布局、经济布局、生态布局，给自然留下更多修复空间，给子孙后代留下天蓝、地绿、水净的美好家园。使自己的为官一任，不仅经得起当时的审计，更要赢得百姓永久的口碑。

暑期儿童人身安全应引起全社会关注

近日，岳阳汨罗市弼时镇3名儿童意外跌落敬老院后面的景观池塘，约两个小时后被人发现时已溺亡。（《潇湘晨报》）

暑假期间，少年儿童人身安全的事故时有发生，有的儿童结伴到河泊水库游泳而溺亡；有的爬山不慎被摔成重伤；还有的被家人锁在车内，在高温下窒息而亡。这一幕幕的悲剧，向全社会敲响了警钟。如何让这样的悔恨更少些、伤痛更少些？

首先，监护人应尽到责任。一方面，监护人要提醒、教育孩子在无大人监护下不到危险地方玩耍，特别对个别任性孩子要严加管教；另一方面，要将孩子控制在自己的视线之内，时时事事不可粗心大意，唯有将生命至上贯穿在每一个时间刻度，才会消除悲伤和悔恨。

其次，学校、幼儿园要加强安全教育宣传。要根据少年儿童的特性和本地风险环境，以儿歌童谣的方式向孩子灌输传播安全防范知识，并请专业技术人员作指导，组织一些模拟防范演练，使安全措施入心入脑，落实到孩子的日常学习、生活中。

再次，一些河流、水库、池塘等存有隐患的责任单位和人，要采取设立警示牌、防护栏等措施，并在暑期加大巡视密度，及时发现漏洞及时整改到位，不留隐患和死角。

最后，要引入法治思维对安全隐患进行治理。对造成事故的责任单位和负责人，要给予责任追究和法律制裁，及时敲响人们对安全隐患的警钟。

少年儿童是祖国的花朵和未来，不仅需要党的阳光雨露，还需要全社会的精心呵护。只有多管齐下，才能保证他们的茁壮成长。

以权压法何时休

据央视报道：晋江市人民法院审理了一起经济案件，判决其中一个企业胜诉，由另一败诉企业理赔胜诉者款项。而因其市领导干预，使案件判决迟迟不能执行。这暴露了执法中个别领导者以权压法的乱象。

当下，少数地方的党政领导机关在司法部门之上又成立了一些所谓的"维稳领导小组""企业债务协调小组"之类的领导机构，一般由当地党、政一名领导任组长，凡法院判决的案件都须经这些领导小组审核后方能执行。这是一种权大于法错误观念余毒在少数地方的表现，它阻碍了依法治国进程的发展，是对公平、正义的亵渎。

中共中央十八届四中全会决议指出："各级党政机关和领导干部要支持法院、检察院依法独立公正行使职权。建立领导干部干预司法活动、插手具体案件处理的记录、通报和责任追究制度。任何党政机关和领导干部都不得让司法机关做违反法定职责、有碍司法公正的事情，任何司法机关不得执行党政机关和领导干部违法干预司法活动的要求。"各级党委和政府要将自己的言行关进法规制度的笼子，做到不违规决策、不违法行事，坚持法定职任必须为、法无授权不可为，自觉摈弃"人治思维"的观念，并下决心削平那些阻碍司法程序和公正执法的新山头，打通执行法律判决的阻梗，用良法规范自己的行为，让公平、正义维护改革发展的进行，让依法辅政的航船开得更稳、走得更远。

另一方面，作为司法机关，必须公正司法，按照十八届四中全会所要求的那样："坚决破除各种潜规则，绝不允许法外开恩，允许办关系案、人情案、金钱案。"司法人员要大公无私、一身正气，坚决顶住来自少数领导者的压力，抛弃来自各方的利欲诱惑，做到刚正不阿、大义凛然，坚决维护法律的尊严。

再一方面，作为依法申诉者，要有咬定青山不放松的毅力和百折不挠的精神，坚决维护自己的合法权益，以显示司法的公平、正义。

唯有社会各方都坚持法律底线，形成合力，才能抵制以权压法等不正之风的干预，推进依法治国的顺利进行。

银行对银行卡犯罪要有更多担当

据央视报道：近日，警方在安徽滁州破获了一起冒用他人身份证办假银行卡的特大案件，涉案冒用他人身份证4000余张、办假银行卡800余张。不法分子的这一犯罪行为，严重扰乱了金融秩序，对百姓的银行资产安全构成极大风险。对此，必须加大防范和打击力度，确保百姓银行资产安全，维护正常的金融秩序。

自银行卡这一金融产品在我国上市以来，针对银行卡业务的犯罪活动便紧随而来，且近年犯罪手段竟引入了高科技，使之更加诡秘。在这当中，有的银行为了完成其总行办卡任务考核，对办卡审核过宽，让不法分子轻易得手；有的少数银行从业人员职业操守不端，受利欲诱惑，与不法分子内外勾结，恶意犯罪。如此种种，使银行卡犯罪屡屡发生。而少数银行对此将责任推给社会，不愿承担自身的责任。解铃还须系铃人，作为银行卡的主发单位，银行是逃脱不了干系的，应对银行卡犯罪有更多担当，从自身查漏补遗，做实防范措施，才是众望所归的。

一方面，银行要从内部加强整改，坚持从严治行。一是对银行从业人员要严把入口关，不能只看学历而忽视道德、思想标准，要坚持宁缺毋滥，不可学优无类；二是银行要树立正确行业竞争理念和科学发展观，不能为一时业务增长而放松风险管控，要从办理银行卡申请、审核的事先、事中、事后各个环节设立严格的双人双岗防范机制和科学考核机制，从制度上确保无风险漏洞，并坚持一以贯之，不给不法分子留有可乘之机，筑牢永固的风险防护墙；三是要加强对从业人员的专业培训和法纪教育，使从业人员在业务上能控得住风险的防范、思想上能抵得住利欲的诱惑、行为上能扛得起法规的硬约束；四是银行要不怕亮丑，对害群之马要严惩不贷，对违规违纪人员要及时调离，对涉嫌违法者要依法移交司法机关追究其法律责任。

另一方面，居民个人要理性对待银行卡优惠业务。一些不法分子专门投其少数人贪便宜的心理而推出惠民骗术诱惑居民、特别是一些老年居民。对此，居民要坚信"天上不会掉馅儿饼"的道理，要慎重保管好自己的身份证和银行卡，尤其不要将银行卡密码外泄给他人，同时不能将密码设为出生日期、家庭住址号码、手机（电话）号码等易暴露的载体。只有经得住诱惑、保得住核心秘密，办业务到正规银行而不到一些所谓的理财公司，就可以建起自身的风险防范屏障。

再一方面，公安机关要加大对涉嫌银行卡犯罪案件的侦破和惩处力度，并与银行方面保持密切沟通，随时掌握银行卡犯罪的新动向，以最严密的防范措施和最科学的侦破手段，编制真正疏而不漏的法网，逐步形成让不法分子不敢、不能乱为的氛围，确保金融秩序的安全运行和百姓银行资产不受侵害。

终身禁驾彰显了以法治违驾的尊严

据央视报道：近日，河南省交警总队对外通报了100名终身禁驾人员名单。这不仅表明公安交警对交通违法严管、严打的鲜明态度，也彰显了以法治违驾的尊严，同时对驾驶人员树立生命至上的精神、学法守法、遵章行驶也具有诏示意义。

长期以来，少数驾驶人员目无交通法规，有的酒驾酿祸，有的违规行车，而他们受到的处罚并无大碍，使有的违驾者"换个马甲"照驾不误，甚至屡违不改。这不能不说违驾者违驾的成本过低是造成行车事故多发的重要原因之一。正本方能清源，法严才使恶尽。只有严格执法，才能遏制重大交通事故上升势头，并达到以儆效尤之目的，营造交通安全的氛围，确保人民生命财产的安全。

首先，驾驶人员要牢固树立生命至上的精神，时刻绷紧对自己、家人和他人生命的弦，做到精练驾技、谨慎驾驶、守规行车，不带病行车、不开带病车，要敬畏交通法规，不以侥幸心理闯禁规，不投机取巧走邪道，时刻心系警钟长鸣。

其次，全社会要营造交通安全的良好氛围。一方面，要加大交通安全宣传力度，充分发挥媒体、社区、网络载体等功能，广泛宣传交通安全正、反面典型案例，让广大群众懂得交通安全的意义，自觉遵守交通法规；另一方面，行人要自觉遵守交通规则，改掉违规陋习，以崇尚文明安全为光荣，人人从我做起，从自己和家人做起。

再次，公安及交通安全管理部门要通力协作，适时组织驾驶人员学习、培训和考核。执法人员要秉公执法，对违驾者不讲私情、不开后门，体现司法公平、公正，打消少数违驾者靠不良手段逃避法规制裁的念头，让驾驶员老老实实开好安全车、规规矩矩行好幸福路。

坚守比创建更重要

近日，青岛中联创意广场和青岛法海寺生态农业观光园两家A级景区，因景区服务质量和环境质量达不到国家A级旅游景区质量等级标准被摘牌（《青岛日报》）。这暴露了一些景区上等级后疏于管理的严重问题，为景区如何保持荣誉敲响了警钟。等级景区是一座城市的名片，这里固然有创建时的不易和成功后的荣耀，但成功后的坚守和呵护要比创建更重要，需多方不懈努力，切不可一劳永逸。

近年来，我国少数著名4A级景区和世界级文化遗产，只因被命名后管理不到位而被摘牌，实在令人痛心。这给各级管理者乃至全社会都提出了一个警示：对来之不易的景区名片，需要多管齐下加以精心呵护，方能久负盛名。

首先，作为一座城市的主管部门，要统筹调度，尤其对下属已挂牌的景区，除了坚持常规性的督查之外，还要有针对性地进行考核和指导，发现问题及时督改，不要等问题成了堆一票否定了事。要充分按照市场规律，利用奖惩机制，实行有效管理，当好城市名片的监督者。

其次，作为景区本身，应加强管理。要制定切实可行的规章制度，以法定思维对景区进行管理。要根据自身特点，并借鉴同行的先进经验，将管理工作做实、做细、做精、做到位，当好城市名片的坚守者。

再次，作为景区内和景区周围的居民，要以主人翁的姿态，自觉维护景区基础设施和自然植被。要把景区当作自身荣誉，树立保护意识，对践踏和毁坏景区行为进行坚决斗争，并及时向管理部门举报，自觉当好景区名片的呵护者。

最后，作为游人，要增强文明意识，自觉遵守景区各项管理规定，改掉陋习，既不做损景利己、也不做损景不利己的事。通过到此文明旅游，达到既满足感观的享受，也使自己的道德理念得到净化，为自己的人生积累精神财富，给景区留下文明的足迹。

律师不依法履职暴露了监管的缺失

据新华社消息：近日，公安部指挥多地公安机关摧毁一个以北京市锋锐律师事务所为平台、少数律师推手、"访民"相互勾连、滋事扰序的涉嫌重大犯罪团伙，该所主任周世锋及其多名合伙人被依法采取刑事强制措施。这对及时清除律师队伍的害群之马、纯洁律师队伍无疑是一件大好事，彰显了法律的尊严。

几年来，以周世锋为首的锋锐律师事务所横行全国各地，先后组织策划炒作了40余起案事件，采取庭内扰序庭外滋事的卑劣手段，严重干扰正常司法活动，严重扰乱社会秩序。同时该律师事务所还涉嫌偷税漏税、行贿等，周世锋本人还与多名女性发生不正当关系。就这样一群劣迹昭昭的乌合之众却能几年在全国横行无忌，不能不说我们的监管缺失。《中华人民共和国律师法》明确规定：对"扰乱法庭、仲裁秩序，干扰诉讼、仲裁活动的正常进行的"；或"煽动、教唆当事人采取扰乱公共秩序、危害公共安全等非法手段解决争议的"，"由省、自治区、直辖市人民政府司法行政部门吊销其律师执业证书；构成犯罪的，依法追究刑事责任"。很难相信，该律师事务所与其监管部门的个别领导之间没有利益链条或其他利益输送背景。不然，对其监管的长期缺失又会让人怎样理解呢？

"前车覆，后车诚"。从锋锐律师事务所的倒台毁灭，可以吸取诸多教训，使我们认识到依法治国还有很长的路要走。

首先，律师监管部门要强化监管职能。《中共中央关于全面推进依法治国若干重大问题的决定》指出："加强律师事务所管理，发挥律师协会自律作用，规范律师执业行为，监督律师严格遵守职业道德和职业操守，强化准入、退出管理，严格执行违法违规惩戒制度。"一方面，要严把入口关，要按照《中华人民共和国律师法》准入条件，努力打造一支思想过硬、业务精通、品行端正的律师队伍，并坚持年度考核和年检制度，及时核准律师事务所的从业资格；另一方面，要及时严惩少数律师的不法行为，以零容忍对待违法者，坚决清除有劣迹的人，保持律师队伍的高度纯洁，不断增强百姓对律师的信任感，为依法治国奠定基础。要将严管的缰绳牢牢握在自己手中，不要等小问题酿成大祸才放马后炮。

其次，律师要加强自律意识。律师是社会主义法律工作者，更应当有意识地、自觉地维护法律秩序，做法律秩序的维护者，而不是法律秩序的破坏者。一方面，律师要树立正确的价值观，要以高尚的情操和职业操守，正确处理为民请命与为己取利的关系，不能触犯法律底线，要在法律的框架内活动；另一方面，要自觉历练维护公平、正义意识，以国家、社会史命感执业，当好法律的践行者，任何时候不能违法违规为己和他人谋私利。

再次，广大人民群众要增强法律意识。要提高辨别是非能力，不信、不参与扰乱法律秩序的行为，自觉学法、尊法、用法、守法，坚持以法以规维护自身合法权益。

莫让"被咨询"伤创业者的心

据央视报道：最近一段时间，很多自己想创业的人发现，政府办事服务大厅的门槛低了，手续少了，费用减了。这得益于国家不断出台的减少审批程序，减轻创业负担的各项举措。然而，西安的个体创业者侯先生却让他碰到了一件非常憋屈的事：近日，他拟注册个公司做生意，到西安市工商局双生分局注册大厅办相关手续时，工作人员告诉他先去领表，并需交340元费用。后经查问方知这340元交的是咨询费。而侯先生根本没有咨询什么事、也没有工作人员给予任何咨询，却稀里糊涂地被咨询、被交费了。这不仅使创业者侯先生很受伤害，也暴露了少数政府行政管理部门以权乱作为的行为，必须严肃查处。

当下，在国务院三令五申简政放权、减少寂批、降低收费、支持大众创业的一片惠民生、促发展的大好形势下，总有少数行政管理部门弄出一些与之不和谐的声音来：有的继续独推霸王条款，让创业者唯命是听；有的挂羊头卖狗肉，打着惠民办事的幌子，设套让人上当，暗渡陈仓让创业者"被咨询""被交费"，并使上当者"哑巴吃黄连"；……如此种种行为，阻碍了改革的进行，影响了大众创业的发展。

作为政府管理部门的工商局，必须坚持"法无授权不可为"的执政理念，不可违规违法设置伤害创业者的收费项目。一方面，要依规依法将收费目录公布于众人，晒在阳光下，让创业者明白交费的依据，不能稀里糊涂"被咨询"、不明不白"被交费"；另一面，工商管理部门，要心系百姓，从维护创业者的利益出发，自觉摒弃与当前改革发展不合拍的陈旧观念，换位思考，思创业者之所想，谋创业者之所策，急创业者之所需，帮创业者之所要，解创业者之所困，除创业者之所虑，推动创业者成就一番事业，不让创业者再为名目繁多的"被咨询""被交费"而伤心。

净化"三圈"生态坚守个人干净这条底线

从一些腐败分子演变的轨迹来看，坚守个人干净是领导干部保持清正廉洁必须守好的基本底线。在纷繁复杂的社会环境中，领导干部感染"病菌"的概率增大。保持个人干净，必须净化"工作圈""朋友圈""家庭圈"生态。

首先，要净化"工作圈"，构建同志间纯洁的工作互助关系。领导干部的工作圈，是在工作中形成的上下级之间、同志之间的相互依存的关系。这里既有组织的托付，也有个人的担当。大家都是为了一个共同的目标，走到一起来了。但是，由于受不良政治生态的影响，有的人把正常的工作关系变成了"山头关系"，少数人甚至搞"团团伙伙"的"帮派关系"而结党营私；有的人为了个人升迁，大肆行贿，靠搭上"电梯"而青云直上；有的人在工作上不是靠团结互助做奉献，而是专搞小动作、搬弄是非谋私利；有的人对相互间的不良问题听之任之、保持无原则的和气，不能开展积极的思想斗争。因此，我们必须把构建纯洁的同志关系作为党风建设的重要内容，提倡同志间互相尊重、平等相待、相互支持，并通过互相批评化解思想和工作中的矛盾，形成纯洁的工作互助关系。

其次，要净化"朋友圈"，营造真诚和谐健康的社会友谊氛围。领导干部不是生活在"真空"之中，也需要正常的社会交往。在不良社会风气的侵蚀下，一些人善以公款交吃喝玩乐朋友，今天你约几个朋友来度假村泡泡温泉，隔日我请几个朋友到游乐场打打高尔夫，形成一个互相攀比的腐败圈；有的人靠"傍大款""傍老板"，大搞权力寻租，以投桃报李谋取私利；有的人善用小恩小惠拉拢关系，以请客送礼建立"朋友圈"，使人与人的正常社会交往形成庸俗化。作为领导干部，必须慎独慎初慎微，涵养健康生活情趣，防微杜渐，要时刻警惕那些裹着糖衣炮弹的侵袭，要在复杂环境中将自己练就金钢不坏之身，决不能在别人围猎中掉进"圈套"，要在各种诱惑面前保持淡定、不为所动。

再次，要净化"家族圈"，打牢俭朴和睦向善的家庭亲情基础。近年来，一些腐败高官不少都与家族腐败相关联。他们往往疏于对子女、家属的要求和管理，从以己权为家人谋私到家人利用自己的职权受贿谋财，一步步走向不归路，教训可谓沉痛。因此，领导干部要带头树立好的家风，净化家庭"生态环境"，时常提醒，严加管束，切实管好自己的亲属，防止别有用心的人在他们身上打开缺口。

"为官不为"须用制度约束

据《大众日报》报道：近日，淄博市党政联席会议通过了《淄博市国家工作人员"为官不为"行为问责暂行办法》，从履职不当、执行不力、担当不够、作风不严四个方面的34种"为官不为"行为对干部进行问责考核，并作为选拔任用的重要依据，为干部能上能下亮出了底牌。这从制度上加强了对"为官不为"行为的约束，不仅对干部能起到震慑和教育的作用，还能达到有效治理的目的。

一方面，这一制度进一步细化，更具操作性，为干部个人立下了规矩细则，使之明白"为官"应做什么、不能做什么，做到什么程度为好、做到什么程度为不好。使干部明确行为戒尺、底线和红线，不可越雷池半步。作为各级干部，必须修好敢于担当之为，明确干事创业的行为准则，树立强烈的责任意识，把高标准履职尽责作为基本要求，日常工作能尽责、难题面前敢负责、出现过失敢担责，做到为官一任，造福一方，为百姓留下赞誉的口碑。

另一方面，为组织问责明确了制度依据。以往对群众反映强烈、少数"不作为"干部的问责，不少地方太多停留在笼统的原则性规定上，针对性不强，对干部教育达不到有的放矢，不仅使群众监督起来不方便，也使组织调查起来复杂，更使问责难以从实处着手、准处定责，使一些"庸懒散""不作为"现象在少数干部身上前纠后冒。有了具体可操作的制度，使戒尺变得更严明、更锐利，使约束更管用。

整治"为官不为"，必须在具体制度措施上精准量化、切实可行，这样的"硬制度"多了，从发现到查处的整个问责链条完整了，问责起来就会既有"质"的把握，也有"量"的判断；既缩小了自由裁定空间，也减少了人情干扰，最大限度地维护了公平公正；同时，也为干部个人从政树立了一面镜子，照出自己的行为是否规范，便于从苗头改过，不至于使千里之堤溃于蚁穴，达到防患于未然之目的。

对网吧接纳未成年人"零容忍"应成为常态

据报道：为加强暑假文化市场管理，青岛市文化市场行政执法局从7月1日至8月31日，在全市范围内开展为期两个月的文化市场集中整治，针对市民反映强烈的网吧接纳未成年人违法违规问题，坚持"零容忍""最高限"高压态势。截至目前，已检查网吧2025家次，吊销网络文化许可证2家，立案30起，罚款4.9万元。

加强对网吧的管理，保护未成年人的身心健康，既是政府有关管理部门的职责，也是全社会的义务，必须常抓不懈，对网吧接纳未成年人"零容忍"应成为常态。

一方面，执法管理部门要对网吧坚持全天候、无间隙监管。要根据不法网吧不断变换违规违法行为的特点，有针对性地出击查处。同时，要加大投入，利用高科技信息技术实行科学监控，让不法者不能有任何空隙可钻。

另一方面，要建立奖罚严明的机制。一是对违规违法者按"最高限"给予严惩不贷；二是要对违规违法者实行举报有奖制度，发挥广大群众的监督作用，使不法者不敢贸然作为。

再一方面，要对未成年人进行有效思想行为教育。一是学校、家长要根据未成年人特点，实行正确引导、反面典型警示、给予感情关心爱护等措施，让其自觉接受健康向上行为情趣的熏陶，远离不健康行为游戏；二是社会各界应担当起对未成年人关心呵护的义务，从多方面营造未成年人健康成长的生态氛围，让其不输在人生起跑线上。

位卑未敢忘忧民

据新华社消息：近日的一天凌晨，一场突如其来的大火，把位于江西九江市的一栋老楼房烧成废墟。幸运的是里面居住的18户居民全部从火海中逃生。而创造这个"奇迹"的是租住在老楼内的"早点女工"沈金凤。当天早起做工的沈金凤发现火情后，赶紧叫醒了所有邻居，因忙于呼喊示警，她自家的财物被烧为灰烬。

一位"早点女工"，在危急关头，想到的是众多邻居的生命安全，舍小家顾大家，实在令人敬佩。我们应该为她点个赞！

"先天下之忧而忧，后天下之乐而乐"。作为一个普通女工，或许并不懂得其中的道理，但她义无反顾的举动，却在这一刻诠释了中华民族核心价值观在这位普通人灵魂中的灿烂光芒，使道德的力量显得有多么厚重。见义勇为、舍己救人，是中华民族的传统美德，是我们薪火相传的基因。

正是因为这一核心价值观的发扬光大，才有今天的英雄辈出。我们高兴地看到：一位地铁员工赤手空拳抓小偷，以自己的勇敢遏制了邪念；"夺刀少年"面对他人危难，挺身而出不顾自己即将奔赴高考考场；在洪水灾害袭来之时，一位乡村普通干部招呼众乡亲安全转移，而自己的亲人却被大水冲走……这无数普通人的善举，用自己的道德星辉、精神光华，汇成了一条闪亮的星河，照耀着我们的精神世界。

曾几何时，现实也曾遭遇种种道德困境。譬如，被冷漠症感染，事不关己，高高挂起；被讹诈吓几下，扶不扶被摔倒老人竟成了问题；少数地方制度缺失，让见义勇为者流血又流泪……面对这些，大力弘扬舍己为人、见义勇为的精神既是必要的，也是大有可为的。位卑未敢忘忧民。一个人不在职位高低，心里只要有爱和义，在危急关头，他就可以向需要的人奉献一切，甚至不惜自己的生命。价值观彰显着一个民族的品格，蕴含着一个国家最深沉的精神追求。在实现中国梦的伟大征程上，只要人人都树立道德责任意识，从我做起，从点滴做起，我们的社会就会充满阳光。

让孤独老人无忧需用制度保障

据报道：近日，平度市纪委因对87岁孤老照顾的失职者村支书及相关镇干部给予免职等处分。这对孤老所在村、镇起到了一定震慑作用，可以唤起社会对孤独老人的同情和关爱必务感。

然而，如果我们在解决这一类问题矛盾时，只是采取"头痛医头、脚痛医脚"的方法，还是不能从根本上解决问题的。应当引入法治思维，从制度保障上解决根本问题。

首先，政府主管民政部门应深入实际进行调研，并根据当下农村逐向城镇化转入的趋势及我国渐显老龄化的现实，有针对性地对现行法规制度提出修订，使之既与时俱进，又切实可行，便于操作、落实。

其次，孤独老人所在村落、单位，要切实当回事。一方面，要树立法治思维，从维护社会稳定和国家长治久安大局想问题；另一方面，要从实处、细处着手，把工作做到位，要使每一个环节落实到人、使每一位责任者明确担责的范围、要求及失责的后果。同时，要建立奖惩长效机制，形成褒扬尊老先进、惩处损老、忘老、不关心老者的氛围。

再次，要加大宣传力度，大力弘扬核心价值观在尊老方面的典型，让全社会都来关注孤独老人这一群体，倡导更多志愿者参与尊老爱老活动，鼓励社会爱心人士捐助尊老爱老行动。

唯独如此，才能使全社会形成共识和合力，使核心价值观的光芒照耀到孤独老人这一不该被遗忘的角落，让这里每一天都传出幸福的微笑。

对车窗抛物还需用法规管束

近日，岛城驾驶员发出倡议，号召大家做文明乘客，拒绝车窗抛物，为通过国家卫生城市复审尽一份力（据《青岛日报》）。这一举动，无疑是对我市创建全国卫生城市、唤起人们的文明意识会起到积极的推动作用。然而，要真正管束好车窗抛物，还应以法治思维，用法规来治理城市，才能确保城市文明常态化。

一方面，可借鉴发达国家管理城市的成功经验。当今，好多发达国家对城市管理都有一定法规，对车窗抛物者，轻者给予罚款处理，重者则要追究法律责任。因此，这也使少数国民对自己出国的一些车窗抛物等行为受限而感到非常不习惯。他山之石，可以攻玉。只有立下切实可行的规矩，才能使大家有所遵循；有了规矩，也就有了处事的底线和红线，使违规者被追责有据。这样，才会使在这座城市里工作、生活的人们及外地来这里的游客有了该有的约束和文明意识，使大家可以按照这一行为准则工作生活更有序、休闲更文明。

另一方面，对车窗抛物等不文明行为的管束，不是仅为通过国家卫生城市复审的权宜之计，而是创建文明城市的长久之计，需要不懈的努力和坚守。人们的文明习惯需要长期养成，这既取决于一个城市的文明程度和氛围，更取决于一个城市居民素养的提高和形成。而这两者，都需要加大宣传力度和创新培育方式。通过宣传，使行为准则家喻户晓、人人明白；通过培育，使大家丢掉陋习、遵守公德成为一种自觉行动。

再一方面，对车窗抛物等行为需要坚持常态化治理。一是要按照规定对违规者敢管真罚，且要持之以恒，不刮一阵风、不搞弹性执法。二是要形成奖惩机制，对好的路段、区域和车主及个人给予褒扬，充分发挥典型的引导作用；对差的路段、区域和车主及个人除给予处罚之外，并给予公开曝光，要发挥舆论监督作用。三是居民要发扬主人翁意识，要有担当精神，不仅要从自己做起，还要对他人不文明行为给予劝阻和制止，敢于说不，不要事不关己、高高挂起。

如果我们能在法规制度上扎紧笼子，在管理上坚持持之以恒，采取齐抓共管，城市卫生面貌定会焕然一新、并能保持日新月异。

刑法修正案彰显了以法治腐的尊严

据新华社消息：全国人大常委会近日表决通过了刑法修正案（九），其中规定对犯贪污罪被判处死刑缓期执行的，法院根据犯罪情节等情况可以同时决定在其死刑缓期执行二年期满依法减少无期徒刑后，终身监禁，不得减刑、假释。这一更严厉的法治律条，彰显了以法治腐的尊严。

以往，少数腐败分子在受到法律制裁被判刑之后，不少则利用其腐败圈的人际关系和种种非法手段，通过不当减刑提前出狱。这不仅对法律尊严是一种亵渎，也助长了一些腐败分子企图逃脱法律严惩的侥幸心理，不利于维护司法公正。

一方面，刑法修正案（九），体现了中央对腐败的零容忍，顺应了百姓对腐败深恶痛绝的民意。近日，习近平主席所签发的国家特赦令，就明确对贪官不予特赦。刑法修正案（九）与这次特赦相得益彰，既表明了中央反腐的价值坐标，也说明反腐未有穷期，是一场输不起的战争，它关乎人心向背、关乎党和国家的生死存亡。反腐是党和人民不可动摇的决心。

另一方面，刑法修正案（九）的颁布实施，表明我国以法治腐的深入。随着经济社会发展，贪污涉案金额不断增长，"小官巨贪"屡见不鲜。贪官虽然只是少数，但其对国家造成的损失不可小看，对政治生态造成的恶劣影响之大更是难以估计。对此，反腐必须引入法治思维，必须运用法律手段严惩腐败分子，以法律的威严形成腐败分子不敢腐的氛围，以法律的严密编织腐败分子不能腐的笼子，以法不徇情的达理筑起为官者不想腐的境界。法律，对腐败分子就是一条不可逾越的高压线，如胆敢触犯，必遭身败名裂之灾；法律，又是一把双刃剑，对守法度日的百姓来说，它就是合法权益的守护神，也是国家公共财富不受侵犯的保护者。因此，以法治腐，不仅可以治标，更能治本，是保持党不变色、国不变衰的长久之计。

管好一把手的"手"

　　无论是单位的一把手，还是部门的一把手，都是关键岗位的关键人，是当下从严治党、依法治国、干事创业的"关键少数"。一把手的"手"，非比寻常，一旦出手，关乎大局，影响众生。因此，一把手的"手"，伸缩之中、收放之际、动静之间，有学问、有节操、有规矩、有约束，必须管好。

　　首先，要将手关进笼子，做到守规矩。一方面，在好多单位和部门，一把手都掌控财务大权，号称"一支笔"，对财务开支有签字审批权。另一方面，"一把手"又是主管干部人事工作的第一负责人，对干部提拔任免及人事安排，都有直接话语权和签字审批权。据此，一把手的权不能说不大。可少数腐败分子，正是利用组织赋予的这种权力为己和亲朋好友所用，挥手签字无规矩，违背了组织原则和财务制度，给党和人民造成重大损失。因此，作为一把手，必须有清醒的认识，这些干部人事和财务权不仅是一种权力，更是一种责任，须坚持法无授权不可为的原则，要遵守既定约束，不可任性乱来和胡来。要时时刻刻将自己的手关进法规和制度笼子，按照党委集体研究决定、分工负责的组织原则行使自己的权力。

　　其次，见财莫伸手，甘居清贫。在市场经济条件下，财对人的诱惑越来越大，尤其对一把手来说，不仅有着财物的丰富资源，还有取财的方便。然而，"君子爱财，取之有道"。既已当官且为一把手，就当常思"苟非吾之所有，虽一毫而莫取"。不义之财，受一分一毫，不仅会被人看轻人格、官格，还会受到党纪国法的制裁。要做到慎用手中权，如陈毅同志所云："手莫伸，伸手必被捉。党与人民在监督，万目睽睽难逃脱。"同时，作为一把手，要保持两袖清风，耐得住一双清贫的手，甘居清贫。正如方志敏所言："我从事革命斗争，已经十余年了。在这长期的奋斗中，我一向是过着朴素的生活，从没有奢侈过。""清贫，洁白朴素的生活，正是我们革命者能够战胜许多困难的地方。"

再次，干事创业不含糊，该出手时就出手。作为一把手，既背负着组织的重托和信任，又承载着你所任职地区、单位和部门百姓及干部群众的期望。无论是上级和下级，都希望这个"一把手"能带领大家干出一番事业，改变原来的面貌。这就要求一把手要有魄力和开创精神，不能像小脚女人一样萎靡不前。不能在一个地方干上几年仍是"涛声依旧"，老是"重复昨天的故事"。只要符合中央精神，利于百姓利益，就要该出手时就出手。要以只争朝夕的精神和拼命三郎的斗志，带领大家干出一些惠民的实事来。

最后，对己要保持一双干净的手，对腐败要敢于下狠手。一方面，要严于律己，干净做人，使自己的手可以有泥土的芬芳，可以有粗糙的老茧，决不能沾铜臭气，决不可捞半点不干净的油水。要时刻牢记习总书记提出的"清清白白做人、干干净净做事、担担荡荡为官"的要求，使自己的这双手始终保持洁净不沾、纤尘不染。另一方面，一把手还应是所在单位部门和部门党风廉政建设的第一责任人。应在保持个人干净的前提下，对腐败要"零容忍"，敢于同不正之风进行坚决斗争。对班子出现的不正之风，要下狠手治理，要有担当精神，不怕得罪人，要从苗头抓起，从细处着手，做到防微杜渐。使所在单位和部门成为党和人民反腐倡廉的无污染的"放心田"。

打击非法猎捕需多管齐下

据报道：近日，崂山区农林局组织130多名执法人员、护林员兵分10路，以突袭方式巡查了辖区鸟类重点迁徙通道，对非法猎捕者进行严厉打击。同时，该区还出台了《关于严禁非法猎杀、经营野生动物的告知书》。这无疑对保护野生动物、打击非法猎捕是一项十分重要的举措。

长期以来，在一些旅游景区内非法猎捕抓而不绝、屡禁不止，"野味"农家宴异常火爆。一是暴露了现实有一条"吃客——餐饮——猎捕"的不法利益链条在作祟；二是也说明打击非法猎捕，需要引入法治思维，坚持多管齐下，并持之以恒使之常态化，方能奏效。

一方面，要对非法猎捕者"零容忍"，依据法规对其进行严厉制裁，并给予黑名单曝光，限制其数年内不得进入景区，让其对非法猎捕行为付出沉重代价。同时，执法部门要采取突击检查和常态管理相结合的手段，不给不法分子留半点空隙，使之欲犯不能。

另一方面，对经营"野味"的农家宴要严加管理。凡查实经营"野味"农家宴者，除给予罚款外，还应对情节严重者给予吊销餐饮经营许可证、追究相应违法违规责任，让其断掉非法获利赚黑心钱的念头。

再一方面，要加大宣传力度，在景区宣传栏、门票等载体上附加警示语，让食客对"野味"自觉说"不"，倒逼"野味"农家宴和非法猎捕者处于步履维艰的困境。同时，要建立社会监督机制，设立对非法猎捕行为举报有奖活动，形成保护野生动物自然生态的良好氛围。

家长要为孩子当好表率

据媒体报道：近日，两位儿童在玩耍中发生矛盾。其中一位孩子的家长非但不能正确劝解引导，反而帮自己的孩子动手打伤了对方。这位家长的鲁莽行为，也为此付出了被公安机关拘留15天并处罚金千元的沉重代价。

疼爱自己的孩子，是做家长的天性。然而，这种天性必须置于理性之下，尤其是当今以法治国的大背景下，更应使己慎言慎行，不可逾越道德红线和法律底线，要处处、事事当好孩子的表率。

首先，家长要践行好核心价值观。孩子之间在玩耍时产生矛盾是难免的，这些大都是儿戏之类的言行，并非原则性的是非曲直。一方面，家长要规劝自己的孩子多找自己的欠缺，多看对方的优点，以温良恭俭让的态度，使孩子之间达到和谐；另一方面，即便对方有一点非原则性的过失，也不要得理不让人，要教育双方理直气和地化解矛盾，达到化干戈为玉帛。

其次，家长要以法治思维护孩子的合法权益。倘若自己的孩子受到伤害，也不能扬汤止沸，更不能以力服人、以身试法。要学会利用法律的手段，将不法者受到法律制裁，使孩子学会以法律维护自己的合法权益。

再次，家长要教育孩子处事要容人。孩子的心理特点是好胜，不容对方超过自己。要教育孩子在同伴中学会礼让、要容人，遇利要舍得让给他人，不能只顾自己，太自私。让孩子在人生的起跑线上就逐步形成宽容的思想意识，为其以后踏上社会铸就美好的道德风尚。

对大学生要加强法治教育

据央视报道：最近，在大学生中发生两件令人痛心的事：一是河南一名在校大学生因贩卖国家珍稀鸟类被判重刑；二是南京等地少数在校大学生参与非法传销被公安机关查获。这暴露了少数在校大学生法律意识和道德意识的淡薄。大学生，是国家和民族未来的栋梁之材，不仅要具备过硬的技能和干事创业的本领，还需要有做人的美好品德和遵纪守法意识。因此，当下，对大学生加强法纪教育刻不容缓。

一方面，高等学校要对在校大学生加强法治教育。不仅要从理论、理念上向他们灌输以法治国的观点，还要通过请进来、走出去的方法，结合现实中的典型案例进行解剖解读，使他们踏上工作岗位和社会之前在思想上打上遵纪守法的烙印。凡事都要先思而后行，要常思遵纪守法是做人之要，常念规矩和法律是成就个人创业之本。培养一代遵纪守法的国家有用之才，是高等学校义不容辞的职责。同样，高等学校培养人才是否合格，第一要务是看它培养出的学生是否守规矩和遵纪守法。

另一方面，在校大学生要以只争朝夕的精神学做品学兼优的践行者。首先，要学会做人。要学会做一名对国家、对社会、对家庭、对自己有担当的人，就必须学法、懂法、遵法、执法，做到自己的一切言行必须约束在法律框架之内。其次，要掌握实实在在的真本事，为将来创业干事奠定基础。同样，掌握科学知识，无任何捷径可走，不可靠歪招发不义之财，只有靠自己艰苦努力的付出，方能在将来的单位和社会有一席之地。

大学生，是家庭的骄傲，也是国家未来期待的有用之才。为了家庭的骄傲和国家的期待，也为了自己的梦想，要真正做到自省、自警、自勉、自强，避免陷入少知而迷、不知而盲、无知而乱的困境，要有"望尽天涯路"那样志存高远的追求，耐得住"昨夜西风凋碧树"的清冷和"独上高楼"的寂寞，静下心来读书学习，使自己学有所悟，用有所得，在学习和实践中"众里寻他千百度"，最终"蓦然回首"，在"灯火阑珊处"领悟真谛。

当学野草初心　不忘奋斗终生

世界上力气最大的是什么？夏衍在《野草》中写道，是植物的种子。因为不管上面的石块如何重，石块与石块之间如何狭，它定要曲曲折折地，顽强不屈地透到地面上来。而这份力量，正是源于"为着向往阳光"和"达成生之意志"的使命。

在每个人的心里，都有这样一颗初心的种子。它或如马克思在中学毕业论文中说的那样宏大："如果我选择了最能为人类福利而劳动的职业，我们就不会为它的重负所压倒……我们的幸福将属于千百万人"。也可能像毛泽东离开韶山冲外出求学时那么励志："孩儿立志出乡关，学不成名誓不还"。更多的则是"人可生如生义而美如神"，在生活琐事里不忘理想追求，在往来奔波中寻找价值实现。这些初心都值得尊重，因为它们都有一个执着的信念充盈着，都有一个奋斗的使命守候着。

其实，人生的许多奋斗，都源自最初的梦想；世界上的很多伟大，都来自不变的追求。在看似简单的动机里，往往有着最原始的动力和最难的坚持，不经意间就会爆发出惊人的伟力。无数共产党人前仆后继、牺牲奉献，就是因为"为了我们崇高的理想，我是舍得付出代价的"。新中国成立初期，为了共和国的建设和崛起，许多老一辈科学家坚信"回国不需要理由，不回国才需要理由"，冲破重重阻挠回国效力，正是因为"改变不了的中国心"。习近平同志从在延安梁家河当村支书时提出的"能让乡亲们吃上一顿肉"到当总书记时提出的实现"国家富强、民族振兴、人民幸福的中国梦"，同样昭示共产党人为人民谋福祉初心的朴实与壮美。而初心的宝贵，就在"愿历尽千帆，归来仍是少年"的抱朴如初，就在"先天下之忧而忧，后天下之乐而乐"的家国情怀。

哲人有言，"守真志满，逐物意移"。随着时光变迁，人们往往会纠结于现实的纷扰，淡忘了本来的追求。有的人精致利己，把个人利益当作唯一驱动，只看得见眼前的浮华，却失去了生活的本义。更有甚者腐化堕落，与初心背道而驰，头撞南墙才后悔不已。虽说生命的高度不是只有一种形式，人生的追求也不是只有一种方式，但听不到内心的呼唤，就会在随波逐流中迷失自己；缺少了奋斗的支撑，就会在生活的狂涛巨浪里失去重心。

"生命的本相，不在表层，而是在极深极深的内里"。给初心奋斗的使命，就是给人生奋斗的意义，给生命拓展的空间。要知道，只有始终如一的追求精致，普通工人才有可能成为大国工匠；只有默默无闻的长期坚守，在平凡的岗位上才能成就不凡事业；只有在平日的奋斗中使自己的每一刻都有绚丽的火花飞溅，才能有关键时刻的置己生命而不顾的挺身而出。对共产党人而言，永葆不老的初心，也是保证"革命人永远是年轻"的秘诀。每一名共产党员都是时代的播火者、初心的践行者，都肩负着"为中国人民谋幸福，为中华民族谋复兴"的使命。因为，自打从上海石库门出发，就注定这是不平凡的征程；自从走出西柏坡的那一刻起，就注定"赶考"永远在路上。

有了野草的初心，才会坚定自己冲破艰难而激发的信心，以致树立"野火烧不尽，春风吹又生"的百折不挠的信念，使自己的使命薪火相传，历久弥新。当下，我们是否应学习野草的那份初心呢？因为"生命开始的一瞬间就带了斗争来的草，才是坚韧的草"。初心里不仅有诗和远方，更有奋斗和使命。即使时光再匆匆、人生再无常，每个人都应不忘提醒自己：你曾经最初的梦想，今天还是不是你最高的追求？

直挂云帆济沧海

举世瞩目的上合组织青岛峰会已经圆满落幕。浸润着东方智慧的"上海精神"和黄海明珠青岛的名字依然在世界激荡回响。

上合组织青岛峰会的成功举办，得到与会中外嘉宾和国际社会的高度评价，得到上级领导的充分肯定，受到市民的交口称赞。青岛向世界全面呈现了历史与现实交汇的独特韵味，开放与文明交融的别样风采。同样，它也给这座岛城带来那么多荣耀，绚丽的光环似乎使这座被誉为"帆船之都、影视之城、音乐之岛"的城市更加生辉耀眼，工作、生活在这座城市的人们无形中多了一份自豪感。

的确，通过这次峰会，我们的城市面貌、社会治理、人文素质、经济和社会发展都有了一个新的提升，上了一个很大的台阶。在光环的照射下，我们不可以坐吃山空，应乘胜而为之，百尺竿头，更进一步。

一方面，要学习好、宣传好、贯彻好习近平总书记视察山东和青岛时的重要讲话精神。要深入领会、深刻把握习近平总书记重要讲话的思想精髓、核心要义和丰富内涵，切实把思想认识统一到总书记重要讲话精神上来。要与学习贯彻习近平新时代中国特色社会主义思想、党的十九大精神结合起来，做到真正学思践悟、学深悟透、学以致用，使之成为指导我们做好各项工作的强大思想武器。

另一方面，要以这次峰会为契机，树立当龙头、争第一的信念。要做到"六个走在前列"：一是要牢固树立新发展理念，在推进高质量发展上率先走在前列；二是要在实施乡村振兴战略上率先走在先列；三是要在发展海洋经济上走在前列；四是要在保障改善民生上率先走在前列；五是要

171

在干部队伍建设上率先走在先列；六是要在解放思想、改进作风上率先走在前列。

"长风破浪会有时，直挂云帆济沧海"。让我们扬帆起航，在新时代中国特色社会主义思想指引下，去争取更大的胜利和光荣！

以敬民之心行简政之道　用实干为形象加分

　　新年伊始，万象更新。在刚刚结束的全国政府系统秘书长和办公厅主任会议上，李克强总理在接见全体代表时做了重要讲话，为政府系统办公室工作指明了方向。在新的一年里，政府系统办公室要深入学习贯彻习近平总书记系列重要讲话精神，认真落实李克强总理的重要讲话要求，进一步优化服务、提高效能、加强督查，推动稳增长、促改革、调结构、惠民生、防风险等政策措施落地见效，以敬民之心行简政之道，用实干为形象加分。

　　首先，要当好政府工作的"第一参谋助手"。要观大势、谋大局，密切关注改革发展的新情况、新变化，围绕破解发展难题和突出矛盾，加强调查研究，反映基层、企业实情，抓住牵一发动全身的关键环节，多提实招建议，为政府科学决策和施政提供有力支撑。这就要求各级办公室工作人员在工作中要突出一个"实"字。调研中，要深入实际，与基层的同志交实朋友，要与群众讲掏心窝子话，讲老百姓听得懂的话、听得入耳的话，要摸实情；写文章、讲话，要讲实话，不讲空话、假话，反映问题要实事求是，不夹带个人、片面意见。

　　其次，要当好政府工作的"大服务员"。办公室系统工作人员，既要有宏观思维又要有扑下身子承担具体操作，要办务实的事、开有效的会、发管用的文。特别是要按照转变政府职能、提高政府效能的要求，积极主动在简政放权、放管结合、优化服务上打出更多"组合拳"，取得更多新进展，深入实施创新驱动战略，推动大众创业、万众创新的热潮转化为发展的强大动能。这就要求办公室工作人员，一方面要树立服务意识，尤其对百姓要有爱心、要有耐心、要讲诚信，要以干事惠民维护党和政府的威信；另一方面，要有创新意识，要有世界眼光和远谋思维，在工作中不能涛声依旧，老重复昨天的故事，要积极学习和利用当今最前沿、最有创新力的科学知识，为政府工作输入强大活力。

再次，要当好政府工作的"高效督办员"。好政策千条万条不落实等于白条。要围绕政府重大决策，创新工作方式，将督办落实放在日常运行更加突出的位置，敢于担当、敢于碰硬，防止以会议落实会议、文件贯彻文件，确保政策举措落地生根、惠民利国。这就要求办公室工作人员，一方面要善于抓典型，对新鲜事物要有灵敏度，及时搜集、分析，以点带面，抓好点上突破，推动全面工作；另一方面，对落实政府决策不到位的，要敢于出手，查明原因，理清根源，能帮的则帮，该批的真批，敢于对不作为现象亮剑，让勤政、廉政、明政成为百姓口中的丰碑。要用新理念新模式新技术提升政府服务水平，清除繁文缛节，公开办事清单，加强政策宣传解读，更好地服务基层、服务群众，争做建设现代政府的生力军。

资本市场出台政策不能痴人说梦

近日，我国的资本市场 A 股又出现大跌，甚至出现全天交易时间总计不足半小时，两市近 2000 只个股跌停。之所以出现这种极不正常的问题，是证监会实行"熔断"新规所造成。为此，证监会不得不承认：从近两次实际熔断情况看，没有达到预期效果，不得不于 2016 年 1 月 8 日暂停熔断机制（据新华社消息）。这一草率出台政策，又草率收兵的手段，暴露了资本市场监管者把握经济运行规律意识的缺失和落实党中央改革理念的不到位。

资本市场是一个国家经济运行的晴雨表，其政策必须符合运行规律，不可痴人说梦。而一年来所出台的政策和措施，往往让人有些丈二和尚摸不着头脑。先是突击新股上市，一周发行多达十来支，一月的发行量超过过去一年的，致使两市指数暴跌，迫使国务院不得不出台多举救市；近日这种熔断机制，又将股市搞得不亦乐乎，不得不急刹车。

一方面，要充分认识资本市场的运行规律，要把握规律，使资本市场运行平稳。股市的涨跌本应是市场自己的事，而我们的市场，往往掺杂了太多的人为因素，什么幕后交易、造假账、庄家操盘等违规现象时有发生。而监管者恰恰在这些该管的不用心管，甚至少数监管者与其同流合污，进行黑幕交易。因此，必须以铁的手腕打击违规非法者，真正还资本市场绿水青山的生态环境，使之能够健康规范运行。

另一方面，要保持好的政策出台落地生根，不可以"手抓筷子作乱梦，梦着什么夹什么"。出台政策要符合国情、民情、实情，按照中国特色社会主义市场规律的本质制定行之有效的治理方针、办法，使政策出台能管用，起到好的作用，推动资本市场健康发展。同时，对资本市场政策的出台要审慎而为，不可朝令夕改，更不可胡折腾。一旦伤了元气，则需要很长时间、花很大气力才能修复。这样的教训不该使我们忘记。

扑克牌通缉令损伤的是法律尊严

据《人民日报》报道：为动员群众参与打击网络犯罪，广西宾阳县公安局近日印制"扑克牌通缉令"免费发放。扑克牌正面印有248名当地网络犯罪嫌疑人的照片及其身份证信息、被通缉原因和扑克分类标记等；背面附举报电话。对提供有价值线索的群众，警方将按照每条2000元的标准进行奖励。以扑克牌通缉令的做法，损伤的不仅是当事人的尊严，而是对司法不公的偏离，损伤的是法律的尊严。

一方面，扑克本身是一种娱乐载体，并无法律是非之分。如把扑克印有犯罪嫌疑人，并在其无审判之前，让人们对其印有当事人照片的扑克进行任意玩耍，这对当事人的人权是一种污辱。对犯罪嫌疑人可以依法定罪给予相应的惩处，但不可法无规定而乱处治，法无授权而使当事人损害扩大。在扑克牌上印有犯罪嫌疑人照片并由公众进行玩耍，是一种法无授权的侵害人权行为，应当予以制止。

另一方面，在扑克分类标识上有大小、优劣之分，人们在玩耍中便携带了对其中好赖的标签。而现实中的犯罪嫌疑人，在对其未进行审判之前和改造之后，很难分清孰优孰劣，这里也很难分清标有大王的犯罪嫌疑人比标有小3的犯罪嫌疑人能好多少？如此一来，人们在玩耍印有犯罪嫌疑人照片的扑克时又如何能带着严格的是非观尽兴呢？

总之，娱乐就是娱乐。但它必须在法治的框架下进行，其创新也必须按照法定职责必须为、法无授权不可为的原则，不可任意想些让人云山雾罩的作为。这既不符合法治思维，也不好玩，如此做法，只能是事与愿违，聪明反被聪明误。

巡视过后再杀个"回马枪"彰显了正风反腐的决心

据央视报道：近日，经党中央批准，2016年中央第一轮巡视将首次对辽宁、安徽、山东、湖南等4个省进行"回头看"。这一巡视后再杀个"回马枪"的做法，彰显了党中央正风反腐的决心和韧性，也进一步证明正风反腐是一场永远在路上的不休止的战斗。

首先，"回头看"对顶风腐败者是一种强有力的震慑。党的十八以来，我们党正风反腐的力度可谓空前。然而，总有极少数党员干部仍不收手，顶风腐败，并变着法儿腐，对己的违纪作孽总抱有一丝侥幸。他们低估了党中央正风反腐的决心，错误判断了反腐倡廉的形势。只要腐败分子不收手，反腐败的斗争就不会收场，阶段性的收尾并非收场，而是为了总结经验，以利再战。可以预想，通过这次"回头看"，不仅对少数顶风上的侥幸者是一个强大震慑，让骑墙观望者断了念头，也会使腐败量大大减少。

其次，"回头看"为"不敢腐"走向"不能腐"奠定了制度法治保障。正风反腐不是一劳永逸的。历史也一再证明，反动腐朽的东西，不能靠一两次斗争就能使之彻底灭亡。对于腐败作风，同样如此。通过"回头看"，一方面，可以对那些仍不收手的腐败分子持续施压、采取果敢措施，让其"放下屠刀，立地成佛"；另一方面，可以发现原制定的制度上的一些漏洞和原实行的规章上的一些缺失，并及时进行修订和补充，使其更加完善和规范。只有通过"回头看"，根据腐败分子不断变换的腐败手法而采取多管齐下的战术，才能将制度的笼子扎紧，将法治的堡垒建牢，使腐败分子无缝可钻、无机可乘，真正布下正风反腐的天罗地网，让极少数人"不能腐"。

再次，"回头看"应是一项正风反腐的常态化措施，可为"不想腐"制造良好氛围。"回头看"不仅是检验各项活动成败的有效手段，对于做表面文章、弄虚作假也具有杀伤性打击，对于形成党风和良好社会风气也会起到推动作用。通过"回头看"，让少数腐败分子受到震慑，让广大党员干部受到再教育，使人民群众看到希望，使全党、全社会增强了正风反腐的信心。让"回头看"这样的"回马枪"在正风反腐中时不时地多杀几个，才能确保反腐败永远在路上畅通无阻，抵达更加理想的境界。

习近平总书记指出："在实现不敢腐、不能腐、不想腐上还没有取得压倒性胜利，腐败活动减少了但并没有绝迹，反腐败体制建立了但还不能完善，思想教育加强了但思想防线还没有筑牢，减少腐败存量、遏制腐败增量、重构政治生态的工作艰巨繁重。"这就警醒我们反腐败斗争必须保持空前的紧迫感，不可能丝毫的懈怠。要把中央要求、群众期盼、实际需要，新鲜经验结合起来，本着于法周延，于事有效的原则，在"杀回枪"的过程中制定新的法规制度、完善已有的法规制度、废止不适应的法规制度，努力形成系统完备的反腐倡廉规章制度体系，推进正风反腐不断取得新胜利。

人文景观应去虚务实

据《人民日报》报道：江西安源锦绣城又名安源影视城，地处安源国家森林公园，紧邻安源路矿工人运动纪念馆，系当地投资5.6亿打造的仿古城，被誉为江西最大影视拍摄基地。然而，由于建设者的盲从和后续管理的不到位，使之缺乏文化内涵，建成十余年，竟没拍过影视剧，甚至连游人都绕此避之，落得门厅冷落，如今成了周边一些居民遛狗、遛鸟的休闲场所。这不能不说是对这一耗巨资建成的人文景观的一个莫大讽刺。

近年来，一些地方为打造招商引资的氛围，不从实际出发，贪大求阔，建了不少人文景观，而建成后却门庭冷落，加上后续管理不到位，使之既有碍景观、又造成浪费的棘手包袱，拖了当地经济发展和精神文明建设的后腿。这应引起各级政府的重视。

首先，在建人文景观之前，应进行充分论证和精心规划设计。一方面，人文景观要具有丰富的文化内涵，所建之地及所建之物必须具有本地的名优特色和其他地方所不可比拟的优势，并具有长期发展优势；另一方面，拟建之物应与自然环境及道路、交通建设等相匹配，要有独树一帜的景观，让人耳目一新，叹为观止。但可惜的是，"天下庙宇一个样"，全国各地的人文景观多的是大同小异，很少见独具匠心之作。这就要求所见之物必须遵循"人无我有，人有我优，人有我独"的理念，才能思路超前，优中取胜，并达到长盛不衰。

其次，要摆正眼前利益与长远利益的关系。不能只顾眼前利益而图一时风光，也不能忘掉乡愁而贪大求洋，更不能牺牲自然生态而换取GDP，应使眼前利益与发展后劲相得益彰。

再次，不可盲从，要去虚务实。要视野开阔，站在全局看问题、想事情。据了解，近十余年间，全国几乎每个省份都投资建设了影视基地，但真正承担起拍摄影视剧的寥寥无几，而能盈利的更是少之又少。影视基地的"拳头"产品就是配套，设有实力和专业水平为影视拍摄提供配套服务，就无法吸引剧组，不具备核心竞争力。

总之，不从实际出发，缺乏长期规划、文化内涵和特色定位的人文景观，必定致门可罗雀、名存实亡的命运。

办公室人员要带头守规矩

每个单位和部门的办公室，都是承上启下的重要枢纽，是对外沟通联络的门户，是本单位和部门的"第一招牌"。办公室工作人员的一言一行，往往都彰显着本单位和部门的作风和影子，传递着领导者决策的动向和信息。"欲知平直，则必准绳；欲知方圆，则必规矩"。作为办公室工作人员，必须慎言慎行，守规矩，按照习总书记所强调的那样："要坚持原则、恪守规矩，严格按党纪国法办事。"

首先，办公室工作人员说话要慎。说话要三思而后言，要符合党的方针、政策，要有看齐意识，自觉与党中央和同级党委保持一致。一方面，不能口无遮掩，随意乱说、乱承诺；另一方面，要有保密意识，党委和领导层研究、内定的事项，在未公开发布之前不可提前公布和乱传。

其次，办公室工作人员行文要严，一个单位、部门的公文主要由办公室来拟制和发布。作为办公室工作人员，必须熟知践行行文规范，做审己度人，不可"以其昏昏、使人昭昭"。要练好自己的看家本领，从严要求，不能有一丝一毫的马虎和大意，从公的规则格式到拟文的遣词造句，哪怕是一个标点符号，都要认真对待，做到精益求精，准确无误。

再次，办公室工作人员办事要稳。要从"我"做起，凡要求大家做到的，自己必须率先做好；要大家严禁的，自己务必规避，成为令行禁止的模范。既不要将自己当作法外之人，也不可要求别人走正道而自己不守规矩。要做到知行合一、言行一致。

唯有如此，办公室工作人员方能尽职尽责，在规矩的笼子里做一名称职的行家里手。

容错机制让干事者卸下包袱

据《人民日报》报道：为鼓励支持干部干事创业，最近，广东佛山、江西等地都出台了容错机制，容许干部在干事创业中有失误，尽职免责，为改革创新者撑腰，为思想开放、大胆革新者卸下包袱，对整治庸懒、为官不为起到积极作用。

当前，改革任务繁重，而经济下行压力加大，高压反腐态势不减，使一些干部产生畏难、观望情绪，"求稳怕错"，担心"做多错多"。而改革必然有风险，有失败的可能。一些干部大胆干事创业，一定触及一些人的既得利益，在应对阻力干扰时，难免会出错。宽容"探索性失误"，就是让"第一批吃螃蟹的人"放下包袱，勇敢前进，让其甘当改革的"领头羊"，不因干事而沦为失误的"替罪羊"。这样，既有利于激励有能力、有激情的干部带领群众干事创业、奋发有为，也可整治庸懒、为官不为的不良风气。

同时，在建立容错机制的同时，要树立正确的政绩观，该严的就严，做到追责不打折。对有规不依、借改革名义谋利、阻碍改革发展、损害群众利益及腐败等错误要坚持"零容忍"，不得免责或从轻发落。

总之，在建立容错机制的同时，要分清前进中的失误与有意违规违纪的界限。既要防止干部一有过错动辄得咎，导致手脚被束缚，干事创业激情被熄灭；又要防止出现以改革失败为幌子，遮掩权钱交易等腐败行为，逃避责任追究和法纪严惩。只有这样，才能做到撑腰不放水、追责不打折，让干部形成崇尚"敢为""有为"、拒绝"不为""乱为"的自觉追求。

机动车违法高达100次暴露了道路监管的缺失

据央视报道：近日，上海警方曝光53辆机动车违法大户，其中一辆竟违法高达100次。这不能不使人愕然：交警的"法网恢恢，疏而不漏"哪里去了？实在令人费解。

违规必纠，有案必查。这是道路执法者必须遵循的法则。但遗憾的是，长期以来，对一些道路交通违法者，往往不予及时查处，使之逃之夭夭，甚至使之以侥幸心理屡屡违规犯法。这充分暴露了道路监管的缺失。也进一步警示我们：整治道路交通畅通安全，必须多管齐下。

一方面，对执法者来说，必须坚持严格执法。一是对违规犯法事实清楚的，要予以迅速查处，不能将案子久拖不处，使案件积压成堆；二是要坚守法不阿贵、法不徇情的职业操守，更不能徇私枉法，以自己的执法职权与钱财等腐败行为做交易；三是要担当起人民安全守护神的职责，积极向百姓宣传道路交通安全的知识法规，当好道路交通安全的宣传者和维护者。

另一方面，各类车辆驾驶员要遵规守法、精通驾技。一是要将自己和他人生命安全时刻装在心中，不可以生命作代价而冒险；二是时刻给自己戴上法规紧箍咒，不可触及安全红线和法规底线，更不能以己之任性和侥幸逃避法规的追究；三是要精通驾驶技术，要"有金刚钻方揽瓷器活"的心态和本领，不可盲动，要为自己行顺畅、为他人留方便，不给道路交通添堵塞。

再一方面，应树立全民道路交通安全意识。一是有关方面要加大普及宣传力度，使道路交通安全法规与知识人人明白、老少皆知；二是建立违章违规和徇私执法举报有奖机制，对举报属实者给予奖励。要在全社会弘扬遵守道路交通法规光荣的良好氛围，使我们的道路交通变得更畅通、更文明。

反腐还需扎紧"近亲繁殖"樊篱

据新华社消息：近日，中国工商银行巡视整改情况通报中提到，"总行管理的691名干部中，有220名干部的配偶、子女共240人在系统内工作"，"近亲繁殖"现象引发公众关注。

近年来，一些国有企业事业单位的少数领导干部把近亲属安排在收入较高岗位，通过"萝卜招聘"、绕道进入、内部照顾、交叉安排等方式，违规招聘近亲属问题较突出，折射出"近亲繁殖"是当下反腐斗争不可忽视的问题，必须严肃对待。

首先，要通过制度扎紧"近亲繁殖"的樊篱。行有行规，各行业在用人选聘上必须结合自身特点立下严格规矩，杜绝"近亲繁殖"。2015年3月，山东省出台《省管企业领导人员实行任职回避和公务回避及报告说明制度的暂行办法》，规定山东省管国有企业领导人员任职，需回避夫妻关系、直系血亲关系、三代以内旁系血亲关系及近姻亲关系。有的企事业单位则明确规定，领导干部的子女、亲属等关系者不得在本单位及其所领导的下属单位、部门工作。这些制度措施，都可较好地规避"近亲繁殖"，筑牢不能"近亲繁殖"的樊篱。

其次，要利用纪律约束"近亲繁殖"。上级纪检监察部门要加大纪律约束机制，严格管控干部人事方面出现的疏漏和问题。一方面，要及时发现苗头，通过"提提醒、吹吹风、咬咬耳"的方式，做到防患于未然；另一方面，对有问题的领导干部，要及时进行诫勉谈话和采取必要的组织措施，防止"塌方式"腐败，伸张纪律的严肃性，维护干部人事制度的公平、公正、透明。

再次，要加大对干部人事腐败案例的查处力度。有的单位存在重视经济腐败案，而轻视干部人事腐败案。其实，干部人事腐败对党风、社会风气的恶劣影响并不比经济腐败差，它直接损坏我们党的组织系统和干部人事制度，必须同样以铁的手腕和严惩不贷的态度给予认真查处，营造不敢"近亲繁殖"的氛围。

总之，只有加大对国有企事业单位员工招聘的事前、事中和事后的监督力度，加大责任追究力度，对于违反相关规定的，不仅对其亲属进行查处，而且也要对涉事干部严肃问责和查处，才能真正扎紧"近亲繁殖"的樊篱，铲除滋生腐败的温床，还干部聘用、人员招聘领域一片风清气正。

支部建在网上是加强党建的创新举措

据央视报道：陕西安康以微信群、QQ群、微信公众号等平台为载体，将党支部建在网上，党员连在线上，有效推动"两学一做"学习教育全覆盖。这是新形势下加强党的建设的创新举措。

当下，农村人员分散，党员外出打工的较多，党支部面临着党员会议难召开、党建活动难开展的现实局面。随着互联网的快速发展，"互联网+"为农村党建工作开辟了创新领域。

一方面，通过支部建在网上，可以保证党支部的工作全覆盖，使党员一个都不漏掉。党支部要贯彻的会议要求、要落实的工作部署、要办理的具体事项等，都可以通过网上进行。网络成了党建工作的直通车，其组织方式比原来更便捷、更有效。

另一方面，党员通过连在线上，使自己更拉近了同党组织的归属感。党员遇到问题或不明白的事，随时可以上线通过党组织寻求帮助，使党员与党组织的联系不间断，党员心中有方向。

再一方面，通过网络党支部可以更好地开展"两会一深"活动，有效避免了过去党支部的正常活动因人员不齐不能及时开展的矛盾，使党员学习人人都能不缺席、专题讨论人人都能参与、整改落实人人都不掉队，使党建活动更有活力、更重实效。

随着社会的进步和形势的变化，党的建设也必须与时俱进，实行创新举措，才能确保基层党建工作制度化、常态化、长效化，使农村党支部成为坚强的战斗堡垒。

法治教育一个不能少

据报道：从今年秋季新学期开始，青岛市中小学将以往使用的《品德与生活》《思想品德》教材统一更改为《道德与法治》。这不仅是教材名称的改变，更是贯彻中央依法治国战略方针的体现，彰显了法治教育的深度和广度，也是教育理念的更新。

以往，中小学教材重视了道德教育，但缺失了法治教育。一个国家要走向法治轨道，关键是这个国家的公民必须具有法治观念，而中小学则是国民法治教育的基础。在法治教育中，中小学这个重要群体不能少。

一方面，在中小学增加法治教育课，等于补齐了思想教育的短板。一个健全的人，行走需要两腿并用。而道德教育仅是中小学生思想教育的一条腿，法治教育如同中小学生思想教育的另一条腿。这样，就可以道德教育与法治教育并重，一手抓德治、一手抓法治，实现道德和法律相辅相成、德治与法治相得益彰，使中小学生在人生起跑线上走得更稳，跑得更快，为其将来踏向社会奠定正确的道德意识和法治观念。

另一方面，在中小学进行法治教育，为社会的和谐奠定了基础。毋庸置疑，当下，在中小学生身上发生的斗殴、抢劫等违法犯罪案例中，折射出少数青少年法治观念淡薄，给社会带来一些不安定因素。通过法治教育，使中小学生牢固树立知法、懂法、尊法、守法观念。中小学生只有在道德上不越底线、法律上不触红线，才能为社会和谐增添正能量。

再一方面，在中小学生中进行法治教育，是全面依法治国，实现党和国家长治久安的重要保证。少年强则中国强，少年是实现中华民族伟大复兴的未来。习近平总书记指出："我们提出全面推进依法治国，坚定不移厉行法治，一个重要意图就是为子孙万代计、为长远谋发展。"通过在中小学生中进行法治教育，为中华民族的子孙万代注入法治基因，为我们国家的后续发展奠定了长治久安的基础。

不可拿中考命题当儿戏

据《齐鲁晚报》报道：近日，山东省莱芜市中考的200名美术生艺考竟遭遇了考完过关又要重考的尴尬局面。对此，主考方的解释是：考题出偏了，须重考。这对考生和家长都是一个不小的打击。作为主考当局，这种咄咄怪事，仅以"考题出偏了，须重考"的荒唐解释就能平息社会舆论的欷然吗？

入学考试命题，无论是中考还是高考，都是一件非常慎重的事。主考当局须组织这个领域学科的精英共同精心研夺，并经专家科学论证，才能最后确定命题。而在以往的入学考试命题中，人们不难发现一些学科的命题出得非常刁偏，难倒一片考生。对命题者来说，似乎显出了自己的"才高八斗"。然而，这种脱离教材大纲和基础知识的命题，不仅暴露了命题者的黔驴技穷，也给考生和家长带来不小的伤害。

首先，入学考试命题应不脱离教材大纲、检验考生基础知识的主旨。这就要求命题者要驾驭学科教材大纲的精髓，全面掌握学科教材的基础知识。既不能以其昏昏、使人昭昭，也不能超出大纲、拔苗助长。

其次，入学考试命题往往会释放出这个学科的教学走向信号，成为尔后教学的指挥棒。因此，入学考试命题，还应瞄准当代学科教育的发展前沿，达到启发考生创新动力、检验考生理论联系实际的能力。这就要求命题者要联系社会客观实际与学科教材理论知识来设局，不可剑走偏锋。

再次，入学考试命题者应对当年招生比例与考生基本素质有一个准确的研判，所命之题要符合招生数额的基本水准。能使考生在考场上有一种努力进取、遇难有法的精气神，不可出一题而难倒一片、深度伤害考生积极性。

　　总之，入学考试命题要实事求是，从实际出发，既要与时俱进，更要接地气，为教育的发展释放正能量信号。

"负面言行清单"是为村干部立规矩的必要

据《大众日报》报道：今年以来，乳山市委组织部印发了《关于推行村（社区）干部"负面言行清单"制度的意见》。组织部门通过全面梳理近年来在全市农村干部身上出现的负面言行，确定了负面言语、负面行为两部分，正式为村干部言行立规矩。

一方面，"负面言行清单"对村干部补足精神上的"钙"是一剂良药。在现实中，我们不难发现，一些村干部缺乏应有的担当精神，在对党和政府上，要么以"这件事我做不了，你别找我"，要么以"这个事我弄不了，你们党委自己想办法吧"的推诿来不执行上级党委和政府的正确决策；有的村干部不遵守党的纪律和党组织议事规则，放出"我是同意的，是某某反对的"，"你怎这么多事，我说这样就这样"的言论；有的村干部不能代表党员干部的先进行形象，在群众中散布"我也不想做，是上面要求这么做的，我有吗法"的落后言论；有的对群众冷漠，甚至威胁群众："你有本事就到时上面反映，我不怕"。类似这样的负面言语，暴露了少数村干部理想信念方面出了问题。习近平总书记反复强调，"理想信念坚定，骨头就硬，没有理想信念，或者理想信念不坚定，精神上就缺钙'，就会得软骨病'"，"就可能导致政治上变质、经济上腐败、道德上堕落、生活上腐化"。作为最基层的党员干部村干部来说，要想精神上不得软骨病，首先要在言语上、思想上与党中央保持一致，与上级党委保持一致，出言要慎之，不能口无遮掩，信口开河；同时要善待群众，对群众要善言，要自觉当群众的表率；还要起到宣传群众，教育群众，用自己的进步言语把群众团结在党的周围和奔小康的路上。

另一方面，"负面言行清单"为村干部拒腐防变扎紧了制度的笼子。习近平总书记指出："把权力关进制度的笼子里，首先要建好笼子。笼子太松了，或者笼子很好门没关住，进出自由，那是起不到什么作用的。"在一些基层单位出现的小官巨贪现象，正是由于制度不严，才由小错演变成了犯罪。"千里之堤溃于蚁穴"，村干部倘若在行为上不检点，就会从放任走向放纵，从"河边湿湿鞋"走向犯罪深渊。我们看到，有的村干部就是从私设小金库，收受群众一条烟、一瓶酒，在酒店、饭店用公款消费，在婚丧红白之事上收取钱财等这些平常事上行为不端正开始，忽略了小事的不规矩，终究摊上大事，走上了不归路。只有把自己的行为关进严密制度的笼子，才能拒腐防变。

总之，推行村干部"负面言行清单"制度，可以使村干部当的更接地气、更加荣耀、更加自信。

精准扶贫需要金融创新发力

据央视报道：地处太行山深处的河北阜平县，是国家扶贫开发工作的重点县。自2013年以来，该县探索"保险+贷款"的金融扶贫模式，在全国率先推出成本价格损失保险，专门保护肉牛、肉羊、核桃、大枣等因市场价格波动造成的成本损失。有了金融的托底，激发了农民创业的内动力。不仅使金融扶贫成为实施精准扶贫、促进农业生产发展的助推器，也为金融的创新开拓注入了活力，达到双赢。

一方面，金融对贫困农民相关产业实行托底保险，解除了百姓的后顾之忧，促进了百姓生产造血的积极性。以往，传统的扶贫模式，政府按人头发放救济款，贫困者坐等吃救济，救济吃完了仍脱不了贫。首先，实行金融托底扶贫，把着眼点放在贫困者凭勤奋劳动和科学生产上，改变了以往由坐等到行动的局面，由单纯的输血扶贫到造血扶贫，为从根本上脱贫奠定了基础。其次，实行托底扶贫，增强了百姓抗御农产品因价格波动、自然灾害等带来损失的能力。如遇农产品价格持续下跌，或连遭疫情，保险公司可当即赔付其成本损失。这让勤奋劳动的贫困者吃了定心丸，感觉过好日子有了盼头。

另一方面，金融推出的托底扶贫，开辟了金融业创新发展的路径。随着企业数量的增加和经济因素的变化，金融业的竞争也日趋激烈，金融业靠传统盈利的空间越来越小。这就要求金融业必须创新业务品种，开拓新领域发展路径，以适应激烈竞争的需要，为自身的生存和发展不断增强活力。而金融托底扶贫正是顺应了经济格局变化和农民脱贫的实际需求，使其既接地气，又添生气。

精准扶贫，不仅需要国家政策的引领，还需要贫困者的奋发努力和金融业的创新发力。唯有如此，我们才能打好脱贫攻坚战，如期实现全面建成小康社会的目标。

电梯伤人何时了

据央视报道：近日，北京市一居民在住宅乘电梯时，因电梯陈旧失修而将腿夹断。再一次唤起人们对电梯伤人事故的关注。

据国家安检部门披露，目前全国约有10万台陈旧电梯缺失维修，带病运行，存在着严重安全隐患，由此造成的死伤事故时有发生。这也暴露了一些城市安全管理的缺失和为民情怀的冷漠。

住宅区域电梯能否正常运行，是关乎百姓生命安全的头等大事。而往往由于物业管理责任不清、维修经费不足、监管制度不严等原因，使人们对陈旧电梯望而生畏，心有余悸。对此，有关部门和单位必须齐抓共管、多管齐下，确保电梯运行安全，为百姓营造一个安全温馨的生活空间。

首先，各地监管部门应出台详细而适用的管理制度，明确对人、财、物全过程监管。一是应强制性实施电梯使用单位在电梯安装前须按使用年限交足维修保证金，并设立专用账户备后续电梯维修费用支出；二是对电梯使用单位存有严重隐患的给予严厉制裁，并实行黑名单进行媒体曝光，对其以后拓业发展进行严格限制；三是对电梯使用状况加大检查密度，采取定时检查与不定时突击抽查相结合的手段，及时发现隐患和漏洞，即时敦促整改到位。

其次，电梯使用单位要树立为民情怀，落实安全责任。一是物业公司要配足电梯管理人员，电梯管理人员要持证上岗；二是电梯使用单位要定时进行专业检修，适时进行维护，确保电梯正常安全运行；三是物业公司要组织居民进行必要的电梯故障自救脱险演练，广泛宣传普及安全知识。

再次，要建立电梯隐患举报通道。对电梯存在有隐患而失修的，鼓励居民对其进行举报，接报部门要认真核查，并对举报属实者给予一定奖励，责成电梯使用单位即时整改。

通过多管齐下的务实管理，或许能遏制电梯伤人事故的发生，还百姓一个安全生活的空间。

斩断"校园贷"坑害学子的魔爪

据新华社消息：一笔8000元的"校园贷"债务在半年内经过借款、还款、再贷款，最后总还款金额竟高达8万元，此前郑州一名陷入"校园贷"纠纷的大学生不堪重负跳楼自杀，引发社会广泛关注。

一些不法金融借贷网上平台打着"资助困难大学生""支持大学生微创业"等幌子，行"挂羊头、卖狗肉"的行当，设骗局让在校大学生上当受骗。对此，在校学子们应当提高警惕，谨防上当；同时，金融监管部门必须出重拳，对这一坑害学子的不法行为进行严厉打击，斩断"校园贷"坑害学子的魔爪。

一方面，在校大学生应增强金融、法律知识和识别真伪的能力。解铃还须系铃人，要使自己避免陷入骗局，还须加强自身防范能力的提高。首先，要相信"天上不会掉馅儿饼"的现实，凡高收益的背后都埋藏着高风险，不可被一时利欲迷惑头脑。目前，我国金融信贷政策和理财收益都是公开透明的，凡高于正常收益数倍甚至十几倍的金融信贷产品都是不靠谱的，背后必定是陷阱，万万不可明知前面有个坑偏要往下跳。其次，要弄清推销该金融产品的所属机构是否合法。目前，根据我国《商业银行法》的规定，只有经人民银行和银监局批准的国有商业银行及其分支机构、地方性商业银行及其分支机构方可经营人民币存贷款业务和部分开办外汇存贷款业务。这些机构须持有银监局核准的《金融许可证》，并挂证经营。可在网络市场上往往可以看到一些叫喊的盈利如何如何高的理财公司，多是未经批准的诈骗公司。对这类山寨金融机构，劝学子们离得越远越好，要从自身做起，筑起防范金融诈骗的铜墙铁壁。

另一方面，金融监管部门应联合公安部门出重拳，严厉打击非法金融运作行为。对"校园贷"一类山寨机构发现一起取缔一起，实施法律制裁，并将其黑名单和行为在网上公开曝光。同时，金融监管部门要联合国有商业银行的分支机构走进大学校园，利用金融知识讲座和宣传展板等方式，广泛宣传防金融诈骗知识，在大学校园营造一个良币驱劣币的良好氛围。

　　总之，通过大学生自身防范知识的增强和能力的提高、金融监管部门的得力监管，类似"校园贷"之类的山寨骗人货色就会销声匿迹。

反腐倡廉应从禁配高端设备豪华家具抓起

据新华社消息：从今年7月1日起，中央行政单位通用办公设备家具将执行更严格配置标准，并禁止配置高端设备、豪华家具。这彰显了中央抓反腐倡廉的决心和从自身做起的示范作用，是反腐倡廉落实落细的具体体现。

然而，少数领导干部却不能严格要求自己，爱摆阔、好面子，讲究自己办公室的家具、摆设，赶时髦，将自己办公室装饰得如同豪华宾馆、酒店，什么娱乐间、桑拿房、高档真皮沙发、红木家具，一应俱全。对此，自己不以为耻。殊不知，这种在办公条件上特别讲究的，必然在思想上浑浑噩噩，在工作上碌碌无为。千里之堤毁于蚁穴，一些腐败分子，不少都是疏于对自己的严格要求，从讲究办公设备、家具开始，一步步走向追求腐朽生活方式，最终成为千古罪人。

打铁还需自身硬。中央机关从自身做起，从反腐倡廉的具体小事抓实抓细，为各级领导干部树起了榜样。作为各级领导干部，应树立看齐意识，也从自己做起，在反腐倡廉中做到令行禁止。一方面，要牢固树立共产党人的理想信念。理想信念是共产党人精神上的"钙"。理想信念不坚定，必然精神上缺钙，追求的东西就会变味，把理想信念逐渐淡化，向往讲时髦、摆气派，贪图享乐，一步一步滑向与党和人民格格不入的轨道。只有在心中嵌入理想信念，牢记"两个务必"，练就"金刚不坏之身"，就可以始终保持健康的工作方式和生活方式，实实在在做人做事，慎独慎初慎微，做到防微杜渐、廉洁修身、廉洁齐家。另一方面，要守规矩。中央已明确了办公设备和家具的配备标准，应具有示范作用。各级党政机关应按照中央的要求出台切实可行的规定，以规范各级领导干部办公设备和家具的配置，让各级领导干部把精力多用在干事创业上，少些琢磨如何摆阔、讲排场。

环保局没严管污企被判违法彰显了依法行政的趋向

近日，山东人民检察院披露：庆云县人民检察院提起的诉庆云县环保局不依法履职一案一审公开宣判，庆云县人民法院判决支持了检察机关的全部诉讼请求，确认庆云县环保局批准山东庆云庆顺化学科技有限公司进行试生产、试生产延期的行政行为违法（《齐鲁晚报》）。这一全国首例检察机关提起行政公益诉讼案一审的宣判，彰显了我国依法治国正在向纵深发展和今后依法行政的趋向。

以往，类似环境污染违法，追究的多是当事企业的责任，对批准企业造成违法后果的政府部门，基本不予追究其违法责任，使少数政府部门法规意识淡薄，不能很好地依法行政，甚至不依法而乱作为。这一案例也给不依法行政者敲响了法律警钟。

一方面，政府部门要牢固树立依法行政的意识，做到法定职责必须为、法无授权不可为。凡在批准一个企业的准入或生产项目前，必须认真对该项目进行全面调研，分析其进入条件和生产过程是否符合当前法规，并跟踪监管，以法律为准绳对其进行正确研判。既不可在法律面前睁一只眼闭一只眼，以违法为代价送人情；更不可拿法律当儿戏，与不法企业同流合污，换取不当利益。

另一方面，作为司法机关，对审判类似企业生产违法污染案件时，不能按过去皇历将板子只打在企业身上，要正本清源，追索批准该项目的政府部门，依法追究批准部门的违法行为，以显示法律的公平正义。政府部门只有坚持"权有法定、权依法使"的理念，才能更好地促进在审批监管活动中敬畏法律，心存戒尺，利用手中权力批准监管好每一个项目，使依法行政成为各级政府的行为趋向，使尊法、信法、守法、用法、护法成为全体人民的共同追求。

别让餐饮垃圾成浴场美景之殇

青岛海岸线之长和浴场之多，在全国都名列前茅。其中，浴场就多达十几处，每年夏季都是一道靓丽的风景线。然而，在人们欣赏和享受这一美景的时候，总有一些与之不和谐的东西出现在人们的面前：少数前来海里的游泳者，随意将餐饮垃圾扔到浴场沙滩上，严重污染了浴场环境；更有甚者，有的还将空啤酒瓶扔到海里，经礁石碰碎后飘落在浴场沙滩上，成了伤人的利器。对此，应该引起各方面重视，采取多管齐下，阻止这些不文明行为，还夏季浴场一个真正靓丽宜人的环境，为我们的海滨城市添彩加分。

首先，浴场餐饮经营者要有担当作为，从源头唤起人们的环保意识。凡在浴场从事餐饮的经营者，应采取在餐饮外包装上印有"不得乱扔餐饮垃圾""请将餐饮垃圾投放到垃圾箱"等提示语，提醒餐饮者自觉遵守文明餐饮习惯，减少不文明行为。

其次，管理者应据实落细，为游客创造方便温馨的环保回收器具和机制。一方面，可借鉴外地旅游景点的经验，设立以空塑矿泉、饮料瓶回收换取矿泉水、饮料的做法，减少乱扔空塑瓶行为；另一方面，多设立一些带有宣传环保特色的垃圾箱，并增加流动监督人员，善意劝解乱扔垃圾者，为环保提供器具保障和法理支持。同时要加大对劝阻无效的不文明者的处罚力度，让不文明者付出更高的代价。

再次，游客应提高环保意识和法治理念。要以自己的举手之劳创造公共文明，用相互的文明意识积淀大家的遵规守法观念，唤起每位游客都从自己做起、从点滴做起，争做文明环保的促进派。

妥善处治餐饮垃圾，让每位游客都能心无旁骛地开心仰面望向蓝天、游入大海，既是政府管理部门的责任，也是浴场餐饮经营者的担当，更是广大游客的义务。别让餐饮垃圾变成浴场美景之殇。

多些未雨绸缪　少些亡羊补牢

据新华社消息：今年入夏以来，长江流域出现最强暴雨过程，引发山洪暴发、河水陡涨等灾害，已使11省（直辖市）1646万人受灾，112人死亡失踪，72.6万人紧急转移安置，直接经济损失204.3亿元。

对此，各级党委、政府按照中央的要求，及时开展抢险救灾，使亡羊补牢的措施收到一定成效。然而，对今年出现的这一降水洪灾，仅靠亡羊补牢是不够的。早在降水洪灾到来之前，中央气象台就多次发出预警：由于受厄尔尼诺现象的影响，我国长江流域及南方地区会发生严重降水和洪涝灾害，有关地区要做好防灾应对准备。少数地区科学嗅觉麻木，习惯于"兵来将挡，水来土掩"的落后抗灾方式。这种临渴掘井的方式或许能起到一定的亡羊补牢作用，但付出的代价远比未雨绸缪要高得多。对灾情要实施科学防范，将抗洪救灾关口前移，不可临时抱佛脚。

首先，要根据中央气象部门的预警，组织本地区各方面专家认真研判即将发生的灾情，并制定切实可行的防范措施，采取责任制人，尽快落实落细，在重大灾情到来之前筑起防范风险的铜墙铁壁，确保使灾情造成的损失降到最小。

其次，要进行科学宣传。将灾情程序及可能涉及的地区，让百姓人人知晓，心中有数。要做好多套防灾预案，采取领导干部包片责任到户、落实到人，让百姓以科学态度提前进入警备状态。

再次，江河水库等管理部门要在灾情到来之前，认真排查本地的危情和疏漏，并及时进行修复补救，以防患于未然。

　　只要以科学态度在灾情到来之前多些未雨绸缪，少些亡羊补牢，就可以使灾害之殇大大减轻，为百姓的安居乐业创造更多机会。

银行卖理财不能再乱忽悠

据《金融时报》报道：为切实防范银行业不当销售行为，维护消费者合法权益，中国银行业监督管理委员会近日发出通知，要求各商业银行在销售理财产品或者代理其他金融产品时，须同步进行录音录像（"双录"）。对银行销售理财产品不实行"双录"者，将受到银行监管当局的查处。中国银行业监督管理委员会这一规定，有效地维护了消费者的合法权益，对不按法规销售理财产品的银行来说则是实实在在的行为约束和一个强有力的警示。

近年来，随着存款利率的多次下调，各商业银行为多揽存款，纷纷推出各种理财产品，以获得更多存款。可少数银行从业者受任务指标的压力，瞅准人们对理财产品获利高的心理，在推销自己的理财产品时，有意隐瞒该理财产品在到期前可能遇到央行利率下调等方面的风险，或将预期收益率说成保本保息收益，或模棱两可地扩大收益，使购买者在不知真情的状态下进行主动投资。这种手段极大损害了投资者的利益，理应受到监管当局的认真监管和查处。

一方面，作为买卖双方，卖者有义务将自己推销的产品优缺点及全部真实情况主动告诉买者，这既是诚信经营的必须，也是行业准入的行规，不能急功近利而乱忽悠；而买者也有权知晓自己欲买产品的真实情况，这是维护自己合法权益的前提，应当积极行使自己的维权行为。

另一方面，仅有对商业银行在销售理财产品时进行"双录"的规定还不够，还必须加大对违规者的查处力度，让违规者既不能乱忽悠投资者，也不敢抱有侥幸心理往枪口上撞。使销售者自觉遵守行业规矩，坚守商业道德，树立起自己的良好信誉，为营造公平、和谐的社会氛围担当起重要职责。

不要把市长公开电话成为摆设

据《半月谈》报道：中国市场学会服务质量专业委员会对京津冀环渤海地区连续8个月进行的暗访，共涉及21个市区县与百姓生产生活关系密切的317个政府部门的便民服务电话，调查报告显示，这些便民电话的服务质量合格率仅为36.9%。主要问题是"三难"：难打通、难沟通、难办事，使市长公开电话成为群众办事难的一个不良标志，成了作秀的一种摆设。这一突出问题，应引起政府有关部门的高度重视。

政府设立市长公开电话的初衷，就是给百姓提供咨询和投诉的渠道，方便群众办事。这本是便民利民的好事，然而一些地方好事没有办好，让群众很是"搓火"："要么打了不接，要么接了白接，不解决问题的热线电话就是摆设！"这不仅使得热线电话难以发挥应有效力，也给政府公信力带来了负面影响。

首先，政府职能部门要树立为民服务意识，要深化为民情怀。要多想百姓遇难"叫天天不应，叫地地不灵"的难处，要以换位思考百姓遇难而期盼解决的心理。要真正摆正"自己从哪里来、现在在哪里、自己的作为是向哪里"。要真正做到思百姓之所想、忧百姓之所患、急百姓之所急、解百姓之所困、乐百姓之所为、爱百姓之所喜。

其次，市长公开电话要利用当今信息化高科技手段，并花本钱打造时间间隔短、打得通、听得清的网络平台，不能用淘汰下来的旧系统应付，只图摆设和虚名。要在第一时间听取百姓的呼声。

再次，要选拔政策水平高、人品端正、办事能力强的人员座席市长公开电话，并以雄厚的问题应对机构做后盾。这个机构要集聚与百姓反映较集中问题的部门的明白热心人，定期研究百姓反映的问题，要针对问题提出在一定时间内须解决的切实可行方案，要成为联席例会议制度，由市府领导同志轮流主持召开，及时为市长公开电话提供方案支撑。

同时，要建立健全督查、评估机制。对百姓反映的问题在一定时间内不能妥善解决的，要启动问责机制。要设立公开、公正评估机构，引入第三方评估，定期将市长公开电话处理情况评估公视于众，让百姓知晓，不再让市长公开电话成为一种摆设，真正成为联结政府与百姓的桥梁，成为政府为百姓办事的晴雨表，成为党和政府接地气的连心锁。

担当起未成年人保护的法律责任

据央视报道：江苏省一家地方法院对一起儿童溺水案进行了审理。在暑期期间，几位儿童到村附近的池塘游泳，其中一位遇险，另一位在对其实施救助过程中溺亡。溺亡者家长将池塘的所有单位某煤矿和获救儿童的家长告上法庭。法院经过审理认定，造成儿童溺水身亡的责任应由三方承担：一是因池塘所有方没有设立防护、警示等措施而担责；二是溺水儿童的监护人没尽到监护职责；三是被救儿童家长应承担诱发施救儿童的动机趋向后果责任。这一判决，向社会昭示了在保护未成年人中的法律责任。

每年暑期，是儿童溺水事件的多发季节，一桩桩悲痛不断刺伤人们的心灵，也在呼唤着社会如何保护好未成年人的人身安全。

一方面，监护人应尽职尽责。暑期期间，儿童离开学校，一切行为的约束和管理都随之转移到监护人身上。作为监护人，是儿童安全的第一责任者，必须将自己的孩子看紧看好。随着生活节奏的加快，一些家长忙于工作，奔波于生意场，但不可疏忽对自己孩子的监护，这既是亲情的需要，也是防患于未然的根本。从近年发生的儿童在暑期溺亡事件中可以发现，不少都是留守儿童，说明监护人的缺失是造成儿童溺亡悲剧的重要原因。痛定思痛，家长们不可再放任孩子太自由作为而只顾忙自己的所谓"正事"，在衡量拼搏赚钱与监护好孩子的安全中一定要将账算明白，不可只捡芝麻而丢了西瓜，以致造成终生悔恨。

另一方面，涉水所有者或管理者要尽到防护警示职责。一些河流、池塘、水泊等地处，无论是所有者还是管理者，都应采取物理防护和醒目的图文警示，有条件的在暑假期间还应设立巡防人员进行流动巡视，将警示防护的关口前移，承担起应有的社会责任。使儿童溺亡的悲剧不再发生，让法庭对这样的宣判再少些。

　　暑期已开始，全社会应高度重视儿童安全问题，切实担负起保护未成年人的法律责任，让儿童渡过一个安全无忧的快乐暑假。

国企业绩考核结果公开是依法治国的体现

据《法制日报》报道：受国务院办公厅政府信息与政务公开办公室委托，中国社科院法学研究所通过对31个省级政府的调查评估发现：19家省级政府未公开2014年国企业绩考核结果，占61.2%；仅有山东省将资产总额、负债、所有者权益、应交税金和国有资产保值增值信息等各项指标全部对外公开。暴露了一些政府部门目前对国有企业管理中的尽职缺失和和依法治国意识的淡薄。

国有企业的资本全部或主要由国家投入，其全部资本或主要股份归国家所有，由此决定了国企必须依法主动公开相关信息，回应社会关切、接受社会监督。2015年4月，国务院印发《2015年政府信息公开工作要点》，并委托中国社科院法学研究所对31个省级政府2014年企业业绩考核结果的信息公开情况进行评估。其评估结果却令人失望，有的将该公开的信息不全部公开，以简单应付了之；有的甚至在政府网站上设"假栏目"，挂羊头卖狗肉。这些，都不利于国家的有效监管和社会的监督。

一方面，作为国有企业的监管部门，省级政府必认真履行监管职责，要按照监管规定严格监管，不能一切听任企业自己的汇报，并对明显差疑的要进行追根求源，既要认真面对，不容疏漏；又要切实进行调研分析，帮助企业找准问题症结，制定整改措施，确保国有资产不流失，达到保值增值，增强其发展活力。

另一方面，国有企业有义务向社会公开自己按规定应公开的信息，这既是接受社会公开监督的需要，也是维护广大投资者利益的必须，尤其作为上市公司的国企，更应按照《公司法》信息披露要求定期向社会公开自己的全部信息，为投资者提供投资依据和取舍意向，尽到维护投资利益的义务。

在依法治国的进程中，国有企业是国家的主力军，应自觉守规矩，并担当起依法合规经营和接受社会关切、监督的责任。

摘牌背后是管理之殇

据新华社消息：近日，国家旅游局决定对严重不达标的5家5A景区进行处理：撤销湖南长沙市橘子洲、重庆市神龙峡两景区5A质量等级；对安徽省天柱山、福建省武夷山、福建省永定——南靖土楼3景区提出严重警告。这暴露了少数景区重创牌、轻护牌在管理方面的缺失，对其他存在一些不尽人意的景区也是一种警示。

随着改革开放的不断发展，一些优质景区不断被发现和挖掘。为使这些景区能够上等级、得到金字招牌，景区所在地政府管理部门不遗余力地在硬、软件上下足功夫。然而，少数景区却没能坚守来之不易的金字招牌，在维护牌子上不断走下坡路，有的物价管理混乱，违反国家规定乱涨价；有的忽视安全设施的维修，出现安全隐患，甚至给游客带来伤害；有的环境卫生管理不到位，脏乱差现象突出，屡遭旅客投诉……致使与景区等级偏离太远，为之付出了沉重的代价。对此，应引起所有景区管理部门的警觉，不仅要在创牌上下力气，更要在护牌上下真功夫。

一方面，景区管理部门要摒弃"重申报、轻维护"和一劳永逸的观念，从思想上树立申报不易、维护更难的理念，坚持管理质量刚性原则，在景区管理的每一个环节保持不懈怠，并在管理上引入法治理念，坚持依法治理景区。

另一方面，要与时俱进，要有创新意识。一是要根据时代的进步，瞄准当今世界旅游前沿，学习引进世界先进旅游景区的管理经验，结合本地实际，推陈出新；二是要根据游客不断变化的服务新需求，改进服务方式，以游客需求为依托、以游客满意为目的，使景区服务水平不断迈上新台阶；三是要不断更新服务项目，改进服务设施条件，让游客观景娱乐更方便、更舒心。

唯有如此，方能使获得的景区金字招牌永不生锈，越擦越亮。

营造风清气正的网络空间

据央视报道：为营造风清气正的网络空间，今年以来，全国各地各级"扫黄打非"部门认真组织开展"净网2016"专项行动，持续深入打击网上淫秽色情信息，分别以网络视频、网络直播、云盘、微领域为重点，进行了多项集中整治，取缔关闭不良网站3612个。这彰显了依法整治社会秩序的力度，为百姓尤其青少年营造良好学习、娱乐环境奠定了基础。

近年来，随着网络事业的迅猛发展，上网的人群也在快速增多。一些不法分子便利用微博、贴吧、微信公众号、QQ群、微信群、淘宝网等作为宣传工具，传播淫秽物品而牟取暴利，使不少涉网者尤其是未成年人受害匪浅，以至引发青少年犯罪率呈上升态势。对此，百姓早就怒不可遏，期盼政府有关部门能够出重拳打击这些不法行为，营造一个风清气正的网络空间。

首先，从外部环境上要加大监管整治力度。一是监管部门除了定期或不定期进行类似"净网"一类行动外，还应对一些易发生传播不良信息的重点网站持续保持高压态势，不给其喘息的机会以曲求伸。二是监管部门对一些尚未取缔的不良网站，除限期整改外，还应实行黑名单制，适时向社会公布，让百姓监督其行为，并对举报属实者给予一定奖励。三是网络服务企业要建章立制，并分别向监管部门签保证书、向社会公开承诺，主动承担起净化网络空间的主体职责。

其次，从受害主体上要强化自身免疫力。一是青少年要提高辨别香花毒草、良饮坏食的能力，自觉抵制不良信息的侵蚀，做到不涉足淫秽网络、不留恋非健康场所、不传播不良信息，养成文明向上的精神追求和积极进取的生活情操。二是作为青少年教育的主阵地——学校，应加强法治和道德教育，教育青少年懂法、尊法、执法、不违法，树立正确的人生观和道德观，自觉脱离低级趣味。三是未成年人的监护人要对孩子加强约束。一方面己不端焉能正子，要克己奉德，保持正能量，给孩子树立良好榜样；另一方面，要采取正面引导与严加管教相结合的手段，做到给孩子留足正确发展的天地、不漏任性涉歪的死角，堵住通往不归路的缺口，不让其输在人生起步的道口。

不文明行为须依法治理

据《青岛日报》报道：日前，《青岛市文明行为促进条例（草案）》首次提交市人大常委会审议，其中对阻碍救护车等紧急事务通行的、行人不遵守道路交通规则而不听从交警协警劝阻的、在公共交通工具上扰乱秩序的、乱贴乱涂小广告的、损毁公共绿地的、占有公共部位的、利用互联网编造传播虚假信息的及其他造成恶劣社会影响的等8种司空见惯的不文明行为，将依法受到惩处。这彰显了依法治理社会的进步。

社会文明需要法治保障。在一些发达国家，对一些如随地吐痰、随手摘折公共花木等，都被列为违法并受到法律处罚。在我国由社会法律不够健全向依法治国迈进的过程中，对一些不文明行为，人们总是以施以惯性和任性，不以为然。尽管对此也有相应的文明倡导，但不文明行为顽疾难除。只有对不文明行为坚持依法治理，方能革根除蒂，使社会风清气正。

一方面，不文明行为，不仅须明确立法，还需执法要严。对法规明确制止的不文明行为，坚决说不，让不文明行为受到应有的惩处，彻底断其立身繁衍之势。

另一方面，要加大宣传力度，要全社会都知晓这些不文明行为是违背法规的，如任性施之，将会受到处罚，甚至会为之付出沉重代价。在日常生活中让人们自觉接受法规的约束，逐渐从意识上和行为上守法守规，履行公民的法律义务，并享受文明社会带给每个人的和谐。

对法人违法要零容忍

据新华社消息：国家文物局近日在京通报了"文物法人违法案件专项整治行动"首批督办的湖北省红安县全国重点文物保护单位红安七里坪革命旧址之"国共合作谈判旧址"被拆毁案、河南省商城县省级文物保护单位南街民居被整体拆除案、贵州省独山县县级文物保护单位"龙家民居"被强拆毁案、哈尔滨市双城区"刘亚楼旧居"等不可移动文物擅自拆除案等4起法人违法案件。这给各级政府敲响了依法行政的警钟，也说明当前文物安全形势依然严峻，治理法人违法任重道远。

法人违法，比其他群体违法更具危害性。一方面，法人违法具有欺骗性。违法者往往是政府领导机关的某个部门，穿着"政府领导机关"的合法外衣，尽管其违法乱作为，但群众却敢怒不敢言，而同级管理部门明知其违法，也处于同级别或其他原因，要么睁一只眼闭一只眼，要么大事化小、小事化了，查处不到位。另一方面，法人违法者往往打着政府指令、统一规则的旗号，强行抗法、以权违法，往往在极短时间内将非法事情干完，造成的破坏多是毁灭性、是不可救护的。因此，应引起各级领导及相关部门的高度重视。

首先，对法人违法案件应列入上管一级查处。由上级政府领导机关直接问责下一级政府，要按党纪国法对违纪的主管政府负责人给予严厉查处，并给予黑名单向社会通报和列入干部考核永久档案记载，让法人违法的直接领导者付出沉重代价。

其次，对法人违法的直接责任人，要以零容忍给予严惩。因为这些人不同于一般老百姓有不懂法的认识过程，他们是百姓眼中知法犯法的别动队，必须给予严惩，并作为反面典型案例在政府公务员中进行宣传教育，在政府工作人员中筑牢"法无授权不可为"和"有权不可乱作为"的信念，给法人违法扎紧笼子，为法治政府增光添彩。

"小饭桌"须下大力气管好

据《齐鲁晚报》报道：近日，山东省政协在《关于解决城市孩子"小饭桌"问题的建设》重点提案督办会上，针对如何使小饭桌合法存在、能否建学校食堂等来解决这一难题进行了认真研究，并引发社会关注。

据山东省食品药品监督管理局披露，今年秋季开学全省公示"小饭桌"7249家，而未公示实际在运行的远超过10000多家。这些"小饭桌"由于监管法规不明确，处于监管空白，其消防安全、食品卫生等存在诸多隐患。对此，应引起政府部门高度重视。

首先，应该尽快立法，明确"小饭桌"存在的合法地位及监管主体责任。"小饭桌"是一个政府系统工程，其问题是公共服务问题，应该由政府牵头实行责任分担，相关部门依法承担责任。若任其无序发展，一旦出事，政府将是第一被告。鉴于"小饭桌"问题是小餐饮中的突出个例，应单独出台法规对其进行监管，以促进其在法治轨道上有序发展。

其次，社会各界应多管齐下，下大力气办好"小饭桌"，补齐这一民生工程短板。在"小饭桌"有了明确法规之后，政府及社会各界应多管齐下，给予在人力、物力、科技等多方面投入支持，尽快补齐这一民生工程的短板，让中小学生的午餐饮食无忧。从长远考虑，政府还应在城市规划新建小区、社区改造等建设中，把学生食堂列入其中。饭桌虽小，影响万家。这是一个巨大的民生工程，政府应该通盘考虑，出台相应的解决政策和措施。

农民工返乡创业大有作为

据央视报道：随着经济发展和环境变化，农民工输出大省河南，有越来越多的农民工开始返乡创业。今年上半年，河南省有6万多农民工返乡创业，同比增加20%。河南省因势利导，建立健全政策体系和服务体系，扶持农民工返乡创业。

在改革开放初期，农民工进城创业形成一股很大的浪潮，为城市建设做出了很大贡献，也为农民带来很大收益。随着城乡差距的缩小和农村城市化建设的需要，给农民工返乡创业带来了新的机遇，农民工既可利用在城市创业学到的技能返乡发挥一技之长，做到不离乡同样可以有用武之地；又可使家庭得到团聚，很好地解决留守儿童亲情缺失和老人赡养不到位的问题，促进了社会和谐。

当然，要使农民工返乡创业得到健康发展，还需要政府相关部门认真落实农民创业创新政策，打通创业创新扶持政策落实的"最后一公里"，确保各项优惠政策能落地生根，推动惠民政策和农业农村补助项目等向农民创业创新倾斜。一是政府相关部门要联合金融机构出台扶持农民返乡创业，提供信贷支持，解决农民返乡创业融资难、成本高、风险大的问题；二是各地要根据农业农村部、人社部联合印发的《农民工等人员返乡创业培训五年行动计划》，结合本地实际，制定新型职业农民、农村实用人才、职业技能等培训计划，培育一批农民创业创新带头人和农民创业创新辅导师，并利用现有工业园区和农业园区，建设一批农民创业创新园，利用名村、企业、园区和农贸市场，建设一批农民创业创新见习基地；三是要扩大创新领域，引导农民创业从传统的种养产业不断向新品种种养、新技术开发、新模式拓展，并与网络营销结合，注重体现生态循环理念，使创业更有后劲。

同时，农民工也要转变观念，要算清进城打工与返乡创业的经济成本，以发展的眼光瞄准农村城市化的趋向，坚定本土创业的信心，树立在新农村大展宏图的志向，使自己返乡创业的道路越走越宽广。

帮老年人远离骗局是敬老的良好举措

据《老年生活报》报道：近日，临沂市老龄办、金融办、司法局、公证处等八家单位启动了"老年人防欺诈"专题月现场宣传活动。主办单位专门组织编印了《中国老年人防诈骗指南》和《老年普法维权典型案例》，为全市老年人发放普及防骗知识，现场面对面与老年人交流，帮助老年人如何防范诈骗，防患于未然。这是一项敬老的良好举措，对维护老年人合法权益和社会和谐稳定功德无量。

近年来，各类骗子根据老年人特点不断翻新诈骗花样，对老年人进行设局诱惑、洗脑跟进。而老年人一旦迷恋骗局，往往固执己见，不撞南山不回头，屡屡受骗，甚至被骗得倾家荡产。这已成为当下严重的社会问题，必须引起有关部门的高度关注。

敬老是我们社会的一种美德。以物质照顾关心等方式孝顺老人是必要的。然而，授之以鱼，仅美一时，授之以渔则终身受益。如能通过现身说法、实际案例、管用方法教老年人学会防诈骗本领，则是利在当今、功在一世的大好事情。

一方面，相关部门可采取老年人喜闻乐见的多种形式，如图片展、放视频、唠家常等，让老年人在娱乐中得到教益，受到警示，远离骗局。

另一方面，老年人应与时俱进，自觉学习法律知识、接受新生事物，拿起法律武器维护自己的正当权益。要相信天上不会掉馅饼的真理，不受蝇头小利的诱惑。只要守住底线，坚信真理，就可以不管东南西北风，任凭风浪不翻船。

靠人才优势占领城市发展高地

据《中国组织人事报》报道：近日，青岛市出台《顶尖人才奖励资助暂行办法》，规定对青岛市新当选和全职引进的顶尖人才，每人奖励500万元；对青岛市新当选的顶尖人才培养单位，一次性拨付300万元奖励。这是一项靠人才优势占领城市发展高地的重要战略举措，必将为城市发展注入不可低估的持续后劲。

在科技不断进步和竞争激烈的当今社会，谁拥有顶尖人才谁就拥有先声夺人的优势，就可以积聚城市发展的能量。美国的硅谷之所以处于世界科技领先，是因为这里积聚了世界顶尖人才。倘若没有"三钱"这样的顶尖科学家加入我国的火箭科研，我国的"两弹一星"和航天技术不可能发展得这样快；在当年我国非典肆虐的紧急关头，正是由于党中央启用钟南山这样的顶尖科学家出面力挽狂澜，才战胜了人类的病魔；在计算机进入人类进步的时代，正是由于王选发明的汉字系统输入出现，使我国的计算机应用步入了汉字输入新时代。可见，顶尖人才对一座城市乃至一个民族的进步是何等的重要！因此，我国"十三五"规划纲要提出，推动人才结构战略性调整，突出"高精尖缺"导向，除政府部门出台相关政策外，还应从以下方面发力。

首先，要精准引才，在"开放度"上下功夫。各国各城市综合实力的较量，归根到底是顶尖人才素质的比拼。当下，在市场之手的推动下，人才来去更加自由，早已不是过去"一媒定终身"的状态，这为我们集聚"高精尖缺"人才创造了条件。要围绕高端产业需求，根据自己的家底，进行有的放矢的研判，从"撒大网"到"精准选"，优化"高精尖缺"人才的引进工作。

其次，要统筹育才，在"协调度"上花气力。当前，随着人才工作投入的不断加大，在资源倾斜的同时，也出现一些人才项目、计划重复重叠，项目多头管理、没有持续性，主体责任交叉、错位等现象。这多是因政府协调作用不到位。这不仅造成了人才管理的效益低下，也不利于"高精尖缺"人才的成长。只有让政府、社会和市场良性互动起来，才能推动人才工作健康发展。在"高精尖缺"人才的培养、管理、使用上，政府要当好协调者和资源整合者，使管理人才从"一家忙"到"大家上"，从而优化"高精尖缺"人才队伍管理。

再次，要服务留才，在"创新度"上动脑筋。"高精尖缺"人才能否引进来并留得住，让其扎根发挥作用，关键在于用人和服务措施是否得当。一方面，凡看准引进的人才，要不遗余力地为其搭建干事创业平台，要给予"项目"话语权，让其自觉担当领头；另一方面，要把脉"高精尖缺"人才需求和创新创业"难点"，及时提供有效的帮扶举措，不断优化创新创业环境，为"高精尖缺"人才最大限度地体现"人无我有、人有我优"的服务诚意，让其创业出彩无忧。

青岛高新区"智慧管廊"具有示范效应

据新华社消息：近日，在北京举行的2016中国国际地下管线大会上，青岛高新区的"智慧管廊"项目入选大会推广案例。青岛高新区建设的3米宽、3米高的地下管廊内，安装有供水、供电、通讯、市政等六种管道，可以从根本上避免"马路拉链"的现象，为现代城市规划建设树立了样板，具有很好的示范效应。

一座现代化城市的规划建设，其地下管廊占有非常重要的位置。早在西方发达城市，其地下管廊就实行一体化综合规划建设，一座城市在地上建筑尚未动工之前，就按总体规划将地下管廊规划建设好，有足够的高度和宽度，可供汽车等机械进出施工维修并由地下管道公司统一管理并享有综合管道出租权。凡电力、通讯、电视、上下水、排污、煤气、供暖等管线都须租用地下管道公司管道各自按规划区域安装、维修。整个城市地面以上看不到管线。这种城市规划建设的愿景已成为我们对现代城市的向往，不但可规避百姓调侃的一些城市马路"寻思军""扒路军"的乱作为，还可以产生一劳永逸的经济效益和可心如意的美观效果。

人们所盼望的是，今后城市的马路不再经常开拉链。这就要求城市的建设者和管理者要创新城市规划建设思维，不仅要在新区规划建设中按照"智慧管廊"的模式规划建设，还应在旧城改造中坚决废弃落后的理念，按照当今国际先进理念和未来发展前沿进行规划建设，努力打造现代化的都市模样。然而，它作为一项新型城市建设事物，要顺利进行推广，还需要很长的路要走，除了人们在观念上进行转变之外，还必须做好以下工作：首先，对"智慧管廊"建设须得到政府相关部门的立法许可，使得规划建设者必须按规矩行事，其规划设计方案须由有关部门按"智慧管廊"范本核批后方可进行施工；其次，要对规划建设者按行业标准进行严格培训，并对培训合格者由政府监管部门颁发合格证，要求持证上岗；再次，要加大监督检查力度，监管部门要建立相应的奖惩机制和措施，奖优罚劣，使"智慧管廊"能成为城市建设的常态化，为百姓安居乐业奠定基础。

对贫困患者实行救治是"精准扶贫"的新路径

为让更多贫困人口病有所医，保障贫困患者能享受到及时的医疗救助，近日，市卫计委和市扶贫办联合出台了《青岛市患病贫困人口按病种分类救治方案》（以下简称《救治方案》）。按新出台的政策规定，贫困患者可先治病后结算，并对中药代煎、患者个人自付的一般诊疗费、门诊诊查费等三项免交，对在定点医疗机构就医的自付的大型医用设备检查费和专家门诊诊察费实行减半，还为每名患病贫困人口确定家庭医生。这一系列对贫困患者优惠政策，是"精准扶贫"的又一亮点，为脱贫攻坚推出了更实惠的举措（11月21日《半岛都市报》）。

在贫困家庭中，如摊上患有重大疾病，过高的医疗费用对其无疑是雪上加霜，也是脱贫路上不易逾越的碉堡。

《救治方案》的出台，找准了贫困家庭的难点和困点，为"精准扶贫"把准了脉，为脱贫攻坚开辟了新的路径。有了好的政策，关键在落实。各级各责任部门和相关医疗单位等都应对《救治方案》进行细分责任落实，按照时点节点要求进行务实推进，不走过场。同时，要引入第三方监督检查机制，并由贫困患者对应享有的政策项目签字认可，让"精准扶贫"更精更实，使贫困者在脱贫路上获得更多的实惠，及早走向共同富裕之路。

学生"被实习"暴露了依法执教的缺失

　　据央视11月19日报道：近日，陕西交通职业技术学院240名大二学生，被安排到西安韵达快递西北分拣中心进行实习。而这些学生学习的是公路运输管理专业。与快递分拣业务风马牛不相及，同时学生在快递分拣安排的实习时间每日多达10个小时，报酬却仅有10元。这种实习安排实在是令人费解。

　　2016年4月国家出台的《职业学校学生实习管理规定》中明确禁止，不得安排学生到与所学专业无关的行业实习，并不得安排在实习中加班，同时按照规定，学校应将学生实习情况报主管部门备案。

　　首先，校方安排这次实习，违背了国家关于实习内容必须与学生学习专业相一致的规定，属于不依法执教的乱作为。

　　其次，学校在安排学生实习前应向主管部门报备并取得批准后方可行事，而学校并未向主管部门报备而擅自安排此项实习活动，属违规越权行为。

　　再次，学校在与实习单位安排学生实习活动时，一方面应要求用人单位不得让学生加班，而此次实习安排学生每日劳动时间长达10小时，显然已超出法定劳动时间。另一方面，据了解用人单位付给临时工的薪水是每小时14元，而付给校方的是每人每小时是10元、学校发给学生的每人每小时仅1元。这明显违背了《职业学校学生实习管理规定》中关于"顶岗实习学生的实习报酬原则上不低于相同岗位试用期工资标准的80%"的规定，暴露了校方与用人单位之间利益输出的猫腻和违规雇佣廉价劳动力的不法行为。

　　教育是国家培养人才的必由之路，必须坚持依法执教，按规定行事，才能培养合格的人才。

维护民警正当执法　彰显法治精神

近日，河南警方通报了 10 起关于民警维权的典型案例。在这些案例中，有的民警在处置纠纷中，嫌疑人不配合反诬告民警；有的民警被肇事司机驾车冲撞，反被投诉撞车逃逸；有的民警在强制传唤当事人中，在带离时被当事人打伤（央视 11 月 24 日报道）。如此种种，使民警在正当执法中受到非法干扰，理应以法拨乱反正，还执法者以清白，以彰显法治的公平正义。

以往，受科技手段的限制，民警在执法中不能实施执法全过程录音录像，致使少数违法当事人无理狡辩，甚至对民警执法实行非法围攻和诬告，使民警正当执法受到严重干扰和侵害。而当下，随着科技手段的进步，执法也要求民警实行全过程录音录像，维护了执法过程的实事求是和法律尊严。

公平公正是法治的精髓。在执法中，无论是当事人还是民警，都必须以事实为依据、以法律为准绳。倘若少数当事人存有侥幸心理，对己违法事实瞒天过海，诬告执法民警，甚至以暴抗法，到头来只能是赔了夫人又折兵。因此，奉劝那些存有侥幸心理的不法者，平日要学法、懂法、尊法，遇事要以法治思维来考量自己的作为，如自己做错了，则积极配合执法者，诚恳悔过，争取宽大处理；即便在事发中自己是正确的，也切记不可采取过激言行，应依法据理力争。唯独如此，才能真正维护自己的合法权益。

为了维护民警正当执法权益，必须旗帜鲜明的回归法治，在法治的框架下，运用法治的思维和法治方式，来处理民警执法当中的正当权益保护和执法规范化的问题。一方面，要在全社会营造守法护法氛围，支持民警正当执法，要加大宣传力度，使全社会都明白如果公安民警正当执法权力得不到保护，最终损害的不仅仅是法律的权威，动摇法治的信仰，在一定程度上就会助长恶意投诉，最终伤害的则是广大人民群众的切身利益。另一方面，要从制度上进行完善，加强执法管理，建立执法全过程记录制度，充分利用执法办案信息系统、现场执法记录设备、视频监控设施等先进技术手段，加强对执法台账和法律文书的制作、使用、管理，强化对立案、监督检查、调查取证等执法活动全过程的跟踪，确保所有执法工作都有据可查。要做到融法、理、情于一体，坚持以法为据、以理服人、以情感人，积极争取当事人的理解和支持，确保民警正当执法权益不受侵害，以实现执法效果最优化。

"末位淘汰"考核于法无据

最高人民法院 11 月 30 日公布的《第八次全国法院民事商事审判工作会议（民事部分）纪要》（以下简称《纪要》）明确，用人单位在劳动合同期限内通过"末位淘汰"或"竞争上岗"等形式单方解除劳动合同，劳动者可以用人单位违法解除劳动合同为由，请求用人单位继续履行劳动合同或者支付赔偿金（新华社 12 月 1 日消息）。这说明"末位淘汰"式考核缺乏法律依据，是侵害劳动者合法权益的违法行为。

以往，临近年终，不少单位和部门都习惯用"末位淘汰"的方式对员工进行考核。这里不管这个部门是否人多人少，也不管是否属于先进，哪怕仅有两个人也要评出一个"末位"被淘汰。久而久之，年终考核成了形而上学盛行、不正之风蔓延的重灾区。

首先，"末位淘汰"方式暴露了用人机制上的简单粗暴，属于伪科学。其实，此种用人方式并非新鲜玩意儿，早在以阶级斗争为纲的那个年代，所谓的反右斗争就是利用这类"末位淘汰"的方式，给予一些正常人戴上"右派分子"帽子的。当时，每个单位都要分配"右派分子"指标，凡排队在末位的，不论青红皂白就划成了右派分子，即遭受无端迫害。至今，这种伪科学的遗毒还在不少单位蔓延。

其次，"末位淘汰"缺乏法律依据，是对劳动合同法的亵渎。我国的《劳动合同法》规定了劳动者与用人单位的平等关系，并未规定用人单位、部门的末位排序者就应受到被淘汰或被解除劳动合同的处置。最高法院在《纪要》中又对劳动争议诉裁审衔接中的一些问题进行了规范，明确指出"末位淘汰"属于违法行为。按照法无授权不可为的旨意，"末位淘汰"即应被淘汰，不可再任其违法乱作为。

当然，为了鼓励员工争先创优，在年终进行合理的工作总结，评选一定数量的先进还是必要的。但这种总结评先，必须建立在依法依规、科学操作的前提下进行。一方面，在评选前，要按"先定规则后评选"的程序进行，所制定的评选条件和规则也要符合国家的法律和行业规矩，要结合本单位实际，使评选标准要量化可操作，用事实和业绩说话，并有利于维护员工的利益和领头羊的引领作用；另一方面，通过评比要评出干劲、评出团结、评出风清气正、评出比学赶帮超的正能量，为下一年度的工作鼓足干劲，扬帆起航。

补齐美育短板是以文育人的职责

近日，我市发布《关于全面加强和改进中小学美育工作的实施意见》（以下简称《意见》），确定到2019年全面推行美育课程改革，把艺术课程纳入初中、普通高中学业水平考试科目。根据要求，确定到2017年，全市中小学开齐开足美育教育课程，配齐配足音乐美术老师，学生参与校内艺术课程和艺术活动比例达到100%（12月1日《青岛日报》）。

美育教育是我国教育体系中不可缺失的一项重要内容。对青少年的教育，必须贯彻德、智、体、美、劳全面发展的方针，以培养合格的社会需要人才。然而，过去少数人由于对我国的教育方针认识不到位，少数学校把美育教育当成可有可无的事，在中小学美育教育中的人财物投入上存在短板，使美育教育不能很好地贯彻实施，影响了中小学生的全面发展。习近平总书记最近《在中国文联十大、中国作协九大开幕式上的讲话》中指出：“文艺是铸造灵魂的工程，承担着以文化人、以文育人的职责，应该用独到的思想启迪、润物无声的艺术熏陶启迪人的心灵，传播向善向上的价值观。”《意见》的发布恰逢其时，不仅补齐了我市中小学美育教育的短板，也更好地履行了以文育人的教育职责，为培养合格人才明确了规矩。

我国有着五千年的文明史，自古以来，就非常重视对人的美育教育。教育先圣孔夫子不仅自己对音乐钟情，曾以听了韶乐而“三月不知肉味”，久久沉醉于音乐的美感之中难以忘怀，而且还教弟子要熟知礼乐；我国历代政治家都是诗琴书画的佼佼者，也正是由于艺术中隽永的美、永恒的情、浩荡的气涵养了他们的思想和情操，铸就他们的理想和志向，为其后来把握大局、独领风骚、报效国家奠定了基础。

补齐了美育教育的短板，就可以履行以文育人的职责。中小学是人生的重要起步阶段，美育教育不可缺失。一方面，教育主管部门和学校要认真落实《意见》，要与时俱进，要用世界眼光瞄准未来发展方向，同时要紧密结合我们民族的艺术精髓，以洋为中用、中洋结合，以传统艺术与现代艺术相结合，制定适合中小学生全面发展的美育教育大纲和课程设置，并在教学中实施寓教于乐；另一方面，学生和家长要积极参与、支持学校的各项美育教育和活动，自觉接受美育熏陶，用美育知识丰富自己的学习和生活、涵养自己的理想情操，为自己未来走向社会储备正能量。

点赞党政一把手当河长

为建立健全河湖管理保护监督考核和责任追究制度，强化考核问责，实行生态环境损害责任终身追究制，近日，中共中央办公厅、国务院办公厅印发的《关于全面推进河长制的意见》，明确全面建立省、市、县、乡四级河长体系，各级河长由党委或政府主要负责同志担任（新华社12月11日消息）。这是综合管控向河流水系排污的有效举措，也是保护生态环境的长效机制，值得点赞。

多年来，向河流水系的排污管制一直困扰着整个社会。有的受地方保护主义影响，河流下游拼命治污，上游则任性排污，致使治理河流污染半途而废；有的受任期单项经济指标诱惑，不惜以牺牲河流污染为代价，在河流沿岸建一些所谓见效快的高污染项目；有的对河流治理实行多家分散管理，多家争利，不能形成优势人、财、物的有效集中，使河流生态治理保护效果进展迟缓。

由党政一把手当河长，从根本上改变了由多方说了算到集思广益、一锤定音。这样，河长可以从全局审时度势，全面考虑投入产出，及时补齐河流治理的短板，使河流治理在人、财、物上得到充分保障。

由党政一把手当河长，可以充分调动有关部门、单位及全社会的积极性。各级河长同时又是这里的党政一把手，可以有效组织领导对侵占河道、围垦湖泊、超标排污、非法采砂、破坏航道、电、毒、炸鱼等突出问题进行治理整治，拍板解决重大问题，减少了推诿扯皮。

由党政一把手当河长，可以强化考核问责，实行生态环境责任终身追究，倒逼各级领导者不能只考虑眼前利益，而应更多着眼长远利益的科学发展，使其牢固树立"为官一任，造福一方，长久惠民"的理念，为百姓留下绿水青山。

总之，党政一把手当河长，当在了依法综合治理河流的点子上，当在了保护生态环境的长效机制上，当在了老百姓对美好生活期盼的心坎上。

"理论+文艺"宣讲模式值得点赞

近年来，青岛西海岸新区为了加强基层理论宣讲工作，创新开展了"理论+文艺"宣讲模式，在综合文化站、社区文化中心、特色文化广场等基层宣讲阵地，培养了一支支特色鲜明的宣讲队伍，通过"小文艺"讲好"大道理"，将理论知识以群众喜闻乐见的方式展演出来，让小戏小品成为理论政策最好的"翻译"（《光明日报》12月11日报道）。

党的理论政策宣传，能否让普通群众深入了解、自觉接受，不仅取决于宣传部门的宣传力度，更在于其宣讲模式能否让群众喜欢，通过喜闻乐见的贴近群众生活的模式，让群众将深奥的理论政策变为浅显易懂的事理，让群众在寓教于乐中使党的理论政策得到潜移默化。

宣讲党的理论政策，举行大型宣讲报告会很有必要。但对普通群众而言，需要采取化整为零的办法，将大理论、大政策分解为小道理和具体政策，并将这些道理溶合于群众的日常生活中，才能让其见于滴水识于大气，受到一叶知秋的效应。这就需要我们的理论政策宣传者和文化工作者动一番心思、下一把功夫、沾一下泥土，来做好理论政策的宣讲工作。

一方面，要做到心中有数、布阵有术。要精准备课，细化宣讲方案，要有的放矢，密切联系本地特色和群众基本类别，了解群众的期盼；另一方面，要充分利用本土群众乐意接受的文艺形式，下点功夫将党的理论和政策溶于小戏、小品之中，让群众听得进、认得清、想得通，使群众在娱乐中弄懂大道理、大政策；再一方面，宣传工作者和文艺工作者要接地气，带着对群众的深情厚谊和精美作品深入田间地头，让群众在家门口接受党的理论熏陶，提高认识，自觉拥护党的政策。

整治电信诈骗须提高法律威慑

近日，最高人民法院、最高人民检察院、公安部联合发布《关于办理电信网络诈骗等刑事案件适用法律若干问题的意见》（以下简称《意见》），其中，利用电信网络技术手段实施诈骗，诈骗公私财物价值3000元以上的，可判处3年以下有期徒刑、拘役或者管制、并处或者单处罚金；诈骗公私财物价值50万以上的，最高可判无期徒刑；并规定因实施电信网络诈骗犯罪而造成被害人或近亲属自杀、死亡或者精神失常的，应予以从重处罚（新华社12月20日）。

近年来，电信诈骗尽管在社会上引起极大公愤并受到严厉打击，但电信诈骗者有恃无恐，顶风作案，久禁不绝，其重要原因为：一是犯罪者违法成本低，不足对其构成根本威慑；二是惩治电信诈骗，全国法律依据不统一，法出多门，易给犯罪者造成可乘之机。而《意见》的发布，加密了法网，统一了法规，在量刑的就高上和惩处的加重上都给犯罪者以法律威慑，使电信诈骗者不敢轻易触及法网而走险，也不可抱有侥幸心理而逃脱罪责。

同时，为有效打击电信诈骗，《意见》还对与电信诈骗有关联的金融机构、网络服务商、电信业务经营等单位或个人提出了"硬约束"，规定以上经营者在经营活动中，必须守法经营，若违反国家有关规定，被电信网络诈骗犯罪分子利用，使他人遭受财物损失的，则依法承担相应责任，构成犯罪的，依法追究刑事责任。这不仅从源头上筑起了防止电信网络诈骗犯罪的铁蒺藜，也从商家的利益链上轧紧了损人利己的篱笆，使法律的"硬约束"更加森严壁垒，使不法者不敢也不能越雷池半步。

只有紧紧依靠法律手段，全社会采取多管齐下，织成疏而不漏的法网，才能使电信网络诈骗犯罪在法律的威慑下溃不成军，还百姓一个使用电信网络的安全氛围。

农民工工资由银行代发是整治拖欠的必由之路

近日，青岛市下发了《关于全面治理拖欠农民工工资问题的实施意见》（以下简称《意见》）。《意见》规定，在建筑市政、交通、水利、人防等工程建设领域，所有用工单位都要通过银行卡向农民工发放工资。劳务、分包企业负责为招用的农民工申办银行个人工资账户并办理实名制工资支付银行卡，并负责将工资卡发放至农民工本人签字确认后，交施工总承包单位委托银行通过其设立的农民工工资〔劳务费〕专用账户直接将工资划入农民工个人工资支付银行卡（《青岛早报》12月28日）。

多年来，企业拖欠农民工工资成为社会关注的一大难题。主要是对企业的拖欠问题缺乏有效的监督制约措施。而实行由银行通过银行卡向农民工支付工资，一方面使企业的资产负债及资金流动情况可通过其在银行设立的账户全面真实地反映出来，便于政府监管企业财务家底，更有效地按《意见》责令企业及时支付农民工工资；另一方面，若企业不按规定按时支付农民工工资，则可按《意见》冻结企业用作他用的资金，实行经济制裁，有效管住企业的违规任性，迫使企业守规矩，切实保障农民工的合法权益不受侵害。

农民工工资由银行卡代发，不仅可有效遏制拖欠老大难问题的发生，维护社会稳定，还进一步加快了电子化货币的流通步伐，国家可有效实施货币回笼，也是我国实行电子化货币支付手段的必由之路。一举多赢，可圈可点。

违法排污获刑彰显法律尊严

据报道：近日，江苏安伟再生资源有限公司因向下水道偷排电池废液，使污水严重超标达到3倍以上，由南京市雨花台区人民检察院提起公诉，被法院对相关责任人判处有期徒刑，并处以200万元罚款（央视1月8日报道）。彰显了法律的尊严。

以往，对企业违法排污的处理，仅限于由其监管的环保部门以责令整改、通报批评、给予罚款等行政处罚，很少由其经过司法程序给予追究法律责任。根据我国刑法关于污染环境罪的定罪标准和"两高"关于污染环境罪的司法解释规定，只要有向下水道、自然环境倾倒含有重金属的污染物，超过国家标准3倍的情况下，就已经构成刑事犯罪。对这一事件的司法处理，具有样本意义。对受危害主体不具体到个人或单位的情况下，则由所在地人民检察院提起诉讼。这不仅最大限度地维护了公众利益，也是司法公正的担当。

另一方面，少数违法排污者之所以任性，原因是其违法犯罪成本太低，一般的行政处罚构不成对其震慑。唯有按照法律规定，将其绳之以法，让违法排污者不敢轻易抱有侥幸心理，以身试法。只有对违法排污者从严追究其法律责任，才能达到以儆效尤的目的，真正彰显以法治污的尊严。

让多些高科技保百姓平安

据央视报道：春运期间，为保障百姓高效平安出行，交警部门启用了不少高科技手段：在广州火车站，检票入站用上电子照相扫描设备；在候车厅还配有机器人巡回服务，负责答复乘客疑问和指引办事窗口；有的在高速公路出入口处安装电子监视系统，监视司机是否系安全带……这些高科技手段，为百姓春节期间安全出行起到了更有效、更准确、更便捷、更及时的服务。

以往，我国的高科技成果一旦在研究所实验室获得成功之后，因受各种条条框框和机制的制约，很难在短时间内转化为生产力，造福百姓。有的高科技成果成了"叫好不叫座"的标签，甚至"胎死腹中"，只当做科学家发表论文的一种昙花一现的载体。随着科技改革的深入和现代工业、服务业的快速发展，百姓呼唤高科技成果尽快转化为生产力为现代生活服务。

一方面，政府相关部门应不断出台完善科技创新政策，使科技成果及时转化为生产力，为实体经济发展提速，打通科技成果到生产力发展的"最后一公里"，缩短由科技成果到应用产品的周期，为科技进步插上加速腾飞的翅膀。

另一方面，科技工作者要不忘初心，以百姓的需要、社会的进步为出发点，要有的放矢地进行科技创新，让自己的科技成果更接地气，走进百姓，让百姓实实在在享受高科技带来的福祉。

再一方面，百姓应树立科学意识，摒弃落后观念，自觉学习、接受新知识、新事物、新理念，适应新的高科技服务手段，不要为高科技的发展、普及添堵，做科技进步的促进派。

春节在扬弃中度过

据报道：今年春节出现了许多人们感到少有的几种现象：城市居民家买纸烧纸的少了，而买花插花的多了；卖鞭炮放鞭炮的少了，在城市打工的农民工能足额拿到工钱返乡过年的多了；醉酒的和酒驾的少了，家庭外出旅游的多了。这"三多三少"折射出当今社会的文明，移风易俗过春节已成为百姓的自觉。

春节既是人们共享欢乐祥和之时，同时也是一些陈规陋习容易沉渣泛起之时。以往每到春节，在城市的街头巷尾都摆满了卖烧纸和卖鞭炮的摊点，那三五成堆纸火通明、震耳欲聋的鞭炮声更是充满了整个除夕夜；街头也常见醉汉倒地乱吐、一辆辆酒驾车被查；在建筑工棚里，一些拿不到工钱的农民工凑到一起靠打扑克赌博耗时间……

今年春节，之所以陈规陋习少了，一是党和政府的政策给文明风气树起昂扬向上的底气，党和政府为使农民工足额拿到工钱，纷纷出台打击拖欠农民工工薪的配套举措，这一"组合拳"使得农民工回家过年成倍增多，使亲情年味在乡村更加浓厚；二是环保意识在百姓中明显增强，过年烧纸不仅是旧的风俗，与现代生活格格不入，鸣放鞭炮更是对环境污染起到助推坏作用，人们也从中受到逃脱不掉的侵害，使百姓明白了维护环境必须认真从自己做起的道理；三是法治社会的影响力和文明践行的感召力，使得人们是非界限更加明确，使真、善、美和假、恶、丑在人们心中树起永恒的标志和自觉取舍的意识。

要使我们的生活摆脱陈规陋习，除了党和政府在政策支持上、舆论导向上进行积极引导外，还须法治的约束，更需要广大人民群众的响应和积极践行。唯有如此,随着法治观念的增强和社会主义核心价值观在人们生活中的养成,新观念、新事物的弘扬和旧风俗、旧事物的抛弃,扬弃不只是一个哲学名词,它已成为当今人类社会不断走向文明的必然现实。

为景区设"第三卫生间"点赞

近日，国家旅游局下发通知，要求所有5A级景区须设立"第三卫生间"（央视2月6日报道）。这一硬性规定，彰显了旅游景区服务更趋向人性化和规范化，值得点赞！

以往，一些幼儿及行动不便的老人外出旅游，遇到大、小便，则需要监护人陪同照顾，而监护人不少又是异性近亲者。然而，多数景区只设男、女厕所，不设男、女共用的家庭式卫生间。这给一些行动不便的特殊人群的就厕带来意想不到的不方便和尴尬。设立了"第三卫生间"，那些行动不便的特殊人群就可以在家人或者监护人的照顾下就厕，这既方便了特殊人群的方便，也为景区的颜值增了光。

厕所虽小，大有作为。只要景区能思游客之所想，急游客之所需，帮游客之所要，能为游客方便多想、多做，做到位，并一直坚守，就能赢得更多回头客，受到大家的点赞。

诚信与爱的传递

据央视报道：近日，河南新密一位靠打工维持自己学业的学生在骑电动车时，不小心划了一辆停在路边的宝马轿车，自己深感内疚。因当时车主不在现场，他就写好道歉信与自己打工挣来的311元钱一起塞到宝马车车把手空隙处。车主薛先生发现后，十分感动，不仅免除了这位学生的赔偿责任，还通过警方找到这位学子，自己出资1万元帮助这位学子完成学业。这段充满正能量的故事，彰显了当今社会诚信与爱的传递。

人不怕有失误，只要敢于面对失误，并勇于承担责任，就可以获得大家的谅解。同样，只要有爱心，就能理解别人对自己无意中做出的伤害，不咎既往，礼让于对方。

"温良恭俭让"是中华民族的传统美德。这使人们很容易想起清代开国状元傅以渐为家中宅基纠纷所写的关于"千里修书只为墙，让他三尺又何妨？"的修书而被广为传颂的"三尺巷"的故事。"三尺巷"的故事之所以久传而历久弥新，是因为它承载着今天社会主义核心价值观所需要的这一传统美德地发扬光大。今天，人与人之间在工作、生活中也同样会遇到一些想象不到的矛盾和摩擦。如果双方都能换位思考，以诚信和理解对待对方，就会化干戈为玉帛，就会唤起人间的真爱，为社会的和谐增光添彩。

建立"黑名单"是治理快递乱象的必需

据《光明日报》报道：近日，江苏省政府发布《省政府关于促进快递业持续健康发展培育经济新增长点的实施意见》，明确表示将建立涵盖快递企业、快递从业人员和快递寄件人的"黑名单"制度。对于上"黑名单"的快递企业和从业人员，快递行业的信用评定将和相关部门进行信息对接，意在营造"一处失信，处处受制"的联合惩戒氛围。

近年来，在我国快递业务的高速发展，不仅给经济发展带来了新的增长点，也为百姓的生活带来极大方便。然而，大浪淘沙不尽清流，一些乱象也频发显现：有的客户收到的快递物品并非快递企业承诺的优质商品，而是以劣充优；有的将客户的物品给予送寄丢失，不按原价赔偿；有的将快递邮包乱堆乱扔，使邮件不同程度受损；有的快递变慢送，比普通邮件到的还晚；……种种失信给百姓带来很大伤害。

治理快递乱象，须监管部门、快递企业和从业人员、百姓联合出招、打出遏制快递乱象的组合拳。一方面，监管部门应制定全国统一的律约规定，如实行"黑名单"，凡上"黑名单"者则取缔其从业资格，并对相关企业和人员给予连带处罚，能够使快递从业者珍惜自己的从业机会，对违规者起到震慑作用；另一方面，快递企业要对从业人员把好入门关口，按照宁缺毋滥的原则，坚决将道德品质有缺失的人员排除从业之外，同时要经常对从业人员进行诚信自律教育，使从业人员树立诚信自律意识，自觉弘扬社会主义核心价值观，在从业中历练自己的道德情操和从业本领；再一方面，百姓在进行办理快递时，不要盲从，要选择诚信企业，并记录好相关信息，不仅可为自己维权掌握第一手真实证据，也能倒逼服务缺失的快递企业无奈倒闭。

唯有如此，快递业中的鱼目混珠者方能被识破，快递业也才能在大浪淘沙中优胜劣汰，得到健康快速发展，更好地惠及民生。

惠民之事要落到实处

有小区居民反映：区街政府为百姓安全，给每座居民楼的单元都免费安装了安全门，大家甚为高兴。可几个月过去了，只安装了门，没装上开关系统，不免引起了居民的不满，甚至有些失望。

古往今来，凡事兴于实，败于虚。对于惠民之事，必须言之必行、行之必果，才能不忘初心，将忧民爱民为民之心落为惠民之实。但是，有少数单位和领导干部，在年初会上作报告时承诺爽快，落实时"不快"，甚至办事有头无尾，使好事不能办好；有的只作规划，把任务交代下去不再检查过问，使具体的事问题多多，使百姓从中受益了了；还有的好大喜功，只是把惠民之策写在文件上、登在报纸上，不下功夫落实到行动上。惠民之事若不能使落实掷地有声，长此以往，不但损害政府的公信力和执行力，还会疏远干部关系。

不信不立，不诚不行。美丽的承诺终究要落到实处上，才会开花结果。既然惠民之事政府拿出了真金白银，具体落实就更要一诺千金，以咬定青山不放松的韧劲，一环扣一环地抓好落实。民有呼，政即有所应，应之有所动，动之即在快和实。唯有如此，才能真正顺民心、顺民意，让百姓有"获得感"。

居民垃圾分类大有事做

近年来，市南区为实行垃圾分类，除了定制分类装垃圾的周转桶外，还定期为居民免费发放分类垃圾袋。开始，由于居委会工作人员的大力宣传，有的居民还实行垃圾分类，而随着宣传的放松，居民垃圾分类便形同虚设，无人过问。

居民垃圾不分类是多年的生活习惯。要想打破这一旧的习惯，养成好的生活理念，绝不是一件容易的事，必须下一番苦功夫，做一些深入细致的工作，方能实现初衷。一方面，要多方发力。一是加大宣传垃圾分类的力度，采取多渠道进行宣传；二是要在人力上适当多投入，在居民投送垃圾较集中的早、晚时间派专人盯守垃圾筒，进行指导劝说垃圾分类，使重复做成为习惯自觉。

另一方面，可采取适当奖励措施，如对第一个月实行垃圾分类的居民户给予免交一个月垃圾费奖励卡，以顶交一个月垃圾费，以此鼓励居民垃圾分类。

总之，政府动了心思、投了资金，就应不放弃初衷，要善始善终把好事办好。

全国首张大学生创业一卡通的示范意义

近日，青岛市人社局联合招商银行青岛分行，推出发行了全国首张大学生创业联名借记卡"青岛大学生创业一卡通"，持卡人可享受到定制专属金融服务和利率优惠。

（《大众日报》）

该卡的首发，为大学生创业带来新的希望，不仅是对当下创客活动的大力扶持，也为金融业的创新发展起到示范作用。

据专业人士介绍，该卡是专门对大学生这一特定人群设置的银行卡，除有结算功能外，还具有针对创业者的融资功能，给予持卡人转账免费、融资成本等优惠；同时，该卡还专门开通了"手机银行"和"掌上生活"两个手机应用程序，所有功能直接关联到"一卡通"，为创业者提供贷款、理财等全方位金融服务及全方位创业辅导服务，实属大学生创业的好帮手。

同时，在当下金融业创新竞争激烈的市场环境下，该卡的发行也为金融业的发展开辟了一个新的增长点。优质客户群一直是金融业竞争的焦点，在竞争中谁争取了更多的优质客户，谁就占据了发展的资源，而大学生创业群体则是未来优质客户的重要资源，争取到这一群体，就占据了未来发展的先机。金融业只有在创新中，在为客户提供优质服务的同时才能取得双赢。

大学生创业需要多方扶持，创客发展需要多方发力。政府相关部门应多想创业者之困，善谋创业者之策；经营管理者也要多思创新共赢的举措，多出创业者有用之实招，全社会就会迎来全面和谐发展的新局面。

定期公布终身禁驾名单是遏制不法驾驶的撒手锏

公安部日前召开预防重特大道路交通事故动员部署视频会，要求自6月1日起，启动所有交警执法站、省际执法站实行24小时勤务，严查突出交通违法行为，并充分利用缉查布控系统实施精准防范、精准打击，坚持每月召开一次新闻通气会，集中曝光严重交通违法行为和主体责任不落实的运输企业，公告一批终身禁驾名单，坚决遏制重特大道路交通事故多发势头。

（《人民日报》）

定期公告终身禁驾名单，是遏制不法驾驶的撒手锏，彰显了依法治理道路交通多发事故的有效手段。

交通安全的关键是抓好机动车驾驶员这一关键人员。从发生的道路交通事故中，其根源就是在于少数机动车驾驶员法规意识和道德观念淡薄，他们往往以侥幸心理屡次违规违法行车，以致极少数机动车驾驶员出现了近百次违规驾车上路的咄咄怪事，这也充分暴露了驾驶人和企业的违法成本太低。只有坚持法治观念，加大治理力度和对不法驾驶人的曝光频率，并依托互联网综合服务平台、手机短信及"双微"平台，加强对重点车辆驾驶人点对点提示，才能有效震慑少数车辆驾驶人员的违规不法行为，提高其违法成本和遵规守法意识，遏制重特大道路交通事故多发势头，还百姓一个安全出行的环境，为社会的和谐稳定保驾护航。

童车质量考量企业良心

　　童车，伴随许多人成长，随着生活水平的提高，现在有些孩子的童年甚至要更换几部童车，但有关部门的检测表明，童车的质量并不尽人意，经抽样检测，合格率不到六成，有的甚至存有严重安全隐患。

（央视网）

　　童车质量关乎儿童安全，是引发社会是否稳定的重要因素，不可小觑。近年来，由童车质量问题给儿童带来的伤害时有发生，已引起各方面的高度关注。

　　要杜绝童车给儿童带来伤害，必须各方共同发力。首先，企业生产要讲良心。制造童车的企业不能只顾经济效益而忽视社会效益，更不能昧着道德良心，偷工减料，故意赚黑心钱。其实，一个真正好的企业，诚信则是它的金字招牌，工匠精神是它的常胜法宝。那些靠投机取巧、弄虚作假而发家的企业只能是昙花一现，最终落得害人又害己的下场。其次，儿童家长选购童车要倍加小心。要认准知名品牌，细心查问产品"三保"细则和主要部件性能，要货比三家，不要只图便宜，要将质量保证放在首位，以确保儿童安全。再次，监管部门要尽心。我国于2002年出台的《儿童自行车安全要求》和于2006年出台的《儿童推车安全要求》《婴儿学步车安全要求》，对保障儿童车安全发挥了一定作用，但随着科学技术的进步和人们生活需求的提高及道路环境的变化，相关部门须修订更加完善的童车安全规则，并提高到法治层面以国家强制标准保障童车安全。同时，要加大监管力度和检查密度，对童车质量存有安全隐患的要以零容忍的态度对生产企业给予严厉惩处，并实行黑名单制公开曝光，以切实有效的手段为童车安全加上保险锁。

面对危险不可任性

面对危险，如何处置？毋庸置疑，理性定夺、守规而为是规避风险的最佳选择。而近日一些人偏偏以任性方式应对危险：有的漠视动物园警示，翻墙越入凶猛动物活动区，险些被动物伤害；有的不听劝阻，到危险水域游泳而溺水；有的在高速公路上违规行车，造成害人害己的恶果……

（央视网）

近年来，少数人视规矩为儿戏，任性作为，酿成的悲剧时有发生，一次次给人们敲响警钟：面对危险不可任性，必须守规矩。

理性处事，体现了一个人的修养境界，需平时的学习磨炼。对己言行都要三思而后行。一思是否符合法规，对国家、集体和他人是否造成危害，是否构成法律责任；二思是否对己和家人造成伤害，或影响长远利益；三思权重得失，不可只图一时痛快任性作为而"赔了夫人又折兵"。

而任性者，则是个人道德修养水准低的暴露，是法规意识淡薄的显现。凡道德修养水准低的人，多是思想认识上的偏急者和行动上的冒险者，往往不计后果，使自己的所谓"理想"夭折于任性作为之中。而法规意识淡薄者，往往胆大妄为，甚至以身试法，将自己的一生毁于一时冲动。

任性造成的悲剧可为前车之鉴。每个人应学法、懂法，以法制思维约束自己的言行，以理性面对一切事物和问题，凡事多思，尤其面对危险时，不可任性。让我们的言行多些理性，少些任性，以促进社会的和谐，避免悲剧的发生。

警钟长鸣防隐患

又到暑期游泳季。而这个季节也是事故多发季节。对青岛这个海滨游泳场所颇多的城市而言，防患溺水事故尤为重要。

首先，作为儿童的家长或监护人，要担当起第一责任人的职责。以往儿童海边玩耍溺水多是因家长或监护人尽责不到而为。家长或监护人带孩子到海中游玩，要做到慎之又慎，不可有丝毫懈怠。

其次，对大海潮流不甚了解的外地游客或自身水性不强的游泳者，要按水域警示慎行，要理性把握，不可任性冒险。

再次，浴场要配足救护人员和设施，加大管理力度和安全宣传措施，织密安全防护网。

唯有所到海边玩耍和到海中游泳者做到警钟长鸣，方能防患于未然，使海滨游泳成为靓丽的风景线。

美容乱象须多管齐下进行整治

据央视报道：最近，全国多地都先后按照国家卫生健康委员会、国家市场监督管理总局、公安部等七部门联合印发的《严厉打击非法医疗美容专项行动方案》的要求，以查处案件为抓手，全链条严厉打击涉及注射透明质酸钠（即玻尿酸）、胶原蛋白、肉毒素等，进行"微整形"的相关违法犯罪活动，全长效机制，切实维护消费者合法权益。该专项活动将持续到2018年4月。

国家权威部门的调查显示：2016年，我国医美市场规模达到7963亿元，年增长率接近20%，预计到2019年将突破万亿元。快速增长的背后，显现的是非法暴利，如一支肉毒素的价格为500元，转卖给客户则高达1500元至2000元不等。这样的非法高利益也使社会各类不法分子乘机泛滥，各种以美容为名的机构纷纷设立。按科学定义，美容只限人体表面的护理；而注射、破皮美容则属医疗美容。其机构的设立须经监管部门的严格审批，在取得认证许可后方可经营，并要挂牌营业。而一些不法分子故意混淆两者的本质区别，在一般小美容场所干起了医疗美容的行当，使消费者不断受到伤害。这一美容乱象已引起政府管理部门的高度重视。要治理这乱象，必须多管齐下，出重拳整治。

首先，政府监管部门要联合出招。一是部门间不能互相扯皮，既要分工明确，又要无缝衔接、联合办案，采取区域协作、信息共享、综合监管的工作机制。尤其在查处相关案件过程中，要做好行政执法与刑事司法的衔接，确保依法追究犯罪嫌疑人员的刑事责任。同时，对那些违规经营者，要载入黑名单，并给予公开曝光，断其非法经营的后路。二是业务监管部门要把好营业机构的办证开门关，要严格审核拟营业的人员资质、场所环境、设备状况、经营范围等，从源头上卡住非法美容的进门关。三是相关部门要加大宣传力度，宣传依法行医的必要性和医疗美容的科学知识，让行医者认识到依法按规行医的重要性，让消费者了解美容和医疗美容的基本常识和注意事项。

其次，医疗美容业要加强行业自律。一是要增强法律意识，不为获取私利而违法违规行医；二是要讲诚信，不向消费者夸大自己的医疗效果；三是坚持公正、合理收费，不欺骗消费者。

再次，消费者自身要有定力。一是要擦亮眼睛，认准该美容院是否经合法监管部门审批的机构，看准证牌及其经营许可范围、资质；二是不要被什么进口的"洋马夹"外衣所迷惑，要追根求源，不听其天花乱坠的瞎忽悠，要选择正规的资质较高的医疗机构做医疗美容；三是一旦上当受骗或身体受到损害，要敢于站出来向监管部门进行如实举报，自觉运用法律武器维护自己的合法权益。

唯有如此，才能使美容乱象得到治理，还百姓一个健康洁净的环境。

继往开来　砥砺奋斗

　　办公室工作研究会已经走过了二十五年的历程。在市委办公厅和市府办公厅的指导关怀下，在市社科联的领导下，在广大会员单位的精心呵护下，她犹如一株大家所期望的大树，已从幼嫩迈向了枝繁叶茂。二十五年来，她跟随着我国改革开放的大潮和我市发展的步伐进入了新时代。

　　二十五年来，办公室工作研究会固然有许多经验可以总结，也有许多辉煌值得回味。但我觉得以下几点也是办公室工作研究会发展史上不可以忘怀的：一是老领导的关怀和参与，是研究会的定海神针。从研究会创办那天起，市里德高望重的老领导就亲手栽培，为其提出了研究会要"着眼办公室工作实际，研究办公室工作规律，探索办公室工作经验，充实办公室工作生活"的办会宗旨，并为之倾注了大量心血。一代又一代的市老领导承前启后，身体力行，以自己对研究会的诚挚热爱和不辞辛劳而掌舵引航。二是研究会顾名重在"研究"，会员的构成除办公室工作者的精英外，还须有一定高层次的学者和这个行业研究的领军人物参与，才能使研究的水平达到高屋建瓴，使研究成果在行业中有所领先和超前。正是基于这一点，研究会颁用了大学的教授和知名学者为顾问，并让其积极参与我们的研讨活动，使得我们的研究会有了学术方面的支撑。三是要搭建一个切合我们实际的研究平台，既使广大办公室工作者有发声的阵地，也能使专家学者向大家传递一些当今这个领域的最新研究成果和导向。二十五年来，我们创办了《办公室工作研究》这个刊物，从一开始的简报式到现在的图文并茂、理论与实践相得益彰的刊物，其栏目设置、内容选编等都在不断进步。同时，其办刊形式也在不断创新，由原来编辑部自己创办到现在与各区市办公室及有关单位联办，使刊物创办的路子越来越广泛，更接地气，真正成了研究会研讨的平台。四是研究会的发展也应与时俱进，不断适应时代的要求。我国经济的发展，从单一的公有制到以公有制为主体与其他民营经济共同发展的格局，使得中国特色社会主义经济结构越来越具发展活力。为此，我们的研究会成员结构，也吸入了民营经济的先进代表，从而增添了研究会的发展活力，并为研究会举办各类活动提供了方便。

在历史发展进入新时代的今天，研究会也必须继往开来，跟上时代步伐。习近平总书记在今年春节团拜会上的讲话中指出："中国的伟大发展成就是中国人民用自己的双手创造的，是一代又一代中国人接力奋斗创造的。"在新的一年里，我们要按照习近平总书记所要求的那样"以真抓的实劲、敢抓的狠劲、善抓的巧劲、常抓的韧劲"，结合办公室工作的新任务，继续为各级领导决策辅政、以文辅政、调研辅政和对党忠诚、与国担当、为民尽职的情怀而继续砥砺奋斗。

"芳林新叶催陈叶，流水前波让后波。"人生因奋斗而精彩，青春因梦想而美丽。办公室工作者就像一朵朵浪花汇入了中国梦这条奔涌的长河，我们要紧紧拥抱这个美好的新时代，在开新局的奋斗中书写我们这一代人的精彩华章。

（此文系作者在办公室工作研究会成立25周年会上的发言）

新时代要有新作为

"中国特色社会主义进入了新时代",这是党的十九大对我国发展新的历史方位的科学判断,是贯穿党的十九大报告的一条主线,也是十九大精神的灵魂。学习贯彻十九大精神,就必须抓住这个主线和灵魂,按照习近平总书记关于要在学懂弄通做实上下功夫的要求,采取多种方式,运用多种载体,加大宣传力度,迅速兴起学习宣传贯彻热潮。

首先,要深刻认识党对中国社会主义矛盾不断变化的判断,是形成新时代思想的理论基础。回顾新中国成立后的历史,我党对中国社会主要矛盾的认识总体上是不断转变、不断深化的:1956年,中共八大提出国内主要矛盾是"人民对于建立先进的工业国的要求同落后的农业国现实之间的矛盾,人民对于经济文化迅速发展的需要同当前经济文化不能满足人民需要的状况之间的矛盾",这个主要矛盾是基于生产资料私有制的社会主义改造基本完成后的判断,基本符合当时中国国情。1962年,中共八届十中全会提出"无产阶级同资产阶级的矛盾为整个社会主义历史阶段的主要矛盾",这个主要矛盾判断出现了重大偏差,并进一步提出了"以阶级斗争为纲"的错误指导思想,导致了后来"文化大革命"这一十年动乱的历史悲剧,干扰了国家正常的发展建设,给党和国家事业带来巨大的损失。1981年,党的十一届六中全会提出"在社会主义改造基本完成以后,我国所要解决的主要矛盾,是人民日益增长的物质文化需要同落后的社会生产之间的矛盾",这个主要矛盾的判断反映了中国共产党的博大胸怀和巨大勇气"坚持真理,修正错误"和在社会主要矛盾问题上"正本清源"的立场,成为相当长一段时期内我国社会主义初级阶段的主要矛盾,为中国经济发展步入改革开放新时代提供了巨大的理论支撑。2017年，中共十九大明确了"新时代我国社会主要矛盾是人民日益增长的美好生活需要和不平衡不充分的发展之间的矛盾"，标志着我国经济社会发展正处于新的历史方位，新时代人民群众的需要从"物质文化需要"转化到"美好生活需要"，经济社会的发展也从"落后的社会生产"转化到"不平衡不充分的发展"。这一正确科学的论断，与我国"从站起来，到富起来，再到强起来"的发展进程现实是一致的。说明中国共产党领导全国各族人民在社会主义征程的伟大实践中，已经解决了人民日益增长的物质文化需要同落后的社会生产之间的矛盾。这也证明了中国共产党的历史就是不断地深刻认识和判断社会主要矛盾，团结带领中国人民战胜一切困难，不断在解决中国社会主要矛盾中砥砺奋进、从胜利走向胜利的历史。

其次，党的十九大为我国的发展绘就了宏伟蓝图，制定了奋斗目标，吹响了新时代的进军号角。从中共十九大到二十大的5年，正处在实现"两个一百年"奋斗目标的历史交汇期，第一个百年目标就要实现，第二个百年奋斗目标要开篇。这当中，2018年，是我们将迎来改革开放40周年。改革开放的40年，是我国从站起来到富起来的历史见证。2019年，我们将迎来中华人民共和国成立70周年。我们将继续落实好"十三五规划"确定的各项任务，并对未来发展作出新的规划，推动各项事业全面发展，把我们的国家建设的更加繁荣富强。到2020年，我们将全面建成小康社会。全国建成小康社会，一个不能少；共同富裕的路上，一个不能掉队。人民对美好生活的向往就是中国共产党人的奋斗目标，不断增强全体人民的获得感、幸福感、安全感，就是中国共产党人的历史使命。到2021年，我们将迎来中国共产党成立100周年。我们党在领导全国各族人民实现中华民族伟大复兴的同时，将继续消除一切侵蚀党的健康肌体的病毒，从严治党，大力营造风清气正的政治生态，使我们党的自身建设永葆青春。

再次，新时代要有新作为。习近平总书记指出："新时代要有新气象，更要有新作为。"当下，第一要务就是认真学习宣传贯彻十九大精神，要按照习总书记的要求，要多思多想，努力掌握党的十九大精神的政治意义、历史意义、理论意义、实践意义。要注重采取理论和实践、历史和现实，当前和未来相结合的方法，把每一点都领会深、领会透。2018年，将迎来交通银行重新组建30周年。30年来，在党中央的领导和关怀下，交通银行沐浴着改革的春风，各项事业都有了长足的发展。在改革开放的大潮中，交通银行成为我国第一家股份制商业银行和上市银行，成为我国金融改革的领头羊。进入新时代，交通银行更要有新样子，要有更大的担当精神，继续为我国的金融改革破浪远行，为我国的经济发展提供更多的金融支持，为百姓对美好生活的向往提供更优质的财富管理服务。

让阅读成为国民的新常态

李克强总理在《政府工作报告》中指出，倡导全民阅读，建设学习型社会。有书读，读好书，大力推动全民阅读，为人民过上美好生活提供丰富精神食粮，如今已成为一件关乎国家文化发展的大事。在习近平新时代中国特色社会主义思想的指引下，在社会主义核心价值观的影响下，阅读已无处不在，正在成为激发中华民族奋斗的正能量。据统计，目前我国成年国民各媒介综合年阅读率为79.9%，图书阅读率为58.8%。我国国民人均图书年阅读量为7.86本，其中纸质图书阅读量为4.65本，电子书阅读量为3.21本。这反映了阅读正在走向国民的新常态。

然而，国民的阅读也正在受到网络等新媒体中不健康成分的侵蚀和干扰，如手机微信中仍有大量淫秽文艺作品的传播。这对于我们这个拥有手机世界第一的大国来说，尤其对广大青少年的毒害影响不可小觑。

为此，政府有关部门和社会各界必须多管齐下，充分营造全民阅读的良好氛围。

首先，党的宣传部门和政府有关部门应尽快出台促进优化全民阅读的法规。2016年12月，我国首个全民阅读规划《全民阅读"十三"五时期规划》已发布；2017年3月，国务院法制办公室就《全民阅读促进案例（征求意见稿）》已向社会各界征求意见，此前江苏、湖北、辽宁、四川等多地已陆续发布促进全民阅读的地方性法规；2018年1月，公共图书馆法正式施行，规定公共图书馆"应当将推动、引导、服务全民阅读作为重要任务"。毋庸置疑，这些都将对促进全民阅读起到春风化雨的良好作用。同时，还必须采取放、管、堵的配套措施，对网络系统中的黄、毒现象给予严厉打击和有效制约，还阅读一个风清气正的健康环境。

其次，媒体宣传要以匠心创作精品，吸引国民参与兴趣。如：近年来央视推出的《朗读者》和正在播出的《经典永流传》《中国诗词大会》（Ⅲ）等栏目，深受国民喜爱；社会各界也要因地制宜地举办"乡村故事会""工厂诗歌朗诵会""街道读书比赛会"等方式，吸引不同界层民众参与，推动全民阅读的兴趣。

再次，学校应担当起青少年阅读好书的主体责任，家长应起到孩子阅读好书的表率。学校除利用自己图书馆得天独厚的有利条件向学生开展多读书、读好书的活动外，还可以利用共青团、学生会组织广大学生开展喜闻乐见的"读书会""演讲比赛""诗歌朗诵会"等活动，以丰富青少年的读书活动，为系好他们的人生第一粒扣子充实正能量。家长是孩子的第一效仿对象，自己的业余生活和兴趣爱好往往会影响孩子的启蒙甚至一生。因此，家长自己要养成爱读书、爱好书的好习惯，以身教影响孩子的健康情操，以良好的家风传承下一代。

只有使全民阅读通过法制化、体系化、持久化地工作，才能使全民阅读常态化，推动新时代精神文化再上新台阶。

"为了和平"没有什么不可逾越

世乒赛在进行完了八分之一决赛后，国际乒联突然宣布了一项决定：朝韩将联合组队参加后面赛程的半决赛。这一比赛中途临时改变规则的做法还是头一次，自然也引起轩然大波。当有人问到为什么要这样做时，国际乒联主席给予了坚决的回答："为了和平！"（5月3日央视体育频道）

"为了和平！"这全世界人民共同的心愿和期盼，无疑可以在任何时候、任何背景下，都能改变人们的既定规则，让所有人都能欣然接受。我想，这大概就是全世界人民共同利益的力量！

"为了和平！"各国或组织可以跨越社会制度不同、语言不同、生活方式不同……而组成命运共同体，一起面对诸多困难，携手攻坚克难，求同存异，向着美好的未来进发。最近，朝韩两国领导人进行了历史性的会见，并发表了"共同宣言"，随之进行了或将进行一系列消除敌对政策、实行和平的举措，受到两国人民的拥护和全世界人民的支持。这进一步证明，和平发展，是当今世界人民所向，是历史发展的必然。

而遗憾的是，在当下，个别经济大国、军事强国，竟为了自己的既得利益，不顾已制定的世界共同规则而单方面悔约，甚至挥舞经济、军事制裁大棒恐吓他国。这必然受到全世界人民的共同反对。这种损人并不利己的行为，到头来，只能是"赔了夫人又折兵"，最终"害了卿卿性命"。

"为了和平"，世界经济只能按照"和平共处"的共同规则发展多边贸易，不可实行单边贸易保护主义。世界经济发展到今天，你中有我，我中有你，各国之间都是互相依存的和彼此相互联系的，只有公平竞争、互惠互利，才能实现多方共赢。反之，只能是两败俱伤，阻碍人类的进步，影响世界的发展，成为已朽万年的历史罪孽。

"为了和平"，无论是国与国之间，还是民族与民族之间，都可以抛弃前嫌，化干戈为玉帛，坐下来进行协商，有问题可以求同存异，慢慢商量着办。"本是同根生，相煎何太急"，血浓于水，朝鲜和韩国本是同一个民族，不可再做亲者痛、仇者快的事情。抛弃仇恨和恩怨，为了南北人民的福祉，携手共建美好家园，那才是利国利民在当今、功载千秋的伟业。

小事不作为非小事

习总书记不久前在湖北视察时强调：民生是最大的政治。要抓住人民最关心最直接最现实的利益问题，把人民群众的小事当成我们的大事，从人民群众关心的事情做起，从让人民满意的事情抓起。这是总书记爱民、为民情怀的体现，也是对我们党的干部为民服务提出的最新要求。

然而，在少数领导干部身上却出现热衷于抓大项目、忽视群众现实生活困难的问题。总认为大项目能带来轰动效益，而群众中的那些鸡毛蒜皮的小事费劲大，见效慢。这暴露了少数领导干部为民谋福祉的初心不干净，为己名利而作为的政绩观在作祟。

民生无小事，但民生是由无数"关键小事"组成的。从垃圾分类到污水治理，从小升初取消推优到降低药品价格，从网络提速降费到食品安全管理，从城市公共厕所布局到农村饮水卫生，这些"民生小事"无不牵动着总书记和党中央的心思。各级政府只有把关乎民生的件件小事抓细落实，一件一件抓出成效，一项项有所作为，才真正回应当下民之所需、民之所急的民生发展的新课题。

保障和改善民生没有终点，只有连续不断的新起点。随着经济发展和社会变化，民生的内涵也在不断扩展和延伸，从居民对"天蓝水清"的呼唤，到新市民对"住房之困"的喟叹，再到社会对"寒门难出贵子"的拷问，实现"幼有所育、学有所教、劳有所得、病有所医、老有所养、住有所居、弱有所扶"的民生期待显得更为迫切。对此，我们共产党人和各级政府，应当有郑板桥所说的那种情怀："衙斋卧听萧萧竹，疑是民间疾苦声。些小吾曹州县吏，一枝一叶总关情。"并要扑下身子，深入实际，摸清情况，找到症结，做到心中有数，不拍脑袋决策，把功夫下到察实情、出实招、办实事、求实效上。

民生小事之中含温情、显爱心、有党性。我们只有把关乎民生的每一件小事抓细、落实，才能久久为功，为广大人民群众的福祉助温增辉。

报废汽车回收乱象应依法治理

据新华网报道：今年我国报废汽车数量预计907万辆，但调查发现，流入正规拆解企业的报废汽车不到30%。一些报废汽车经无从业资质的"黄牛"之手流入黑市，改头换面后重新上路行驶，给交通安全和空气环境都带来重大隐患。

究其原因主要是：一方面，对报废汽车的处置缺乏统一的法规；另一方面，受利益导向影响，一些不法分子置交通安全和环境污染而不顾，将回收汽车改头换面重新上路。为此，必须多管齐下，对其进行综合整治。

首先，政府管理部门，要抓紧出台切实可行的法规，从维护交通安全、环境保护为基点，明确回收报废汽车企业资质和利用合格部件再组装二手车的严格标准，并对再造二手车经公安交通部门严格核发证照，方可上路行驶。

其次，实行严厉处罚措施。要明确报废汽车流入关口和报废汽车组装出口主管部门，并加大查处力度和处罚成本，提高违规违法者成本，使其不敢不能在回收报废汽车上发歪财、走邪道。

再次，要加大宣传力度，尤其让回收报废汽车和再组装二手车从业者明确行业规矩和违规者的沉重代价，使其从业先算明白账，不可因小失大，甚至丢了卿卿性命；同时，要发挥广大人民群众的监督作用，并公布监督电话、设立举报奖项，使违规者成为老鼠过街人人喊打的法网之中。

不妨此举，可扼制报废汽车回收乱象，还此行业一个风清气正的氛围。

用实干为形象加分

在新的一年里，办公室工作要深入学习贯彻习近平总书记系列重要讲话精神，认真落实李克强总理的重要讲话要求，进一步优化服务、提高效能、加强督查，推动稳增长、促改革、调结构、惠民生、防风险等政策措施落地见效，以敬民之心行简政之道，用实干为形象加分。

要当好"第一参谋助手"。要观大势、谋大局，密切关注改革发展的新情况、新变化，围绕破解发展难题和突出矛盾，加强调查研究，反映基层、企业实情，抓住牵一发动全身的关键环节，多提实招建议，科学决策和施政提供有力支撑。在工作中要突出一个"实"字。调研中，要深入实际，与基层的同志交实朋友，要与群众讲掏心窝子话，讲老百姓听得懂的话、听得入耳的话，要摸实情；写文章、讲话，要讲实话，不讲空话、假话，反映问题要实事求是，不夹带个人、片面意见。

要当好"大服务员"。办公室系统工作人员，既要有宏观思维又要有扑下身子承担具体操作，要办务实的事、开有效的会、发管用的文。特别是要按照转变职能、提高效能的要求，积极主动在简政放权、放管结合、优化服务上打出更多"组合拳"，取得更多新进展，深入实施创新驱动战略，推动大众创业、万众创新的热潮转化为发展的强大功能。这就要求办公室工作人员，要树立服务意识，尤其对百姓要有爱心、要有耐心、要讲诚信，要以干事惠民维护党和政府的威信；要有创新意识不能涛声依旧，老重复昨天的故事，要积极学习和利用当今最前沿、最有创新力的科学知识，为政府工作输入强大活力。要当好"高效督办员"。好政策千条万条不落实等于白条。要围绕重大决策，创新工作方式，将督办落实放在日常运行更加突出的位置，敢于担当、敢于碰硬，防止以会议落实会议、文件贯彻文件，确保政策举措落地生根、惠民利国。这就要求办公室工作人员，要善于抓典型，对新鲜事物要有灵敏度，及时搜集、分析，以点带面，抓好点上突破，推动全面工作；对落实决策不到位的，要敢于出手，查明原因，理清根源，能帮的则帮，该批的真批，敢于对不作为现象亮剑，让勤政、廉政、明政成为百姓口中的丰碑。要用新理念新模式新技术提升服务水平，清除繁文缛节，公开办事清单，加强政策宣传解读，更好地服务基层、服务群众，争做建设现代化的生力军。

情满旅途春意浓

近日，央视报道了两条消息：一是为使在外打工族的孩子能够在春节期间与自己的父母方便团聚，青岛火车站推出"邮寄儿童"业务；二是在春运期间，有的人在车站遭遇小偷，自己的钱和车票都被偷走，旅客无法回家过年，某车站为此专门设立了"爱心救助站"，一方面吸纳社会各界救助款项并用此款专门救助那些遭遇小偷的人，为其买票回家过年，另一方面立案由公安机关进行侦破严厉打击犯罪活动。这都给浓浓的年味增加了几分温馨。这两条消息，向人们传递了服务窗口心系群众、为民解忧的正能量。

而前一时期，一些服务窗口独占国家服务资源，却不能很好地为群众服务，要么规定一些"霸王条款"责难群众，要么以所谓的"规定"做挡箭牌，把群众挡在门外，使"门难进、脸难看、事难办、话难听"的事屡见不鲜。

应当看到，一些交通运输服务部门在春运期间开了个好头。通过党的群众路线教育实践活动，一些服务窗口的衙门作风正在向好转变，他们正在逐步找到自己如何为群众服好务的位置，并采取了一些大家看得见、摸得着的措施，真心实意地为百姓排忧解难，为百姓服好务，赢得了群众的称赞。

诚然，服务窗口在为群众服好务方面还有很长的路要走。习近平总书记指出："责任重于泰山，事业任重道远"，"我们要坚持党的群众路线，坚持人民主体地位，时刻把群众安危冷暖放在心上，及时准确了解群众所思、所盼、所忧、所急，把群众工作做实、做深、做细、做透。"只要能把自己位置摆正，并能遇事换位思考，做到想群众之所谋，急群众之所需，帮群众之所困，解群众之所忧，并持之以恒地从点滴细微之处做起，一个情满旅途、温暖盎然的春天就会到来。

最是书香能致远

今年4月23日，是世界读书日。习近平总书记曾明确指出："各级领导干部一定要深刻认识现代领导活动与读书学习的密切关系，深刻认识领导干部的读书学习水平在很大程度上决定着工作水平和领导水平，真正把读书学习当成一种生活态度、一种工作责任、一种精神追求。"正所谓"立身以立学为先，立学以读书为本"，习总书记的指示可谓精辟指出了读书与领导干部做好本职工作的关系。

而作为各级领导干部参谋助手的办公室工作人员，以写文章为主要抓手是每个人的基本功。杜甫有诗曰："读书破万卷，下笔如有神"；罗曼·罗兰也说："多读书，读好书，多求经验，就是前途的保障。"先人这些充满哲理的学识，说明读书对当今以文辅政的我们来说是何等的重要。

那么，办公室人员平时该读哪些书呢？首先，应品读经典。如果把人类文明比做一座山峰，那么雄踞高山之巅的，就是历经时代淘洗而筛选出的经典文本。阅读经典，如同聆听山巅之城的智者们穿越时空的遥远回响。经典作为代表着人类精神的复杂性，标志着我们共同的先辈曾经抵达过的精神高度和思想深度。它不仅让人懂得地上有花、天上有星、人有灵魂，还让人懂得，在无穷的远方和无涯的历史中，有许多伟大作家和我们思考过同样的主题，体验过相似的况味。

其次，除了多读一些经典之外，还应博览群书，理论、法律、管理、经济、科技、文学一类的古今中外的书籍，都应阅读。通过博览群书，学习掌握一些各自所需的基本知识，以丰富自己的"智库"，不至于出现以其昏昏使人昭昭的尴尬局面，真正达到"下笔如有神"的境界。

黄庭坚说："士大夫三日不读书，则义理不交于胸中，对镜觉面目可憎，向人亦言语无味。"确然，不读书，无以言；，不读书，无以思；不读书，更无以行。阅读，是我们在与祖先对话，在跟心灵对话，在向未来发问。书山有路勤为径。每个办公室工作人员都应结合自身情况，把读书作为一种习惯，多读书，读好书，把书读懂读透。唯有如此，我们的人生才能变得厚重。

　　最是书香能致远，腹有诗书气自华。让我们在读书中不断增强自己的才华，为自己增添翱翔知识太空的翅膀。

中篇

散文·小小说

又到秋风落叶时

接连几天的秋风，把树上的叶儿吹得所剩无几。而落在地上的叶子，颜色差一些的，被环卫工人们当垃圾清扫成堆，准备送往垃圾处理场；颜色鲜丽一点的，象银杏树叶所落满的马路，则被人们踩在脚下当成一道靓丽的风景拍照呢！

看到这满眼的落叶，不禁使我想起儿时秋风落叶的情景……

我老家在艾山脚下的一个山村，门前有一条小河，河的对岸有一片小树林，生长着白杨、梧桐、楸树等多种落叶乔木。五十年代末，虽说是已解放多年了，但农村的贫穷面貌还未从根本上改变。家里富裕一点的，做饭的燃料能用上一点煤炭，大多数人家都是用庄稼的秸秆和从山地里拾来的荒草树叶。

我是奶奶最疼爱的孙子，我的上面有两个姐姐。因家里生活困难，大姐小学尚未毕业就辍学了。二姐比我大四岁，与我同在本村的小学就读，当时二姐读三年级，我读一年级。一到深秋，每天放学回家，我便跟二姐一起到河对岸的小树林里串树叶。串树叶所用的签子是奶奶将一根吃饭用的旧筷子做成的。筷子的一头用菜刀剃成尖头，一头略粗一点的刻上一道槽儿，再将一根细细的麻绳拴在槽上，麻绳的另一头拴上一个档儿。二姐勤奋且又手巧，不多时就将一串近两米的绳串满了树叶。而我一是贪玩不正干，二是干这活不得要领，串的还不及二姐的三分之一。

太阳快落山时，二姐总是把她那串挑些鲜丽的叶子撸下来串到我的签子上。回家时，奶奶眉开眼笑地接过我的签子，并夸奖一番："孙子串得叶子又好又多，不像你二姐串得又孬又少。"二姐心里似是委屈但却善良，总是不争辩，还满脸笑容地随和奶奶的话夸上两句："弟弟是男孩，总比我能干啊！"这时奶奶会从锅灶里掏出两只烤好的地瓜奖励我和二姐，但奖给二姐的地瓜明显的比奖给我的小得多。其实，奶奶那违心的夸奖我"能干"，她自己是心知肚明的，只不过奶奶那重男轻女的观念不得不说违心话罢了。

第二天一大早，我二姐又牵着我的手上学去了。奶奶便在家里整理我们串回来的树叶。那些鲜丽一点的，奶奶会把它们用很细很细的麻绳串做成一个圆盖子，经过水洗和太阳晒的消毒过程后，配作麦秸秆编成筐的盖，用来盛饭保温。用现在的话来讲，这样既环保又节能。而那颜色差又破损的树叶，奶奶就将它们摊在院子里经太阳晒后作燃料。

这种秋风落叶的日子反复地过了好多年。虽然生活过得并不富裕，但却令人感到特别温馨。每当秋风落叶时，天空总是蓝蓝的，有时飘着几片白云，地上每天都会落下一片片色彩各异的椒叶。大概是因为天渐冷的缘故，原来树林子里那么多鸟儿都飞到比较暖的地方去了。当然还有不少的喜鹊在几乎秃掉叶的白杨树上正忙碌着修建自己的窝，准备过冬。有时会听到它们一阵阵急巴巴的叫喳声，这也许是因干活意见不一致正在争吵吧。偶尔，地面上也会落下几只麻雀，正在欢快地啄食小孩子吃零食掉落的渣儿。傍晚，从每家房顶烟筒里冒出的一缕缕炊烟，散发着树叶的清香，真是令人回味无穷。

如今，老家早已旧貌换新颜了。家里烧水做饭，或用液化气，或用沼气，不再用庄稼秸秆和荒草树叶。然而，那散发着树叶芳香的炊烟却萦回脑际，使我难以忘怀。

冰上陀螺

小时候，在我家村北300多米的地方，有一条大河。大河一年四季水流不断。春秋季节，清波荡漾，鱼鸟逐浪；夏季多雨时节，河水即变成脱了缰的野马，汹涌咆哮，卷着黄泥浪花奔向大海；冬季里，大河虽只有半槽水，深处却有七八米，每到冬至以后，河面便封冻了，冰冻厚度竟达三十厘米以上，河两岸堆满了积雪，完全是一派"寒天草木黄落尽"，"无花只有寒"的景象。

这时，人们不再涉水过河，直接推着小车从冰上来往，偶尔也有载重的马车会从冰上通过。而最令我开心难忘的，还是在那如镜的冰河上与小伙伴们玩陀螺的趣事。

每当深冬大河封冻，在夕阳的映照下，孩子们便从家里带上陀螺和鞭子，有的孩子放学后并没先回家，而直接赶到冰河上，从书包里掏出陀螺，顺手在河边捡根树枝系上一根鞋带当鞭子，即迫不及待地玩起陀螺来。

真正玩陀螺是有讲究的。首先，要有一只好陀螺。一般用一根直径五六厘米略坚硬一点儿的，像桃木、梨木一类的圆木，用锯子截成约十厘米高的圆柱体，再用刀从圆柱体的二分之一处向下削成圆锥体，在椎体的顶尖处钻一个小孔并镶嵌上一颗小钢球。然后，陀螺面再经过用砂纸磨光处理后，一只陀螺就加工好下线了。再讲究一点的，还要在陀螺的顶背上涂几圈彩条儿。

除刮大风下雪天气外，每日下午太阳快落山时，便有成群结队的孩子们来到冰河上玩陀螺。当然，这人群中也不乏有些上了岁数的成年人，其中最牵惹人眼的那还数哑巴叔了。别看他生理上有缺陷，可心灵手巧。他做的陀螺不但个头大（直径足有二十厘米，高也有三十厘米），而且也最漂亮，陀螺顶背刻了数圈槽儿，还在槽上染了彩色。他用的鞭子也与众不同，鞭竿是用三根藤条拧成的，显得很有韧性。鞭条则用一条宽约两厘米的薄牛皮做成的，鞭鞘还系了一个红穗儿。哑巴叔个儿高，也有力气。只见他将鞭子在空中"叭"的一声绕了个花，随即将那大陀螺在冰上抽打起来。大陀螺在他的抽打下，声音一会儿像知了，一会儿像小喇叭；样子一会儿像盛开的荷花，一会儿像少女嫩红的笑靥。看到这景象，人们不约而同地发出欢呼声，并向他伸出大拇指，哑巴叔也向大家回以自豪的微笑。

学校要在元旦前组织一次冰上陀螺比赛，老师让我代表班里参赛。这使我很忐忑，因我是少先队中队长，怕得不到好名次丢脸。无奈，我就缠上娘，让她想办法。娘便带着我去请哑巴叔帮忙。哑巴叔不仅心灵手巧，而且心地善良，乐于助人。娘跟他比画着说了一通之后，哑巴叔便答应教我玩陀螺。每天放学后，哑巴叔就在冰河上教我玩陀螺。经过他的指教，我的技术有了很大长进。

比赛那天，我带上了哑巴叔为我精心准备的那个彩色大陀螺和那支比赛场上独一无二的皮鞭。为了这次比赛，娘还用各类碎布条拼制了一副套袖，套在我那已破漏出棉花的棉袄袖上，虽说不是新衣服，却使我分外精神抖擞。

比赛选在周六的下午。来观看的除了全校的师生外，村里还来了许许多多的男女老少，当然少不了我娘和哑巴叔。

比赛近尾声，参加比赛的选手们还要共同进行陀螺表演，最后进行颁奖仪式。这时，我的陀螺自然就成了一片陀螺的中心，她就像一个领舞者。其余大小不一、彩色各异的众陀螺犹如一群伴舞者，在她的引领下，把人们引入了回春的童话。

那陀螺的旋转叫声，一会儿像近处知了在颤叫，一会儿像远方牧童传来的笛声，一会儿又像天上掉下来的鸟叫声，这绝妙的陀螺声与围观人群中不时传出赞美的掌声浑然一体，犹如一曲春天里的交响乐。

斜阳西沉，漫天红霞，层层叠叠，洒落在这片旋转的陀螺身上，万千绚烂，就像一群妙龄少女身着华丽的衣裙在跳冰上芭蕾。

听着这醉人的乐曲，看着这如花如蝶的世界，你会觉得自己身处深冬冰河吗？那分明是沉浸在鸟语花芳的春天！

这次比赛，我得了全校第一名，得到的奖品是10支中华牌铅笔和10本作业本，还有一朵大红花。颁奖刚结束，我便飞跑到娘和哑巴叔跟前。娘接过了奖品，我把那朵大红花戴在了哑巴叔胸前。哑巴叔便把我扛在肩上，哼着只有他才能听懂的小曲儿，欢快地向村里走去……

如今，家乡的大河已完全改变了模样。大河上已跨起了一座现代化的双层桥梁，上层是同三线高速公路从这里越过，下层为非机动车和行人的通道，河的两岸植满了错落有致的灌木和乔木。大概是由于气候变暖的缘故，冬天里大河再也不见封冻，一年四季川流不息地向大海奔去。人们玩陀螺已搬进了游乐场。我想，早已过世的哑巴叔也许在天堂里会欣慰地看到这盛世变迁的大河，也会高兴地听到来自游乐场的陀螺欢歌。

啊！生生不息的陀螺声，你是我心灵皈依的天籁，余音缭绕，至今使我梦寐萦怀。

栽瓜得瓜

俗话说，种瓜得瓜。而就地瓜而言，老家不叫种地瓜，叫栽地瓜。栽地瓜分两季，春季栽下的叫芽瓜，夏季栽下的叫麦茬瓜，也叫时瓜。这地瓜情贯穿了我的童年。

春分时节，天气乍暖还凉，村里开始忙乎春耕的活了。按照老辈子留下的传统种地套路，一年中最要紧的要先耕作好庄稼人的主打口粮——栽地瓜。那个年代，一是老家那里多是山岭，不仅土地瘠薄，又缺乏水资源，地瓜比较适宜生长在这样的土地；二是在计划经济的人民公社管理体制下，地里种啥由不得各家各户，都是由生产队甚至公社里统一下达指令计划；三是少量肥沃的平原地，可以种小麦、玉米、大豆等精良农作物，但产量并不高的粮食除了每年留作种子外，大部分都上交公粮了，剩下的很少细粮还不够逢年过节改善生活的。因此，老家的人一年四季吃的主食是地瓜或地瓜干。当时，地瓜干国家也收购，但价格非常低，每公斤还不到一毛钱。它也真像生活在最底层的劳苦农民一样，最普通、最便宜。

下地前，各生产队首先要在各自菜园子里用土坯砌成五六个大约五十平方米的火炕。人们将选好的地瓜种整齐地摆在填了一层约十厘米厚松土的火炕上，上面再埋上一层约十厘米厚的细沙，浇上水，盖上一层草帘子保暖。白天，卷起草帘子，让太阳尽情地晒，晚上则点火烧炕。经过大约半个月洒水、供暖的培育，火炕上便窜出一片嫩芽。这时候，为了使瓜芽长得苗壮，还要给予洒催长的豆饼水之类的有机肥料。待到二十来天时，火炕上就长出一片绿油油的瓜芽，成为可栽到地里的瓜秧了。一棵棵齐刷刷的，个儿都在十厘米上下，充满了青春的活力，就像一群待嫁的姑娘。

人们将瓜秧一棵一棵地提出来，按五十棵一扎捆好。紧接着，在一块块大小不一的山岭地上用犁犁成一道道埯，在埯上每间隔约二十厘米栽下一棵瓜秧，浇上水，掩埋好秧坑。这样，地瓜就算栽好了，只等老天能下一场及时雨，让瓜秧缓苗扎根。

庄稼人对这一年中的第一拨作物格外上心。当栽下的瓜秧受过一场甘雨之后，苗儿则变得亭亭玉立了。这时，需要用锄头在地瓜埯上锄动松土，以给苗儿一个宽松的生长童年。待埯上长出荒草后，还要及时锄几遍草。当地瓜苗长大开始爬蔓时，尤其雨季，为防止雨后瓜蔓扎根影响主根地瓜生长，还要翻播数次地瓜蔓儿。地瓜不娇气，天旱时也不需要浇水（其实山上也无水资源给予浇水），全部靠老天自然呵护。

中秋节前后，芽瓜可以收获了。刚刨出的芽瓜呈紫红色，所以别的地方称之为红薯。赶上丰收年景，一棵芽瓜多得能产一公斤多。芽瓜水分少，宜于切成地瓜干储存。地瓜干又可压成面，粗粮细做，用地瓜面包菜包子是庄稼人改善口味的时尚。这时候，那些阳面的青石山坡就成了各生产队为晒地瓜干而抢占的最佳领地。切好的一片片白色的地瓜干摆晒在山石板上，在阳光的照晒下，银光泛泛，就像秋天山崖上盛开的一朵朵野菊花。赶上天气好，两三天地瓜干就晒好了。当人们将雪白的地瓜干一片片收到筐子里时，总是乐得合不上嘴。

到了霜降时节，时瓜开始刨收了。时瓜不像芽瓜那样粗壮敦实，长得比较秀长，且含水分较高，适宜直接煮（烤）食和储存。储存地瓜一般都放在地窖里和住人的房屋的天棚上。每家对从生产队里按人口和工分两项合计得分分到的地瓜，都要进行挑选，然后储存。储存的时瓜与分到的地瓜干，足够一家人半年多的口粮。对这样的耕作套路和生活习惯，当时人们很是知足，常听人们说："地瓜小豆腐，越吃越受乎。"

改革开放了，农村打破了人民公社那套计划经济的耕作方式，实行了土地承包。当时的山地被邻居二叔等几人家包了去，我大哥家分包了几亩靠河岸的平原地。大哥将土地进行了科学规划，一部分建成蔬菜大棚，一年四季可以盛产各类时令蔬菜；一部分用来种植小麦等精细作物，当然为了尝鲜吃稀罕，也留了一小块地栽地瓜。二叔家包的山地在国家的规划和资助下，经土壤改良后已变成一片果园，果园的旁边还借山谷的地势修了一座不小的水库，为果树的灌溉提供了保障。一到春天，粉红的桃花，如雪的梨花，还有那白里透着红的苹果花，一茬接一茬地竞相开放。这姹紫嫣红的景色不仅惹得蜂飞蝶舞，还引来一拨又一拨城里人到此观光。

每逢金秋时节，山地里不再忙着刨地瓜、切地瓜干了，而是忙着收摘水果。大哥家的蔬菜大棚不仅使自家天天可以吃上新鲜蔬菜，还靠卖菜每年收入几万元，平原地里盛产的小麦等粮食也不再上交公粮了。如今，村里人的日子过得红红火火，有滋有味。难怪不少城里人反倒农村来打工，我想这不仅只是时尚，大概讲的还是实惠吧。

栽瓜得瓜，春华秋实。"我言秋日胜春潮"，只缘秋天是收获的季节，也是庄稼人期盼的季节。改革开放的好政策已栽到了庄稼人的心坎上，得到的瓜分外甜蜜。

难忘那碗饺子情

二十世纪七十年代初，每年冬季陆军部队都要走出营房进行野营拉练，而徒步冒风雪夜行军是野营拉练必训课目之一。那年我参军不久，被分到特务连当一名警卫员。

记得有一次，部队野营来到全国闻名的地雷战故乡——胶东赵疃村。在抗日战争年代，这里的民兵与八路军武工队研发了各式地雷，什么"天女散花""驴打滚""连环炮"等，炸得鬼子胆战心惊、丧魂落魄。著名电影《地雷战》说的就是这个村当年用地雷打鬼子的传奇故事，其中故事里的男主人翁赵虎则是由当年全国民兵英雄赵守福、于华虎二人化名而成。新中国成立后，这个村继承和发扬革命传统，成为拥军优属的"双拥"模范村。

连续几天的冒风雪急行军，部队比较疲惫，夜晚住到村里老乡家。我与首长住的邻居是赵大娘家，她是全县的拥军模范。当时电台的张台长被安排到赵大娘家住。因受风寒，张台长连续两天高烧不退，不思进食。这可把赵大娘急坏了。在计划经济那个年代，这里的人民生活过得还是很苦的，除了过春节想吃饺子都感到太奢侈了。而赵大娘却将留作春节用的几斤小麦，自己用石磨加工成面粉，又把正打着鸣的那只大公鸡到黑市（当时没有自由市场，将自由市场称作不合规的黑市）卖掉换回一点猪肉，包了一碗饺子给张台长吃。这一举动十分感人，被我们连指导员知道了，便召集全连开会，以此事进行拥军爱民教育。指导员是解放前入伍的，文化水平不是很高，讲话有时欠通顺。记得他当时充满深情地对大家讲，赵大娘视子弟兵如亲人，她送给我们的不是一碗饺子，而是一碗阶级兄弟呀！

指导员分明是在说，这碗饺子沉甸甸的，饱含着人民对子弟兵深厚的阶级情意！

是啊！军民鱼水情深，源远流长。忘不了在那战火纷飞的年代，沂蒙革命老区英嫂用乳汁救伤员的感人故事；也忘不了在淮海战役中，成千上万的胶东人民推着独轮木车支前拥军的情景。记得一位伟人曾这样感叹道：淮海战役的伟大胜利是全国人民用小车推出来的！在和平年代，军民团结一家亲的故事也分外感人。不会忘记在我国发生"非典"灾情时，军民手拉手、相依为命，经受了生与死的考验，使生命的凯歌奏响人间！在我国南方遭受冰雪侵袭的时候，又是军民携手并肩，抗击灾难，从而保障了人民的温暖，打通了大家回家过春节的道路。在汶川大地震中，解放军指战员舍生忘死，救护老百姓、重建家园的那一幕幕动人的事迹创造了世界抗震救灾史上的奇迹！2008年奥帆赛的前夕，更使我们记忆犹新，历历在目：一场前所未有的浒苔侵漫了青岛海域，影响到奥帆赛的顺利举行。在这关键时刻，又是解放军给予及时援助。海军派出多艘船只、陆军派出一个集团军的兵力，军民团结奋战，谱写了一曲军民奋战浒苔的凯歌。为青岛胜利举办奥帆赛、为我国举办一届历史上无与伦比的奥运会增添了浓墨重彩的一笔！

老子曰："鱼不可脱于渊"，这是千古不变的事理。我们将会高兴地看到，在军民携手奔小康的道路上还会孕育出许许多多鱼水情深的佳话，在鱼水情深的大河里还会流淌出许许多多感人的故事。

紫绿色的海蓬菜

生活在胶州湾畔的人们，都有吃海蓬菜的习惯。

每年的"五一"前后，胶州湾畔的海滩上都会长出一片片海蓬菜。不过近几年，大片的海滩很少见了，沿海大都建起了养海产品的养殖池，成片生长的海蓬菜也不多见了。但在养殖池埂上都长满了一簇簇的海蓬菜。海蓬菜只有在海的沿岸滩头繁衍生息，习性不喜欢淡水，靠吸取海水生长。它的叶子呈扁圆针状形，底部是紫色，向叶梢处渐变绿色，在湿润海风的吹拂下争着亮相于海岸滩头。

每当海蓬菜长到约十厘米高的时候，成群结队的人拿着篓子、筐子到海滩上开始将了。海蓬菜属于真正的天然绿色食品，含有对人体有益的多种维生素，像碘、叶绿素等含量都很高。人们将将来的海蓬菜经用水煮、浸泡后，可以凉拌、热炒着吃。大多数人家还是图吃个新鲜，最让人津津乐道的还是杏花家包的海蓬菜包子。

小时候，我与杏花家是邻居。那个年代，农村吃的主食是地瓜干之类的粗粮，小麦一类的细粮很少。可杏花她娘心灵手巧，粗粮细做，每当春天，用地瓜面、荞麦面包成很多种海蓬菜包子，让杏花用包袱一包一包地分送给周围的邻居。而我与杏花家是隔壁，只要那香喷喷的第一锅包子味一出来，杏花她娘便喊着我的乳名"趁热快来吃啊！"就像在自己家一样，狼吞虎咽地每样吃上一个，有的最多吃上两个，我就已经撑得打饱嗝了，临走还要我给奶奶带上一包袱。

我离开老家好多年了，但杏花家那海蓬菜包子的香气总是会令我回味无穷。

最近一个偶然的机会，大学同学聚会，选在了一个城乡交界的饭店。据做东的同学推介，这家饭店是一个农村个体户女老板近几年才开的，靠海边，离市中心略远一点，比较清静，饭菜又有特色、又卫生。那天是星期天，中午不到12点我就提前到了。一进院子，直观感觉确实不错：这是一座较大的四合院，正房是一座三层大约1000多平方米的小楼，一层为灶房，二三层为客房，面向大海；两厢房各为两层小楼，分别是店主居住室和仓库、车库。当我走进客厅时，一排"特色饭店""优秀个体经营者"之类的奖状、奖杯等让我一一详观，赞叹不已！

　　等大伙儿到齐后，便开席了。照习惯，先上来的是一道凉菜，可这里的凉菜都与海鲜、野菜有缘，什么海蓬菜拌海蜇丝、芥菜拌海螺肉、苦菜蘸酱等，口感很爽。第二道热菜也是以配有野菜的海鲜为主，有海蓬菜炒蛏子肉、槐花炒虾酱、黄花菜炒海肠等，味道很美。菜过三道之后，开始上主食了。主食是用海蓬菜包的各种包子：有地瓜面包的猪肉海蓬菜馅的、蛤蜊海蓬菜馅的，还有荞麦面包的海肠海蓬菜馅的，巴鱼肉海蓬菜馅的，等等，大约有七八种。正当大伙吃在兴头上，老板娘带着一位先生来给大家敬酒。当老板娘出现时，让我惊呆了：这不是我多年未见的邻居杏花小妹吗？虽然多年不见，但她的音容笑貌依旧还是那样甜，只不过脸上增加了几条纹儿。杏花也在这时认出了我，高兴地竟忘了给大家敬酒，直冲着我喊："哎呀哥唻，怎么在这儿见到你了？"经介绍，那位先生是杏花的丈夫，姓李。大家也对我们的凑巧重逢高兴不已。因身体原因，我本来已戒酒多年了，但那天我还是喝了一大杯白酒。

　　据杏花介绍，前几年赶上党的惠农政策好，他们夫妇通过农联社贷款开了一个海蓬菜包子店，由于卖的包子物美价廉，回头客很多，附近十里八里的出了名，生意做得越来越红火，不仅还上了贷款，还盖起了小楼房的四合院，先后买了三辆车，一辆别克小轿车用来联络业务，一辆九座面包车用作给市里大饭店专送海蓬菜特色包子，一辆大头货车用来进货。她手下还雇了八名工人、六名临时工，还从市里大饭店那边特聘了一名厨师长。如今，她的饭店已初显规模，年收入近千万元。她的海蓬菜特色包子被市烹饪协会推荐为地方特色名吃，市里好几家大饭店都向她预定，一到旅游旺季就供不应求。杏花娘还健在，有时还过来指导包包子。她的饭店已改制为股份制，杏花任董事长，她丈夫是总经理，好多乡亲、朋友都入了股，每年都有不少分红。听了杏花的介绍，大家都赞不绝口。

这顿饭杏花说什么也不收钱，看我们一再坚持，她说："就当大家给我做个宣传推介，希望多介绍些朋友到我这里吃特色还不行吗？"我不再让及了，示意那位做东的同学把钱收了起来，我们大家也都向杏花表示了谢意。临走时，杏花还特意给每位客人送上一份各种口味的海蓬菜包子。

离开时已近下午4点，杏花和她丈夫站在饭店门前送我们，饭店不远处就是一片海产品养殖池，池埂上长满了海蓬菜，那紫绿色的海蓬菜在夕阳的照射下，迎着春风频频摆手，仿佛一群婀娜多姿的少女与店主人一起在迎送着慕名而来的客人。

蝉声悠扬

二十世纪六十年代以前，老家村后有一片好大的树林，树林沿河的两岸蜿蜒形成，足有十里长，宽也有近一里地。林子里的树种以洋槐、白杨为主，贴近河水的地段也有不少柳树。听老人讲，这片树林已有数百年了。

一到初夏，这里鸟语花香，充满着一派盎然生机。那幽香的槐花几里外就让人陶醉，各种鸟叫声和蝉声此起彼伏，犹如一部动听的交响乐。

傍晚，一场小雨过后，鸟叫声和蝉声逐渐停了，但槐花的幽香依然沁人心脾。这时候，不少人都到树林里开始挖嗒六猴了。我们管未爬出地面的幼虫蝉称作嗒六猴，大概是因它的上半身样子有点像猴子吧。嗒六猴是当地一道家喻户晓的美味，含有很高的优质蛋白。人们将挖来的嗒六猴洗掉泥土后用盐腌起来，过后再用油炸一炸，是酒桌上不可多得的一道佳肴。

挖嗒六猴是要有窍门的。首先要找它的窝，凡眼大的且其周围有痕迹的，那是空窝，它已爬到树上了。只要是眼儿小的，一般十拿九稳，就能挖到它。讲究一点的，随手带上一把小铲子，挖得效率会高一些。一般人都用手指直接抠，反正刚下过雨的地儿还比较松软，抠起来不算费力。会挖的，一晚上能挖到上百只，少得也能挖到十几只。我只能算后一类，但也是傍晚与大伙一起劳作的一大乐趣，并且收益不菲，积少成多，也够几顿美食了。过一阵子，奶奶总会给炸上一盘嗒六猴，算是改善生活。

到了清晨，太阳穿过晨雾，一些漏网的嗒六猴开始迎着阳光爬到树干上蜕壳，它们也逐渐长出翅儿会飞了，它们也由此分为公母，母的会叫，公的是哑巴。会叫的从声音上也分为多种，一般分为三种：一种"温友、温友、温友哇——"的叫声被称作"温友哇"，个头较小；一种

"知了——"的叫声称作"知了",个头较大；一种"吐啦——"的叫声称作"吐啦",个头数中等。它们有个共同的习惯,天气越热,叫得越欢,要么一起叫,要停则都不叫,真的像有统一的指挥一样。这也是大自然的神奇,总是给树林近村的百姓送去免费的音乐。禅蜕的壳是一种中药,一般没有多少人在意,可前街的姜老头却每年把这当作一种发财的生意。每年夏季,他都能捡上几麻袋蜕,卖给收药材的,收入也有上百元呢。

幽香的槐花总免不了吸引一些养蜂人带着蜂箱到这儿采蜜,这些养蜂人大都是南方人。记得当时在我们村后的树林里有一户养蜂人是一对姓刘的夫妇,老两口都五十岁左右,还有一个二十多岁的女儿帮他们干活儿。一共有二十多只蜂箱。他们采的蜜一部分就地卖,卖不了的就存起来。他们是专业蜂匠,一年四季都是靠采蜜为生,是闻花而行,随花而移。槐花是制蜜的最好原料,因而槐花制的蜜是最受消费者欢迎的。每年这个季节,他们都要来到北方采蜜,一天24小时与蜜蜂生活在一起。他们支起两个大蓬,一个为蜜蜂生活、工作区,是造蜜的"工厂";一个为他们三人居住、生活的帐篷。他们与乡亲们相处得很和睦,只是语言上有些不通。

我们这些顽皮的孩子并不多关注养蜂人的情况,只是为了捕捉鸣叫的蝉而想到他们。有一次,我们几个小伙伴为了捕捉树干上的蝉,因树太高,够不着。一位同伴便从家里找来了一根细长的竹竿,并在一头捆上一些棉花,棉花上绕上了一些蜘蛛网。这个办法不错,很快就将树干上那只叫得正欢的蝉给沾了下来。不过这样需要到处寻找蜘蛛网。突然我们想到了养蜂人的蜂蜜。于是我们就研究了一个偷蜜的方案:从家里找来一个小桶,一人凑近养蜂人,跟他们扯闲话作掩护,另外两人提着小桶溜进盛有蜂蜜的大蓬,相互配合偷蜜。咳!这个可真奏效,用蜂蜜沾蝉既好又快。不一会儿我们就沾了十来只多种叫声的蝉,大获全胜而归了。

当第二天我们遇到养蜂老头时,心里直打鼓。可老头手里提着两瓶透亮的蜂蜜满脸笑容地说:"娃子啊!这些蜜是经过滤加工好的,人可以吃,那些未加工的人吃了对身体不好,送你们两瓶这个吃!"看来我们偷蜜的事他是心知肚明的。于是,我们低着头向老人家说明了缘由,并赔了礼。为了答谢养蜂人的大人不计小人过,我们还向家人讨钱每人买了一些蜂蜜。养蜂人听说我们要沾蝉，便将大半桶加工下来的蜂蜜残渣送予我们，这足够我们玩一个夏天的。

　　若干年了，回想起那蝉声悠扬的有趣生活，总会让人惬怀难忘。但可惜的是，自六十年代后期，老家村后那片老树林已不见了，被伐掉种上了庄稼。不过，今年春天又传来了好消息：为了优化生态环境，当地政府已退耕还林，决定恢复原来的树林环境，开始重新沿河植树造林。这是春天的梦想，也是我的梦想。相信不久的将来，这梦想定会变为现实——那悠扬的蝉声重新从那片树林里飘向千家万户！

娘的瓜园

在河的南岸，过了一片树林，就是娘的瓜园。

娘的瓜园里，曾经什么都有——不含糖分的白脆瓜、被称作"红糖篓子"的甜瓜、水分充足的无籽西瓜，还有牙口不好的老年人爱吃的甜面瓜。

那时，一到二月二龙抬头，娘就开始用盆种育各类瓜苗了。谷雨时节，大地回暖，娘便开始翻整她那瓜园。先是将积了一个冬天的鸡畜粪加拌上草木灰之类的土杂肥运到园子里，然后一锨一锨地将这些肥料撒匀，把地翻松、耧细、耙平。再将这片松软肥沃的沙埌地调整成若干大小不等的块块畦田，将育好各种瓜的秧苗分类栽到畦田里。刚栽上的秧苗需要倍加呵护，要及时浇水、松土。在娘的精心照料下，各种瓜苗很快就亭亭玉立了，一株株迎着阳光拼命地蹿个儿。

种瓜既是精细的麻烦活，又是辛苦的体力活。不仅除草、灭虫不能丢，单就一遍遍地浇水也把娘累得上气不接下气，经常白天晚上接连干。好在瓜园的北面不远处就是四季川流不息的洋河，水足且清，为瓜园浇水提供了方便。有时不承重力的我，也会用我的玩具桶，帮娘提上几桶水浇地。

初夏时节，草木茂盛，大地尽显一片绿肥红瘦，原来那些姹紫嫣红、处处争艳的花儿在疲惫了一个春天之后，会蜷缩缩到潮湿的夏季里，像急于修养自己受累的身心，有的干脆凋落谢客，一年不再与你朝面。可娘的瓜园这时正值生机勃勃，不用说瓜园四周外围那些长满刺儿的蔷薇花和爬蔓的牵牛花依然绚丽夺目，单那一片开满小黄花的瓜园就招惹了不少蝴蝶和蜻蜓的嬉闹，呈现着一派"穿花蛱蝶深深见，点水蜻蜓款款飞"的美景。

那一圈蔷薇娘的本意不是当花种的，原想借蔷薇的刺儿防盗用的，可

299

无心栽花花自红，倒成了周围独一无二的小花园。每当花儿盛开的季节，娘总是采几束送给那些路过瓜园而驻足赏花的姑娘和小媳妇们。

人勤地不懒，汗水不白流。夏日里，脆瓜、甜瓜挂满枝蔓，西瓜也在畦田凸显出它们的个头，各种瓜香飘满园，沁人心脾。娘的瓜园施的都是有机肥，浇的是无污染的水，长出的瓜格外诱人。

当大地刚从那薄雾的晨曦中苏醒过来的时候，娘就将那些熟了的还带着露水的瓜一只一只地摘下来装满两筐，带着丰收的喜悦挑上担子赶集去了。娘种的瓜是集市上的抢手货，不多时就卖光了。这时，娘首先想到的是用卖瓜换来的钱给我买几只铅笔和作业本，但在回家前，娘还是狠狠心割上半斤鲜肉，中午赶回家包一顿饺子犒劳全家。吃过饭，娘还从园子里摘一只大西瓜让家人吃。这时，我和奶奶都会打心底里由衷地感谢娘和她的瓜园，是这片瓜园通过娘的双手给我们带来了甜蜜和温馨。

娘种瓜的年代早已过去，但娘瓜园里的那种甜蜜仍使我记忆犹新，梦寐萦怀。

窗外一株月月红

青岛是中国近代、现代纺织业的发祥地之一，与上海、天津鼎足而立，在全国同业中素有"上青天"的美誉。同样，纺织业也是青岛的"母亲工业"和城市名片。

是啊，那个年代，青岛曾拥有十万纺织大军，有十二万纺织工人。不仅如此，从她们当中，走出了像郝建秀这样引以为豪的一代英模，曾为纺织工人增添了那么多的荣光。到了二十世纪八十年代，青岛纺织系统累计上缴利税已达58.9亿元，为我们的国家做出了巨大的贡献，倾注了一座城市对她们太多的眷恋。她们也给这座城市留下了那么多美丽动人的故事。

玲玲高中毕业那年，正赶上城里知识青年上山下乡，她娘为了让心爱的女儿留在身边，便提前一年从纺织厂退休，让玲玲顶替上班。在那个年代，女孩能当上纺织工人，是让许多人羡慕不已的事。玲玲天生丽质，168厘米的个头，很是楚楚动人。

到了纺织厂，玲玲被分配到细纱车间做一名挡车工。她聪明好学，也能吃苦，除了上班时间跟带她的师傅学习外，下了班还吃娘的"小灶"，挡车技术突飞猛进，不到一年就出徒了。

玲玲看的是普通A502型细纱机，开始看一台机，不到两年她就能看三台机了，到第三年头上，她一人就能看四台机了。她一个工作日最多能生产784千克32支细纱。在当时，已创造了她所在厂的奇迹。年终，玲玲被厂里评为先进工作者、挡车能手。

可玲玲对此并不满足，她认真学习郝建秀的工作法和华罗庚的优选法，使自己的技术不断提高，并在提高中得到创新。在工作中，她树立正确的劳动态度，充分发挥主观能动性，全面掌握生产的计划性、规律性和预见性，让人科学支配机器，使生产更加合理化，紧紧抓住细纱工作的重要环节，使自己生产出的纱锭断头少、皮辊花出的少，产量高、质量好。玲玲很快就成了车间的技术大拿和厂里的骨干。

车间机器轰鸣，生产繁忙，生活单调。纺织工人工作三班倒，上夜班是经常的。为了给自己减压，玲玲将自己喜欢的玫瑰从家里移栽到车间窗外，并取名"月月红"。每当清晨下夜班时，玲玲总是将头伸出窗外欣赏一会儿那株含苞待放的月月红。看着那几朵滚动着晨露的花儿，一夜工作的疲倦立刻消失了，心中泛起几多豪放的思绪：

窗外一株月月红
纺织姑娘亲手种
姑娘种花有心意
成绩月月如花红

那个年代，有多少小伙子为能找一位纺织姑娘作为自己的终身伴侣而感到自豪。主要是因为她们当中的美丽佼佼者多聚集于纺织这个行业，另因纺织女工工资高、待遇高。玲玲的美丽和成绩同样引来了不少小伙子的青睐。有胆大的，还偷偷写纸条递给她，要交朋友。可玲玲有自己的主见，现在趁年轻，先学好本领，在技术上真正成为大拿，至于个人问题也不是没有打算，那就要找一个比自己更优秀的，但这个人至今还没有出现在玲玲的眼前。所以，玲玲就像那株带刺的玫瑰，使那些自作多情的小伙子都可望而不可即。

夏秋时节，厂里分来了一名从纺织大学毕业的高才生当技术员，开始在玲玲的车间里实习。年长一点的叫他小刘，年轻的都称他刘技术员。这位小刘技术员是上海人，个头足有180厘米，瘦瘦的，完全是一副南方人的体貌。他在车间工作很低调，并没引起很多人的关注。到了来年的3月，厂里要求各车间准备文艺节目庆"五一"。车间主任就将这个任务交给了小刘。别瞧小刘平日不张扬，他在大学可是学生会的宣传部部长，是学校的文艺骨干，不仅会写歌曲，还拉得一手好手风琴。这正是小刘大显身手的好机会。他只用了三个晚上就创作了一首《纺织姑娘圆舞曲》。经车间主任审核后,决定抽调玲玲等8位姑娘组成演出队。业余时间由小刘负责编排。

"五一"全厂会演结束,小刘编导的《纺织姑娘圆舞曲》获一等奖。自此,小刘在厂里名声大噪。这时,厂里好多姑娘都暗暗喜欢上了小刘。可小刘喜欢的是玲玲,只不过平时没有机会接触。歌为媒,舞传情。经过这次会演,玲玲与小刘的爱情开始碰出了火花。两人也就开始了真正的谈情说爱。消息一传出,大家都为这对郎才女貌的选配赞不绝口。

从二十世纪七十年代开始,青岛纺织就开始走向世界。到八十年代初,已在非洲援建了穆隆古希纺织有限公司等项目。到1981年,小刘已提升为工程师,玲玲也提拔为生产组长。这一年,国家正选拔纺织技术人员赴非支援纺织建设,小刘和玲玲经过选拔和考察,决定为赴非援外人员。临行前,厂里为他们举行了婚礼。出国后,他们为非洲人民培养了大批纺织工人,也为祖国争了光。这对伉俪在我国纺织援外史上也被传为佳话。

如今,青岛十万纺织大军早已完成了她们的历史使命。被载入了"上青天"的光荣史册。玲玲当年亲手种下的那株月月红也不存在了。然而,这段历史,已成为几代纺织人心灵深处珍藏的永远的"母亲工业"情结。

麦收记忆

"田家少闲月，五月人倍忙。夜来南风起，小麦覆陇黄。"过了端午节，青岛地区的农家就开始忙着收割小麦了。

早年，农民都是以生产队为单位进行耕作。一个村庄为一个生产大队，小一点的可组成两、三个生产队，大一点的可分为十几个生产队。每个生产队由二十多户人家组成。我的老家是一个比较大的村庄，当时全村有四百多户人家，分为十六个生产队。我们家住在村西头，自东向西排，自然就属于第十六生产队。

我们生产队的麦田大约有三、四块，其中在河南岸是最大的一块，足有十几亩。因临大河，灌溉方便及时，长势最好。

中午太阳正毒，恰是小麦催熟的时机。阵阵东南风卷起层层金色麦浪，飘散着阵阵增人食欲的麦香。

赶上麦地湿润，收小麦直接用手连根拔起，只有干旱天气才用得上镰刀。拔出的小麦捆成大捆，再用推车运到各自生产队的场园里进行分类加工。麦秆比较高挺的，则用铡刀将根铡掉，将带穗的麦秆脱粒后，用来编成若干苫子，作为一年生物群体防雨的雨具，铡下的麦根晒干后可作为燃料。对那些麦秆长得差一点的，用铡刀铡成了三段，麦穗晒干脱粒，麦秸晒干备作修建屋的顶盖当瓦用，麦根同样当燃料。

收麦时，生产队将劳动力进行了合理分工：生产队长带领大部分青、壮年在麦田里收割，副队长带领部分青年用小推车将麦捆运到场园，生产队会计和保管员则带领中老年在场园对收割的小麦进行分类加工处理。

那时，小麦脱粒没有机械，而是用驴套拉着石棱滚子打场，将晒干的带杆的麦穗经石滚反复翻压打脱粒。掌握套驴打场的一般都是比较有经验的老庄稼把式，才能打得精细。经过石滚压打后，再由扬场技术好的人，选好风向，将麦粒扬出在太阳下翻晒几遍，就可分配了。扬出的麦糠同样分给大家作燃料。

赶上连续的晴天，一般十来天整个麦收就结束了。大家在场园上看到成堆的麦粒，人人脸上都露出丰收的喜悦。这时，将最好的挑出留作种子入库，大部分装成麻袋送交公粮，小部分按照每家的人口和工分进行分配，一般都是人口与工分的比例为6：4。我和奶奶没有挣工分，属于老小照顾对象，按全队人口的平均数分，也能够分到上百斤小麦。对此，奶奶已很是知足，总是念叨这是沾了社会主义的光。奶奶将一年分的麦子精打细算，大部分留作逢年过节改善生活用，但在逢我开学、过生日这样的日子，也会给做上一碗饺子和面条表示庆贺。还有一个全村几乎共同的做法，那就是在麦收结束后，先是按习俗每家都要蒸上锅饽饽敬天祭祖，感谢老天和祖宗给了我们风调雨顺使小麦获得丰收，家人也就此顺便尝尝鲜。

如今，生产队编制早已不存在了，取代它的是专业承包制。机械化收割小麦也自然取代了人工，并且小麦的产量也比过去增长了许多。人们也不盼着收完小麦才能吃上白面，平日农家人吃的与城里人几乎没有什么差别，不同的是农家人吃的比城里人要新鲜得多。

永不休止的音符

刚刚参加完唐诃先生的遗体告别仪式，那种悲痛始终从我思绪中抹不去，犹如永不休止的音符在我的追忆长河中流淌着。

我与唐诃先生相识于二十世纪七十年代的军旅中。那时，他是原北京军区战友文工团总团的副团长，著名作曲家，我在解放军报学习，经常跟一些老记者到部队采访。一次采访到唐诃先生，请他谈谈《长征组歌》的创作过程。他向我们介绍了周总理是如何关心《长征组歌》创作的。周总理当时在病床上听贾世骏演唱《过雪山草地》那一节的动人场面，唐诃先生流着眼泪给我们讲了这一段往事，使我们在场的同志当时都泣不成声。在以后长达四十多年的交往中，使我感到，唐诃先生不仅是一位颇具造诣的文艺家，还是一位诲人不倦的老师，更是一位慈祥可敬的普通老人。

唐诃先生是一位颇具造诣的文艺家。不少人都这样说："我是听着唐诃的歌长大的。"的确如此，七十岁左右的人不会忘记"在村外小河旁……""千朵花呀万朵花……"六十岁左右的人不会忘记"祖国祖国我爱你……""有那么一个星期天……"五十岁左右的人也会记得"走向打靶场……""老房东半夜三更来查铺……"那些动人的歌声。1965年为纪念红军长征胜利30周年，根据肖华长篇组诗与他人共同创作的《长征组歌》被选入"20世纪华人音乐经典"，作为原北京军区战友文工团的震古烁今之宝。进入80年代，像《我们的生活充满了阳光》《牡丹之歌》等更是脍炙人口、家喻户晓。他的一些经典作品不断走向世界，如《我们的生活充满了阳光》被联合国教科文组织定为亚洲音乐教材，成为世纪不朽之作。唐诃先生的音乐作品扎根于人民群众，并且有很强的时代性。正如他自己所说："在五十多个春秋中我始终是人民群众歌海中的一朵浪花。我相信，我永远不会脱离时代；也相信，时代也不会抛弃我！"唐诃先生可称得上是一位多面艺术家，在他七十多年的艺术生涯中，他除了创作近两千首歌曲外，还创作了电影、电视、歌剧音乐近四十部；发表散文一百三十余篇。他的书法也是不可多得的艺术珍品。

唐诃先生还是一位诲人不倦的好老师。八十年代初，我与唐诃先生有过合作。1993年，我由青岛市政府调入交通银行工作，正值交通银行在全国征集行歌。我写了《交通银行之歌》的歌词，请唐诃先生谱曲。他看了歌词后，并进一步了解了交通银行的历史，与我商议说，交通银行成立于1908年，历经沧桑，与中华民族共同奋斗发展，应改为进行曲。经他深入浅出的指教，最后定位《交通银行进行曲》，并由中国国家交响乐团合唱团演唱，获得中国金融特别大奖。以后，在唐老师的指导下，我们又合作创作了《储蓄姑娘圆舞曲》，也获得了大奖。

唐诃先生经常说："作曲先做人。"到了晚年，他在这方面更是做到了极致。他不畏年老体弱，有求必应。在别人眼里，他一点没有大作曲家的架子，非常平易近人，是一位慈祥可敬的老人。他与战士、工人、农民交朋友，热情为工农兵服务，写了许多军歌、厂歌、村歌。他还身体力行，参加青岛市及全国的许多音乐活动，长期担任青岛市音乐家协会名誉主席。数十年里，在海岛哨所可以看到他与战士畅谈的身影，在田间地头可听到他与农民朋友的欢歌笑语，在工厂的舞台上可看到他指挥工人合唱的英姿，在音乐比赛的评委席上可看到他一丝不苟的面孔。

优美的旋律把我们带回到如歌的岁月，永不休止的音符让我们记住了一位可敬可亲的伟大作曲家、人民的歌者——唐诃！

唐诃简介：1922年生于河北易县，1938年参加八路军，1939年加入中国共产党，曾任中国音乐家协会常务理事，原北京军区战友文工团总团副团长等职。2013年7月25日零时22分因病于青岛逝世，享年91岁。

儿子中奖了

在啤酒飘香的季节，儿子第一次中了奖。那是1994年暑假期间，读小学一年级的儿子让我带他到啤酒节会场玩。那天恰逢周日，游人较多，娱乐项目也很多，我给儿子买了比较刺激的过山车、飞天摩轮两项娱乐。男孩子嘛，喜欢这玩意儿。

快到中午了，儿子说饿了。我让儿子在大蓬里占着座位，我去排队买吃的。时间久了孩子坐不住，我便回来占着坐，他去排队买票。碰巧儿子的同学在他前面快排上了，他便加了个塞儿，买了三十元的餐票，还得了一张兑奖券。我们点了三杯啤酒、一盘花生米拌芹菜和一盘糖拌西红柿。别看这点东西，连娱乐票，就花掉我三分之一的月工资。这对当时一个工薪族来说，也是一次奢侈。不过，只要儿子高兴，也没啥。

刚吃了一半，儿子嚷嚷着要去兑奖。儿子拿着奖券兑上了，打开一看：哇！是一台神马牌台式电风扇，价值一百多元。儿子高兴地蹦了起来。那时还没有手机，通话并不方便。领了电扇我们便搭了出租车直奔她妈妈值班的疗养院，让我将礼品抱下车，他一流风地跑去向他妈妈报喜去了。当时的两项娱乐项目他都高兴地忘记玩了。

过后，我才理解，为什么儿子那样欣喜若狂？在儿子的心目中，他也是一位真正的男子汉！虽说不上这是一件真正的劳动所得，但毕竟也是用自己的好运为家里做出了第一次贡献。童心应尊，童意应护！我与他妈妈对他好一番表扬，夸奖他为家里做了很大贡献。儿子还表示长大后还要为我们做更大贡献!

现在家里避暑都开空调,但儿子中奖得来的那台电扇还时常用来天不太热时纳凉,感到十分爽心。

小雪三景

翻开日历，今天是小雪。按"冬雪雪冬小大寒"的节气，应该属于初冬季节了。可近年气候真的变暖了很多，与我儿时的年代有了很大不同，那时，一到这个季节，清晨的田野上早已是一片白茫茫的霜冻，迎面是"风头如刀面如割"。地里，庄稼已收割完毕，只有那麦苗儿还习惯地支撑着寒气的侵蚀不以为然。菜地里，只有大白菜期盼着人们的收拾。家里，女人们正忙乎着给全家缝过冬的棉裤。门外，老人正在用凭票供应的煤做煤饼子，准备生炉子用。

收白菜

大白菜，是我们胶州的特产。那时，也是我们庄稼人冬、春季的主菜。说它是特产，一是因地茬好，种白菜的地，大都是选在沿洋河两岸的沙土地，地质松散；二是种菜不用化肥，多用人畜杂肥，有的还用豆饼类的有机肥；三是水质好，川流不息的洋河水甜甜地为白菜提供着及时的浇灌；四是管理到位，甭说从夏至到小雪3个多月的数十遍的浇水和追肥，单就不用农药的一遍又一遍地灭虫，实在是用了太多的功夫和力气。这些大概都是其他地方所不可比拟的。这在全国乃至世界都是独一无二的，真是名不虚传啊。

记得"文革"期间，我们"红卫兵"串联到上海，见菜店里凭票供应的胶州大白菜看上去并没有老家长得那样好，竟将一棵分割成若干块卖到每斤要几毛钱，可老家才几分钱一斤哪。当时，老家人听了都当我在说笑话忽悠他们。

胶州大白菜，个头一般都在十几斤，大的也有二十多斤的。将白菜从地里收回家之后，要进行修整，先将干瘪的老帮子去掉，用麻绳每棵捆好，在太阳底下晒几天后，将它们放到事先挖好的地窖里储存起来。每户都有一座大小不等的储菜地窖子。一般二分之一都要分批拿到集上卖掉换零钱花，其余留作自家食用。

食用胶州大白菜，那可真是不可多得的美味。常用吃法，一般有白菜炖豆腐或白菜炖粉条、白菜熬猪肉。那白菜炖出来的汤都是乳白色的，浓浓的，好鲜美啊！用它包饺子那更是逢年过节的必备。用白菜心拌海蜇那也是一道名菜。最令我难忘的还是小时候，奶奶做菜时将白菜心扣出来分给小孩子生吃，在嘴里那甜甜的脆感要胜过小国光苹果。

如今，随着科学的发展，老家种大白菜的技术也提高了。首先，种植的基肥除了不用化肥外，还都使用灭菌技术以防止生虫。为了使菜生长得优良，有的地里还安装了播音装置，根据它们不同生长期播放不同音乐，使其快乐生长。据说，这种科学管理法，还获得科技大奖哪！生产出来的白菜要分别装进定做的箱子里运到全国乃至国外去，每棵多的要卖上几十元哪！现在当地政府已扶持种菜大户实行成片集中产业化经营。菜农的收入也都每年从几万元到几十万元不等。

看到老家如今的变化，胶州大白菜的梦想一定会走得更远！

缝棉裤

那年代，天气真的要比现在冷得多。农村过冬，棉袄、棉裤都是每人必需的，而穿棉袄是在霜降到来时就开始了。

那时物质匮乏，全家凭票供应的棉花不到一斤，奶奶就只能用这些新棉花给我这个她唯一的孙子做棉裤了，其他人都用旧棉花弹整后絮棉裤。可我并不珍惜，经常放学回来，棉裤的膝盖处露出了棉花，奶奶就在我睡下后，映着煤油灯的浑黄亮光补上一块补丁。一冬下来，我所穿的棉裤膝盖上竟摞上好几层补丁，快变成盔甲了。

随着时代的变迁，人们过冬的衣服也不断进化。到了二十世纪七十年代，村里的年轻人冬天大都不再穿棉裤了，也学着城里人穿起了厚一点的毛裤。记得我穿的第一条毛裤，是城里表姐用棒针给织成的，穿上它，可真带劲，既暖和又俏丽。再往后，人们所穿的毛裤也越来越精致，先是用环形针织的较薄一点的，进而是用细针织的薄的。现在倒好了，哪还有用手工织毛裤穿的？除了个别买成品的机织超薄毛裤外，大都买成品的保暖内衣了。这些保暖内衣，品质等次不一，档次好一点的是羊绒的，既薄又有弹性；再往下，就是纯棉高支纱的纺织品，多数人家是穿这种，既环保又经济。

一到降温天，无论在城市的马路上还是村庄的街巷，再也见不到那一片片臃肿的穿戴人群，取代他们的倒像是一群群俏丽的青春模特儿。

做煤饼

降温前，各家各户都要忙着趁天气好做煤饼，准备好生火炉取暖用。在做煤饼前，要到距家二里多远的西岭挖来黄黏土，到供销社将凭票供应的煤买回。

那天一大早，天气特别晴朗，尽管西北风有些寒冷，但宜晒干东西，是做煤饼的绝好天气。我和奶奶在自家门前的空地上便做起了煤饼。这也是一项技术活。首先，要将煤和黄黏土按7比3的比例调配好，加水搅和好，在平地上摊成约两厘米厚，用铁锹划成约二十平方厘米的方块。大约一天后，再将一个个方块煤饼翻过来晒背面。两三天即干透，煤饼就做成了。我们将做好的煤饼放到厢房储存起来，足够过冬取暖用的了。

每家都在睡觉的炕下用土坯垒一个炉子，烟道直通火炕，既能使房间取暖，又可热炕。天冷了，奶奶就会用我在周日到南山采来的松球点火生炉子，松球含油性，一般一次只用五六只即可引火点燃煤饼，若连续天冷，可保持炉火不停，屋里总是暖烘烘的，炕也热乎乎的，日子过得很是温馨惬意。

如今，尽管煤炭不再凭票供应，农民也不再自做煤饼取暖。每家大都安装了土暖气，用锅炉热水供暖。今年听老家又传来喜讯：村里也实行集中供暖了，其计价收费是按气表用量收取，比城里还先进呢！

　　看到老家一派欣欣向荣的景象，社会主义新农村的梦想将惠及父老乡亲，心里无比的甜美……

老家年味浓

梁实秋先生说过："过年须要在家乡才有味道。"的确如此。同样是过年，城市和乡村是截然不同的。在城市过年，就像平时一样看看电视，朋友互相打个电话问候，吃一顿平时常吃的水饺，同平时的生活哪里有什么两样呢？

而在老家可就大不一样了。一进腊月门，就显出了浓浓的年的味道，而赶年集则是腊月里最靓丽的一道风景线。老家附近几个集镇上的大集热闹非凡。我们村是按农历的逢"二""七"，间隔五天一个集。每到这时，凡是能走动的，不管男女老少，都涌到集上，有的今日赶完了本村的集，明天接着到邻村赶。如今村里人都富了，到别的村赶集很少有人单凭两条腿走路，多是骑着摩托，还有的开着小轿车呢。每个集市上都会有说书的、唱戏的；鞭炮市里什么"嘀嘀几""二起脚"、上千头的鞭炮和五花八门的礼花，应有尽有，是孩子们聚堆凑热闹的地方；牛羊市里，既有成品的猪、羊、牛肉和下货，也有活的牛、羊正在捉对顶角；在服装市里，女人们都会在那琳琅满目的摊上挑过年的新衣裳，她们除了给自己挑上几件靓丽的外，还承担着给老人、孩子挑选过年的新衣裤、新鞋袜。这当儿，也有一些大胆的情人竟忘了自己是出来置年货的，偷偷在拐弯地方或不显眼的角落里，和心上人拉着手，说一些体己话，直到太阳过午时才匆匆分手，各自奔向摆摊的抢购起来。下午集散的时候，从集镇到一个个村的小路上，无数的鞭炮声就炸响在半空里，传扬到一个个村庄，村里人就会说：有年味了。

到了腊月二十三，要过小年。这一天，各家都要"扫尘"。这个习俗

314

可称得上是"文明卫生日"。一大早，家家都忙着屋里屋外打扫、擦洗得光光亮亮，也狠心丢弃一些坛罐拉杂。大件的都弄干净了，再把多种茶壶、酒杯、果盘等物件擦得新崭崭。接下来就是"辞灶"，供奉上一种叫"糖瓜"的麦芽糖，感谢灶神一年来给全家带来的平安吉祥，送他上天堂。晚饭时各家都开始鸣放鞭炮和礼花，吃的当然都是饺子。

过了小年以后，就开始贴春联、挂红灯了。这是村里的一些会写毛笔字的老秀才们大显身手的时候，他们到处指指点点，摇头晃脑；要他们帮忙的人家自然只有恭敬的分了，磨墨、裁纸、煮糊糊、递香烟，一呼万应，唯命是从。不消两天，一家家临街门上就贴上迎春对联，散发着一阵阵浓浓的墨香，在朝阳的照耀下飞红流彩。红灯笼飘曳在每家大门两侧，尽显一派红红火火的气象。

到了年三十，各家的锅、碗、瓢、盆也就从早到晚响成一片。这些年来，村里的日子都过好了，除夕的年夜饭不仅仅只是一顿团圆饺子，这一餐已赛过城里星级饭店的盛宴了，什么海参肘子、盐水大虾等，色香味俱全。喝的酒也很上档次，每家的餐桌上都会开上两瓶高档白酒，茅台、五粮液都不在话下，有的年轻人还学着开洋浑，开上一瓶XO之类的洋酒过把瘾。就在各家烟气蒸腾、香味四溢、欢声高扬之际，祭祖拜年就开始了。这时，先是每家的长者带领大家给先逝祖宗磕头拜年，接着按辈分少的给老的磕头拜年，这时老的给少的每人都会准备一份"压岁钱"的红包。随着生活的富裕，红包的数额也在不断地上涨。记得我小时候，奶奶每年给我两元"压岁钱"就高兴得不得了，过一个年拜年积起来的十几元钱够我一年买学习用品的零用钱了。可现在，每家的孩子少，都当个宝，老人给的"压岁钱"一出手就是几千元，一个年下来，孩子收的红包少者也得上万元。吃完饺子，拿到"压岁钱"的孩子都出去放鞭炮了。一时热闹的乡村里，爆竹声声此起彼伏，震的夜空的星辰也格外灼亮。

大年初一一大早，邻居便相互走动开始拜年。女人们在这一天完全放假，一个个搽脂抹粉，如今还描眉点唇，打扮的花一样光鲜，三五成群从村的这头逛到那头，遇上谁都喊一声"过年好！"男人们也照例要穿戴一新，去各家走动。一些青年刚结婚的男女会两人一对一对的，到长辈家拜年。这时，村里的各项杂耍、娱乐活动也开始了，有的扭秧歌，有的踩高跷，还有的在跑旱船。最惹眼的是前街刘家点的那挂两万头的大鞭。他们家弟兄三个都在城里做包工头，收入很可观，一方面为了庆贺自家发财，另一方面向全村展示其势力。从前街转到后街，噼里啪啦响不停，招来了大伙的围观。

这些土生土长的庄稼人，用这种祖祖辈辈留下的不朽娱乐方式，歌颂自己的美好生活，歌颂对未来梦想的期盼，使年味变得更加香浓。他们的这些文艺活动除了在本村表演外，邻村间还要进行互访演出，并且一直要持续到元宵节过后，飘荡在乡村里的浓浓的年味才渐渐飘散。

过马路的遇感

　　临近年关，人们的生活节奏变得越来越快了。忙年嘛，就是这样。马路上的行车也比平日快得多。在青岛火车站东侧的广西路与蒙阴路的丁字路口处，东西、南北各有一条斑马线，很明显都是人行通道，可就是没有红绿指示灯，在那东西及由北向东西拐弯处这些钢铁躯壳的大小汽车风驰电掣的车流中，作为一个行人，要去到街道那边是不容易的。你得在时密时疏中找一些空当，在左顾右盼中来一次小小的冒险，才能将自己的身体搬运到马路对面。

　　这时，在我身后等待过马路的人越来越多，已集成了一个小小的人群，我看到紧跟我后面的有一个年轻妈妈紧抱着一个小女孩，还有一个比我岁数大得多的白发老太太，再有些拉着行李箱的男女，甭说是急着赶往火车站乘火车回家过年的。好不容易在车流中有一个短暂的小空当，我们试图要过的时候，一辆大头车风驰而过，司机还从驾驶室开着半面窗里大声喊出了一句狠话："找死！"这时，那位在妈妈怀里的小女孩胆怯地喊了一声"妈妈！""宝贝，不怕啊！"妈妈安慰了小孩一声。可我看到小女孩的眼神里透出了不仅是胆怯，还有那么多疑问，她好像在问妈妈："我们是走在斑马线上呀，为什么那位叔叔还这么凶？"是啊！那位不文明司机的一句粗野的话给这个稚嫩无邪的心灵造成了怎样的污染和伤害！旁边的白发老太太无奈地摇了摇头。

　　我和大家已在这个路口等了近半个小时，还是没有空当让我们过到马路对面。显得既焦急又无奈。就在我打算再步行一段，想找一个有红绿灯的路口时，从未经历过的事情发生了。一辆标有"情满旅途"的公交车停在了斑马线前。然后，我看到车上的那位年轻女司机（我猜想可能是位80或90后的）正在向我挥手示意，我懂了，她是在告诉我，请过去吧。但我还在犹豫，也就是说，我并不相信这样的事情是真的。这时，因为这辆公交车的示范作用，其他经过路口的车也停了下来。那位女司机再次挥手，这回我知道，我可以真正地享受一下交通法规所授予的路权了。在我的前行下，一队急于过马路的人们纷纷安全地过了马路。

这时，我蓦然回头看见了那位小女孩，她一对甜甜的笑靥像两朵迎春的花儿开放在这喧闹的车流人群中。这使我感慨万分。我想，社会环境和自然环境一样，尽管有时会出现雾霾，但经过大家的共同努力，阳光和温馨还是会多起来的。

艾山脚下春来早

尽管已到了春分时节，可在青岛地区，就连开得最早的迎春花还没有大片开放，冬眠的动物刚开始苏醒，枝头的绿意，也真正才只有那么一星点儿，若有若无，就像韩愈诗里写的："天街小雨润如酥，草色遥看近却无"，稍不经心，不定就真以为盘旋在树梢的只是一缕缥缈的轻烟。

这时节，乍暖还寒，田野上大规模劳作的人群还较少见。然而，当你走进艾山脚下那一片片水灵灵的蔬菜园时，就倍感是一派春意盎然的景象了。

早就听说二叔家近两年成立了蔬菜合作社。二叔家有三个孩子，大儿子和二儿子早已成家，都与二叔分开过，家里只有一个前年刚从农学院毕业的小女儿先娟和二婶三人住一起。原来，大儿子先富和二儿子先强在外打工干建筑活儿。前几年，二叔牵头承包了一百亩蔬菜地，成立了蔬菜合作社，政府还给予低息贷款补贴。摊子越干越大，光靠二叔自己实在忙不过来，就让两个儿子回来帮忙，肥水不外流嘛。二叔开通，两个儿子按股份入股，另招了几个零工。女儿正好是学这行专业的，眼下也是用武之地，在合作社里当起了技术员。头一年干就有了开门红，年终算总账赚了二十多万元，两个儿子都分得了几万元，两家的媳妇也都支持，觉得比在外打工要好得多，关键是不离家，收入还有保障。两三年下来，二叔家的蔬菜作合作社越干越红火，不仅买了三辆货车和两辆客货两用的大头车，还买了三辆小轿车。小女儿也越来越有出息，还将自己的两位同学拉进合作社当了技术员。这不，其中一辆小轿车是专配给先娟她们技术组用的。

那天，风和日丽，我乘车回老家。一进门，二婶正在院子里逗一小男孩玩。二婶告诉我，二叔和几个弟弟、妹妹们都在那菜园里忙，这小男孩是大儿子先富的孩子，嘴还挺甜，热情地向我叫了一声"大爷好!"就跑开了。

我和二婶寒暄了几句，出了二叔家门，我直奔菜园子。菜园在村北沿洋河南岸而建。好远，一块书有"艾东生态蔬菜园"的大牌子就映入了我的眼底。我想，大概是因地处艾山以东，所以取名为"艾东"。园子门口的外面正停着一辆大货车，二弟先强正指挥着几个工人往车上装菜。眼下，一座二层小楼是合作社办公处，紧挨着就是蔬菜园，分门别类一共有十几个大棚。二叔和先娟妹直接把我当成参观游客了，逐一向我介绍。先映入我眼帘的是1号西红柿大棚，里面共有四、五种西红柿。引我好奇的是十几棵像树一样高大的西红柿，被分别种植在十几个盆口直径约有一米的陶瓷大盆里，每棵有二三米高，都结满了五颜六色的小西红柿。果实的个头与市场常卖的圣女果大小差不多，只是颜色各异，其中红的、黄的偏多，也有少量紫的和绿的。经小妹介绍方知，这是从荷兰引进的新品种，既可供观赏，结的果也特别好吃。我顺手摘了几颗，味道还真好，特别是那种绿色被称为"绿珍珠"的，既脆又甜，还略带一丝酸头，就像我儿时吃的奶奶在自己菜园里种的不施化肥和农药的那种西红柿味道。其实二叔的蔬菜园都不施化肥和农药，用的全是人畜肥与草木灰发酵后，为了防虫，再经紫外线处理后才施入地里。中间需追肥的，多是用豆饼之类的有机肥经消毒而成。还有几种西红柿都是不到一米高的了，只是结的果实大小不等而一，每颗上都结有七八只，红红的，挂在枝头，就像一群调皮的小丫头，仰头红腮在比美呢。据二叔讲，这个1号西红柿大棚最出力，一共十亩，每年收五六茬近十万斤。

出了1号大棚，我们来到2号辣椒大棚。里面有五六种菜椒和辣椒。最惹人眼的还是那一片彩色菜椒，我数了数，有红的、黄的、绿的、黑的、紫的共五种，它们的个头都特别大，一只足有半斤多。这是小妹通过农科院的老师讨来的太空种子殖殖而成的，每棵结七八只，不辣，含维生素特别高，适合做凉拌菜和西餐沙拉，深受高级酒店外国朋友欢迎。当然卖的价也很可观，一斤能卖上十元左右，在圣诞节期间，各大酒店都供不应求。这些大彩椒身上沾满露水，在阳光照射下，五光十色，就像节日夜晚耀眼夺目的彩灯。这个大棚里比较多的是腊红的尖椒和普通的绿菜椒，也有少量黄色的野山椒，它的辣味十足，我想，大概是四川、湖南人最喜欢吃的那种。

3号大棚种的是黄瓜。大多是常见的爬蔓刺黄瓜和不爬蔓的地黄瓜。其中有一片是用太空种子殖植的白色黄瓜，长得个头较大，短而粗，口感甜而脆，宜生吃。在高低不同的黄瓜枝蔓上，有的正在开着一朵朵小黄花，有的瓜妞头上的小黄花刚谢了毛颖颖的正在拼命地长个儿，有的已近成熟，就等人们来采摘。

4号大棚种的是芸豆、豆角和茄子。茄子的种类较多，除了普通的长把茄子外，还有特长的蛇形茄子，长得足有半米长，细细的，味道很美，深受消费者欢迎。还有一小片太空茄子，长得圆圆的，个头较大，一只足有1斤重。

5号大棚种的是萝卜，有青萝卜、红萝卜、白萝卜和胡萝卜。

6号大棚种的是叶菜，有菠菜、油菜、韭菜、香菜、生菜，还有一片茼蒿，刚长高七八厘米，正在接受喷灌系统的浇水。为了保证菜园灌溉用水，二叔家专门打了两口深机井，能保证六十年一遇大旱不断水。两口井都分别联通每块菜地的喷灌系统，实行电子控制，适时进行自动喷灌浇水。

待我走出蔬菜大棚时，门口的那辆大货车已装满各种大众蔬菜，准备运往市里定点超市。旁边的一辆大头车，正准备装精品菜，运往市里定点高级酒店。近几年，政府给菜农好多优惠政策，连向城里运菜的车高速公路都不收费，来往很方便。

在二叔的带动下，艾山脚下附近几个村也纷纷沿洋河两岸成立了十几家蔬菜合作社。小妹和她的两位同学还被聘为技术顾问，一年下来每人的收入近二十万元，使城里的同行都羡慕得不得了。

在靠近艾山山跟地带，有成片的果园。人们正在给果树施肥。听一位带红头巾的妇女说，这些一百多亩果树园是由两个果林合作社承包的，分别种有苹果树、桃树、梨树、柿树和山楂树，也有少量试种的猕猴桃树等。现在成立了果林合作社，实行科学管理，一年四季都忙得很。这不去年冬月刚给果树剪完枝，过了年还没出正月，就忙着给果树施肥。在果树开花前，还需浇水。她向我介绍完后，就忙给果树施肥去了。

告别了二叔家的蔬菜合作社和那一片果园，在回家的路上我在车里睡着了，睡梦里我看到了那山花烂漫的艾山脚下，一层层梯田里盛开着一簇簇的粉红桃花，一树树随风摇曳的雪白梨花，还有白里透红的苹果花，散发着醉人的芬芳，引来蜂飞蝶舞，与那沿河旁一片片蔬菜园里鲜嫩如滴的景象遥相辉映，一副春光明媚的田园风光，催我发出了甜甜的鼾声……

粮票的记忆

我读大学时，还是计划经济年代。那时，粮食国家实行定量供给，学生每月定量35市斤。这对女生问题不大，而对男生来说，因其天生爱活动的本性，就不够吃了。

有一天下了晚自习，回到宿舍不久我就睡下了。近半夜时分，我听到有几个男生还在嬉笑。当时我是班长，至今见面同学们还都称我"老班长"。所以，我起身就批评他们不守纪律。谁知，他们四个不但没有立即睡下，反而把我叫到宿舍外面，送我半个还烫手的玉米让我吃。原来，那四位同学肚子实在饿得不行了，就商量着爬校院墙到野外生产队的玉米地里偷了四根玉米，说是偷，其实也不算偷，因他们还凑了一元钱用纸包了起来，写了一张"对不起，我们饿急了，用一元钱买您四根玉米吃"的纸条捆在玉米秆上。然后，找一个地方点火烤熟便吃了。因我与大伙平日关系很融洽，所以他们也给我留了半只。这事，以后让系领导知道了，我虽未参与，还是揽在自己身上，并向系里作了检讨。

这事儿后来在班里传开了。女同学饭量小，平日节约了不少细粮票。一日，一位女生找到我说："老班长，俺女生吃得少，这是我们九位女生节余的一百来斤细粮票，请您分给男生吃吧。"我代表班里三十三位男生向她们表示了感谢，并收下了。我想，这是女生的一片情意，但好钢要用在刀刃上。我便召开班会商量，针对学校将要召开运动会，班里有几位男生成绩还不错，当时大家意见一致，决定将这一百来斤细粮票只分给有比赛项目的男生，以补充其比赛训练体能需要，其他男生就享受不到了。

结果，这几位男生不负众望，在全校运动会上为我们班得了总分第一名，其中一名同学得了两项第一名，还打破了一项全校纪录。在班里开总结会时，我高兴地说："这些成绩和荣誉的取得，固然是他们几位男生的功劳，但女生支援粮票的情意功不可没。"

几十年过去了，这粮票的事仍使我记忆犹新。现在每当同学聚会时，女生都乐意开玩笑地对我说："老班长，现在粮食不定量了，你可要领着男生多吃点面食哟！"可现在哪家还将粮食作为主食呢？谁家不以吃副食、蔬菜为主？不过，回忆起那个年代的粮票，总让同学们有一丝温馨萦绕在心中。

儿子的那只小黑猫

我向来对什么狗儿、猫儿的十分烦感，特别看到从院子里某个角落蹿出只浑身脏兮兮的流浪猫时，倍感厌恶。可就在儿子高中快毕业时，他抱回了一只小黑猫，看样子不足半岁。我坚持要将它扔掉，可儿子不仅没扔，反而给它洗了澡，还在它脖子上系了一只小铃铛，并为其取名为"曜克"，正儿八经地伺候起来了。青春逆反期的孩子，没办法。

在儿子的精心照料下，讨厌的小猫也在渐渐长大。它仿佛能辨出好赖，一见到我便跑向儿子房间，朝着儿子"咪咪"地撒娇。儿子不在家时，便独自在儿子房间里玩乒乓球儿。

一天晚上，听到儿子在房间里对他那只小猫说："曜克，不要怕老爷子。要学会乖，他就会对你好了。"经儿子不断地驯导，它似乎开了一点儿窍。一次我坐在书房正在为一件事发愁，有点闷闷不乐。这时，它好像很善解人意，便小心翼翼地离我一米多远"咪咪"叫了几声，大概在向我示好。我从来也没正眼看过它。这时，我突然发现这是一只非常漂亮的小猫儿，浑身油光乌黑的毛发，脖子下方露出一小片三角形的白色，象系着一块吃西餐的餐巾；四只爪呈白色，儿子称之为四爪踏雪，老伴说是四爪抓银。看到它的样子，我当时的愁感顿时全无，一种对它的优容也渐渐产生，顺便叫了一声："曜克！"它有点受宠若惊地回了声"咪咪——"，但仍敬而远之地不敢靠近我。我便说："没事，过来吧！让我好好看看你。"这时，它喜出望外地蹿到我脚旁，打着转儿地叫着，像一个多年未见到亲人的孩子一样，激动地围着我在诉说着什么。

其实，曜克被儿子调教得非常听话。它不仅爱讲卫生，大、小便都在厕所有固定的地方，吃饭也从不上人吃饭的餐桌，还能听懂家人对它讲的一些简单话语。家里地下室有老鼠，把它放进去，不一会儿就逮着一只近半斤的大老鼠，并叼着向主人报功。没多久，地下室的老鼠就销声匿迹了。从此，我便与曜克友好相处，相互以礼相待。

儿子要到北京上大学，我老伴要回儿子姥姥家照顾老人，我在单位经常加班、出差，实在没人喂养曜克。与儿子商量，拟挑选一家好人家将它送走。赶巧我们单位伙房一位姓刘的师傅，她家条件不错，曜克是公猫，长得英俊活泼，自然讨人喜欢。就这样将曜克送给了刘师傅。在送交那天早上，我和老伴特地为曜克准备了它最爱吃的奶酪和鱼肉。当将曜克交给刘师傅时，它"咪咪"地连声叫着不愿离去，老伴便潸然泪下，头也不回地急步离开了。看到这番情景，我在心里便默默祈祷：但愿曜克到人家那里能生活习惯，与原来一样快乐！

半年后，我们全家还到刘师傅家看过曜克。曜克记忆力非常好，当时它一眼就认出了儿子，蹿到儿子身上叫个不停，仿佛在诉说着离别之情。好多年了，也不知曜克生活地怎样？令我们欣慰的是，我们将它的后半生托付给了一个好人家。

喜鹊叫喳喳

南通路，恐怕是市里最新最短的路之一。说它新，是因为名字是二十世纪八十年代市委、市府从市老区东迁之后才命名的；说它短，是因为街道最长不过两百米。可路两旁的法桐长得异常茂盛，粗的直径足有半米，大都是二十世纪七十年代栽植的。那时，这里除海军401医院一小片职工宿舍外，全是大片菜地，显得有些幽静。自市机关迁这里之后，经二十多年的建设，这里已是一片繁华景象。南通路上已设立了四个公交车站，其东侧紧邻市机关大院，大院的植被也很茂密。

我们家就在南通路西侧2号大院。南通路只有一个路牌号，就是2号。南通路虽短，路旁的法桐却成了喜鹊的乐园。在路两旁百来棵树上足有二十多只喜鹊窝。树下人行道上被喜鹊的粪便白霜霜的一大片一大片地洒满，像有人用石灰粉刷的一般。

当大地刚从那薄雾的晨曦中苏醒过来的时候，喜鹊就叽叽喳喳地开始叫个不停，催着还未睁眼的人们快起床。它们这时也异常地活跃和繁忙，有的在邻居家的小菜园里捉虫吃，有的互相戏闹。大院一楼的邻居家大都种了一小片、一小片的蔬菜，由于喜鹊的光顾帮忙，他们的蔬菜从不招虫儿，倒省了主人们打药灭虫的事儿。

喜鹊是吃肉食的动物。一年春节前，我在窗外晒了一些自灌的香肠，便招来了喜鹊的偷吃。开始，一只喜鹊发现后，并没有立即动嘴，而喳喳地叫来两只，一只在树上望风，另外两只便开始下嘴啄食。不一会儿，一根香肠被它们啄得只剩下外壳肠衣了。这时，一只大概吃饱了的，便飞到树上轮换那只望风的下来继续啄食。不到半小时，两根香肠就被它们啄光了。照这样下去，所晒的二十几根香肠不几天就没了。于是，我不能再忍心看光景了，便开窗将它们吓走。为防它们联聚同伙再来偷吃，我在香肠的上面盖了一层透明的塑料膜，膜的两头还系上了一些花花纸条，以起到恐吓作用。

寒冬腊月，地里没虫子了，喜鹊吃不饱，也怪可怜的。我便剁了一小纸盒肉放在楼下墙根喂它们。正当三只喜鹊吃得兴浓时，一只野猫蹿出来将它们赶走，自己开始独吃。这时，喜鹊并不罢休，其中有两只在猫的上方叽叽喳喳地大叫着，另外一只到附近搬援兵。不一会儿，飞来十几只喜鹊，轮番向野猫进攻，它们用尖锐的嘴直啄猫的头部，猫也发出粗声吼叫，直扑头上方的喜鹊。可毕竟野猫寡不敌众，其头顶很快被喜鹊啄得血淋淋的，无奈败阵离去。喜鹊们便一面叽叽喳喳地庆贺着胜利，一面美食着我给它们的肉块。

夜幕降临了。奔忙了一天的喜鹊也准备要休息了。我发现，那二十多只窝里只住着少量的年轻一点的喜鹊，大概是新婚伴侣。而多数老一点的都分别裸居在两三棵固定的大树上。这使我想到人们的一些家庭不也是这样吗？条件好的房子让给儿女结婚用，条件差的旧房子老人自己住。动物与人类在情感家务等方面有一定的共同性。在安睡前，喜鹊们都聚在一棵大树上，其中一只老一点的开始大声叫了一会儿，随后又有几只零星地叫了起来，频率时急时慢，像是在开会。我在窗前痴痴憨憨地听着那叽叽喳喳的议论，心灵被它们如乐的音韵勾摄去了，竟忘记了欲要观看的电视连续剧了……半个多小时后，一对对新婚伴侣各自归巢，其余近百只依然飞回原裸居的大树上休息。

放歌春天

　　春天，总是降临得让人猝不及防，如心中经久不散的乡愁。春天，总是降临得让人不知所措，如情到深处时敞开喉咙放歌。

　　"好雨知时节，当春乃发生。"这雨，像一绺披肩长发轻轻拂过面颊，像值得推敲的笑声银铃般摇响于耳畔。细细的春雨洒向原野，嫩绿的小草刚刚探出头儿。有的正在贪婪地吸吮着甘甜的雨露，就像婴儿爱恋地吸吮着母亲的乳汁；有的则摇动着两片绿叶，就像邻家小妹甩动着两只细细的辫子在接受春雨的洗礼。啊！这润物无声的春雨，唤醒了万物，催绿了大地，使人们热爱自然，走进自然……

　　春风的脚步，因追逐芬芳而微醺。阳光的手掌，因抚摸温软而轻颤。风也多情，云也缱绻，阳光灿烂无边。这时，一位小女孩侧卧在地上，耳朵静静地贴在一片嫩草上。走在前面的母亲喊了一声："你在干啥？快起来！""妈妈，我在听小草长大的声音……"小女孩天真无邪地应了声，还在那里静静地听着。是啊！能听到小草长大的声音，是一种心归自然的纯真境界。小草也与小女孩一样，渴望人们的精心呵护，期待雨露阳光的滋润，心里同样充满对未来的憧憬。

　　有一首德国歌里唱道："在最美丽的草地，我的家园就在那里。"据说，法国的卢梭是一个对大自然有着深沉热爱的作家。他每到一地住下，首先关心的就是看到窗外是否"有一片田野的绿色。"中国唐代诗人韩愈，大概也对初春的小草格外有兴趣，才信口吟出"天街小雨润如酥，草色遥看近却无"那样的佳句来。其实对芳草花的喜悦，何独是作家、诗人呢！就是一般人，谁又不愿意用绿色来打扮自己的窗棂呢？因为绿色芬芳，让人们热爱自然，走进自然……

吹绽百花的春风，从园林那儿吹来，将阵阵芳香送进人们的鼻腔，沁人心脾。当走到山谷时，会闻到山间泉露伴着野花的清香，那可是原汁原味的，不多会儿，就感醉意绵绵，沉浸在大自然的怀抱，久久不愿离去。

"两个黄鹂鸣翠柳，一行白鹭上青天。"似乎是很遥远的情景。可在今天，家乡的春天里，这胜景已是常见。每当朝霞撒满林间枝叶时，各种鸟儿就开始欢叫，有叽叽喳喳在枝头嬉闹的喜鹊，有啾啾欢啼的黄雀，还有叽叽撩人的麻雀，这高低不同、粗细各异的天籁之声，汇成了一曲春天的交响乐，响彻林间河畔。为了让欢歌永驻林间，为了让天空不断飞来云雀的鸣叫，人们总是在为鸟儿的欢叫击掌和弦，欢迎它们在这儿安家，让它们的生活也走进自然……

可能是这个原因吧，人们常常把柳色作为春天的象征。不是吗？诗人们要表现春阳和煦、春风温柔的诗情，只消一句"一树春风千万枝，嫩于金色软于丝"，读者马上便觉得春意盎然了；画家们要刻写春山牧童、春风燕子的画意，只消加上几条婀娜的柳丝，观众便立刻感到春光满卷了。正是由于柳色对于春天的象征意义，所以人们在柳色中看到的，不只是一棵树的新生，而是一个世界的苏醒，而这，才是春天对于人们的全部含义。

因为企盼着春天的来临，所以尤其注意春天的足迹。这季节，在岛城单樱刚刚凋落，双樱正开地灿漫。我不喜欢单樱，它开得太放肆，白茫茫的一大片，人若在树下观花，就像被潮水淹没了一样。双樱则不同，粉红里透着几分萧淡、清美，就像初次谈恋爱的姑娘，微笑中带着一丝羞涩。一朵一朵的，还有绿叶相托，在春风中摇曳，如远如近，总让游人不停地驻足与之合影为美。在这个春天，双樱也在春风的吹拂下走进自然……

在这风景如画的春天里，每个人都应是大自然的回音壁，但那因响却又分明有着一万种不同。所有美丽的人和事都已在或将在这春天里诞生。生机盎然的春天，你是否能永远鲜嫩如一个少女，再度歌笑于我能期遇的明天，而不仅仅成为一种日渐遥迢的记忆？

暮色中，炊烟瘦成一根琴弦，被春风弹拨着轻柔的音符，与还未归巢的鸟儿在进行着歌唱，牵手人们走进自然，去迎接新的曙光……

久违的艾香

在老家，过端午节，每家的大门上都要插艾蒿，有驱虫避邪之说。而在城里，过端午节多年没看到艾蒿了。今年端午节，一大早出门，闻到一阵扑鼻的芳香，发现门上被插上了一束艾蒿。正在纳闷时，邻居周老太太开门笑眯眯对我说"今早我去早市，碰巧有卖艾蒿的，我买了两束，给你插到门上一束，过端午门上要插艾蒿的。"我要付钱给她，她怎么也不要，我只好领情谢了。

在老家，这个季节，山野上到处都长有艾蒿，即是在房前屋后的空地上说不定也会冒出一簇来。闻着艾蒿的苦香，那久违的故乡气息哦，登时濡湿了我的心。

故乡的艾，在一片绿如蓝里，总氤氲着雾岚。叶面布满蝉翼般白霜，晨风中，煞是一番好景。说它避邪，那只不过是一种传说。但它确是一种中药材。《孟子·离娄上》有言："七年之病求三年之艾。"

记得儿时，每到初夏时节，老家的山坡上便长满艾蒿，奶奶将采回的艾蒿拧成若干两米左右长的辫子，在阳光下晒干。一部分奶奶要拿到集市上去卖，一根艾条能卖一两毛，一个集市能卖二十多根，足够给我买学习用品的零用钱了。那时，夏天乡下蚊子特多，每到傍晚，蚊子飞成一个团往人们睡觉的屋里钻。人们便会喷洒一种叫滴滴涕的药水驱杀蚊子。但那时滴滴涕凭票供应，往往不够用，并且有一定毒性，使人感到很难闻。而用艾蒿驱蚊，既无毒又省钱。每当睡觉前，奶奶便会在炕前点上一根艾条，那一缕缕青烟儿，散发着苦香味儿，使蚊子闻而止飞。奶奶一边扇扇子，一边给我讲故事，我便爽意地进入了梦乡。半夜时分，奶奶会起身再续点上一根。就这样夏复一夏，我总是在奶奶那艾香的呵护下，避开蚊咬的痛苦，幸福地度过了难忘的童年。

那时的乡村，天空明净，节气分明，四季泾渭。时节来处，艾蒿舒展了嫩嫩的叶子，迎接阳光。碰到一簇还未被人采过的艾蒿，我便会采回告诉奶奶："我采回一捆艾蒿！"奶奶便一面夸我一面帮我洗去手上的泥土。好多年了，给我留下深刻记忆的艾蒿再难重温。而闷热的夏夜，艾蒿燃出的药草香味，则是另一种我永难忘怀的气息。

八八宝花开

在老家，有一种花叫"八八宝"，属蔷薇科，每年五月中、下旬开花。养花人一般都将它种植在篱笆墙周围，春天开花前，枝叶葳蕤，那带刺的蔓爬满了篱笆，织成了一圈绿色的天然屏障。花的颜色有紫、红、粉、黄、白等多种，花朵虽比月季、玫瑰都要小一些，但香气四溢，令人陶醉。

听奶奶讲，八八宝花开了，再住十八天就可以收麦子了。那年代，实行计划经济，每到这个时间，农家大都青黄不接，粮食特别紧缺。因此，八八宝就成了人们的希望花、吉祥花，每当花开的时候，就会给人们带来期盼，人们的脸上就会露出一丝希望的笑容。

连续几天火热的太阳烤熟了一片片的麦田，金灿灿的麦田终于迎来开镰收割的日子。那时候，没有这么多现代化农业机械，把麦田里成熟的麦穗变成粮仓里一颗颗干净的麦粒，割、打、晒、扬、收，几乎全靠手工完成。麦收季节是农家一年中最忙碌最辛苦却又最幸福的时段。

生产队长将全队男女老少都安排了活儿：年轻的为整劳力，分工割麦子和向打麦场运麦子；壮年男女分工在打麦场负责脱麦粒和晒麦粒；老人和小孩在地里捡麦穗。我和奶奶被分在捡麦穗的行列。

收麦，早不得，更晚不得。五月的天气晴阴不定，一场大风或大雨，就能给待收的成熟小麦造成倒伏将麦粒混入泥土，几天的阴雨，未收进粮仓的麦子就会受潮变质甚至发芽，让人痛心得欲哭无泪。在老家，收麦子叫"抢收"，要赶在坏天气到来之前把成熟的果实"抢"回家。

开镰！全村各生产队几乎在同一天响起了唰唰地割麦声。不到一个时辰，一片片黄澄澄的麦田变成了一块块白茫茫的麦茬地了。这时，捡麦穗的就被分包在几个地块里。我和奶奶被分在靠河边的那块地，大概有半亩。天实在太热了，太阳像火龙一样地喷射着烈焰，把后背烤得都变成盐碱地了。为了能干完到河里解解热，我便很快从地这头捡到地那头，对着奶奶说："我捡完了，我要下河凉快了！""注意安全，快去吧！"河水不深，但很清，我在水里好一个享受。待我上岸时，发现奶奶又在我捡过的地里返工重复地捡。我便说："我都捡过了，你怎么又捡?""你丢三落四的，这捡得啥? 庄稼人不容易，从去年初冬撒下麦种到今天收割，从浇水到灭虫，多费劲啊！要做到颗粒归仓。"奶奶一边说一边捡我落下的麦穗。收工时，我和奶奶共捡了三大筐，挣了九个工分，快赶上一个整劳力一天的工分了。

夕阳西下，经过一天麦收的人们脸上都挂满了轻松愉快的笑容。这时，八八宝花开得正逢鼎盛，一朵朵与人们的笑容一起弥漫在晚霞里，似乎在为今年又获得了一个丰收而开怀祝福。

怀念黍子

关于黍子的那些事儿，而今早已成为我儿时的追忆，似乎还有挥之不去的思念，永远的眷恋……

黍子是一种农作物，长相像谷子，但它比谷子用途广，浑身都是宝。谷子脱去壳是小米，而黍子脱壳叫黄米。

老家是一片半山岭半平原的土地。因此，在耕作上，人们也分得很清楚：山岭地，种一年收一季的地瓜、花生一类的较耐旱的作物；平原洼地，则种一些两年收三季的小麦、玉米、大豆、谷子和黍子一类的作物。

春天谷雨季节，农家就开始在平原洼地种玉米、谷子和黍子了。玉米是按行搂沟撒种的，每间隔约二十厘米撒两三粒玉米种，每行的行距也与株距差不多。而种谷子和黍子的行距要比玉米小些，且不需间隔株距，每行均匀地将种子撒到搂开的沟里即可，待浇上水后，用耙将沟耙平就了事。那年代，庄稼人大都靠天吃饭，极少对庄稼进行人工浇灌。

等老天下上一场雨后，玉米、谷子和黍子就从地里窜出黄绿色的苗儿。这时候，如能再来一场春雨，苗儿们都争先恐后地长个儿。玉米苗长到十厘米的时候，已出脱得像一个个壮健的小伙子，需独立门户成长，人们便将每株矮而弱的苗儿疏掉，只留一棵强壮的。谷子和黍子则不需要疏苗，它们长得比较柔静，一行行像一群手挽手的少女在春风中飘洒畅舞。

秋季，是谷子、黍子成熟的季节，也是庄稼人最企盼和最开怀的日子。这时，谷子和黍子已经透出了黄色，初秋的微风吹过，谷穗、黍穗和叶片再也不像少女似的柔和低语，而是发出一片砾砾般的沙沙声了。黍子长得要比谷子短一些，其穗儿是成片地弯着腰，比谷穗儿要亮发一些，在阳光的照射下，愈加金光灿灿。收谷子时要分两步走：先是妇女们用剪刀将谷穗剪下放到筐里收回挫下谷粒，晒干存放；男人们再用镰刀将谷子秸秆割掉当喂牲口的饲料或做饭的燃料。而黍子则一次性用镰刀割掉收回，并要分类处理：先是将黍穗儿挫下黍粒晒干存放；再将连着穗的秸秆梳理好晒干，捆成捆儿存放，准备以后作笤帚用。

那时，尽管收获了谷子和黍子，但也不能作为主食吃。在老家，地瓜及地瓜干、玉米饼则是常年的主食。小米只能在逢年过节或改善生活时做顿小米干饭吃，偶尔也用它熬粥喝。至于黄米，那就更显得金贵了，平日里是吃不到的，只能在两个节日里吃到：一是春节做黄米年糕吃；二是来年端午节包粽子吃。

冬天下雪后，是庄稼人最悠闲的时候。但对一些有手艺的人来说，似乎要更忙一些。譬如哑巴叔，他不仅是一个绝好的庄户把式，还对钉盖帘、扎笤帚一类的手艺活儿非常精通。这不，一大早，我和奶奶就抱着几捆黍秸苗来找哑巴叔帮扎笤帚。哑巴叔人缘儿好，有求必应。这时，奶奶就在一边搓麻绳，哑巴叔则赶紧做扎笤帚的准备。只见他将一根皮带紧固在腰间，棒槌则横挡在脚掌心里，皮带棒槌之间是用一根奶奶已搓好的长长的麻绳，细麻绳两端拉得紧紧地，倒像根紧绷的弦儿。初具笤帚雏形的黍子秸秆穗儿就在这"弦"上翻动，翻动着，翻动着，细麻绳就绕成圈儿固定上去了。而当哑巴叔把在"弦"上翻动过的笤帚雏形放到一旁时，笤帚雏形就变成真正的笤帚了。只要拿镰刀削去笤帚把头多余出来的穗杆，这笤帚就可以用来扫炕用了。我目不转睛地盯着哑巴叔手中那些动作，简直像变戏法一样，不到半天工夫，他就帮我们家扎了六把笤帚。

进了腊月门，家家户户都开始忙年了。制作年糕那是必不可缺的。这时，奶奶会将储存在坛子里的黍子取出一部分，先用石碾将壳碾掉，用簸箕扇去黍糠，并将黍糠存起来准备用作填充枕头芯用；再将碾出的黄米洒上少许水用碾将米碾成面，经过箩后，就成糕面了；将糕面加适量水和好放在沙网包袱皮儿上，上面还要均匀地插上若干红枣儿，放入锅内用火蒸。蒸熟后，插着红枣儿的金黄年糕就算做成了。待凉透后，用刀切成一块一块的存放起来，到正月里即可做甜、咸等口味的年糕吃。

每年的端午节，老家都必包粽子。那时，没有现在这样物资流通方便，南方的糯米运不到北方，北方大都用黄米包粽子。这包粽子也是一项手艺活儿。奶奶可是包粽子的好手。每到端午节前好多天，就有好几家邻居向奶奶求帮包粽子了。每到这时，我们家总是一拨一拨求奶奶包粽子的人不断。包粽子，都是先将均匀的芦苇叶用锅煮一下，随即过几遍水；再将黄米用水泡约半天时间，便可以包了。奶奶包的粽子大小均匀，又好看。煮粽子需要慢火，一般要煮三个小时以上。煮粽子时，可放一些鸡蛋同时煮，这样煮出的鸡蛋会沾粽香味。

端午节这一天一大早，我还在睡梦中，奶奶就高兴地将我叫醒："快起来吃粽子了！"当我刚睁开眼，一股清香的粽味就扑鼻而来。我便一骨碌爬起来，脸还没顾得上洗，就冲着桌上摆放着那盘还冒着热气的粽子和鸡蛋去了。这时，奶奶总是先给我剥好两个粽子和一只鸡蛋，并在粽子上加上一勺红糖，笑眯眯地看着我说："慢点吃，别噎着。"

好多年了，每当想起吃年糕和吃粽子的时候，就想起黍子。如今，因黍子产量低，老家种黍子的少了。再说，多数人家都图省事，到市场上买些糯米包粽子，用黄米包粽子的自然就少了。然而，黍子却是我终生难以忘却的眷恋，是因它不仅在那个年代给予我们这些普通人那么多生活需求，还由此勾起了我永远抹不掉的乡愁。

七月的洋河

　　洋河，是老家村后的一条大河，流经胶州、胶南两市。其上游早先发源于胶南的张八朱一带，后被山洲水库拦截。河流两岸是肥沃的平原。大河流域中段有一个镇，原以河流名取名为"洋河人民公社"，后改称为"洋河镇"，归胶州管辖。河道一年四季不断流，下游在胶州营海镇的土埠台村一带入海。

　　洋河两岸由平原向外延伸便是山地丘陵。其南岸有艾山，在艾山的东西间有东石和西石，如今这一带是著名的风景旅游区；北岸是龙山山脉。两岸有数十条季节河，形成洋河的支流。

　　7月的洋河，应该是雨赐给的。

　　看吧，随着几场大雨的到来，原先平静的河流开始变得丰满起来，变得澎湃起来，变得欢快起来。水的到来，使得那宛如正值发育姑娘似的河骤然增强了活力，有了澎湃的激情，河流就像一个略带羞涩的少女遇到了她渴望已久的初恋情人，带着狂放不羁的野性横冲直撞。这种成长的过程是短暂的，短的几乎是一瞬之间的事，一场大雨就能改变河流的模样。

　　这种突兀的改变与天空的突变是密切相连的。当你在湿热的天空下沿河道走着，猛地遭遇一阵狂风，紧接着是黑云密布，天地昏暗，凉风四起。这时，那平日里生长在河道边挺胸直腰的树儿立即被风刮得东歪西倒。燕子、蜻蜓乱飞，天也越来越黑，黑得如漆如墨，黑得有些瘆人。狂风稍歇，昏暗中大雨瓢泼似的从天而降。雨的激情一旦释放，天地间就会慢慢放亮，就会传出哗哗的声音，这是雨水在大地上的狂欢。仔细听去，与这声音相伴的还有一种声音，呼呼隆隆，那是河水暴涨的交响。

雨后的河水是浑浊的。这种浑浊与土地同色。这种浑浊，更彰显河的野性、河的气势、河的力量，呼啸着野性的豪迈和粗犷。这时，在河的两岸站了不少看光景的人。他们穿着雨衣，有的男子干脆只穿短裤任雨水冲着乘凉，也偶尔有几个年轻女子撑着花雨伞凑到一起在嬉笑着。随着河水的不断暴涨，河面上从上游支流漂来的漂浮物也在不断增多。这里有不知从哪家瓜园冲来的西瓜、有不知从哪家养鸡场冲来的鸡，还有从山地里漂来的地瓜、花生。这时，有几位水性特好且有胆量的后生持事先准备好的钩子跳进急流中，有的抓住了几只西瓜、有的抓住了一只鸡。即刻，岸上便传出了不同的声音：年轻人发出了一片赞叹的尖叫；老年人则是叹着粗气的劝阻呐喊："危险哪……快上来！"

　　人们的这种惬意取代了多年前的惊慌。随着岁月的渐进，过去洪水给两岸人民带来的灾难和恐惧早就同这河流一样一去不复返了。如今，经过各级政府的有效治理，洋河两岸防洪抗灾能力固若金汤，两岸防护堤安然无恙。这个季节，两岸田地里的庄稼和水果已近成熟。那一束束的谷穗和一瓣瓣的玉米，还有果园里一只只略带红靥的苹果，在大雨过后完全没有了雨前那昂扬的傲气，在湿漉漉的空气里羞答答地低垂着头，就像一个个刚出浴的女子，她们该是在向着哺育她们的大地诉说自己即将出嫁的依恋和喜悦吧？

　　7月的洋河，桀骜不驯永远是它的性格，奔腾向前永远是它的追求……

冬日二章

钓蛏子

冷水蛏子热水蚬。是咱青岛近海一带对蛏子和蚬这两种贝类海产品的俗谚。冬季，蛏子的肉肥味美，也最适捕捉；夏天，蛏子肉瘦且小，而蚬则肉肥味美，宜捕捉。两者不仅生长季节和口味各异，而长相也不同：蛏子长得呈圆状细长形，似细竹节一样，其外壳稀薄，颜色像细竹竿外表；而蚬的外壳则呈白黄色，比蛏子的壳要坚硬一些，呈扁状样子，比蛏子要短一些。

每当冬日退潮后的细沙滩上，就会发现一簇簇钓蛏子的人们。

那是三十多年前的一个冬日，当时我还在市政府文办工作。我们的办公室就在现在的市政协大楼里，距海很近。一天中午休息时，我和同事一起来到栈桥东侧刚退潮的沙滩上散步，发现有不少人在钓蛏子。看到那些人的小水桶里装着钓上来伸着舌头旺活的蛏子，很是诱人。当即，我们几个商量好明天中午也一起来钓蛏子。行动前，要先做好准备：两人一组，一人携铁锹、一人带上食盐和撒食盐用的小勺，每组带上一只小塑料桶，每个人还要带上一双短筒的雨鞋。

第二天中午，刚到开饭时间，我们就到食堂赶紧吃了饭，急促地来到栈桥东侧的海滩。因每天的退潮时差不同，这时潮水尚有一点没退完。钓蛏子的欲望和兴奋劲已使我们迫不及待地换上雨鞋跑到尚有海水汪汪的沙滩上。我与王裕中合伙一个组。开始，我先用铁锹在一块无海水的沙滩上斜扎了一锹。这时，在沿铁锹扎出的细沙斜平面上便发现两只豆粒大的小眼儿，王裕中便立即向两只小眼儿撒进了食盐，大约三四秒时间，小眼儿开始向外冒泡儿，紧接着从两只小眼儿里蹿出两只半截高的蛏子。说时迟、那时快，王裕中一手朝一只抓去。可惜，只捉到了一只，另一只缩了回去。我立即在缩了回去的那个地儿连翻数锹，也没再找到那只蛏子。看我还在那儿有些疑惑地有点丈二和尚摸不着头脑，旁边的一位老者便说："别发愣了！小伙子。这捉蛏子啊，讲究的就是要手疾眼快，差半秒它就跑啦！""真神了！就这么大的地儿，它能跑哪儿去？"我还有些不服气地说。"嗨！它是被海龙王救到海底去啦！""哈哈……"随着大家的一阵欢笑，我们又开始了新的作业。

不觉干了近两个小时。我们两组便凑到一起清点战利品。我和王裕中一共钓了76只，大的粗如食指那么粗、长有十多厘米；小的也有小指那么粗，长有七、八厘米。只只肉儿丰满，在水桶里鲜活乱动地伸着舌头儿喝着海水。另一组比我们多6只，是82只。两组合在一起足有五、六斤，真是大获丰收。看到自己的劳动收获，每个人脸上都像孩子般地露出了自豪的微笑……

涮火锅

我平生第一次涮火锅是在北京叔叔家。那还是二十世纪七十年代初的一个冬季，我在部队工作，被原单位派到解放军报社学习。到了北京后，电话告诉叔叔，准备周日去看望他。

周日那天，北京下起了大雪。我从报社的所在地阜外西口换乘两次公交车到牛街我叔叔家。叔叔家是一座四合院，院子里有一棵雪松，树上落满了厚厚的一层积雪，显得更加雍容高洁。来到正客厅里，我高兴地喊了声："叔叔！"叔叔也爽快地应了声："哎！来了，让我看看你。"我赶紧把东西放下，以立正姿势给叔叔敬了个礼："是！""这小子穿上军装比我当年还精神哩！"叔叔冲着婶儿说："你那是什么年代！军装半新不旧的，还带着补丁呢！"婶儿说的是叔叔当新四军那时的事。

就坐前，我先将送给叔叔的一瓶洋河特曲和一瓶全兴大曲让他瞧。知道叔叔好这口，在我来北京前特向军人服务社领导特批了两瓶名酒。计划经济年代，什么都得走后门批条子。"哎呀！这可是国家级名酒啊，不容易买到。"叔叔自然认货。

不一会儿，厅里就支起了一个大圆桌。桌子的中间放了一个直径有三十多厘米的大火锅，四周有切好的六盘羊肉片、六盘冻豆腐，还有几盘白菜和粉丝，每个座前放了一小碟韭花酱、两块豆腐乳和醋、味精等调味品。当我看到这架势，真有点受宠若惊。在那个年代，物资匮乏，好多吃的东西都按人口凭票供应。事后听说，为了招待我，叔叔让姑姑家及其老战友家凑了几张羊肉票和豆腐票由两个堂弟分别到食品店排队买来的，就连白菜、火锅烧的木炭也是堂妹从供应店凭票排队买的。

大家就座后，弟弟、妹妹们要先给我敬酒。我谢绝了后说："咱们还是先敬两位老人吧！""好！"我们端起了斟满北京红星二锅头的酒杯向二老敬了酒。在一片热闹的氛围中，大家开始涮火锅了。这时，大堂弟通过火锅烟筒用火筷子挟了几块木炭添进去，又在火锅烟筒上加高了一截烟筒，马上火就旺了起来。我是初次接触这玩儿，真不知从哪儿下手？细心的堂妹来到我身边说："哥，涮锅子要先涮肉，再依次涮豆腐、粉丝、白菜等。"她还手把手地给我做着示范说："涮兰肉，要先将肉贴火锅内壁烫一下再在锅里涮一下即可，不要时间长了，时间长了肉就老了不好吃，吃时要蘸一下佐料。"在她的示范下，我慢慢开始操作自如了。席间，大家谈笑风生，其乐融融与屋外的飞雪遥相呼应。这时姊儿端上一盘油酥火烧，冲着我说："宪武，尝尝我的手艺！""好！谢谢姊儿。"我顺手拿了一个热乎乎的油酥火烧，看到上面还沾了不少芝麻，咬一口，香酥满口。那个年代，竟能吃上这么金贵的食物，实属不易啊！

好多年了，初次涮火锅的情形仍使我记忆犹新，历历在目。如今，涮火锅不再是北京人独家奉享的美食，在咱青岛，涮海鲜更是一绝！各种小海鲜，像蛤蜊、蛏子、海螺、八带、蛎虾、螃蟹等，应有尽有。涮一阵海鲜，再涮羊肉、肥牛，最后加些菠菜、茼蒿之类的青菜，更是别俱佳味！现今的火锅大都是每人一个小的，燃料也不再是木炭，而是酒精或电，既方便又环保。可惜啊，叔叔和姊儿已离开我们多年了。不然的话，我定请他们来青岛，品尝一下咱涮海鲜火锅的美味，与我们共享这盛世太平的好光景。

根植沃土　丹心向阳

德艺双馨的老艺术家阎肃生前曾被中宣部授予"时代楷模"光荣称号。这位老艺术家，是人们熟知的"腕儿"。他从艺以来，一直根植基层官兵和人民群众，勤奋耕耘，不仅创作了像《江姐》《党的女儿》等这样的经典剧作，还创作了像《我爱祖国的蓝天》《敢问路在何方》《说唱脸谱》等无数脍炙人口的歌词。他具有超凡的文艺智慧，中央电视台每年的《春节晚会》和一些重大文艺活动，都由他参与策划，要么担任总策划，要么担任首席顾问，被业内同行称为"定海神针"。阎肃同志不仅是文艺界学习的榜样，也是在开展"三严三实"活动中党员干部对照学习的典范。

这位老艺术家一生誉满全身、功勋卓著，而自己最看重的是组织多次授予他的"优秀共产党员"称号。他说，我一生没当过什么领导，我就是一位普通的创作员，听党的话，党叫干啥就干啥，是我一生的信条。当下，作为一名共产党员，最需要的就是这种对党的始终不渝信念。他曾多次总结自己的人生经验，有许多都充满哲理，给我们以深刻的启迪。他说：人生要把握好"四分（奋）"：天分、勤奋、缘分、本分。他有文艺天分，但他更勤奋，他一生都在学习，八十多岁高龄的他，每天都学习、工作十几个小时，直到有病入院；他一向尊重别人，平时无论见到他熟悉的门卫、炊事员，还是普通小战士，他都主动打招呼，一点没有大文艺"腕"的架子，他下连队与普通战士交朋友、进工厂与普通工人交朋友，去农村与普通农民交朋友，把与百姓交友成为自己文艺创作的缘分；他入党半个多世纪，一直坚持普通共产党员的本色，他把守本分、守规矩、讲纪律，融入自己的血液中，他每次外出都要向他所在空政文工团领导请假，回来还要及时销假；他每月领到薪水的第一件事就是缴纳党费。

"名人即明白之人"，这是阎肃的名言。什么叫明白呢？阎肃回答：对上不伸手，周围拉紧手，工作有一手。当下，他讲的这"三手"对我们肩负着实现中华民族伟大复兴梦的共产党人来说，是一种既现实又亲切的践行诠释。他受到我们党和国家几代领导人的接见、赞扬、勉励和关心，从毛主席、周总理开始，到习总书记，都使他如沐春风，但他没有以此为炫耀的资本，更不借此向组织要这要那。直到病倒后，他还一再叮嘱孩子，千万不要向组织提一点点要求。而极少数党员干部一旦有了一点成绩，便把它当做向组织伸手要官的筹码。阎肃对年轻同志倍加爱护、精心指导，在本单位更是团结的楷模，在圈内是大家公认的"德高望重的老艺术家"。而极少数党员干部为了个人私利，善于搞"窝里斗"、妒贤嫉能，整日把心思不放在干事创业上，而是放在琢磨人上，搬弄是非，损坏团结局面。阎肃是文艺界的"智多星"，许多国家级的大型文艺活动，只要有他在，大家就有了依靠，大家心里就有了胜算一筹的底。而他的这一手，展现了他一生对事业、工作的极端认真和精益求精，他从不拿自己的半成品出手，也在他手上从不出次品。而少数党员干部受不正之风影响，工作时常不在位，办事不作为，"当一天和尚撞一天钟"，工作无激情，事业无进取。少数人的这些作为在与楷模的比较中，不觉得汗颜吗？

阎肃还说："得意时，不要凌驾于组织之上；失意时，不要游离于组织之外。"他是这么说的，也是这么做的。他一生听党的话，听从组织安排，为部队的文艺事业做出了卓越贡献，是当代文艺界的一面旗帜。我们由衷地祝愿阎老早日康复，并期盼着在下一次的文艺晚会上能够让他的新作再一次把我们灌醉……

绿在春里萌发

"好雨知时节，当春乃发生"。稍不留神，一场春雨已撒满高山田野，一丝丝温润也弥漫于天地之间。尽管这温润还很稚弱，微微的，薄薄的，淡淡的，却已无处不在。温润到来的讯息还是小溪岸边的绿告诉我的，不经意间，小溪岸边冒出了毛茸茸的，参差不齐的淡绿——这绿色的萌发，给人们带来了去年走失的春意。

哦，春真的回来了。

春天来临的那刻，我正瞅定窗外那棵柳树。突然，一簇亮燃着鹅黄色光泽的嫩芽，颤悠着跃入眼帘。这簇在晨霭和清馨中闪亮闪亮的新芽，高踞在一枝富有弹性的枝条的顶端。均匀密布的叶脉，透着丝丝缕缕清凉。那形状宛若身披鹅黄纱巾，剔透玲珑，端庄而娇羞的少女。潇洒中寓几分风流，有谦谦君子之风；娇媚中透几丝羞涩，溢窈窕淑女之德。那美自天成的神韵，仿佛只要你一声呼唤，就会朝你温柔地嫣然一笑了。这在蓦然间呈示灿烂光华的生命，美而真情，绚丽而庄严。如灵犀一点，心香一缕，触动我踏春的心弦。倘若在江南，这季节该是杨柳随风摇曳了，那也定会吸引无数文人对其赋诗作词。

"春到人间草木知"。这绿，当然不只触动我一人，这位柔情翩翩的天使，她碧落江南，曾唤起古人"春风又绿江南岸"的绝唱，迎来"几处早莺争暖树，谁家新燕啄春泥"的画卷。也难怪宋人辛弃疾有这般感叹："却笑东风从此，便薰梅染绿，更没些闲。"使得南朝文人丘迟抛出名句："暮春三月，江南草长，杂花生树，群莺乱飞。"使唐代诗人刘禹锡不得不开怀大唱："桥东桥西好杨柳，人来人去唱歌行。"让韩愈也走出皇城冒雨观绿："天街小雨润如酥，草色遥看近却无。"更让白居易名句留千古："日出江花红胜火，春来江水绿如蓝。"

在北方，似乎绿色来得要晚些。然而，这绿并非消亡。只不过众多文人墨客将重墨浓彩泼向江南的绿色画卷，很少能对北国之绿多些赞许罢了。虽然偶尔也有"绿肥红瘦"几笔，那只不过是对花儿凋谢的无奈以绿作衬托罢了。可北国之绿来得总是让人更惊艳、更陶醉、更敬慕。

当北风卷着雪花飞舞时，绿便默默地冥入深沉的思索中了；溪水在坚硬的冰层下潺缓流淌时，绿把根深深地扎入沃土里，汲取生命的浆液了。绿以清醒的思维剥蚀着那曾凝固着时间和空间的氛围，一个真实而无愧的自我向蓝天默默相许：凝冰的季节已过，前面就是那个雀跃而斑斓的春。于是，当春风忸怩着解开纷披在她身上的白纱衣扣时，她便如从深宅大院中走出的少女，掠发扭腰，柔软的手臂一扬举，悠扬着恬美的笑意向春天表露坚贞而纯洁的情感，战栗着接受春风温存细腻的爱抚。根部的老干和新枝拧成一束，像她袅娜的腰肢。新芽老叶相依相偎，是她秀美的发髻吧？蓦然，我觉着触摸到如少女肌肤上那个敏感的禁区，心不由得狂跳起来。初春的风一接触到这颗最早怦跳的心脏便颤抖起来，而情不自禁地将她掬到嘴边吻着了。

尽管这绿不是满山遍野的弥漫，但却疏密有致、礼让得体。你看，在那盘山陡峭间，绿会给人留出一条曲径，让人们沿着曲径登顶、观景赏美；在那通往广阔的原野上，绿会让出一条条小路，让人们出入田间劳作。为了大地更加美好，绿甘作配角，常为五颜六色的花儿捧场。你看，宋代徐积赞美绿："曾陪桃李开时雨，仍伴梧桐落后风"；更有唐代白居易讴歌绿草的佳句："远芳侵古道，晴翠接荒城"；也有金人元好问对绿衬托红的点赞："枝间新绿一重重，小蕾深藏数点红。"

如今，绿色已成为国计民生的第一要务。为了让绿永驻神州大地，共和国的领袖讲出了"绿水青山就是金山银山"的哲理，共和国法典中专门增加了保护绿的篇章，在共和国最高会议的议题中将绿列为专门议项……绿已在春里萌发，并正在变为百姓生活的常态。

脱　墼

脱墼，就是制作土坯的意思。在老家那儿，每到春耕前，都少不了脱墼这活儿。

二十世纪五六十年代，老家住的多是用墼盖成的土房。一般一家都是住三间式的土房，正屋相当于现代住房的厅，在它的左右要用墼各盘一个锅灶，其烟道各通往左右两个房间的炕，炕自然也是用墼盘成的，灶与炕之间是壁子。正屋与左右两个房间要用墼砌成墙，这墙叫壁子。左右两间的炕便是人们睡觉、休息的场所。

每年的清明节前后，各家都要忙着盘灶、盘炕。那个年代，庄稼人种地用的基肥都是土杂肥和人畜肥料混合而成。这灶和炕经过一两年的火烧烟熏之后，乃是绝好的肥料。将这些灶和炕拆掉后用水泡一番，再加入人畜粪沤上一周左右时间，经过人工捣细，则成了上等的有机基肥。那个年代，老家人种地都是用这类肥，没有化肥用。也大概正是这个缘故吧，种出的粮食作物特别好吃，至今令人怀念。

墼的原料主要是黄黏土，有的也会在土中加上一些短碎的麦秸秆，起到如同水泥板的钢筋作用。准备好原料后，需要在原料内加水浸泡好再进行搅拌。

脱墼需要两种规格的墼裓子。墼裓子就是脱墼用的模具。墼裓子一般用柳木制成，两种规格的墼裓子厚度都在十厘米左右。其中：小的长约三十厘米，宽约二十厘米，用作砌锅灶和炕的立墙；大的长约五十厘米，宽约三十厘米，用作铺炕面和砌灶面。

脱墼的时候，一个人蹲在地上，双手在地面上扶着墼裓子，另一个人用大铁锨把和好的泥，一锨一锨地端来，往墼裤子里一倒，小的正好一锨一个土坯、大的则需要两锨一个。蹲在地上的人，双手在身边的水盆里一沾手，"叭叭"两下，飞快地沿着墼裤子四边把其中的黄泥抹平，然后，轻轻地用双手把墼裤子提起来，一个墼就算脱成了。然后，将墼裤子在水盆里涮一下，即开始脱下一个墼。在平整的场院上，人们各把住一头，一行行地脱墼，从前往后，一排排非常整齐。

脱完的墼，需要在阳光普照的日子里晾晒好多天，直到干透为止。这当中，倘若赶上那天夜里下雨，生产队长则会吹哨紧急集合大家到场院里抢收半干的墼，不能让到手的成品泡汤。晒干的墼，要尽快趁着好天气垒成垛。一层一层摆上去，直到最上面摆成一个尖，然后用草苫盖好，为盘灶、盘炕等备好一年要用的材料。

墼在乡下农家的用处，其实远不止是盘灶、盘炕和建房用。好多小学校教室里学生用的课桌和老师用的教桌也都是用墼垒成的。乡村的孩子在这样的教室里一样能听懂唐诗宋词，也都在用心学唱中华民族动听的歌谣。而这遥远的读书声和歌谣唤起了我多年的乡愁。

墼，如今已不多见了，它已成为历史的印记在乡愁中渐行渐远。

槐花飘香的日子

走进五月，又到了槐花飘香的日子。

清晨，当走近村后那片槐树林时，一股扑鼻而来的槐花幽香沁人心脾。弥漫于晨曦中的一串串槐花，刚刚睁开略带睡意的双眼，张开小嘴正在慢慢地吸吮着露珠儿。等到太阳升起的时候，该迎来蜜蜂的围绕和食花人的采摘。

槐树大致分两类：一类为国槐，也称本地槐，其花不宜吃，树的存量不是太多；另一类为刺槐，也称洋槐，是十九世纪七十年代从北美洲引入我国并繁衍于大江南北的。刺槐现已成为我国主要树种之一，而吃槐花也成为这个季节的一道丰盛美味，其中槐花蜜则是蜂蜜中的佼佼者。

记得二十世纪六十年代初，时逢天灾人祸，人们遇到了前所未有的生活困难，家家粮食紧缺，人们不得不采集野菜、树叶等来充饥，而槐花则成了当时人们的珍稀食品。当时，在老家的村西头有一棵老槐树，据上了年纪的人讲，这树的树龄已有近百年了，树围需两、三个大人连起双臂才能搂过来，树冠覆盖空间足有近百平方米。每年槐树开花时，其幽香传遍全村。那年为了让大家都能采到槐花，村里开始专门安排了几位老者轮流值勤维持秩序。来采摘槐花的，不得伤害树枝，只能仔细地摘槐花，并且每位只能采摘两袋烟功夫，也就是二十来分钟吧。以后，每年这个季节，树里人凡来采摘槐花的都自觉排队进行文明采摘。这棵老槐树好像懂得人间的苦难，为了救济大家，那一年它竟梅开二度，花期两度开放，令村里人对它顶礼膜拜。后来，村里专门为它修了围墙，并树有一块石碑，请村里专门书写对联的文化人书有"救命神槐"的字样刻在碑上。多少年来，这老槐树一直都成为村里乡愁的传承和守望。

如今，那棵老槐树已经离世多年，那尊石碑也在"文革"中被毁掉。然而，人们食槐花的口福和敬畏槐树的传承却一直延续下来。每到这个季节，人们便来到村后那片槐树林，很有秩序地将采摘回去的槐花做成各种美味，令家人尝鲜。槐花的吃法有多种，一般将槐花要先用水在锅里焯一下，再用清水过一遍即可制作各种菜肴：可以将泡湿的大豆磨成豆渣后，与槐花一起做成小豆腐；还可以将干大豆磨成略粗一点的豆面，与槐花调到一起蒸着吃；也可以用大蒜加蛤蜊肉等凉拌槐花；最令人念念不忘的是包槐花包子，将一定数量的五花猪肉加入槐花，再加少量韭菜和花生油、盐等调料，搅成馅儿用地瓜面包出的槐花包子，吃后总是令人回味无穷。

现在，城里人吃槐花的多是一种尝鲜、赶时髦。但少数人在采摘槐花时的粗野行为实在令人痛心，一棵盛开满枝槐花的好树，竟有几个人抢着对其疯摘乱采，有的还将树枝和树干都折断。想想今日图个一时痛快，明年何来槐花再飘香？看到此况，我不由想起在家乡那棵老槐树下人们守秩序地排着队、毕恭礼让地在仔细采摘槐花的情景。也使我明白了当年老槐树为什么会出现"梅开二度"的奇迹？人给自然留后路，自然给人留生机。这一生态环境的自然规律，该是当下人们好好思索的。

酸甜的桑仁儿

在初夏热风的吹拂下，六爷爷家那三棵桑树上的桑葚已变得黑黝透紫、娇艳欲滴。老家管桑葚称桑仁儿。这桑仁儿，则是我儿时难以忘怀的记忆。

六爷爷排行老六，论辈分，我该称他爷爷。因此，同我一个辈儿的都管叫他六爷爷。他住在村西靠河的北岸一座独门独院的三间老宅里，院子挺大，在院子西侧间隔了一个不小的羊圈，养着三十来只绵羊。他终身未娶，一年除冬季和种收庄稼外，他大都与那一群嗷嗷叫的绵羊为伴在山野里度过。他喜欢喝白酒，放羊时身上也不忘挂着一只他当兵的侄子送他的那只旧军用水壶，里面每天都装上半来斤用地瓜干换来的白酒，随时吮咂两口。有时天暖和了，他便喝多了竟会依在山坡上睡着了，直到那一群嗷嗷叫的羊围着将他叫醒，他才哼着小曲儿赶着羊群回家。凭几十只羊，还有一亩多地，他的日子过得挺滋润。他为人很讲义气，只要你对他尊敬，他总是以"你敬我一尺，我还你一丈"的态度对你，由此在乡邻那儿落了个好人缘。不过，他也很耿直，脾气很倔强，凡不上事理的，他总爱出来抱不平。在他家院子的东南角有三棵桑树，都足足合抱粗细。有一年生产队要征这三棵桑树当木材盖牲口棚用，他跟生产队的队长闹翻了脸。他说，这树是祖上留下的，是我家的根，不能砍！最后，生产队拧不过他，让他出了三十元钱，将这三棵桑树保了下来。这桑树在六爷爷心里就是他的儿女，浇水、施肥，他总是倍加呵护。这三棵桑树也满争气的，长得越来越茂盛。油亮的叶子，密密匝匝地挤在一起，微风吹拂，是丝毫不为所动的，除非是稍大些的风，才会沙沙作响。每年初夏季节，一串串熟透了的桑仁儿都挂满树枝，一有大风，一些桑仁儿会被吹落在院墙外，顿时引来小一点的孩子一窝蜂抢食桑仁的情景。对大一些的孩子来说，则不安分在地上抢几粒了，他们眼红的跃跃欲试，心里总盘算着爬上树去采摘更多的桑仁儿过把瘾。

那年我读小学三年级。因我个儿长得高点，且听老师话，学习也挺好，在班里当班长。一天午饭后，我与两个伙伴一起路过六爷爷家外墙时，看到一串串的桑仁儿挂在墙内随风摇曳的树枝上，我们的口水立刻流了出来。经过仔细观望，六爷爷放羊还没回来，我们便打算偷摘桑仁儿吃。一个远处望风，一个给我搭肩，我站在伙伴的肩上抓住树枝采摘。不一会儿，一根树枝上的桑仁儿摘光了，又转到其他树枝上。当转到第四根树枝时，那枝子承重不行，便连同桑仁儿"咔嚓"一声被折断了下来。这下，我们可吓蒙了，赶紧收拾摘下的桑仁儿来到河边，顾不得惊怕，便乐滋滋地吃起来。不一会儿，听到六爷爷赶着羊回家的动静，我们便丢下还没吃完的桑仁儿，急促地往学校蹿。当时，他们俩还在河里洗了手和沾满嘴巴的桑仁儿染色，而我竟没来得及做这些。

下午上课时，心里总是忐忑不安地在打着鼓。怕什么就来什么，下第一节课时，只见六爷爷提着半篓桑仁儿直奔我们班主任办公室。我便悄悄走近老师办公室门口，将耳朵贴近在门上听六爷爷如何告状。只听六爷爷说："……老师，我家的桑仁儿熟了，我年纪大了，不喜欢吃这玩意儿，你就分给孩子们吃吧……不过，请告诉孩子们，想吃桑仁儿告诉我，不要自己摘，把树枝折断了掉下来伤着，多危险啊……"

放学时，老师根据我嘴巴遗留吃桑仁儿的痕迹把我叫到她办公室，狠狠批评了我偷摘六爷爷桑仁儿的错误。当时，老师并未察到他们两人的迹象。处于友情，我便自己承担了偷摘桑仁儿的错误。也正是因为这个错误，在年终评"三好学生"时，我初评未被评上。当六爷爷得知这事儿，直接找校长为我说情，说孩子天性调皮，本质并不坏，是个好孩子。最终经过六爷爷的求情，加上我自己的认错态度好，通过校长与班主任协商，才保住了我"三好学生"的名誉。

好多年了，当年那桑仁儿的酸甜至今令我回味无穷，更使我懂得了做人的正直、善良、包容、诚实和不越底线的珍贵。

陪儿子高考

难忘的是那次高考，是我陪儿子去北京的赶高。2005年春节刚过，我和爱人就陪儿子前往北京参加解放军艺术学院文学系举行的专业考试。校方通知：考试要进行三次，如果专业考试通过了，接着就在学校进行体检，若体检过了，考生即回原地参加全国普通高校统一高考。专业成绩加上普高统考成绩后，由学校决定是否录取。

北京天气比青岛要冷得多，临行前特将衣物添加了些。原想到京后能在军艺附近租住几日招待所或宾馆，使儿子考试更方便些。在军艺学校周围一打听，根本就没有闲的房间，有的宾馆三个月前就被考生定下了。无奈，我们就来到距军艺不太远的海军招待所租了个房间，并到餐厅与工作人员取得了联系，说明我们是特从青岛来京陪孩子赶考的，让其厨师费心将这几天的菜谱调理得可口些。为此，我还送给厨师一枚纪念币。厨师恰好是山东老乡，满口答应说：请放心，为了孩子，一定将饭菜调理好！

为了让儿子晚上能休息好，我们租了一个套间，儿子自己住里间，我们住外间。

晚饭师傅给配的菜不错，六菜一汤，以清淡为主，还有一条很新鲜的清蒸多宝鱼，看儿子吃得很来劲，我和爱人会意地笑啦。

晚饭后，儿子马上伏案看书、复习，说是"临阵磨枪不快也光"。我劝他到招待所外面转转，他不肯。一直复习到深夜十一点，在我的反复劝说下才熄灯上了床。上了床也睡不着，一会儿说忘了《高山下的花环》的作者是谁，一会儿又问高尔基到底是俄国作家还是苏联作家。我索性装睡不搭他的话。为叫他睡得踏实，我凑近他妈妈耳边商量要不要给他吃安定片。不行，吃了多影响脑子，立即遭到了坚决地反对。

谢天谢地，终于听到他打起了轻微的鼾声。不敢开灯看表，估计已是零点多了。

凌晨，窗外的杨树上，成群的麻雀齐声噪叫，然后便是喜鹊喳喳地大叫。我生怕鸟叫把他吵醒，但他醒了。看了表才四点多钟。这孩子平时特别贪睡，别说几声鸟叫，就是在他耳边放鞭炮也惊不醒，常常是他妈妈搬着他的脖子把他搬起来，一松手，他随即躺下又睡过去了，但现在几声鸟叫就把他惊醒了。拉开窗帘看到外边天已大亮，麻雀不叫了，喜鹊还在叫。我心中暗喜，因为喜鹊叫是个好兆头。

儿子洗了把脸又开始复习，我知道劝也没用，干脆就不说什么了。他妈妈说到招待所餐厅去了，其实离开饭还有一个多小时呢，她也是有点心度无措地盲行而已。

上午开考时间是九点，不到八点半，我们就来到学校操场上等候了。

8点40分，考生开始入场。我们远远看到穿着红T恤的儿子随着成群的考生涌进大楼。距离正式开考还有近二十分钟，方才还熙熙攘攘的校园内已经安静下来，唯有树上蝉鸣变得格外刺耳。有几位考生家长还凑在考场大楼门口在那里嘀咕什么，被两名戴红袖章的执勤军人劝说到红线以外的操场这边，加入我们的行列当中了。大家这时的心情几乎都是一样的，觉得时间过得太慢，有的紧锁眉头来回走动，有的躲在角落里不停地吸烟……

将近12点时，家长们都把着红线眼巴巴地望着考试大楼。不一会儿，大喇叭响起来说，今天上午考试结束，请考生或家长明天下午3点后到学校看参加复试的通知榜，通知榜张贴在操场公示栏。

考生们从大楼里拥出来。我发现了儿子，远远地看到他走得很昂扬，心中感到有了一点底。看清了他脸上的笑意，心中更加欣慰。

迎住他，听他说：试卷的题目主要是文学常识和汉语基础知识。还有一道《高山下的花环》的作者是谁的题目，幸亏头天晚上又复习了一遍。"那你答对了？"她妈妈急切地问。"是李存葆，对吧老爸？"儿子自豪地朝我说。看到儿子这股开心劲儿，我们的担心也就暂时消退了。

又过了一个难熬的夜晚。第二天下午还不到2点，儿子就催我去学校看榜。她妈妈陪他在招待所继续复习。我来到学校操场上一看，嗨！这些人比我还积极哪，在公示栏周围早就围满了人群。快到3点时，只见两名军官在两名执勤卫兵的陪同下来到公示栏前。这时，周围鸦雀无声，人们之间的呼吸声都能听得清。很快两张红色的榜示公告就贴好了。看榜的人们潮水般地涌了过去。

全国参加文学系的考生一千多名，而实际只招八名。初试之后，能参加复试的只有六十名。我还没挤到公示栏前，那边就来电话了："怎么样？""人太多了，我还没挤过去看哪！""真笨，快点！"她妈妈回了一句。我终于在大红榜中看到了儿子的名字。为了进一步有把握，我又仔细看了一遍告示：儿子的名字就在明天参加复试的六十人名单之列！我立即拨通了爱人的手机，将这一消息告诉了她和儿子。

复试是写作。写作是儿子的强项，早在读高二时，他就出版了一本名为《千年逍遥》的散文集。对此，我们还是满有信心的。复试时间还是三个小时。考试结束时，儿子仍是满脸轻松地走出了考试大楼，并顺利通过了复试，准备参加最后的答辩考试。答辩考试共有四十名考生参加，最后定二十名参加体检。

答辩考试是儿子的弱项，他从小性格内向，我真怕他在考场上被问住，毕竟答辩考试对一个中学生来说是从未经历过的，是一个不小的挑战。吃晚饭时，尽管一桌看来很是可口的美味，因孩子没有食欲，大人也就没有了胃口。为了应对最后的冲刺考试，我和他妈妈还是耐心给他讲些减压的道理，尽最大努力让他放松下来。

进行答辩考试时间是二十分钟，要一个考生一个考生的单独进行，由考官点名进入考场。进入考场的考生显得稀稀拉拉，陪考的家长也少了许多，气氛也显得不那么紧张。但在我心里，似乎比初试还紧张。你想啊，如果最后的答辩考试过不了，那不等于与初试没过一个样吗？心里这么想着，这时第一个进入考场的考生不到五分钟就出来了。我爱人就对我说，人家这孩子真行，这么快就出来了。我说，你懂什么，越早出来的不一定行。其实我心里也没有数，不过自我安慰罢了。轮到儿子进考场了。对我和他妈来说，这比我们进法场都难过，时间在一秒一秒地渡过……时间已过了十五分钟，儿子还没出来。他妈妈的手将我的手都掐出血来了，我也忘记了疼痛，静心地等待。直到二十分钟过去了，才见儿子满头大汗地走了出来，只见他妈妈三步并作两步地走了过去，抓住儿子的双肩："怎么样，儿子？"儿子倒有些轻松地说："看到那一排威严的考官，还有将军，开始有些紧张，不过很快就过去了，越到后来越不紧张，回答提问就自如了……"听到儿子的回答，我紧张的心情敦时放松了。后来，儿子顺利通过答辩考试，据说，总成绩是第二名，并相继通过体检。在回青岛参加全国高考文化考试的分数也高出本科二线，终被解放军艺术学院文学系录取。

高考，对考生和家长都是一个很大的坎。郡次高考尽管已过去十几年了，对儿子来说，那可真是一次刻骨铭心的历练；对我来说，则是一次爱的煎熬和望子成龙的期盼。这些，至今都使我记忆尤新，历历在目……

打　苫

麦收之后，庄稼人略空闲些，不需要整天泡在地里干活了。但闲不住似乎是庄稼人的天性，连下雨天也都塞满活儿。

二十世纪六十年代，农村的耕作是以生产队为单位进行的。每到麦收后的下雨天，生产队都要安排打苫的活儿。苫是用麦秸秆编制成遮雨的用具，它在农村用途很广，它可以用来在雨天为收好的粮食和怕雨淋的其他物品遮雨，还可以盖简易房搭建房顶用。打苫就是手工制作遮雨用具的过程。

麦收时，人们在进行麦穗脱粒儿时就预先将打苫用的麦秸秆备好了。一般都将高一点硬挺的麦秸秆根用铡刀铡掉，再把麦秆上的麦穗粒搓掉后捆成捆备打苫用。

打苫一般由一家出一个大人和一个小孩儿组成搭档，大人是主工，就地而坐；小孩当助手，坐在小板凳或马扎上，位置在大人左前方。大人用双手将水浸泡过的稻草当系绳快速将小孩递过来的一撮撮麦秸秆拦腰扭系。这当儿，要求小孩递过来的每一撮麦秸秆粗细要均匀，并要跟上大人扭系的速度。一个苫子的长度要十五米。随着大人在地上的不断后移，一个十五米长的苫子就打成了。一个苫子卷成一个捆，麦秸秆上细下粗，捲起的苫子都呈塔状，立在一起，活像一座座小金字塔。

一天下来，一个搭档能打二十个左右苫子，一个苫子可计两个工分，大约一天能挣四十左右分，比晴天在野外干活还要合算。不过，打苫不能只图快，必须把质量放在首位。若经生产队检验长度不够十五米，或扭系得太松等，都作为不合格产品，不能计工分。

赶上周日下雨天不上学，我都会找哑巴叔作搭档打苫，帮家里挣工分。哑巴叔心灵手巧，是干农活的老把式。每次我和哑巴叔干打苫的话，一天下来我们干得最好也最多，能打五十多个苫。按说，一百多工分，我是小工，只能得十来分。可哑巴叔每次都是有意多让给我，总分给我三十多，这比一个整劳力在晴天下地两天的工分还要多。奶奶总是说，你哑巴叔心眼好，可咱不能白占人家的便宜。赶上过节，奶奶总是将自家养鸡下的鸡蛋送给哑巴叔家一些。这样，多年来，我们家与哑巴叔就结下邻居的不解友情，我们孤儿寡母得到哑巴叔太多帮扶。好多年了，这种邻居的帮扶深情至今令我难以忘怀。

夏日观草

进入盛夏，正是青草繁茂葳蕤之时，走出层楼森然的市区，满眼是芳草萋萋，铺青叠翠，绿波奔涌。

自然界的花草树木中，草属于当之无愧的主宰者。在那广袤的大草原上，草已不再是初春那种稚嫩柔弱的娇躯，而形成了繁茂盎然的群体，在风的吹拂下，如同一片碧波起浮的海洋，蓝天白云下"风吹草低见牛羊"；在那被称为大自然绿肺的湿地，草更是这里的主人，它不再是花的陪衬，"绿荫幽草胜花时"，而稀稀啦啦的花儿倒成了绿草的点缀，"浓绿万枝一点红"更显出草的豁达包容；这个季节，不只是草原和湿地，凡有土壤的地方，就有草生存。草的生命力极强，"野火烧不尽，春风吹又生"，只要有一寸土，给点阳光就灿烂，岁岁年年，无论是坦荡无垠的原野，还是山岗坡地上，总少不了"芳草碧连天"，"绿遍山原白满川"。

草是崇高的，它们在地球上的奉献人所共知。很多草是牛、马、羊等牲畜上好的饲料，许多小动物和昆虫也以"百草"为食。中药中诸多品种即是以草或草根，《本草纲目》就记录了数百种以草为药的名字。不仅如此，人们经常采集的野菜则都属于草本科，如苦菜、荠菜、马齿苋、海蓬菜……都是如今人们餐桌上乐不绝口的绿色美味。记得有一种叫白茅的野草，其根呈白色，长足有一米多，味呈甘甜，在二十世纪六十年初的三年灾荒生活困难时期，白茅竟成了乡间人们的救命草。人们把刨出来的茅草根切成段晒干、加工成面后，成为当时糊口的稀缺食物。

草又是极其卑微的。在许多人的眼中，草被视为"天敌"，什么"香花毒草""杂草丛生"，它头顶着许多骂名。可它从不自暴自弃，以"咬定青山不放松"的毅力顽强地生存于大自然中，并唱着"没有花香，没有树高，我是一棵无人知道的小草"的歌儿为无数的游人带来一片片乐不思蜀、流连忘返的境地。

草从不挑剔生存环境，不择土壤，生在哪儿就长在哪儿，干渴的沙地、贫瘠的石缝、坚硬的路旁，处处都可以见到它们妙曼的身姿，哪怕是一只飞鸟喙下的一粒草种落下山谷，它也会发芽抽青，岁岁枯荣。大漠孤烟，长河落日，风来雨去，寒来暑往，自然界的草们，伴着岁月之川的流淌，深情地仰望着天空，执着安详地与大地厮守。

草是城市美容的使者。随着社会的进步和对自然生态的重视，人们对草的皈依和眷恋愈来愈明显。且不说为了发展足球运动、城市管理部门正在加大投入不断兴建标准化的绿茵球场这些有目共睹的现实，而国家有关部门已把城市绿地的多少作为衡量一座城市生态文明的硬指标。草地不仅在城市里不断增多起来，人们爱护草地的意识也在日益增强。当你在广场或公园散步时，总会发现"小草有生命，请勿践踏"的温馨提示。更可喜的是，在一些居民小区的楼下空地，不少热衷于种植蔬菜的大妈们也退菜还草，拔掉了蔬菜，播下了一块块绿地……

观草护绿不再是少数人的雅兴，正在成为国民一种普遍追求，它如同一个时代不可或缺的符号将永嵌于这个文明社会之中。

"别扭"的夫妻

今天下午我在巡视楼层时，一对看似有争执的夫妻的身影进入了我的视线，只见这位女顾客在长凳上手扶着脚腕，面露苦色。我急忙上前询问，"你好，女士，有什么需要帮助的吗?"在我靠近还在数落身边丈夫的女士抬头对我说:"我刚刚在你们这买了双新鞋，可是逛了一会把脚磨破了，不敢走了，我老公刚才又让我把旧鞋扔了，这可怎么回家啊。"得知这个情况后，我先是耐心地安慰着她"您别着急，我们可以提供创可贴，您在这先休息一下，我去总服务台帮您取。""大姐，谢谢你了!"我微笑着对顾客说:"不要客气，这都是我们的工作。"我赶忙跑到总服务台，取了三个创可贴，折回来的时候发现夫妻俩还没有和好呢!"女士，来我帮你贴上吧!""不用了，我自己来吧!"顾客客气地说道。"我帮您准备了三个，您把两只脚都贴一下，另一个备用，应该就能顺利回家了""大姐，真是谢谢你这么细心了，我这就一个脚破了，你想的这么周到。"转头对身边的丈夫说道"你看，今天幸亏有这个大姐细心，你就知道扔我的东西!"我赶忙帮衬了这位先生"女士，您别生气啦，多好的老公啊，陪您逛街，新鞋也是先生给买的吧"女士微笑着说"是呐!""您看您先生对您多细心啊，也是怕您买了不穿把旧的扔掉了吧!"先生的心思被我说中了"可不是，我就怕她不舍得穿!"听到丈夫的话，女士的眉头终于舒张了。"多好的呀，快回去休息吧""大姐谢谢你了，今天多亏碰上你了，要不我真回不去了!"女士拉着我手说道，送走了这对夫妻顾客，我为可以帮助顾客排忧而高兴，同时我也为能帮助两位和好而庆幸。我们一个小小创可贴，一两句劝解，可以带给顾客海信大家庭的温暖，这就是我们感动服务的初衷。

雪里蕻

　　立冬过后，天气开始变冷。菜园里的青萝卜也到了收获的季节。在二十世纪，青萝卜是北方人越冬主要食菜之一，它与大白菜构成了冬春季家庭餐桌的主打菜系。青萝卜在北方除了炒制熟菜之外，还是腌制咸菜的主要原料。不像南方，雪里蕻是人们腌制咸菜的主要原料。随着改革开放的加大，南北方人们餐桌上的菜系也变得愈加丰盛，有时竟分不出南北差异。时下正是人们腌制雪里蕻的盛季，不少人家的阳台上都晾起了新鲜的雪里蕻。

　　记得儿时的这个季节，老家每户都忙着从自家的菜园里将种的青萝卜收回，除了将一部分大个头的挑出来埋到地窖里备作冬春食菜，一些小一点的和长得不够标致的便用作腌制咸菜。而我们家，除了用青萝卜腌制咸菜外，还用在当地稀缺的雪里蕻腌制咸菜。

　　因妈妈是南方人，有着对雪里蕻的深厚情愫。有一年，她从南方亲戚家要来一些雪里蕻的菜种子，在初夏时节，在菜园里试着种了两块地。过了大约一周时间，地里便长出了毛茸茸的黄绿色的嫩芽儿。妈妈喜出望外地像个孩子似的冲奶奶和我喊着："快来看哪！我种的雪里蕻发芽了！"妈妈还说，这雪里蕻需要充足的水分，不能断了水。于是，妈妈对她种的这些雪里蕻比照看我都要细心，三天两头从河里提水浇灌。有时我也会提着自己的玩具小桶帮妈妈提水浇雪里蕻。

　　在妈妈的精心呵护下，雪里蕻很快就长到离地十来厘米高了，在阳光的照射下，显得郁郁葱葱，颇有些似骄傲的公主独领风骚。为了让它们均衡大长，妈妈还对那些长得过于紧密的苗儿进行了疏检。

经过夏日阳光的普照和秋日绵绵细雨的浇灌，在妈妈的精心管理下，我们家菜园里的那片雪里蕻已长到近一米高，在众多家菜园中格外显眼，就像一片旖旎于菜园的青纱帐。

立冬刚过，妈妈就将雪里蕻收回家，把根用刀切掉，再摘去外面的干黄叶儿，用清水洗后在院子里晒上两三日，买来粗盐经碾压细后，便开始腌制。先将一棵棵晒成半干的雪里蕻放进缸里一层，在上面撒匀一层细盐，再把一层雪里蕻放进缸里，在上面撒匀一层细盐，再放一层雪里蕻……以此类推，直到放平缸口为止，用盆扣上将缸口密封起来，就这样足足腌制了三大缸。密封大约四十天后，即可取出来调食各类菜肴：可将腌制的雪里蕻切成小段儿与煮熟的毛豆粒一起加点香油拌成"雪菜毛豆"，乃是久负盛名的家常小菜；与肉丝炒制成卤子配面条，则是常吃不衰的"雪菜肉丝面"；还可以配炒豆干等，都是不错的菜肴。当然，妈妈也会将腌制好的雪里蕻分送给左邻右舍尝鲜。邻居吃着好吃，也常向妈妈讨要雪里蕻的种子和种植方法。记不清从哪年开始，在妈妈的带领下，老家好多菜园子里多起了雪里蕻的身影。

眼下又到了腌制雪里蕻的季节，妈妈用双手挂满雪里蕻的院子似乎又飘出诱人的清香。

奶奶的地瓜花

不经意间，春风又吹绿了大地，一派"春风春雨花经眼"的氤氲沁人心扉，这也唤醒了奶奶亲手栽培的地瓜花。

地瓜花，在老家是一种再平朴不过的农家栽养花。每年从初夏到深秋在农家的院落，总能看到它的娇美容颜。不过，唯有奶奶栽养的地瓜花最惹人喜欢，不仅花的颜色多样，有大红的、粉的、黄的、白的，还有杂色的，而且其花冠也比别人家大。这是得益于奶奶多年的精心呵护。

二十世纪五十年代，儿时的我就记得奶奶对地瓜花情有独钟。每到初春，奶奶从地窑里挖出埋了一冬的地瓜花的根茎，在院子里几处朝阳的地儿按花的颜色品种栽下。当然，在栽下根茎之前，还要施足好的基肥。为了让地瓜花长得强壮，奶奶用的基肥都是用草木灰加豆饼沤制而成的，连栽培的土奶奶都要用罗过一遍，将土质的细粗疏软调配适宜。

由于奶奶的精心照料，栽下去的地瓜花根茎仅仅不到两周时间，就发芽出土，新芽嫩嫩的，油光水亮，绿中带着明黄，有时还泛出紫紫的红色，真叫人喜欢。过往的行人总不忘夸奖这些正在拔高的地瓜花，奶奶听了乐呵呵的，仿佛是在夸她的孙儿们。

每到初夏时节，地瓜花的枝干就蹿到一米多高，每根拔杆都长出繁多的大小枝丫，枝丫上挂满了数不清的花蕾。这时，奶奶便更加细心地照料它们，每晚都要给它们浇一遍水，每天早上都会在每株地瓜花旁左看右瞧，把过厚的叶片剪掉，盯着花蕾细看，似乎在琢磨着每个花蕾绽放的时间。受奶奶的影响，我也喜欢上了地瓜花，时时刻刻留意它的变化，特别是到了花开季节，每天放学回来，我都要在这些五颜六色的地瓜花周围流连几回。老家有一种风俗，说什么"男孩爱花，长大没出息"，"男孩喜欢花，长大怕老婆"。奶奶尽管识字不多，可她从不信这些迷信传说，总是拉着我观赏她的这些佳作，并向我指点着那朵花儿长得美。那时乡下生活贫困单调，地瓜花的开放总能给我们带来几多欢乐。

记得有个闷热的黄昏，空气潮得可以挤出水来，奶奶说："今晚肯定有好雨，明早咱就等着看地瓜花开吧。"我和二姐顿时兴奋不已，拉着奶奶的手，捂着煤油灯就垫着脚去看地瓜花。果然，在几株向阳的枝丫这边，有不少花蕾已由青泛白，有的还咧开了小嘴。二姐请求奶奶，明天第一拨开的几枝花，她想送给她的几个好姐妹，奶奶爽快地答应了。

那一夜，雨下得不急，这匀溜的雨滴正是那些含苞待放的花儿渴盼的。雨水滋润着花儿盛开，我总盼着天快点亮，觉也睡得不踏实。天刚亮，一家人就迫不及待地到院子里看地瓜花。真如奶奶所料，经过一夜细雨的洗礼，地瓜花枝头上不少花蕾已经绽放，有的完全开放露出了花蕊，有的欲开还闭像个小绣球，在层层绿叶的衬托下，白嫩欲滴，清香扑鼻，煞是可爱。我们雀跃着抢摘花朵，奶奶一边摘一边帮二姐把花插在辫子上、刘海儿旁，二姐也在奶奶梳得发光的发髻后别上两朵。花摘完了，除了留些用水瓶子浸养着放在家里，剩下的就准备送人。奶奶把花分成三份，一份给二姐，满足了她昨天提出的请求，一份让我送给老师，一份送给常帮我们家忙的邻居。奶奶说："咱们没什么东西送人，送几朵花表表咱心里记得人家的好。"我很小失去父母，跟奶奶长大，二姐是我伯伯的二女儿，为了照顾奶奶，小学未毕业就辍学过来陪奶奶和我。一家日子过得十分艰难，没有好心人的帮衬，有些坎还真不好迈过去。

地瓜花的花期很长，从初夏一直开到深秋，把我们家的小院装点得很是惹人羡慕。清晨，一朵朵盛开的地瓜花，带着晶亮的露水珠儿迎着朝阳显出了它们的丰姿，有的斜着绯红的脸颊，把头背向朝阳，显得略带些娇羞；有的则挺胸昂头，比其他花儿总要高出一截，活像一位骄傲的公主，目空一切地向人们尽展它的芳姿；有的几朵紧紧地挤在一起，像闺蜜般在相互诉说着自己出嫁前的悄悄话……当太阳当头的时候，一群群的蜜蜂便哼着细曲儿扑向花蕊，贪婪地在吸吮着花蜜；一些蝴蝶也不忘赶来凑热闹，在花间翩翩起舞。即使到了晚间，花朵仍使出它浑身的捷术，向周围散发着清香，给静静的夜晚添了几许灵气。

奶奶离开我们已半个多世纪了，二姐也早已嫁人现已变成儿孙满堂的老人了。回想当年奶奶的地瓜花带给我们的温馨和欢乐，总有些揪心的伤感。然而，奶奶那种在困难岁月里的执着、乐观，一如那株株在我人生的路上，在我心灵深处，静静而持久绽放的地瓜花。

雪落乡村

北方的乡村，冬天如果没有几场雪的装扮，就像一日三餐少油缺盐般无味，根本算不上真正的冬天。大概是像科学家所说的，由于整个地球变暖，我们这儿已有多年的冬天不见雪了。看着眼下这暖冬无雪的无奈，不由怀念起儿时雪落乡村的情景。

乡村的雪通常伴着无边的夜色从天而降。在睡觉的火炕面中央上放上一张小桌子，桌子上面点着一盏煤油灯，我攀坐在小桌前写作业，奶奶在炕的边沿拨弄着火盆。虽然那时屋内赶不上现在城市有供热的房内这样暖和，但有奶奶和火盆的陪伴，总感到还是很温馨的。

突然外面起风了，朔风吹得窗户纸飕飕作响。要不了多久，一片片凌羽状的雪花就滑过天空，纷纷扬扬，漫过田野，纤柔地飘落在坑塘、老井、树木、枯草上，让寻常的乡村事物变得灵动起来。从窗棂缝隙向外观看雪花，美极了！由一个冰点散开六瓣，每一瓣再伸展出枝丫。一朵，两朵，三四朵，朵朵美丽，朵朵精彩。它们乘着风，滑行、滑行，飞扬轻舞，奔向大地。它们在高空中忍受了严寒的考验，百炼成花，化为薄薄的一片一片，密密地在天地间织成一张白色的花网。雪花是随性惯了，连招呼也不打，就歪歪斜斜，横七竖八地落在我们家院子里，躺在榆树的枯枝上。随着风速的变小，雪下得变大了。不多时，我们家的院子变成了一层厚厚的白色，且在不断加厚。奶奶卷起窗帘向外看了一阵，说："瑞雪兆丰年啊！明年的麦子就盼着有好收成了！"

夜深了，一村庄的人都沉睡在大雪营造的静谧之中，犬吠声渐渐稀疏，村庄的一隅响起了木门转动的响声。门外的雪依然在下，走进家门的一刹那，夜归人身上的积雪融化为一地冰凉的水，滋养着村庄的梦境。

天亮了，在太阳的照射下，原野一片银装素裹。满脸稚气的孩童是雪天的主角，一个个脸蛋上露出了被冻得红红的笑靥。他们不顾寒冷，在雪地里滚动着雪球，打着雪仗，堆着雪人。他们像一个个不知疲倦的信使，用欢乐把一场乡村雪事传到漫山遍野。也有些心里总挂念着庄稼的人，把村庄院落里、街道上的积雪用手推车运往自己野外的麦田，说是给麦苗加厚被子。空旷的原野上，千层底棉鞋踩着厚厚的积雪，发出"咯吱咯吱"的脆响，那韵律和节奏伴着你追我赶的嬉笑声和一路的大呼小叫，在寂寥的阡陌上久久回荡。

安静的农家院落里，门楣旁宛如长龙的玉米瓣、屋檐下红似火焰的辣椒串，在雪光的映衬下显得光彩照人。圈里的猪、笼里的鸡，渐次被这场雪从慵懒的梦境里叫醒，甩甩身上的泥，抖抖身上的毛，从蛰伏的乡村日子里缓缓走出，沿着雪后的素雅和清新，一路抵达静默的麦秸垛，或蹭痒或觅食，排遣着郁积了一冬天的苦闷。雪地上，几只土狗追逐嬉戏，黑狗白了，白狗胖了，好像多日未曾谋面的老友，因为一场雪的盛情邀请，呼朋引伴，恣意撒欢。

中午时分，每家房顶的烟筒上冒着一股股炊烟，房顶的积雪在太阳的照射下，一片雾烟氤氲，每座房子屋檐下挂满了长短不齐的冰坠儿。这时，我会用木棍敲下几根冰坠，一边拿着玩，一边用嘴咬着吃。其实，冰坠没什么味道，孩子们还是津津有味地放在嘴里嘬呀嘬呀，仿佛是在吃天下最美的山珍海味了。

一场雪，足以让时光在乡村游走的步伐慢下来。草顶泥墙的房舍，光秃秃的树木……那些素日里静默守在村子一隅的寻常景致，连同此起彼伏的童欢叟乐，都被覆盖在皑皑白雪之下，隐没在岁月深处，却给我留下一片人间烟火气息的乡愁。

春洒崂山

多次陪外地客人去崂山，可从来没在崂山过过夜，都是白天当日去当日返回，最多是中午时分在农家饭店里吃顿山珍海味，下午玩至4、5点钟即回到市里。

前几天，一拨外地朋友临近中午时分到的。用过午餐，已是下午2点多了，客人有几位喜欢睡午觉，等起来时，已是4点多了。按照他们的日程安排：下午要去崂山，晚上住在那里，翌日全天游崂山。

傍晚，我陪朋友们住进了崂山下清宫的一家依山傍海的宾馆。可能是住进一个新地方的缘故，次日早上才刚到5点多一点儿，我就被几声清脆的鸟叫声唤醒。我索性起床，准备穿衣爬山。这时，我便清晰地捕捉到了第一只鸟的啼鸣，我知道，是它完美地终结了一夜的寂静或者迷蒙，启封了一个新的清晨。此时夜色尚未褪去，那些鸟就在窗外不远，它在树丫上边抖落身上的露水，边啾啾地叫着，我知道，它需要一点时间启明建筑，驱走倦潮。接着，第二只，第三只，第四只……像是幼儿园的孩子从梦中醒来，片刻的眯眯瞪瞪之后，一下子欢闹起来，此起彼伏的叫声穿越厚重玻璃的阻隔，在聆听者的耳边忽隐忽现。我穿好衣服，走到窗前，打开窗户。这扇窗几乎是夹在树木之中的，我一伸手就能拽住那带有诱惑力的嫩绿树叶。我没有尝试，这个动作过于粗俗，也会惊着它们。我只是轻微地挥手试了试风。只有轻微的风。这个动作对于崂山而言，对一座楼房的一扇窗户而言，都是微不足道的，但鸟儿们还是发觉了，正如我已经看见它们在淡淡的雾霭之中留下的剪影。它们在蓊郁、健硕的树间扑簌簌地呈直线、曲线或者弧线飞翔，叫声时而短促，时而悠长，咕咕，唧—唧，喳喳，啾—啾，羽毛带着风，风推送着气流，气流裹挟着叫声，叫声旋了一股股氤氲清香的草木气息扶摇而至，从下边，从左边，从右边，从上边，似乎从四面八方涌来，瞬间便覆盖了整扇窗和一位聆听者，浓郁且清新。

这是崂山春天的早晨，这早晨是被鸟儿唤醒的。

早餐后，我和朋友们沿住处院子的后门顺阶而上，茂密的树木已开始抽青，在树上飞来飞去的鸟儿也多了起来，它们的欢叫声便更加真切。走一路听一路，没有断层与片刻的凝滞。鸟儿们似乎不知疲倦，兴奋得忘乎所以。可是，谁会觉得它们的声音聒噪呢？整日置身于钢筋混凝土丛林中的人。偶尔见到鸟，听见鸟叫，内心都是欣喜的——或者窃喜，仿佛那叫声听一声便少一声。走一阵，我便驻足扶树歇一会儿，仰望那一棵棵高耸入云的树，松树、云杉、银杏树，还有一些不知名的树，我在看树，也在看鸟，人和树、鸟的和谐相处，换来了大自然给人类生生不息的生命乐章。

在临近山顶部，回首眺望，我们看到山的南面是一片蔚蓝的大海，海面上漂着一只只渔船。眼下正值鱼汛佳期，渔民该在那儿挥汗如雨、喜出望外地收获着春天的希望。

在崂山西侧一处半山腰的梯田，一片粉红色的桃花与我们不期而遇。一串串的桃花正映着和煦的阳光欣然绽放，偶尔有几只蜜蜂在花间嗡嗡鸣叫。近距离观看，只见繁密的花瓣千姿百态却又杳无声息地开着，你不由得惊叹桃花既有梅之幽香，又有紫荆之艳丽，且热情与烂漫，犹如一群来自民间的穿着粉红色衣裙的艳色女子在翩翩起舞。不远处，一群女大学生模样的年轻女孩端着相机正在花间为自己留下春天的记忆。

看来这是一家果农的桃园。果农的一家老少正在近处的一条溪流中挑水来浇灌桃树。我走到溪水旁一看，嗬！这水清澈透底，流经山石时，被划出了一道道波纹，溅起了一朵朵小水花，直观感觉，这水该有多甜，真想用手捧一捧喝。在挑水的那位中年妇女看见我出神地在看溪水，便说："这水是崂山的山泉水，一点污染没有，比你们市里喝的自来水要干净得多，可甜啦！""怪不得这里的桃花开得这么美，浇的水都是崂山矿泉水哪！"我回敬了一句。她接着说："等秋天结出了桃儿更甜，俺这是崂山水蜜桃！"听桃园的主人张老汉介绍，他们家承包了30多亩果园，除了种的水蜜桃外，还种植了10多亩雪花梨。由于种果树的水土品质好，加上管理得当，不到秋收季节，果子就被外地果商定下了。一年下来，光水果他们就收入三十多万元。除此之外，在市里科技人员的指导下，还在果园里套种了粮食作物，打下的粮食自足有余，一家人的日子过得很是红火美满。近下午5点了，我们要下山回市里。离开桃园时，好客的张老汉邀我们秋天一定来他们家果园品尝水蜜桃和雪花梨。

这就是崂山春天的田园，是被清脆悦耳的鸟鸣唤醒的乐章，是让涓涓的山泉水浇灌的沃土，是让姹紫嫣红的花朵装点出来的画卷，是被勤劳好客的山里人耕耘出的甜蜜生活。

感悟延安

　　延安的圣名，还是我在读中学的时候通过语文课本上贺敬之的《回延安》知道的。通过贺敬之的长诗，激发了我对延安的敬慕。而真正使我为之感动不已、深受洗礼的，还是近日我亲临延安，通过看、听，所知晓的那些打动我心灵的看来平凡而伟大的人和事。

　　自力更生，艰苦奋斗，原本就是中华民族的优良品德，它的发扬光大，则是老一辈无产阶级革命家努力倡导，率先垂范，精心培育的结果。

　　毛泽东那张站在黄土院子里，面容清癯，目光凝集，身穿补丁裤，双手前伸，向席地而坐的学员演讲的照片，早珍藏在中国共产党的光荣史册里，见者无不动容。但另一些故事也许并不为人们熟知。

　　一天下午，延安留守兵团的司令员萧劲光到毛泽东住处汇报工作，见他围着被子斜躺在床上办公，以为是病了，正要询问，毛抬起头来指指地下的火盆笑说，棉裤洗了，还没烤干，起不了床，起来就要光屁股了！萧劲光鼻子一酸，指示警卫员赶快到兵团去领一床被子和一套棉衣。毛泽东一听，连说不行不行，领来我也不要，现在大家都困难，我若要搞特殊，讲的话就等于放屁，没人听，他们会说你不是真革命，是蒋介石，是封建皇帝！过了会儿，又说，劲光啊，我不搞特殊，你也不能搞，任何时候，任何人不能搞。你要记住这句话：我们共产党人决不能搞特殊！

　　回想当年毛泽东在新中国成立前夕向全党发出的关于"两个务必"的警示，便使我们党的优良传统和延安精神得到了最精确的注释。

　　人们都知道作为诗人和政治家的毛泽东，有着常人一样的丰富感情。电视剧《毛岸英》的播出，已让这位年轻人热情似火、英姿勃发的光彩形象照人；舐犊情深，毛泽东失去爱子后痛哭失声的画面也使多少人潸然落泪。然而，在违法乱纪、侵害人民利益的行动面前，他同时也有一般人少有的"毒蛇在手，壮士断腕"的霹雳手段和决断气概。

1937 年 10 月，曾经参加长征的 26 岁的抗大第六队队长黄克功，因爱情纠葛枪杀了女学员刘茜。审讯时，黄亮出浑身伤疤，请求法院免于一死，准其戴罪立功，战死疆场。毛泽东收到报告，给审判长雷经天复信："黄克功过去斗争历史是光荣的，今天处以极刑，我及中央的同志都是为之惋惜的，但他触犯了不容赦免的大罪……如为赦免，便无以教育党，无以教育红军，无以教育革命者，并无以教育做一个普通人，正因为他是一个多年的共产党员，是一个多年的红军，所以不能这样办。共产党和红军，对于自己的党员和红军成员不能不执行比较一般平民更严格的纪律。"

在法律面前人人平等，正是我们共产党人立于不败之地的精神支柱。新一届党中央继承和发扬了老一辈无产阶级革命家的优良传统，提出了对腐败零容忍态度和依法治国的坚强决心。这是红色基因的传承，是延安精神的发扬。

为了让革命精神代代相传，当年党中央在延安设立了"延安保育院"。保育院是专为革命烈士的遗孤设立的。在战争年代，我们党的一些革命者牺牲了，而留下了无亲托付的子女。这些子女便被安收在延安保育院，由保育院的干部和工作人员共同担负起抚育烈士遗孤的职责。在那个年代，保育院也经常遭受敌人的轰炸、袭击。为此，保育院不得不率领孩子们经常转移以保护他们的安全。在一次转移前，因受条件限制，孩子们不能全转移，需留下一个孩子。在这危难时刻，保育院院长的 5 岁女儿向院长妈妈提出自己留下的请求。尔后，这位小女孩被敌人炸死，而院长带领工作人员把自己全部的爱献给了这些烈士遗孤，有的为此付出了生命的代价。

那位院长的女儿之所以在生命的生存抉择中，选择了危险和牺牲是因为在她幼小的心灵中就点亮了为他人而牺牲自己的大爱光芒。这光芒是延安精神传承给革命后代不息的薪火，它点燃了共和国的希望。

日月如梭，岁月不居。毛泽东等老一辈无产阶级革命家在延安十三年的工作、生活中，为中国革命谱写了一部万世永传的光辉史诗，这里不仅有大智大勇的雄韬伟略，还有那么多感人肺腑的动人故事。那一件件在岁月风尘中飘曳的颗颗耀眼的明珠串联起的一束璀璨光环，照耀在中国革命的道路上，引导后来者传承前行。

滚滚延河水，巍巍宝塔山。延安，永远是我们向往的圣地！

在那槐花飘香的地方

艾山脚下有条洋河，河从老家的村后流过。在儿时的记忆里，村后有一片茂密的树林，沿河的南岸漫延五六里长，林带宽也足有半里多。每到春末的四、五月间，幽香的槐花弥漫在河的两岸，村里的人家只要敞开窗户，这香气就会萦绕在每个空间，沁人心脾。

在那槐花飘香的地方，有我的缘。缘之所起，情之所系。犹记儿时，每当槐花盛开的季节，及至近前，举目槐花串串随风摇曳，穗穗散出幽香，整个树林晶莹如雪。这时，男女老少都会有序地拥进林子，在不伤大树干的前提下，欢快地采摘槐花。小孩子们会将花蕊塞进嘴里，咂吧着槐花的甘甜；姑娘们会将一串串的槐花相互插在对方的发辫上，嬉闹着说一些女儿间隐情而开心的话；家庭主妇们则将槐花采回家，经水焯后，制作成凉拌、热蒸等式样的各式菜肴美食和包子，让全家人过一个槐花美食节。这季节，一些养蜂的外乡人也会不约而同地在河南岸的林间打起一座座的帐篷，在那里安营扎寨一段时间，集中采制槐花蜜。槐花蜜可属蜜中上等佳品，时至今日也是市场上的抢手货。乡村人对槐花的情有独钟和一见钟情，这是我终生难以忘怀的。何为"一见钟情"，第一眼所见，即被深深震撼，内心掀起层层波澜！不是说，与你有缘的人和事，你的存在就能惊醒他所有的感觉吗？这一片树林，这一树树的槐花，只一见，便已深植心田，给你带来美好的憧憬和希望！

在那槐花飘香的地方，有我的情。情至所系，爱之所往。年少轻狂策马天涯的日子，踏遍千山万水，试把他乡作故乡。奈何西湖柳绿不思，三峡波涌不恋，百转千回处，只有槐花香满枝，洋河水涟漪。何时，这槐林，这花海早已融入血液，随生命奔流不止。曾经沧海难为水，除却巫山不是云。原来，再美的风景，终敌不过心头对故乡的牵挂。这一片树林，这树树槐花，只一见，便永留脑际，给你带来盈满心怀的相思和感叹！

在那槐花飘香的地方，有我的爱。爱至所起，梦之所至。也许是冥冥之中的注定，爱山恋水之人，在山花烂漫的时光，遇见一生所爱，走近了这片树林，住进了这座村落，从此再也走不出这个梦境。愿有一个她，如春日般美好，就在那里，静静地等待着你的到来。在风和日丽的季节相遇，在花满枝头的时节牵手，认定了这一生，可好？这一片树林，这一树树槐花，只一见，留住了时光是你，温柔了岁月是她！

在那槐花飘香的地方，有我的梦。梦至所之，心之所归。在阳光下灿烂，在风雨中奔跑，追梦的脚步不曾停歇。恋家，爱家，唯愿她日新月异，唯愿她山川秀丽。洋河奔流入大海，古树落叶归故土；试问艾山今有路，脚下踏出小康道……无论是站在艾山沉醉古往旧事，还是淌在洋河品味历史遗韵，这一片树林，这树树槐花，只一见，便会拥花如梦，从此花开不谢！

春来秋去花有时，思乡恋情永不改。我想，或许不仅仅是我，我们，一生一世，再也走不出那槐花飘香的地方，因为这花海之下的层林里，这片树林根基的沃土里，有我们的血脉写就的诗行，而这串串槐花就是我家乡的模样！

远去的倭瓜

二十世纪六十年代初，我国遭遇了多年不见的灾荒，城乡都出现了生活困难，缺衣少粮，史上称为"三年困难时期"。在农村，当时还是实行人民公社生产管理体制，公社相当于现在的乡、镇。一个村一般为一个生产大队，大队下分为若干个生产队，每个生产队一般有三十左右农户组成。生产队的领导成员由生产队长、会计、保管、副队长、妇女队长等五人组成队委会，生产队长则是当时农村最基层的最高首长。

当时在粮食紧缺的情况下，山上的野菜都被人们挖光了。一些不能吃的树叶也被人们采摘下来充饥。像槐树、柳树、杨树等树上的一些嫩芽都被采光。为了接济夏粮稀少秋粮未收之危缺，当时农村发明了一种倭瓜见效快的庄稼种植方法。在老家，农村人的主要口粮是种植地瓜，地瓜的生长周期一般需要半年。从3月地瓜育出秧苗插到地里，到生根长成地瓜才可以收获，需等到9月中旬。而种植倭瓜则不需要这么长的生产周期。为此，每个生产队都要种十亩，八亩的倭瓜，以解决缺粮的燃眉之急。在3月初，各生产队将土地深耕后犁出一条条地瓜塄，在地瓜塄上每间隔一尺左右直接栽下一只小地瓜。如按常规种植地瓜，需要等在家先育出地瓜秧苗后，将秧苗插到地瓜塄上。这样，直接栽下的地瓜后，赶上雨水适宜，十天左右就发芽了，到7月初就可以收获了。

一般插秧苗栽下地瓜，田间管理要比栽倭瓜费功夫。秧苗栽下的地瓜要长出好长的蔓，在锄草松土时，需要将蔓先翻到一侧后露出地瓜塄的地表，以方便下锄，锄完一侧后，再将瓜蔓翻回下锄。一个生产周期，这样的劳作要反复干数次。到夏季多雨季节，为防瓜蔓遍地生根，还要经常进行人工翻蔓。而倭瓜的叶茎较短，不生长蔓，是竖直向上长的，这在锄草松土时和初夏雨季，就省去了翻蔓的工序。

倭瓜的成熟期短，一般在7月初就可以开垵刨食了。不过，倭瓜因生长根系的差别和生长期短的缘故，长出的瓜不好看，圆圆的扁，弯弯的长，也就是圆不圆、扁不扁、弯不弯、长不长的、一副窝窝囊囊的样子，它的吃头也赶不上秧栽地瓜，大概也就是因此而被称为"倭瓜"。

然而，倭瓜却是庄稼人在夏秋之交最早收获的果实，是忍受饥饿的人们望眼欲穿所期盼的救命之食。

记得那天一大早，生产队要开刨收倭瓜的消息就像久旱逢雨的喜讯一样传遍每家每户。中午时分，我和奶奶抬着一筐从队里分到的倭瓜，高兴地回到家，奶奶便赶紧煮上一锅倭瓜。煮熟后，根本就顾不得扒皮我就吃了起来，奶奶自己却不吃，只是笑着看我狼吞虎咽的样子。直到我打着饱嗝儿喊着"可撑死了"后，奶奶才坐下自己慢慢吃。

关于倭瓜的事已过去若干年了，仍使我记忆犹新，它毕竟是那个年代一段抹不掉的记忆。如今，随着农村日子过得越来越红火，倭瓜的事几乎没人记起了，它渐渐被消失在历史的角落……

多彩的海滨浴场

青岛的海滨浴场够多，足有十几个。其中第一海水浴场，在二十世纪八十年代初其规模堪称亚洲之最。经过改造后，浴场长达580米，宽40米，浴场所铺垫的沙子都是从外地花钱买来的上千万立方优质细沙。每到七、八月间的游泳旺季，浴场最多可同时容纳二十多万人在此游泳。这时，如在对面小鱼山上眺望，有人则会惊叹地喊道："这分明就是一大锅饺子啊！"也有人争辩说："不对，这漂在水里穿着五颜六色泳衣的人倒像是一锅彩色汤圆……"不管怎么比喻，这时的浴场，则是一道靓丽的无与伦比的独特风景线。

青岛人称游泳为"洗海澡"。每到这个季节，男女老少都要到海里泡无数次。会游泳的，在海里各显神通，有的蛙泳、有的仰泳、有的自由式，力气足的能一气游往返一趟防鲨网；一些初学游泳的，也会在浅水区扑通几下，被称为"学狗刨"。一些年轻的父母会带着自己的小孩在浅水区，让小孩坐在彩色游泳保险圈上，大人推着小孩在海里打转，不时传出孩子咯咯的笑声，一家人喜乐融融，十分惬意。也会有些调皮的男生把女生骗到略深一点的海水中玩耍，男生会悄悄潜到水下乘机抓到女生的小腿往下猛一拽，吓得女生发出吱吱的尖叫，等她转过神来弄清楚是怎么回事后，便联合几个姐妹向这个"坏小子"发起了猛烈攻击，直到男生投降。这种游戏叫"打水仗"。

而更多的是朋友们在浴场沙滩上，聚在一起开心地玩耍，其中最惬意的是三五成群的年轻朋友，下海游泳间歇上岸在沙滩上喝啤酒休息的情景。国人皆知，青岛啤酒已有一百多年的历史，是我们国家走向世界的知名品牌。二十世纪八十年代初，我们国家仅有"西湖龙井"茶叶和"青岛啤酒"这两个走出国门的世界名牌，不像现在我国的驰名商标已走在世界前列。而设立青岛啤酒节，则是27年前的1990年。自设立啤酒节后，人们对青岛啤酒的情愫更加火热。尤其到了夏日游泳季节，时逢啤酒节开幕，啤酒节的沸腾与海水浴场的欢乐遥相呼应。在五颜六色的太阳伞下，总有人在那里提着用塑料袋盛装的青岛鲜啤酒，袋子上插入一根塑料吸管，用嘴快活地吸吮着这芳香四溢的液体面包，有时饮酒人也用一些烤鱼片一类的小食品当酒肴。用塑料袋盛装鲜啤酒，这可是当年上过中央电视台《正大综艺》节目的"猜猜看"呢。当时，好多人猜不对这人们用塑料袋提的是何物。也就是从那时起，"青岛浴场一大怪，盛啤酒好用塑料袋"的趣闻便扬名海内外。

当然，也有不在浴场沙滩饮啤酒的，略讲究一点的，就上岸到浴场对面的餐饮一条街上饮酒就餐。这季节，那里是全天候营业，叫"啤酒海鲜大排档"。"大排档"的名字大概也就是从那时在青岛叫开了。这里的餐饮比较简便随意，一般是按扎卖的青岛鲜啤酒，菜肴最常见的是当地人爱吃的辣炒蛤蜊或原汁蛤蜊，及老醋鲜海蜇、蒜泥海带结、姜汁小海螺一类的凉拌小菜。当年央视的一部名为《杀人街的故事》便使这条街更加有名了。据说，是因少数餐饮小商贩高价宰客玷污了整个大排档而被戏称"杀人街"，并继而编出了一串串的故事。在这里，总能看到一些刚上岸的男男女女，满身湿漉漉的坐在大排档里，端着一扎扎大啤酒杯，用手抓着小菜，一边互相碰着杯，一边互相吹着牛。这种其乐无穷的场面现在已难再见到了。如今，原称作"杀人街"的大排档，已改建成一家大企业的办公场所和零星的商铺，当年顾客盈门的热闹场面已远去。然而，这里毕竟开辟了青岛海鲜大排档的先河，连同浴场的沧桑一起给世人留下那么多抹不掉的记忆。

在防鲨网以外的海域，蓝天与大海相接，片片彩帆飘曳，条条飞舟穿梭，便是帆船训练和比赛的地方。青岛又是帆船之都。2008年北京奥运会，青岛是唯一北京奥运会的合作举办城市，在这里举办奥帆赛。自此，各种国际帆船比赛经常在这里举行。其实，看帆船比赛，多数人仅是看热闹，只见那一艘艘帆船在海浪中穿行时，时而跃上浪尖，时而划弧绕弯，并看不出里面有多少门道，至于比赛的深奥规则及其比赛内容，只有专业人士才能弄明白。不过，这仍给远景的海域增添了一抹不一样的斑斓动感。

欢乐的海域，多彩的浴场；啤酒飘香的沙滩，帆船飘曳的海洋……这远近靓丽的美景，美得让你如醉如痴，醉眼痴痴，一步三回头。

我国这座海水浴场最多的城市，正在向世人张开温馨的怀抱，欢迎五大洲的朋友来这里度过一个多彩而欢乐的夏日！

乡村的味道

在我童年的记忆里，最纯正的味道是乡村的味道。这里的味道，有绿草的清香，有瓜果熟透的甘甜，有五谷杂粮的醇厚，有冬日落雪冰河却透着左邻右舍相互关爱的温馨。

这里，没有长龙似蛇车队排出的尾气，没有浓烟滚滚工厂释放的废气，没有深重雾霾带来的闷气，没有摩擦接踵的人群挤出的浊气，没有堆积成山的垃圾散发的臭气，没有毗邻而居却形同陌路的冷气。

乡村的味道在田野里。阳春三月，草长莺飞。小草泛绿了，山上的野花开了，山下果园的桃花、梨花相继开了。沿着田间的小路，心闲气静地走走，一股香气扑鼻而来，清清的，淡淡的，仿佛把五脏六腑都浸透了。你会情不自禁地俯下身来，捋捋路边的小草，扶扶可人的小花，恨不得把这股清香装在瓶子里储存起来。这时，什么烦恼，什么忧愁，早已飞到九霄之外。追赶花季的养蜂人当然不会放过这样的机会，蜂箱里飘出甜甜的味道，与花草的清香相互交融，清香中裹着一丝甜蜜。初夏季节，菜园里挤满了黄瓜、芸豆、丝瓜、西红柿，到处充满了味道的诱惑。瓜园里遍地圆溜溜的西瓜，随便摘下一个切开，咬一口，浑身顿感清凉惬意。秋天是丰收的季节，那醇厚的味道弥漫于希望的田野。一穗穗的红高粱在秋风中摇曳，它们仰着透红的脸与蓝天白云对话，等待着未来把自己的醇香装入一坛坛的高粱酒。农妇们满脸笑容，用手把一瓣瓣颗粒饱满的玉米掰下来放到筐里。大豆在太阳的照射下，豆角发出啪啪的熟透响声，响声里飘着阵阵郁香。谷穗随风沙沙作响，低着头在向哺育自己的大地作别，它将用沃土传给它的香醇馈赠勤劳的人们。

乡村的味道在农家人的餐桌上。乡村的餐桌不像城里的餐厅那样讲究，没有那样华丽的装饰，没有那样精致的餐具，没有那样繁杂的佐料，没有那样花哨的品相。人们用简易的灶台，用粗瓷大碗，用自家地里和菜园子里产的新鲜食材，用口口相传的制作方式，烧出的饭菜味道令高档餐厅也刮目相看。每道菜有每道菜的味道，每个家庭有每个家庭的味道，，每个村庄有每个村庄的味道，不像城里大饭店流水线下来的千菜一味。乡村一年四季餐桌上多的都是时令新鲜菜食。春日，在老家那里，山上的各种野菜已长出叶芽，像苦苦菜、山菜、荠菜等，将多种野菜挖回家，经焯水处理后，用水石磨将泡好的大豆磨出豆渣，与各种野菜一起下锅制成小豆腐，不仅清香四溢，而且营养丰富、味美可口，那可是真正的绿色食品。到了秋天的晚上，煮上一锅刚收来的地瓜，用新小米熬成的粥，从菜园里拔两只青萝卜、摘几只尖椒、拔几棵小葱和香菜而调制成小咸菜，人们围在餐桌前，吃着甜面开花的地瓜、喝着香香的小米粥、就着清脆新鲜的小咸菜，那种美感和舒心达到了极致。乡村的味道不只是温饱，更关乎精神，它是我一生难以忘怀的记忆。舌尖上的中国，就是乡村里的中国。

乡村的味道在民风里。乡村是社会的缩影。有各种关系，有文化传统，有家长里短，有礼尚往来。乡民秉性纯朴，古道热肠。平日里有了新鲜东西或好吃的，自己宁可少吃一口，也要送给东邻西舍尝一尝。谁家遇到红白喜事或，不用招呼，大家都会来帮忙。平日里，谁家的孩子放学回来自家锁着门，随便到哪个邻居家，大人都会热情招待，不仅给孩子腾出空地儿写作业，还拿出好吃的好喝的零食招待，孩子在这里就像在自己家里一样随意。乡村邻居间其乐融融，其情浓浓。这与城市里的邻居间形成鲜明对比，住在一座楼里，互相不知其姓不为怪事，住在一个单元里对门不知名字也不为稀奇。习以为常，怪也不怪。不过近年来，城市里有的街道、居委会推办邻居节，其用心良苦。但愿乡村里那种邻居间的深情厚谊能够来到城市间。

乡村的味道，是上苍赐予的，也是纯朴的乡民自己酿造的。乡村的味道愈品愈浓，历久弥香。

飘在村庄里的天籁

在我童年的记忆里，最动听的声音是村庄的声音。

村庄的声音是天籁，是土地与生灵的变奏，是风雨与雷电的和弦，是人与自然的交响。

村庄的天籁四季分明，每个季节都有它独特的音符组成。

春日，鸟鸣充满了村庄的每个角落。"春眠不觉晓，处处闻啼鸟"。在村前小河的两岸，柳芽刚刚萌发，枝条随风飘曳，翠鸟在枝头欢快地鸣叫。这里既有翠绿的黄鹂，也有彩色的杜鹃，它们相互拔着音节在比试着。燕子已从南方归来，正在屋檐下衔泥修复巢窝，不时发出呢喃呢喃的话语。在房前屋后那些零零散散的白杨树上，树干刚刚泛出白融融的叶芽，喜鹊妈妈便呼唤着自己的孩子钻出巢穴在空中试飞，雏鹊尖嫩的叫声与老喜鹊喳喳的粗噪共振，为这鸟鸣乐章增添了异样的音律。圈的猪也醒了，哼哼唧唧地叫唤，声音低沉而浑厚。秉性醇厚的老牛，俯首食槽，一边咀嚼草料，一边哞哞叫着。羊棚里的羊，也睡眼惺忪地加入合唱队列。没有乐队，没有指挥，这些听上去杂乱无章的声音，以其独有的音拍把率真和天性诠释得淋漓尽致。

炎热的夏日，中午知了在村后林间声嘶力竭地鼓噪，令人难恶，又觉亲切。有它嫌吵，没它又感到少了点什么。晚间，村中的水湾里传来蛙声一片。这里有青蛙清脆的短鸣，也有蟾蜍顿挫扬长的浑厚，仿佛给寂静的晚间送来了一支欢快的小夜曲。

"一年容易又秋风"。秋天，是丰收的季节，也是农家幸福欢乐的时刻。谷子、玉米金黄一片，大豆角鼓裂声阵阵。在秋收繁忙劳作的间歇，心盛好乐的农家汉子也不忘从大豆田间挑捉几只叫得最响的蝈蝈，把它们装进用高粱秆红黄篾条搭配编制而成的一只只漂亮的小笼子，并给予大葱和尖椒喂食。蝈蝈喜欢食辛辣菜类，越辣叫声越亮。这当儿，村里几乎每家的窗外都挂上几只形状各异的装有蝈蝈的笼子，似乎有意亮一亮自家的笼子有多俏丽、比一比咱家的蝈蝈叫得有多响亮。天刚蒙蒙亮，不知是谁家的蝈蝈抢先叫了起来，紧接着全村的蝈蝈都跟着叫了起来。这叫声压倒了公鸡的鸣叫，也代替公鸡的鸣叫唤醒了早起下地劳作的人们。农妇们也拉起了灶台的风箱，等炊烟融入朝霞秋风里，她们便结伴挎着盛着热乎乎的早餐的篮子送到地头，亮开嗓子喊自己的男人停下手中的活儿快来吃早饭。当繁星布满天空时，村子里仍没安静下来，倒是像演折子戏一般，新的一出又开始了。蟋蟀们藏在一些墙旮旯儿里忽高忽低地叫着，孩子们三五成群地打着手电。提着瓶子结伙捕捉蟋蟀，他们都希望自己能捉到一只个头和力气最大的、叫声最亮的优等蟋蟀，也许明后天课外课活动学校要组织斗蟋蟀比赛，说不定自己捉的那只能给自己争脸呢！

　　随着第一场雪的飘落，村庄已进入了冬天。这季节，原先那些在村头树林里欢叫的杜鹃、斑鸠、黄莺一类的候鸟都迁徙到南方去了。在雪地里看到的多是一群群觅食的麻雀，它们的习性是成群结队，若在她们附近有一点动静，便唰唰的一群同时飞走，寻找另一处无干扰的地方落下觅食。冬日里，与麻雀做伴的鸟儿大概只有喜鹊了，只不过这一大一小的鸟类食物习惯各有不同。喜鹊个头大以肉食为主，它们除了在树上找食一些近乎冬眠的虫子外，有时也会偷食人们晾晒在窗外的灌肠。个头小的麻雀，主要食冬日里枯草落下的种子和人们洒落的粮食。这一大一小的鸟儿叫声也不同，喜鹊喳喳地叫起来声音有些粗沙，而麻雀则是叽叽地尖鸣，这一粗一尖相映成趣，恰给鸟稀的季节保留了一阕悦耳的乐章。冰河上，小孩子欢快地用鞭子抽打着嗡嗡转个不停的陀螺，一些大一点的孩子则在宽阔的冰面上嗖嗖地滑起了冰。这嗡嗡嗖嗖的混声似给这冰天雪地的圆舞曲添奏上伽倻琴的和声。

　　一年四季的天籁若能集合在一起，那就是一首无与伦比的四重唱，那就是一曲波澜壮阔的交响乐，岁岁年年伴着村里人的温馨与祥和。

我的乡愁在军营

说起乡愁，那是一种与生俱来的情怀，住在心中的故乡常常鲜活在那里，是藏在心中最美的美。而我们每个人都是故乡的一片叶子，这片叶子无论飘落的多远，都无法摆脱大树对于叶子的意义。一个人的身上总有着故乡的脉络，流着故乡的血，带着永远不可改变的DNA。作为军人，军营则是他们的第二故乡。他们一生的青春年华，在这里释放，他们成长的岁月、他们奋斗的经历、他们爱的奉献，都曾在这片热土上留下难以忘怀的记忆。

1970年12月，十四岁的我在尚未读完高中即应征入伍来到了军营。因我是孤儿，作为特殊照顾，在不够应征入伍年龄而被特批入伍。那一夜，我们这些新兵乘上了一列东去的专列，经换乘解放牌卡车来到海防前哨的山东海阳县西南边的鲁口陆军军营，在这里开始了新兵集训。

十天后，下发了帽徽和军章。当时，军队尚未恢复军衔制，干部战士一律红五星帽徽和红一色的军章，军章钉箍在军服衣领的两边。当年京剧样板戏《智取威虎山》里少剑波有一句"一颗红星头上戴，革命的红旗挂两边"的唱词，最鲜活地说出了当年无军衔制的军队服装标志的特性。干部服装是四个口袋，战士是两个口袋。干部从排长到司令员都是一个样，战士从新兵到老兵也是一个样。根据我的个人综合素质，还被任命为副班长。

新兵连的集训，对我来说，集苦乐与新鲜好奇于一身。除了进行队列、军姿、内务训练外，还要进行持枪、射击、格斗、投弹、越野、攀登等科目训练。在这里，每一名新兵，都在经历从一名普通老百姓到合格军人的凤凰涅槃式的质变。在这里，使我懂得了"军人的天职是服从命令"

"纪律是胜利的保障""统一是军人的标志""捍卫国家主权和领土完整是军人的神圣使命""听党指挥、听从祖国召唤是军人的秉性""全心全意为人民服务是军队的宗旨"等军人的灵魂。

新兵集训还未结束，我即被分配到刚刚组建不到一年的原济南军区守备第三师第七团特务连当上了一名警卫员。特务连的杨连长，就是当时征兵带兵的那位首长，自然有一份亲切感。连长给我讲了一番给首长当警卫员的要求和注意事项，即分给当时分管作战的卢焕宗副团长当警卫员。当时部队正在进行野营拉练训练，经常进行夜间急行军和作战演练。这当中，保护首长安全是第一位的，其次是向司令部相关部门准确传达首长指示、传递下级向首长的请示。宿营经常要住在沿海村里的老乡家里。胶东一带，老百姓家里都睡火炕，冬天烧水做饭灶台的烟都要经过火炕通向房屋顶上的烟筒。这一带，是地雷战的故乡，有着优良的拥军传统，老百姓视子弟兵为亲人，对野营拉练的解放军能住到自己家的老乡来说，那简直就是一份荣耀，对子弟兵照顾的无微不至。炕总是烧得热乎乎的，暖水瓶的水每天都装满新浇开的水，还时不时地帮我们洗衣服。

作为住在老乡家里的军人，除了严格遵守"三大纪律八项注意"之外，还要做到"一满""一净""无干扰"，即老乡家里的水缸每天早晨要给挑满水、老乡家的院子和外面街道每天都要打扫干净、进出老乡家及行动要轻声不打扰房东。我每天晚上跟随首长很晚才能回房东休息。除此之外，政治处还分配我一个任务，即部队机关每到一地，都要给村里的黑板报换上新内容，内容要根据当时党的宣传口径和国内农业学大寨的新形势进行择编。反正压到我身上的任务不轻，足够忙乎的。早晨，在首长尚未起床前我便悄悄起床，先去给老乡的缸里挑满水，再清扫院子，给首长准备好洗漱用品和水，尔后再陪首长到餐位用餐。这一带老百姓用水都是从井里打水，全村一、两口水井，每日早晨到井里打水的特别多，有时需要排队。冬日到井里打水，要特别小心，一是井深都在十来米，二是井口周围全结了一层厚厚的冰，非常滑。一次我不小心将水桶掉到水井里，急得我就要哭出来。这时，一位老大爷和蔼地安慰我："别着急！小同志，我回家拿钉钩马上帮你捞上来，就一会儿，你先在这等一下。"不一会儿，老大爷拿来打捞水桶的钉钩，几分钟就将掉下去的水桶给捞上来了，使我感激万分。

老大爷却不马上离开，对我说："小同志，下一趟我帮你从井里打水，以防你自己打将水桶再掉井里，你们部队时间紧，可耽误不起!"老大爷仿佛知道我挑完水还有一大堆活儿要干似的，直到我挑完最后一趟水，他才离开，并且以后连续几个早晨老大爷都在井边等我帮我打水。

野营拉练结束不久，我即被借调到师政治部报道组帮助工作。因报道组都是干部编制的新闻干事，只有我自己是战士，所以只能是借调，军事关系仍在七团特务连。我一直连续在师政治部报道组和师司令作战科帮助工作多年。在特务连也先后挂了好几个虚职，先是报话班报话员，再是连部文书。尽管长期在师机关工作，但我一直对特务连有着深厚感情。特务连是一个直属团管辖的执行特殊任务的连队，担负着首长和机关警卫、无线电台通讯、有线话务、摩托和骑兵通讯、侦察等多项任务，是全团文化水平最高的连队，连队综合素质要求也比较高，用现在的话讲当属精英类别。多年来，特务连多次受到上级嘉奖，是全团优秀连队，培养出大批优秀人才。在这个连队服役，可以得到多方面锻炼，是一座真正的大熔炉。一批又一批的热血青年在这里奉献青春、锻炼成长。特务连从1969年初组建，到1985年初随着军队精简缩编调整，十六年间，从特务连走出九位团职以上军队领导干部，其中一位少将级职务；还有二十几位到地方后成为县处级以上领导干部。在这期间，有十七位战友先后奔赴对越自卫反击战，人人都荣立战功。回忆当年在特务连的点滴战斗生活，总是能激起那么多心潮的激动和美好记忆。

"当兵不站末二岗，当官不当司务长。"是对站末二岗的辛苦和对当司务长整天忙些繁杂事务的调侃。特别是冬天，若摊上末二岗，凌晨四点半下岗刚钻回冷被窝，人还没暖过来睡实，起床号就响了，搞得浑身不舒服。记得我在特务连第一次站岗就摊上末二岗，当时站岗碰巧是连长带班。连长教我如何隐蔽自己发现可疑目标，如何应对紧急情况，子弹如何迅速上膛……那一班岗尽管是末二岗，却使我通过连长的言传身教学到了许多，受益匪浅，并没有觉得"末二岗"怎么不好，反倒使我觉得神清气爽。晨星隐约，残月如钩。此时，仿佛能听到大地即将回春的呼唤。而连长回宿舍放下枪械后又走向了猪圈，当时连里养了三十多头猪，专门有一名炊事班的战士照料。估计这几天，有头母猪要产崽，连长放心不下，每天夜里都要到猪圈看几次。

那个年代，陆军的生活费每人每天四角五分钱，粮食定量是每月四十五市斤。一个连队若没有副业生产，单凭那供给标准，伙食是比较差的。而我们特务连不同，一方面，利用靠机关食堂近的优势，利用机关食堂和连队食堂剩余饭菜养起了三十多头猪，基本上解决了自给自足有余的吃肉问题。另一方面，连长带领全连干部战士利用业余时间在营房附近的山沟里开发出近十亩菜园，打了一口山泉很旺的水井，利用猪圈的畜肥种植各类新鲜蔬菜，使连队吃菜保障了自给自足和优质新鲜。用现在的话讲，不使用化肥和农药，那可是真正的绿色有机蔬菜。因此，特务连整体伙食水平比机关和其他连队都要好得多。每月连里都要宰一头猪，包饺子改善生活，赶上新年春节，要宰两三头猪。连里逢吃饺子时，每人按一斤面、半斤猪肉配给，菜由各班自己随意配，各班包好饺子排号到炊事班统一烧水用大锅自己煮。尽管我长期在师机关帮助工作，每逢节假日，连长总是让通讯员提前打电话告诉我，连里又要宰猪改善生活，让我回连一起享用。几乎每逢节假日，我都要赶回连里撮上一顿高质量的水饺，以犒劳自己的肚子。

1977 年 5 月，我正式离开了特务连。七年多的时间，虽然时间不算长，却是我军旅生活中一段永远抹不掉的记忆，是萦绕我多年并值得回望的第二故乡。时隔四十年，今年 7 月 21 日至 23 日，特务连的战友联谊会在当年驻地山东海阳举行。看着那一位位熟悉而陌生的两鬓霜白的面孔，握着那一双双温暖而有力的双手，我的眼泪止不住地一次次流了出来。在战友联谊会上，年近八十的老连长用他那依然铿锵有力的声音点每个人的名字。当连长点到我的名字时，我立正答："到！"并端端正正地向连长和战友们行了一个久违了的军礼。

在海阳战友聚会期间，战友们一起参观了原特务连营房旧址。经过四十多年的变迁，当年的营房、菜园和猪圈已面目全非，但它仍是我们魂牵梦萦的地方。在这片热土上，有我们曾洒下的汗水，有我们留下的足迹，有我们青春放射出最耀眼的年轮。

"咱当兵的人……"的歌声不只回响在战友联谊会上，它的回声将鼓舞我们一生不忘初心，继续前行，为共和国的强大做出各自不同的奉献。

秋在诗里飘曳

"一年容易又秋风"。不经意间，一阵清凉迎面吹拂脸庞，有如偈语醍醐灌顶；蓦然林间，只见黄叶撒满晚霞，若花蝶舞，似梦仙境，方从醉意中醒来：秋，已姗姗降临！

然而，在众多文人骚客的笔下，"悲秋"历来是中国古典诗词的一个传统主题。在诗句中每一触及节令之秋，诗词者往往会不由自主地隐喻人生之秋，透着一种苍凉之感。唐代著名诗人杜甫就以"八月秋高风怒号，卷我屋上三重茅"的诗句描写贫苦人民的悲惨生活；北宋词人晏几道的"红叶黄花秋意晚，千里念行客"，写出了思念友人之心的深远苍茫；唐宋八大家之一的欧阳修以"越女采莲秋水畔"，"离愁引著江南岸"，道出了恋人间的悲欢离合；清代词人辛弃疾以"楚天千里清秋，水随天去秋无际"，挥洒自己壮志难酬、功业无成的无奈情怀；著名女词人李清照在其《一剪梅》的词中以"红藕香残玉簟秋"的佳句刻描出与亲人离愁相思的叹息。唯唐代诗人刘禹锡独辟蹊径，"自古逢秋悲寂寥，我言秋日胜春潮。晴空一鹤排云上，便引诗情到碧霄"，开辟了昂扬向上的新意境。更有当代伟人毛泽东给秋赋予一种美不胜收的畅然释怀："一年一度秋风劲，不似春光。胜似春光，寥廓江天万里霜。"

是的，秋天是一个大美多彩的季节，更值得人们的期待和赞美。

秋日，宜观月赏星。这季节，夜晚的天空晴得碧透、静的寂寥，唯挂在天上的那轮明月照得万物欢不入眠，"碧天如水夜云轻"。正是在那一年的一个秋日的夜晚，我坐在奶奶身旁，听她诉说着牛郎织女的故事，说到动情时，奶奶竟流下了眼泪。通过奶奶的指点，我知道了天上的银河，认识了牛郎织女星，还有北斗星。那个年代，家里没有电视，晚间小孩们习惯于在自家院子里听大人讲天上星星的故事。那一段段神奇的传说，总是能给童年的我留下多彩的遐想。

秋日，适看云听泉。"天高天淡，望断南飞雁"的词句回映出当年毛主席在长征路上看着碧空如洗、纤云点缀、雁阵迁徙的景象，长望红军将士不畏艰难险阻而北进，立下了"不到长城非好汉"的无畏豪言！"明月松间照，清泉石上流"。秋天，溪水已瘦，不再像夏日那样汹涌澎湃。听那山间冒出的一股清泉，沿着弯曲的山间隙缝潺潺流淌，或飞湍直下，或曲折逶迤，在溪床岩石间盘旋不已，然后又从石褶皱里咽咽地漫漶而流；过平坦缓处，则冷冷淙淙，发出美妙的音响。仔细听，道有点像柳宗元游过的小石潭；若闭目静思，还像是一位妙龄少女在崖上用古筝拂弹高山流水……

秋日，时逢采菊收果的季节。"一年好景君须记，最是橙黄橘绿时"。秋日，百花稀少，唯菊花盛开。菊花给人们一种送来最后的赏花雅趣，正如唐代元稹所言："不是花中偏爱菊，此花开尽更无花。"不是吗，一年中菊花开过还有啥花再开呢？其实远止于此，菊花不仅可供人们观赏，它还是茶饮入食的佳品，菊花茶则可起到明目清脑的功效，菊花糕也是中秋诸多地方的风味名吃。屈原早年就以"朝饮木兰之坠露兮，夕餐秋菊之落英"的词句赞美菊花的食用价值。春华秋实，五谷丰登。此时，田野呈现出一片金色的丰收景象。稻谷摇穗作响，涂满金黄；柿子挂满枝头，形似灯笼！秋风，爽爽地吹着；大地，朗朗地唱着；天空，晴晴地蓝着；农家，甜甜地笑着……

秋日，更是家合亲聚的日子。"月到中秋分外明"，每逢佳节倍思亲。中秋节，是国人全家团圆的日子，赏月食月饼，是家家必为之俗。记得小时候，那个年代实行计划经济，物资贫乏，中秋节没有现今这样好的月饼，每家都是自制月饼。当时，记得奶奶让我用供给糖票到供销社买来4两红糖。奶奶用葵花籽、南瓜子、西瓜子扒出的仁儿与花生米、玉米粒上锅炒熟，加入红糖制成五仁月饼馅，用白面包起来，再用月饼模子压出月饼，用锅蒸熟，即是尚好的月饼。中秋晚上，当月亮升起时，我与奶奶坐在一起，吃着甜甜的月饼，奶奶给我讲着月亮里嫦娥和玉兔的故事……那种甜蜜温馨至今令我难以忘怀。

"霜叶红于二月花"。秋，是丰收的季节，也是多彩的画卷，更是诗的源泉和歌的海洋。

难忘秋日青纱帐

秋风吹过田野，使那里的庄稼由绿变青、变黄，不仅给农家带来丰收的期盼，也给孩子们带来了乐趣。

吸足了水肥的高粱、玉米、谷子，蓬蓬勃勃地长起来，它们身量长足，沉稳硬朗，显示出庄稼汉子那顶天立地粗犷豪放的劲头。高过人的玉米、高粱，还有摇穗作响的谷子，像列队待命的士兵，一列列、一片片，将田野间扯满了，齐整而又严密，威武而又挺拔。这就是北方青纱帐的气派。

青纱帐是乡村孩子们游戏的天堂，是躲烈日、藏猫猫的佳处，是乐园，也是梦想。放牛的时候，割草的时候，翻地瓜蔓的时候，累了就到青纱帐里寻乐趣。青纱帐里有青色、黄色叶杆编制而成的多彩帷幔，给这丛丛遮掩带来潜藏的快乐；青纱帐里有小虫子们的鸣啭，有蝈蝈的歌唱，给孩子们传来舒心的天籁；青纱帐里更有甜甜的玉米秸，可以像甘蔗一样犒赏嘴巴、滋润喉咙。孩子们管那甜甜的玉米秸叫"甜秆"。在密密麻麻的玉米秸寻找一根甜的植株是需要智慧的，不能一棵棵去啃尝，那样会糟蹋庄稼。要选一棵结玉米棒子最少或不结玉米棒子的"光棍"，这样的养分足，不会被玉米棒吸走。同时，要瞄准哪棵玉米秸的底部颜色微微暗红，好像饱含糖分的模样，最好有线虫子孔洞。虫子盗食的痕迹，是判断一棵玉米秸是不是好吃的重要依据。大自然中，虫子是聪明的，聪明的孩子会利用聪明的虫子，准确地找到甘甜的青棵。"甜秆"采到手，用镰刀削掉叶子和外皮，多汁的瓤裸露出来，咬一口，嚼出蜜糖般的甜。好多年之后，那些躲在青纱帐里啃过"甜秆"的孩子面对琳琅满目的食物，总是叹息，再也找不到童年那一根"甜秆"的甜美了，是他们萎靡了食欲，还是贪恋着那回不去的旧时光，到不了的青纱帐？

犒赏完嘴巴，就是精神的愉悦。青纱帐这天然的幕布里最适合捉迷藏。它像迷宫一样，只闻人语响，不见罗裙飘。藏猫猫的孩子，只要不吭声，就很难被找到。所以那寻找的孩子，总是在青纱帐里手舞足蹈，使尽一切办法逗乐，想让藏着的孩子忍不住大笑起来。那忍不住大笑的孩子，暴露了目标，便只好迅速跑开，转移藏身处。于是，让循声而去的小伙伴又扑了空。当孩子们玩累了，就在青纱帐里睡觉。土地有湿润，风从青纱帐的叶子肋下溜进来。从它们的胳膊底下，孩子们可以看见田间的小路，可以听到邻近豆地里蝈蝈的鸣叫和田沟里青蛙的欢歌。

对于在泥土上奔忙的庄户人来说，青纱帐是殷实的希望，是沉甸甸的收成。抬眼望见满坡的青纱帐，庄稼人总是荡漾着甜蜜，那是一坡准备走向粮仓的粮食在追赶着成长。等它在漫野的风里、雨里、日晒月浸里吮足自然的精华，慢慢把铺展无涯的青内敛，将青翠敛成深沉的绿，然后变成谈黄，时令就到了中秋，青纱帐变成了斑斑点点的黄红的彩色。花落成实，高粱晒米的香气飘曳在田园的上空。镰刀闻到香气，从墙上走下来，走向磨刀石，准备向田野进军；镢头在角落里挺了挺腰杆，准备把青纱帐收成一垛垛草垛。牛的倒嚼里多了高粱叶子和谷子秸秆的鲜美，它知道，这美味要唤醒秋天的劳作了。

只有田野的厚土，才能够把高粱、玉米、谷子养育成青纱帐，只有那飒飒秋风的抚摸，才能让青纱帐更加苗壮粗犷。

秋光里，青纱帐里长出金黄的谷穗，随着秋风摇曳，沙沙作响；高粱穗子像个火把冲着天空燃烧，向着蓝天高歌；玉米腰间揣着金棒，敲打着有节奏的韵律……它们在田野里演奏着一曲丰收的交响乐，为农民的期盼和梦想喝彩。

秋分落叶播种时

　　天道有序，万物有节，二十四节气演绎着四季不同的旋律，秋分当是其中最为优美轻柔、清爽舒雅的一曲。秋分当日，南北两半球昼夜时间相等，而秋分以后，北半球昼短夜长。

　　秋分是夏日过后入秋以来最为清凉的时节。此时，秋风飒飒，迎面吹拂，顿觉燥热全无，只感到宽松舒畅，率性自然，天地万物都有经过无情炙烤后恢复常态的那份惬意。斯时，树木已不再如夏的苍翠，有了历尽繁华过后的淡然，绿中已呈浅黄之色。阳光一般也不那么浓与烈了，秋阳总是温暖与和煦的，像个好脾气的中年。这样的秋天是让人喜欢的，正如林语堂所说："大概我所爱的不是晚秋，是初秋。那时的温和，如我烟上的红灰，只是一般熏热的温香罢了。"

　　如此清秋时节，"秋来风雨多，落叶无人扫。"那些原来葱绿的银杏叶，仿佛在经过一夜风雨之后，即变得金黄一片，不经意间落满一地。此时，倘若来到青岛八大关景区的居庸关路上，整个路面被金黄色的银杏叶铺盖一层，在秋阳的照射下，泛射着耀眼的金光。环卫工人似乎了解游人的心思，周围都清扫得干干净净，唯独将这条路的银杏叶纹丝不动地保留下来，等待着游人到此摄影留念。此时，看似像外地来的一对情侣正站在落满银杏叶的路中央，打算拍照。可两人不知为啥，并未抢时拍照，好像是发生了不愉快的争执。上了岁数的人就见不得年轻人闹不开心，便上前探个究竟，并打算给予劝解。原来，小伙子要姑娘在拍照时将红围巾搭在脖子上和胸前，以显成像时的红黄反差美，可姑娘嫌太热不愿这样做，便争执不休。我自觉有点摄影经验，即上前劝姑娘："你男朋友说的没错，你把这漂亮的红围巾搭上，配上脚下这金黄银杏叶，更显得美丽动人哪！"姑娘听我一番开导，将满脸的不快变得愉悦，对着小伙子说："那就赶紧给我照吧！"在小伙子的请求下，让我还给他们拍了一张合影。临分手时，我还告诉他们，这八大关的每条路两旁都种植了不同的树种，如在春末夏初，韶关路上的碧桃、宁武关路上的海棠，花色正艳，可以在此拍照。在不远处的嘉峪关路两旁是枫树，眼下红叶正浓，可以到那边去拍照。他们向我道了声谢后，牵着手欢快地向那边奔去。

秋分值"三秋"，时节忽复易。秋分，不仅是赏景旅游的佳期，还是农家忙"三秋"的时节。"三秋"，即秋收、秋耕和秋种，尤其秋种，时间紧，一天也耽误不得。我国北方有一句时节农谚："白露早，寒露迟，秋分种麦正适宜。"在二十四节气中，这白露、秋分、寒露是先后紧挨着的，唯秋分是播种小麦的最佳时节。庄稼人收完高粱、玉米、谷子和大豆，借着一场秋雨带来的湿润，将土地进行一番深耕细作和施足基肥后，便开始播种小麦了。过去播种小麦，庄稼人都是用牛拉犁一行一垅的播种，每户种完小麦需要七、八天的时间。而现今，农村大都实行合作联社承包土地，播种小麦，三两天就干完。播种下的小麦，经过出苗、返青、分蘖、拔节、开花、抽穗、灌浆、成熟等环节，需要八、九个月的漫长时间，是农作物中生长期限最长的。这期间，对小麦需要多次浇水、追肥，还要据情进行病虫害的防治，确实不易。当我们在餐桌上美食小麦面粉制作的各类面食时，该品出"粒粒皆心里苦"的况味。

秋天，既是丰收的日子，播种的时节。大自然给了大地这样周而复始的时节运行，让大地四季分明，使人们享受着春天的鸟语花香、夏日的瓜果满园、秋天的丰收喜悦、冬日的白雪弥漫。这年年岁岁的美景，好像让我们听到诗人郭小川那遥远的吟诵，着实代表了恋秋者今天的心声："哦，秋天！明年可要多在这儿留一留/我们款待你，用我们新酿的美酒！"

边陲掠影

　　临近十二月，几日寒潮使北国处于一派寒风凛冽、枯木鸟稀的苍茫。为了御寒，人们不得不穿上一件件加厚的保暖衣服。可当我们一行退休朋友从青岛经过三个多小时航班旅途落地南宁时，扑面迎来的则是一层氤氲，有些清新温湿，沁人心脾，不得不将登机前加到身上的面包服脱掉放到来接我们的旅行车上。听司机师傅讲，最近这里一直处于阴天，刚刚下了一阵小雨，天气比原来凉爽了不少，现在气温在23摄氏度左右。透过车窗玻璃，道路两旁的树木依然绿绿葱葱，尽显南国之翠。按照旅程安排，次日即开始真正的西南边陲之游。

　　早晨七点，我们便起床用餐起程。这里时差要比北京时间晚一个多小时，相当于北京时间八点，可天仍是蒙蒙亮的感觉。第一天的行程是先去中越边境的德天跨国瀑布，再去明仕田园。一路上，道路两旁水流弯弯曲曲，绿树重重叠叠，从树间可以看到一座座青翠的喀斯特地貌形状的山峰逶迤连绵，车似穿梭在一幅优美的动感山水国画中，使得人们忘记了起早赶路的困倦，沉浸在绿茵拥簇之中。这使我想起了印度作家泰戈尔的那句名言："大地借助于绿草，显出她自己的殷勤和好客。"是啊，西南边陲的常青翠绿，像是祖国的一道绿色屏帐，为游人编织着不老的遐想。

　　车开了大约两个多小时，司机停车，让大家方便休息一下。在道路右边，一片一望无际的甘蔗园尽收眼底，几位蔗农正在用机械收割甘蔗，我便好奇地走向一位站在园门口的蔗农搭讪道："阿叔，您这甘蔗又获丰收啦！"蔗农满脸笑容地答道："是啊！"说着，便从地上拿起一根发紫的较粗一些的甘蔗，用蔗刀将下半截砍成几块让我们尝一尝。他说，这甘蔗没有两头甜，越靠底部的、发紫的，并且有一点虫眼的，越甜。这话有道理。记得小时候，我与小伙伴在玉米青稞地里吃"甜秆"，也是找这样的玉米秆吃，这样的比其它的要甜。听阿叔介绍，他家承包了一百多亩地，大半是山间平原，用来种甘蔗；一小部分是山地，种的是罗汉果。甘蔗地种了果蔗和糖蔗两个品种，果蔗可供人们直接生吃，目前已近尾声。那大片长得蔗杆较细的是糖蔗，要过半个多月才能收割，也早被制糖厂订购了，到时直接送糖厂就行。听他的话里幸福指数不低，一年下来，光凭甘蔗和罗汉果就收入二十多万元。正如习总书记所说："绿水青山就是金山银山。"这边陲的人民在奔小康的路上也是满满的幸福感。临走时，我们要付给阿叔甘蔗钱，憨厚好客的阿叔说啥也不收，还约我们回来路过村庄时到他家做客呢！

接近中午时分，我们就到达德天瀑布景区了。尚未见其貌，就听到瀑布的轰鸣声。当一幅大瀑布出现在眼前时，我们不约而同"哇！"的一声惊呆了。绿茵丛中三叠瀑布飞流直下，一百多米的瀑布横跨中越两国，落差四十多米，可谓中越边界最壮观的瀑布，在亚洲数第一。几股瀑布分挂在两国边界，犹如两国的姑娘挽起条条白色丝带在向游客抛出友谊纽带。瀑布落下来的轰鸣好像在为姑娘伴击欢快的鼓点。瀑布落下的水流清澈透明，撞到石崖上溅起片片银花，好似节日夜空的礼花，令人心旷神怡。这时，一个个竹排在瀑布下面的水域中穿行，身着五颜六色彩裙的中越姑娘们都在用清脆的汉语向坐在竹排上的游客推卖自己的特产，好一派游商繁华的景象。

下了竹排，顺瀑布延中方台阶而上，在不同的高度观看瀑布，景色各异，更是美不胜收。

在瀑布上游的约六百米处，立有一块界碑排行53号。相传清朝年间的1896年，清政府在这段边界规划领土，拟立界碑。当时，这里交通极为不便，山高路远，崎岖难行。几个官兵奉旨抬着石刻界碑到此，看天色已晚，还有那么远的路程要走，于是偷懒就地挖坑将界碑立此地，就是现在的53号界碑。由于这些官兵的偷懒，就将我国的许多领土划给了越南。可见，当时清政府上梁不正下梁歪的腐败，染至下面的懒政卖国，为我国失去了多少国土。"835"号界碑是如今中越政府在我国"对越自卫反击战"结束后的 2001 年新立的。尽管中越两国有过不愉快的战争经历,但在"和平外交"路线的指引下,中越两国人民"同志加兄弟"的睦邻友好关系更加历久弥新。当下,此处便是中越小商品交易的繁华口岸,中越两国人民无须签证便可以在此进行商品交易活动。

午餐后,来到明仕田园风景区游览。我们乘着游艇在明仕河上漂游,两岸青山的倒影不时被船工的橹敲打得变形,时而群山迎波冲来,时而青山静若水墨,碧漪荡漾的景色让人似沉浸在神话世界,正如柳宗元所诵:"欸乃一声山水绿。"这时,不远处的左岸传来一阵悠扬的笛声,随着婉丽飘逸的笛声,从山间的河岔处划来了一叶竹排,竹排上立着一位头戴竹笠、手持渔竿的老渔翁,这静谧的画面使人梦幻到莫非姜太公也来感悟一番这绿水青山的真实写照? 我们照实被这美景陶醉了,就连船工也似乎有些醉了,要不然他为什么把船划得越来越慢呢?

正在这似梦非梦的幻觉时刻,对岸响起了一阵山歌,那歌声带着两岸青山的回声萦绕在耳边。远远看去,像是一位壮族打扮的姑娘在向游船上的客人唱山歌。这时,临近船上的两个小伙子亮起了嗓子,引得大家一齐与岸边的姑娘对唱起来。歌声在空中荡漾,船儿在水中穿行,真有当年刘禹锡《竹枝词》的意境:"杨柳青青江水平,闻郎江上唱歌声;东边日出西边雨,道是无晴却有晴。"美哉!

游船靠岸后,导游引我们来到一片花园。这里既有红色的三角梅,正在闹着抢着怒放;也有沉稳的黄槐花,在夕阳的照射下,显得端庄而华丽;还有一些黛蓝色、白玉色的叫不出名的野花,簇簇片片地在摇首弄俏。这里是当年《花千骨》电视连续剧后花园的拍摄地,不远处的拱桥也是《花千骨》拍摄景地。这绝美的明仕田园,该给《花千骨》的片景增添了多少颜值!

夕阳牵走了一天的欢乐,天上繁起了晶亮的星星,地下流淌着清清的山泉。祖国的昌盛,使边陲才有这般宁静的夜晚……

老家的冰河

　　北方乡村的严冬，可谓天寒地冻，滴水成冰，那势如破竹漫卷而来的寒冷和萧瑟，一阵阵让人战栗。农谚道：一九二九不出手，三九四九冰上走。其实，在那个万类霜天冰封地冻的季节，乡村孩童们并不怕冷，尽管冻得小脸蛋发紫，鼻涕长流，还是盼望天再冷些，河里的冰洁得再厚些，这样就可以尽情地享受冰上游戏带来的欢乐和惬意。

　　那个年代，城乡差别大得很，不像城里人有那么多娱乐项目。农村一入冬，收成到家，劳作休止，人们大都圈在热炕头上无聊地猫冬。而在冰河上游戏，则是一种莫大的乐趣。是啊！老家冬天的冰河，是上苍赐予农家孩子们的一份厚礼。

　　在冰河上游戏，其乐无穷，足能让你终生难以忘怀。譬如，打陀螺。那时候，村里村外都是土路，没有一片光滑的水泥路，对于喜欢打陀螺的孩童们来说，除了打麦场稍微平整光滑一些，再也找不到比冰河更合适更中意的场所了。有了玩陀螺的场所，还必须得有一只既好看又转得稳的陀螺。别看这小小陀螺，制作它还是一项很讲究的技术活呢！我很小失去父母，跟奶奶长大，自然没有普通孩子家父母的关注和呵护。为了满足我与人家孩子一样玩陀螺的愿望，奶奶便领着我找邻居哑巴叔，求他帮我制作一只陀螺。哑巴叔尽管不能跟正常人一样说话，但他心地善良，且心灵手巧。他便满口答应尽快帮我制作一只最好的陀螺。哑巴叔到他家果园里的一棵老桃树上截下一根足有直径约十厘米的老树杆。听老人们讲，桃木是制作陀螺的上等好木料，不仅木质好，不易裂，还有避邪功能。过了一两天时间，哑巴叔就将一只漂亮的桃木陀螺制成了。陀螺直径有八厘米、高有十厘米，陀螺的尖底部箍上了一颗小钢球，更易于旋转；陀螺的顶部，还涂上了一圈圈的彩色年轮，转动时更显得神采飞扬。

那天放学后，我来到光滑如镜的冰河上，加入一个个甩开膀子、挥动着小鞭子打陀螺的行列。随着一声声清脆的鞭响，一只只陀螺在冰上高速旋转着。这时，一些大人也来到冰河上围观助阵。人群中，自然有哑巴叔和奶奶的笑脸。在夕阳的照射下，我的那只陀螺旋转得格外光彩夺目，已成了众多陀螺的中心。围观的人群中不时响起一阵阵的欢呼声，与无数陀螺旋转的悠长呼啸，合成一股美妙的天籁飘在乡村冰河的上空，仿佛让人们进入一个梦幻的童话冬天。

在冰河上玩擦滑，也是很受大家欢迎的娱乐项目。在老家那儿，人们将城里人常说的溜冰叫擦滑。擦滑一般都是较大一点的孩子甚至大人玩的项目，需要单独选一处有坡度的河段，长度要有数十米。在此起彼伏的欢呼声中，一场擦滑表演开始了。这时，人们开始先从高处使劲助跑，等到下坡处的滑道上身体前倾，凭着惯性让自己在冰面上快速滑行。有些滑的技术好的，还可以作出一些高雅精彩的动作，像什么喜鹊单肢展翅、狮子滚雪球……使人看得眼花缭乱，很像是在进行一场绝妙的杂技表演。当然，那毕竟只是少数人才能作出来的动作，也是冰冻三月非一日之寒哪。在这里，大多数人是凑乐玩，滑不出特别好看的动作，在滑的当中自然也会吃了不少苦头。如果在起步时助跑不得要领，身体向后倾，准被摔倒，且摔得会很痛。不过，初学擦滑，哪有不被摔倒的？看吧，只要前面的滑道上摔倒一个，紧接着就两个、三个，一串摔倒在一起，一堆人仰马翻的场面，好不热闹。擦滑的魅力是无穷的，乡村孩童们也是友善的，即便摔在一起互相被磕得鼻青脸肿也不会埋怨别人，相互扶起来，对眼笑笑、抖抖身上的冰屑，再继续尽情玩耍。一个冬天下来我一条棉裤因擦滑总被撞破好几处，奶奶经常在灯下帮我在膝盖处的棉裤上打好几层补丁。尽管如此，奶奶还是打心底儿高兴，喜悦经常洒满她那一道道脸上的皱纹。

冰河上的诸多游戏项目中，最受大家青睐的就是老鹰捉小鸡。一般由一个较大一些和壮一点的女孩扮母鸡，在母鸡的后面由男女混搭按高矮顺序排成一群小鸡；由一名男孩扮老鹰。在冰河上，母鸡拼命地护着自己身后的小鸡，不让老鹰捉住，老鹰则使尽浑身解数捉拿小鸡。一阵阵尖叫，一声声呐喊，打破了冬日寂静的村庄。玩到后来，往往两败俱伤：一只只小鸡被摔倒在冰河上而被捉，就连老母鸡自己也一次次被摔得歪歪瘸瘸，老鹰也被摔得遍体鳞伤，完全没有了开始时的那种鹰扬虎视的气势。大家最终合手言和，关心地相互问候着。

夕阳慢慢地落在山里，炊烟也笼罩在村庄的上空。在冰河上疯玩了半天的孩子们依依不舍地各自回家了。

岁月如梭，时光飞逝。当年在老家冰河上追逐嬉戏的我已年近七旬。只是如今，故乡的冬天再也难见儿时那种冰封河面的壮观景象了，取代它的是新农村如同城里一样的现代繁华和热闹。看来，那条给我们带来快乐时光的冰河，只能被尘封在记忆的深处了。

盼落叶不扫

　　青岛的八大关，算得上游人向往的景区。除了它集世界著名建筑风格之外，还有不同的路段植有不同的花木。尤其是春天，像宁武关路上的海棠，一串串白里透红的花儿，在海风的吹拂下，摇曳飘芳；紫荆关路上的雪松，在经过一个冬日的储积，枝头发出了新的针芽，显得更加苍翠；韶关路上的碧桃，姹紫嫣红，在蓝天白云的辉映下，显得更加妩媚多姿；居庸关路上的银杏，此时枝头已涂满新绿，正在孕育着长出银杏果儿；临淮关路上的龙柏，似乎百年不变，一幅苍郁的面孔，挺立于道路两旁，像身着绿色军装的礼兵一样，列队欢迎游人的检阅；嘉峪关路上的枫树，此时枝叶还显不出它诱人的魅力，叶子还有些黄绿，只有到了秋天才能变得红起来，引人入胜；山海关路和武胜关路上的法桐，新芽绿叶，密密匝匝，绿荫遮阳，显得有些氤氲，给干燥的春日带来一丝爽气。

　　然而，一到秋日秋风起，八大关路上的树木经过夏日绿肥红瘦的嬗变，除了雪松、龙柏之外，大都花败叶落，似乎失去了诱人的芳容。其实不然，落叶有落叶的美，事在人为，只要人们将那些落叶不扫，就会给秋日里的风景增添一层姿彩。

　　许多城市为了营造秋日美丽的氛围，都作出不扫落叶的规定。像北京，就下发了"暂时保留秋冬落叶景观"的通知，要求对林地、草坪上的自然落叶尽最大可能保留，让市民感受深秋美景。园林部门还应广大市民的诉求，规定各公园绿地不再对落叶日扫日清，而是采取保留措施，以方便市民亲近自然，领略美丽秋色。此举措影响渐广，许多城市也都采取类似措施，保护秋冬的落叶。

而人们往往受思维定式的影响，萧萧的落叶，一直被认为是衰败之物。什么"枯枝败叶""西风扫落叶"，是常见的用词；惨淡与萧条，是它反映的意象；离愁与孤独，是它表现的情绪。眼下人们观念的转变，却为之"翻案"，视落叶为美景，见识有了提升，理解别于从前。

　　我们高兴地看到，在八大关居庸关路和嘉峪关路上，满地是金黄的银杏叶和暗红的枫叶，游人一拨接着一拨地在那里观赏留影，彰显出人与自然的和谐相容，十分惬意。

　　青岛的市树是银杏，在香港中路的道路两旁和"五四"广场都有大面积栽植，在其他地方也有不少栽植。每到深秋，这些地方的银杏落叶似乎很难见到。据说，有关部门怕影响政府门前环境卫生，让环卫工人便对银杏落叶日扫日清。对此，踏足观光的市民和游客显得有些遗憾和无奈。

　　实践在前，认识在后，是人类认识世界的规律。生活中的美，常常不被认识，"世界上并不缺少美，只缺少发现美的眼睛"。满街落叶的美，曾被偏狭视角忽略。如今许多人已有了不同以往的观念，认定落叶不扫是美。由此可见，审美不专属美学家，发现美的眼睛，也不会长在美学家的脑袋上。而落叶不扫，既是人们对美的发现和维护，也是百姓的期盼。

　　落叶不扫，是对秋天最后的温柔。这温柔，我们何时能够毫无保留地给予它？

　　心存一种希冀：留住秋天的落叶吧，我们不胜期待！

乡村文人

　　进了腊月门，就该开始忙年了。那个年代，在农村，为年而忙，忙中取悦。农妇们有的在忙着为儿孙孩子制作过年穿的新衣裳，有的在磨面碾米，准备制作各式花样的馍馍和年糕；男爷们则忙着杀猪宰羊，赶集采购年货。最引人瞩目的，就是大伙儿一起围观写对联。当时，村里最有名的文人就是辈分最高的孙瑞图。论辈分，我的父亲称他为老爷爷，轮到我就该称他老老爷爷啦。他可是当地十里八里乡村颇有名气的"书法家"，只是那时在乡村没有"书法家"这样的称呼。现在回想起来，他写的对联在集市上卖的价钱比其他对联都要高，懂行的人认为他书写的字刚劲有力而又显典雅、清秀风韵而又显浑厚，是选购对联的抢手货。读小学时，我与他孙子孙锡堃是同班同学，尽管我们是同龄人，但论辈分，我还得称他为爷爷。上学时，孙锡堃经常拿那一些他爷爷年轻时临摹过的字帖让同学们观赏，什么颜真卿的、欧阳询的、柳公权的，让我们看得目击道存，可见老爷爷的书法非一日之功，是其多年匠心修笔所得。

　　当年农村还是生产队体制。每年这时，孙瑞图就成了生产队里的摇钱树。生产队长把他请到小学校放寒假腾出的教室里执笔写对联。在教室里点起炉子，组织一帮人制作对联到集市卖，为生产队集体挣些过年分红钱。制作对联的工艺也是很讲究的。首先，要选好写对联的纸，要选大红纸、纸面还需撒粘零星金银碎片的上等专用对联纸，将纸按村居临街大门、正厅门、居住房门不同尺寸裁出主要对联用纸；其次，是熬墨汁，将一锭锭墨石弄碎，加上适当比例的胶用锅烧开，这样写到纸上的字耐久且有光泽。记得当时各门对联比较时尚的词是：大门是"江山千古秀/祖国

405

万年春";正门是"忠厚传家久/勤俭继世长";房门是"家和万事皆兴旺/人勤五谷全丰登"。那些被裁下的边边角角的纸，则写成"抬头见喜"一类的小条幅用来贴在大门正对面的墙或树上，或写成"年年有余"一类的小条幅用来贴在储粮食的缸上。还有些便裁成小方块，用来写小"福"字或"酉"字可贴在小物体上。这些对联内容印记着那个年代的烙印，呈现着农家人国怀家风的情愫，记录着一代人对美好生活的梦想。

制作对联时，有明确的分工：孙瑞图是主笔，负责写各大门对联，他的周围还要有几名负责掸平纸的和将写好的对联运到太阳下面晒干的；还有专门负责将晒干的对联收起分类包装的。当然，我们这些放了寒假的孩子也有"显显身手"的机会，生产队长从中挑几个写字比较好的孩子，在老爷爷的指导下写一些小条幅和小方块，当时我就是被选中的其中一个。要说我的毛笔字写得还有点样子的话，应是得益于那个年代学写小条幅对联开始的。还有一帮人，专门负责到集市上摆摊儿卖对联。记得，春节前光靠卖对联，每家就能分得十多元。在那个年代，十多元钱可不是一个小数，充裕了每家购买年货的腰包，这令其他生产队都有些眼红和羡慕。我们队里的一些父老乡亲，到现在一直都念老爷爷的好，说在那个困苦的年代都沾了他老不少光。

孙瑞图称得上乡村知名文人，不仅毛笔字写得好，对古诗文也颇有造诣。一些中、小学的语文老师经常拿一些古诗文来请教他。记得有一年，几十里外的一处修公路，挖了一座古代的坟墓，出土了一些印有古代文字的文物，文物部门的一些专家专门登门请教老爷子，请他帮助破译了一些难点。事后，有关部门还向他颁发了荣誉证书。

孙瑞图还是胶州市（当时称胶县）有名的中国象棋棋手，用现在的说法该称为中国象棋大师。在他的影响下，他的儿子、孙子都属当地中国象棋名家。如果说我能在一般人面前摆摆"龙门阵"，还能赢几盘，我的中国象棋入门和棋艺的提高，都是当时与他孙子孙锡堃的引导和指点分不开的。读小学时，孙锡堃经常从家里带一些他爷爷看过的《中国象棋谱》类的书到学校让我们看，并按棋谱上的阵式摆上棋子演练一番。那棋谱上有好多有名的经典棋谱，像什么"海底捞月""围魏救赵""欲擒故纵"等等，玩味无穷，寓意深刻。在引导我入门时，他还就中国象棋棋子的走法规则编出一套顺口溜，如"马走斜、相飞方，炮要隔山打，车是一杆枪；仕斜三，帅居框，小卒一去不还乡"，易懂易记。

　　孙瑞图在下棋时，最擅长使用的是连环马战术，多人都很难破他的这一战术，如要破，须舍一车带一马或炮。当年胶县县长姜克，是有名的中国象棋大家，曾利用节假日驱车从县城数十里专门找他下棋，交流棋艺。那次他们足足下了大半天，结果是每人各赢一盘，和了一盘，下成平局。孙瑞图事后对人讲："人家是客人，又是领导，我不能赢他，只能下和棋。"姜克当时属十三级高干，吸的是特供中华烟，临走时还送孙瑞图一盒。孙瑞图也将此引以为骄，将一盘中华烟放了一年多，耳朵上时常夹上一支中华烟，并逢人就讲："这是姜县长找我下棋时送我的中华烟，可香啦！"赶上夏天，那烟在耳朵上夹得都被汗水浸黄了。但对一个乡村普通文人来讲，能与县太爷交手，并得到高级赠品，实属一件十分荣幸的事，怎能不炫耀一番呢？

　　人们常说，文人寿命长。这话有道理，孙瑞图活到近一百岁才离世，这在当时是少有的高寿了。

　　斯人已逝，但那乡村文人的故事一直在流传。这使人们想到，在那散发着泥土芳香的田野，有了斯人的存在，才使乡村农家的生活有了更高的追求，乡村才变得更加美丽。也证明了"耕为立命之本，读是修身之策"这句古训的深远意义。

春来荠菜鲜

当大地刚从那薄雾的晨曦中苏醒过来的时候，一场淅淅沥沥的春雨温温地洒向了它那旱了一冬季的身躯，土壤便憋足了劲地吸吮着这苍天赐予的甘露。田野上那一片片的冬小麦时值返青季节，在久旱逢甘露后毫不掩饰地向踏青的人们展露自己的盎然生机。在麦田行距空间毛茸茸的荠菜也快活地迎着春雨使劲生长，它的叶子呈暗红透着嫩绿，尽显北方春日野菜第一鲜的宠儿模样。

雨霁天晴，三五成群挖荠菜的人们就拥向了麦田。奶奶便挎着那年哑巴叔帮我们家编制的柳条小篓，领着我参与到这挖荠菜的人群中。开始，我用小铁锨只将荠菜的叶子挖出，而它那长长的白色须根仍留在地里。奶奶见后向我纠正道："这荠菜的根比它的叶子还要鲜美，挖的时候要深挖，将叶子连根一起挖出。"不到半天时间，我和奶奶就挖满了一篓子荠菜，怀着喜悦的满足感回家了。

荠菜可用来做汤、凉拌和包包子吃。那个年代，物资匮乏，小麦面粉只有过年时用来包两顿饺子吃，平日里很难吃到。食油、猪肉及其他副食品都要凭票供应，且每人每月都限量供应很少一点。为此，奶奶平日将买猪肉的票大都买成肥膘肉，除偶尔做一点红烧肉犒劳我一次解解馋外，其余都下锅炼成荤油，用来分若干次调做野菜吃。

在我童年的记忆里，春天令我最难忘的是吃上一顿奶奶亲手用地瓜面包的荠菜包子。奶奶先挑一些大片的地瓜干用石碾碾成面；再将挖来的荠菜择去那些枯黄的败叶，洗净后上锅用开水焯一下，经清水洗淘一遍，切成小段，加入荤油和葱、姜、盐调成馅；和地瓜面需要用热水，才能将面和筋道，便于擀包子皮，它不像小麦面那样直接用冷水和面就很筋道。然后，开始包包子。每次奶奶总是蒸好几锅荠菜包子，除了自家吃外，还让我用笸箩装上一些趁热分送给平日给予我们家帮助的邻居吃。奶奶说，咱没有什么好答谢人家的，让那些帮过咱的好心人也尝尝鲜吧。这种邻居间的相互亲情，随着时间的积累，愈加历久弥新。

眼下，正是吃荠菜的时节。农贸市场上有许多卖荠菜的摊儿。那里卖的荠菜样子看起来要比以前我们从地里挖的既肥壮又鲜亮，然而吃头味道可比从前要差得多。这大概是受多年化肥、农药沉积使土壤退化的缘故。多么想再吃到当年那原汁原味的鲜美荠菜啊！我想，这一天离我们不会再遥远，因国家把绿色生态发展已列为首位，提出种植农作物不仅要求使用化肥、农药要零增长，且要保证逐年下降。这样一来，土壤环境的改善恢复指日可待，百姓餐桌上那期盼了多年的味道定会回来的。

春日花有序

　　春节一过，只要不遭遇倒春寒，天气便渐渐暖和起来，一阵阵春风温温地、润润地吹向大地那一拨拨排着队等待绽放的树花。

　　而世人往往受思维定式影响，总以"百花齐放"来美喻春天大自然花开的景象。其实不然，春日花开是有其自然规律的，谁先开，谁后开需排号按顺序来。除此之外，也有将花开之顺序搞颠倒了的，认为梅花乃一年中最后开放的花色；而在敏锐的诗人看来，梅花才是东风第一枝。李渔就在《闲情偶寄》中说："花之最先者梅"；毛泽东也盛赞梅花"俏也不争春，只把春来报"。可见，梅花堪称报春的使者。这时，在一些山崖上或一些山村的院墙上会伸出一枝枝不同颜色的梅花，仿佛在向人们宣告春天的到来。

　　紧接着登场的则是迎春花。迎春属落叶灌木，枝条细长，叶小，先开花后长叶，其花朵与梅花大小差不多，只是颜色是黄色的，在这个季节，它与梅花相得益彰、比翼怒放。

　　朱自清在散文《春》中写道："桃树、杏树、梨树，你不让我，我不让你，都开满了花赶趟儿……"，似乎桃树、杏树、梨树都是同时开花的。事实上，桃树、杏树和梨树花期虽有重叠，但不完全同步。杏花是紧接着梅花和迎春花开放的，花期比桃花和梨花要早些。罗隐也察觉到了这一点，他在《杏花》诗中说："暖气潜催次第春，梅花已谢杏花新。"这两句很容易被误读为梅花凋谢了杏花才开，其实杏花是在梅花凋谢将半时开放的。梅杏之间盛衰，一如青年和老年一样对照鲜明，所以罗隐接着说："半开半落闲园里，何异荣枯世上人。"韩偓《寒食夜》一诗道："恻恻轻

410

寒蓊蓊风，小梅飘雪杏花红"，也证明了梅花飘零时杏花便已盛开，它们的花期有参差也有交集。山里人有"桃花开杏花落"的口头禅，说的也是并非桃花开时杏花即落了，而是杏花即要落时桃花才争相开放。桃花开的时候，正是新发柳叶青翠欲滴之时，这里有杜甫的诗为证："红入桃花嫩，青归柳叶新"。杏花有红也有白，只是因开的时段不同随之颜色有所变化。如：描写红杏花的佳句有"一枝红杏出墙来""红杏枝头春意闹"等；而白色杏花初绽时也略带红色，等到盛开后才完全变白，温庭筠曾一言以蔽之曰："红花初绽雪花繁。"而桃花的开放，我总觉得它们有些不够收敛和谦逊，一旦开放或飘落，漫山遍野、村前屋后，处处尽显其身姿，正如李贺诗里所说的："桃花乱落入红雨"。

与杏花和桃花同时开的，还有樱花。樱花属落叶乔木。樱花分单樱和双樱，单樱先开花后长叶，与杏花花期相近，花色主要是白色；双樱则是先长叶后开花，与桃花花期同步，花色多是粉色，也有白色和黄色，绿色是珍稀品种，被称为"绿牡丹"。目前，我国青岛应是樱花栽植最多的城市，除了每年"五一"前后在中山公园有专门的"樱花会"之外，青岛许多大街小巷的道路两旁都栽植了樱花。在新建的一处居民小区的道路两旁栽植的全是各品种的樱花，并取名为"樱花小镇"。在那个时间段，四面八方的游客都涌入青岛观赏樱花，中山公园里呈现的是一片花的海洋，人的海洋，欢乐的海洋，正如老舍先生当年在其《樱花集序》中所说："五月的青岛红樱绿海都在新从南方来的小风里"，"出门尽是看花人"。

"是桃李二物，领袖群芳者也。"所以说了桃花和樱花，就不得不关注一下李花。桃花和李花花期接近，唐代诗人贾志说："草色青青柳色黄，桃花历乱李花香。""历乱"一词不是说花儿凋谢了，而是说花儿开得正灿烂。桃花和李花之所以领袖群芳，是因为春间花色"大都不出红白二种，桃色为红之极纯，李色为白之至洁，'桃花能红李能白'一语，足尽二物之能事"。明乎此，难怪有"桃李杏春风一家"的说法，只是花开放次序略有先后而已。

"蕙草生闲地，梨花发旧枝"，当小草从空地上钻出来时，梨花也从旧枝上萌蘖。梨花比桃花开得晚一些，也有诗词为证。欧阳修词中有"不觉小桃风力损，梨花最晚又凋零"的句子，已把桃花梨花开放的次序说得很清楚了。至于对梨花恋情的描写，还是京剧大帅梅葆玖先生的那曲《梨花颂》，能让听戏人听得醉眼泪流："梨花开，春带雨；梨花落，春入泥。此生只为一人去，道是君王情也痴。天生丽质难自弃，长恨一曲千古思……"

紧接着该是海棠来闹春了。宋代诗人宋与义曾说："暖日薰枥柳，浓春醉海棠"，海棠花开的时候，天气已是非常暖和了，应该时值春末夏初。这时，似乎呈现在人们眼前的是绿肥红瘦，柳树、杨树的树冠已被浓浓的绿叶挂满。此时，除了少有的牡丹、芍药等草本花开放之外，木本的海棠该是春花的压轴者。海棠花初开是微红色，完全开放时则是白里透红，花朵成串开放。对它的开放，赏花者还真有些恋恋不舍，这大概是因其春末木本花之谢幕的缘故吧。

常翻名人诗词文献，不仅可以晓得春日花开的次序，也可领路大自然自有的规律，不至消沉于"无可奈何花落去"，以静待明年春风花有时。

亲亲上合岛城已准备好了

　　青山连碧海，岛城聚远朋。继2008年北京奥运会帆船赛之后，世界目光将再次聚焦青岛。6月上旬，上海合作组织成员国元首理事会第十八次会议将在这里举行。整个岛城沸腾了，人们奔走相告，各方动员，将以更加开放的胸怀、更加亮丽的环境迎接世界宾朋。

　　青岛这座仅有一百多年历史的年轻城市，为何能让上合会议选择在这里举行？我想，正是由于它年轻，更具有现代年轻的魅力，充满改革开放的活力，更具包容世界命运共同体发展的氛围。近代名人康有为早年就这样说过："青山绿树，碧海蓝天，中国第一。"一百多年来，这座山海相连、独具风韵的城市，吸引了无数名人学者在这里寓居。二十世纪初，老舍、沈从文、臧克家、萧军、萧红、梁实秋、闻一多等文化学者，都曾在这里寓居，并留下了诸多描绘青岛风土人情的瑰丽篇章，让海内外游人慕名而来，那号称"异国建筑群"的八大关近代名人故居，则是留给后人一段灿烂记忆。改革开放以来，岛城的发展更是令世人刮目相看。1984年，青岛被列入首批十四个沿海开放城市之一，国务院批准设立青岛经济技术开发区，是首批十四个国家级开发区之一；1986年，国务院正式批准青岛市在国家计划中实行单列；1992年，国务院批准青岛保税区设立；1993年，青岛获"全国双拥模范城"荣誉称号，并已实现八连冠；2005年，青岛跻身首批全国文明城市，并连续多年蝉联此称号；2006年，青岛在全国副省级城市中率先建成"国家环保模范城市"；2016年，在中国科学院发布的《中国宜居城市研究报告》中，青岛名列第一；2017年，联合国教科文组织授予青岛"电影之都"称号，这与近年来国家授予青岛的"音乐之岛""帆船之城"等荣誉称号，共同打造起岛城这一亮丽的文化名片。

黄海明珠，诗意青岛。青岛天时地利的自然美景，青岛市委、市府改革开放的辉煌业绩，青岛人民文明的颜值和好客的情愫，为迎接上合会议的召开，正紧锣密鼓地进行着严密而细致的准备。

"有朋自远方来，不亦乐乎？"崂山的翠绿，挽起了友谊的纽带；黄海的浪花溅开了热情的笑靥。亲亲上合，岛城已准备好了。当下的辉煌，让世界再一次记住了青岛。

崂山脚下鲅鱼鲜

谷雨时分，农家就按节气开始忙着春耕播种了。在北方的黄海，东南来的季风也暖暖地吹开了春讯渔潮，渔民们扬帆出港，开始了繁忙的拉网捕鱼。在青岛近海，正值鲅鱼肥美季节，也是这一带人们美食鲅鱼的日子。这时，在青岛崂山南端的沙子口渔港，则是每年鲅鱼出港交易的最繁忙渔港。这里产的鲅鱼是黄海本地最正宗的鲅鱼，大的每条都在十斤以上，小的也有三斤左右，每天要出港上千吨。

"谷雨到，鲅鱼跳，迎来农家丈人笑。"这是当地的农谚，说的是在这个季节，女儿、女婿买上最新鲜的鲅鱼上门孝敬老丈人和丈母娘，在那里一家喜乐融融地美食鲅鱼的情景。这一民俗亲情已传承上了数百年，成为当地民俗中的一道靓丽风景线。

一条大鲅鱼可制作三种美食，被称为"一鱼三吃"。

红烧鲅鱼头。先用铁锅将花生油加热，加入葱、姜、花椒、八角等佐料和盐、酱油、料酒、水烧开；再将鱼的头部沿嘴顺刀劈开，截成几段放入锅内煮；烧开锅后，再慢火炖三十分钟后即出锅，味鲜后重，配玉米饼或米饭同吃为最佳搭配。

清蒸鲅鱼尾。先用葱、姜、大蒜、花椒、醋、盐、味精、料酒、花生油、香油配制成佐料（不可加酱油）；再把鱼尾的两面深划出若干刀花，将配制好的佐料用手均匀地抹入刀花内，把整条抹好的鱼尾装入鱼池（盘）内；将蒸锅烧开后，放入鱼池（盘）进行先大火后小火蒸，三十分钟后开锅即吃，美鲜清纯，饮酒作肴，极为享受。

包鲅鱼水饺。取鲅鱼中部经冰箱速冻后，剥去鱼皮和刺骨，放入冬瓜或西葫芦、葱、姜、花生油、香油、食盐、少许烧开的花椒水、香菜末，再加入按整个饺子馅的五分之一的五花猪肉，一起制作成馅包饺子，尽享春日鱼鲜美味。

春日的崂山，山上一片风摇清翠，鸟鸣阵阵；山下海浪波涌，渔帆点点；山间村庄炊烟袅袅，山味海鲜……新时代农渔民的生活也充满了春的气息，一派生机盎然。

琴声从河对岸飘来

四十多年前，我在胶东一个陆军兵营服役。以河为界，河南岸有一片树林，树林的右侧是一座小学校，树林左侧是一个村庄，住着百来户人家；河北岸便是我们的兵营，依山而建。

每当夏季夜晚，总会听到从河对岸传来悠扬的二胡声。那声音伴着皎洁的月光、野虫的唧唧，飞过清亮亮的河面，萦绕在整个兵营——日子久了，那声音便成了一种期待，给严肃清苦的时光平添了一丝情调。倘若哪天没有听到，还会生出一些莫名的惆怅。

拉二胡的是河南岸那所小学的一位女教师，当年不足二十岁，人长得清秀、文静，头上束着个大独辫子，显得很精神。她不善交际，很少到村子里串门。倒是每天能见到：放学前课外活动时，在树林里，她教孩子们唱歌、跳舞的身影，有时她拉二胡伴奏，一群小学生在她面前尽情地歌唱。除了学校、河边、树林，很少能在别的地方看见她。她跟别人交流，似乎就是那把二胡，夜夜响起，曲曲流情，那时部队里没有多少人懂得音乐，却都觉得那声音好听。我们这些文化略高一点的军人，倒还懂得一些，晓得她拉的都是些名曲：《赶集》《二泉映月》《赛马》《病中吟》……她在人们眼里有些神秘，村里几个胆儿大的后生试图想去接近她，可碰到是一脸冷漠。愈是这样，更加引起大家探究的兴致，经常琢磨她。

她生活得很规律，每天早起盥洗后，在学校食堂吃完饭，便独自一人穿过树林来到村头。看似散步，实则是在等村里那些上学的孩子。当孩子们都到齐了，她便陪着一起沿着林中一条小路到了学校，接下来是一天忙碌的教学。她身上有一种天然的亲和与内在的威严，孩子们都很喜欢她，亦很怕她，个个瞪着亮闪闪地眼睛好奇地看她做一些很新鲜的事情：看她满嘴白沫的刷牙；看她穿彩条毛衣在拉二胡；看她每天往办公桌的瓶子里换插一束闲时采集的鲜花；看她在阴凉处静静读书的样子。她打开了孩子们的眼界，开启了他们心智的大门，让孩子们对山外有了憧憬和向往，让沉寂的大山有了读书声和歌声。特别是到了晚上，她那动听的二胡声，在小河两岸氤氲弥漫，让整个山村和兵营沉浸在一片谐美诗意之中。

一天中午，我在河对面村子里供销社的小卖部里意外见到她。她正在买一些牙膏、香皂之类的生活用品。我想主动跟她搭讪，想夸她二胡拉得不赖，还没等张口，脸先红了起来。她转身抬头正好看见我的窘态，稍一愣怔，低着头匆匆向树林西头的小学校走去——那是我在兵营附近村子里两年多的时间，唯一一次近距离见到她。以后只有站在河北岸营房院里远远地听她悦耳的琴声，终究没有机会再接触。

突然有一天晚上，二胡没再拉响。接连几天，小河两岸一片沉静，只有小河汩汩的水声。

终于孩子们传来了消息，说他们的老师考上大学了，是全国有名的音乐学院。果真如此，早知道这姑娘在这山沟里待不久，人家是有真本事的。知道了消息的人都这么说。

后来听说，当年她是随在民族乐团当指挥的父亲一起下放到这里来的。父亲安置在县城文化馆里劳动改造了一个时期后又回了北京，她留下来，一直在这里当代课老师。

几年前，我在北京一家音乐厅欣赏一场音乐会，舞台上一位年轻俊俏女子如泣如诉的二胡声和她肩后那条粗黑的独束辫子，让我顿时感到耳熟眼亮。思绪瞬间被拉回到那个久远的年代，眼前立刻浮现出当年服兵役时的情景：小河南岸树林旁那悠扬的二胡声韵绵绵不绝，由远及近，似幻似真——我猛然想起：当年的那个她，如果有女儿，也该是这个年龄了吧？

初夏樱桃红

崂山的樱桃红了。

这时，崂山西北山麓的北宅，便进入了一年里最红火的时月。沿着层层的山坡梯田，新修的沥青大道和田间小路，便呈现着车水马龙熙熙攘攘的车流和人群，这是青岛城里的男人女人或搭伙结伴或扶老携幼摘樱桃来了。

人们向收费者按人头交足钱后，便散漫在樱桃园里，伸手拽下缀满或紫或红或红黄的樱桃的树枝，摘下一穗一穗熟透的樱桃，填到嘴里，即发出舒心的赞叹，好鲜好甜吧。更有一些身子灵巧的男孩，为讨女友的欢心，攀爬到树上，从树梢上摘下最大且熟透的樱桃极品，下树来送到情侣手里，会心的微笑里荡漾着别具一格的浪漫。喧哗声嬉笑声和呼朋唤友的声涛，此起彼伏在樱桃园里。在通往樱桃园的大道小路两旁，也摆满了盛着各种颜色品种樱桃的筐蓝和纸箱，叫卖声议价声嘈杂一片，交易活跃。我看着那些抱着一箱箱樱桃乘车离去的男人和女人欣慰的脸色，无疑是北方这种鲜果独有的滋味带来的。

"樱桃好吃树难栽"。的确如此。在科技不发达的年代，从种植树苗，到嫁接结果的树，需要十多年的时间，这当中且不说结果树的成活率不到三成。十年前，青岛农业大学的教授专家，将樱桃栽培的科技成果带到这里，并指导果农大面积栽培，不到三年树上就挂满果子。近几年，村里成立了果业股份公司，果农将自家零散的小块山地入股果业公司。公司实行连片科学经营，并聘请了农业大学的专家当顾问，不仅使樱桃生产年年大获丰收，还分片种植了草莓及其他果树。到了这个季节，樱桃和草莓几乎同时成熟。公司果农人手忙不过来，不得不从城里高校顾用学生来帮助采摘水果。

当下，电子商务的发达也给果业公司开拓了很好的销售渠道。他们的优质樱桃、草莓都远销北京、上海等大城市。高铁的便捷，从果园到客户手中最晚不超过八小时。果业公司的负责人还告诉我，原来村里人多数年轻人都到城里打工赚钱去了，近两年来，这里果业的兴旺发展，使大部分年轻人都返乡到果业公司干上了果农，且收入都很可观，每年比在城里打工要多拿近一万多元呢！

进入5月下旬，便进入崂山山麓最红火的季节，果农们选择了早熟和晚熟的各种樱桃品种，采摘的时间可以延续月余。这片山麓果园，距青岛市里不过十来公里，工余假日，人们呼朋唤友引妻携子，驾车不过半个多小时便可进入你选择的樱桃或草莓园了。这时，片片梯田里，那些缀满紫色、金黄色的樱桃树，迎着阳光璀璨点点，犹如珍珠玛瑙挂满了吉祥的圣诞树，在迎接人们进入果园，一起度过欢快回味无穷的时分。

每到五一节前，气势宏大、姿容华丽的樱花，犹如掸落山野的粉红火焰，它们炸响了无声的惊雷，点燃了早春第一抹明艳色彩。樱桃花的花瓣，基本是月白色的，带点淡淡的粉红，出落得清淡高雅，落落大方，并无丝毫轻佻。这种色调，是少女羞怯的笑靥、淡扫的眼影，是柔若无骨、云淡风轻。花蕊深处，一小块色泽稍深的酡红，那是留给蜜蜂的。当你与朋友在其花下留影时，大概不会想到它果实成熟时还会有那么多食客来到这里品尝它吧？

樱桃树啊，在你花开飘香绽放时，能吸引赏花者在你面前流连忘返，留影长存；当你果熟飘香时，也会招来食客在你面前欲罢不能，一食难忘。你的魅力啊，岂止在春夏？

难忘儿时端午节

忙种刚过，在北方似乎已经闻得见粽子糯香了。"几处草莺争暖树，谁家新燕啄春泥。"几场小雨过后，天空被洗刷得格外干净、晴亮，雪白的云朵在湛蓝的天幕上层次分明地飘移，燕子也呢喃着从很远的南方飞回来，白天气温明显有些温热，但早晚两头还显得有些凉意。这正如老家的那句谚语所说："不吃端午粽，不能把棉袄扔。"

至于端午节的传说和民间纪念活动等，我们老家与南方大不一样，小时候奶奶跟我讲的与书本上的也相差甚远。许是山村地缘的关系，奶奶的讲古，似乎都与一位将军有关。传说将军带兵行军，天色将晚，便在村后的河南沿扎营支锅做饭，黄米饭刚煮好，突然狼烟四起、号角连营，急忙拔寨出发，又舍不得一锅黏香黄米饭。匆忙中，将士们就地取材，摘河边的芦叶包上黄米饭，边跑边吃，之后大胜倭敌。这一天恰是农历正月初五日，为纪念，遂有端午节，芦叶包黄米也就成了大军开战前必备的物质和精神给养。后来传到民间，也就成了端午粽子美食。北方少有大江大河，有河也多是季节河，不用说龙舟，就连船也很少见。因此，就根本没有赛龙舟这一纪念活动。但在奶奶眼里，无论是爱国诗人屈原，还是那位爱国将领，他们都是民族脊梁，都是我们后人值得怀念和纪念的……

那个年代，老家包粽子，没有江米，都是用当地产的大黄米。黍子脱壳即是大黄米，黍子的产量不高，生产队种植的也少，每户每年秋季从生产队分到的黍子不多，也就是十来斤到几十斤不等，属比较金贵的粮种。奶奶总是将分到的十来斤黍子晒干后放到坛子里储存起来。到春节时，取一半先用碾压去外壳变成黄米；再将黄米加少许清水用碾压成

421

面，即可上锅蒸制成黄黏糕，趁热插上许多红枣儿，待冷却后切成一方较大的用于除夕在堂厅摆供，用"年糕"的寓意来年高和好。到正月初三后，便可将摆供用的大块年糕与当时裁下的小块边边角角年糕一起用锅加上红糖炒着吃。

临近端午的前几天，奶奶将所存在坛子里剩余的黍子用碾碾成黄米准备包粽子用。除了用大黄米外，有的人家也选用新鲜的小麦粒儿包一些另类花样的粽子。包粽子的粽叶是芦苇叶。记得当时奶奶提前好几天就到村后河边沼泽地的芦苇层中选采一些大的芦苇叶回来，先上锅用清水煮开，再用凉水泡两天，到端午前日的下午便开始用这些加工好的芦苇叶与事先泡好的大黄米一起包粽子了。奶奶一般都是包两种口味的：一种里面放一两只红枣儿，为红枣儿粽子；一种里面放一两颗花生仁，为花生粽子。吃过晚饭，奶奶便将包好的粽子装到铁锅里，再将近期自家鸡下的积攒起来的十几只鸡蛋与粽子一起用慢火煮上三四个小时后，停火放在锅里闷着。

端午节的早晨，村庄里尽显节日的气氛。一缕朝阳射向了每家的大门，大门两旁都插上了沾满露水的艾草，艾草叶上的露水在朝阳的照射下，亮荧滚动，宛若一颗颗璀璨的珍珠在闪烁。这时，家家都飘溢着浓浓的粽香。

当我还在梦香的时候，奶奶便把我叫醒，先在我手脚上系上她头天晚上挑灯制作的五色彩线，还在我脖子上挂上一只奶奶亲手制作的香荷包。那荷包的香料，是奶奶十多天前到山上采的香草晒干后研成的粗粉装进香包里的。这荷包，清香纯正，沁人心脾。带上它，既是一种不错的饰品，也可夏日驱虫、防虫。

我洗完脸后，奶奶从锅里取出温乎的粽子和鸡蛋。香糯的粽子蘸着红糖，既有芦苇叶的清香，也有黄米的黏润，香中透着甜，甜里飘着香，怎一个"美"字了得！就这样，我与奶奶便一块过起了一年一度的端午节。这节虽不如南方赛龙舟那么热闹，但也充满了甜美、温馨和思念。

好多年了，端午节的这种习俗在老家仍传承着，且更加历久弥新。

内蒙古东部行

我的心爱在天边/天边有一片辽阔的大草原/……呼伦贝尔大草原/我的心爱我的思恋……

降央卓玛演唱的这首《呼伦贝尔大草原》，是我最喜欢的民歌之一。七月下旬，仿佛这歌声把我从遥远的海边吸引到了茫茫大草原。傍晚，我们乘坐的航班降落在呼伦贝尔市的所在地——海拉尔。大概受高原地理纬度的影响，近5点时分，太阳还当空亮堂堂的。走出机场，一阵清爽扑面而来，即把在青岛那种闷热潮湿的无奈一扫而光，有如偈语醍醐灌顶，顿感沁人心脾。

美丽无垠的大草原

呼伦贝尔大草原总面积约十万平方千米，相当于山东与江苏省两省之和，西、北与蒙古国、俄罗斯相接壤，东南地处大兴安岭脚下，广袤无垠，是世界少有的天然牧场。其东端有呼伦湖，西面是贝尔湖，故中间地带称为呼伦贝尔大草原。这里的绝大部分森林、草原、湖泊、河流等自然环境仍保持着原始古貌。夏季的呼伦贝尔，气候宜人，早晚与白日温差较大，平均气温在16摄氏度到21摄氏度之间，谚语里说的"早穿棉，午穿纱，晚上守着火炉吃西瓜"，我想大概就是说这个神奇的地方。难怪这时内地那些被热得火烧火燎的人们都跑到这儿避暑来了。

一辆辆的越野车穿梭在茫茫草原上，犹如绿色海洋里的快艇，给幽静的草原增添了几分繁华。当我们的车辆在一片鹅黄色的油菜花前停下时，我被震惊了：一片足有近千亩的油菜花正向着蓝天怒放！在这个季节，恐怕唯独在这里才能看到这异样的奇观。花丛中，不仅有嗡嗡鸣叫的蜜蜂在穿梭，还有不少游客在那里给自己留下难以忘怀的倩影。在油菜花地边不远处搭起了几座帐篷，是南方来的养蜂人，每个帐篷前摆满了数十只蜂箱。我好奇地走向一座帐篷，向里面的主人搭讪。帐篷里住着三人，老两口大概五十上下，还有一位二十左右的姑娘。他们一家三口与附近帐篷里的人家都是从浙江搭伙出来养蜂采蜜的。自年初3月开始，他们的车队就跟着自然花期从南方一路向北来到这内蒙古大草原。所产的蜂蜜大部分在产地零卖了，剩下的极少部分制成干块蜂蜜，尔后集中卖给加工工厂。据养蜂人讲，这么大片的油菜花在南方很少见，只有在这里得天独厚。在这里扎下营盘，一般半个月到20天不需挪地方，满够蜂儿采的了。

可不，在道路的那边，还有好几片近千亩的油菜花哪。想来，这些养蜂人也够辛苦的，自开春离家，追着自然花期，跑遍大半个中国，一路风餐露宿，把甜蜜奉献给了大家，直到秋天草原上的野花败落，才踏上南方回家的路。顿时，心中悠然升起一种对游动养蜂人的崇高敬意。

晚饭是在一家蒙古族家庭开的饭馆里吃的。饭馆不大，满整洁卫生的。蒙古汉子先介绍了一下自己开的这个餐饮馆的特点，食材全是绿色的，没任何污染，吃的羊都是当日现宰的，而羊吃的全是草原上有营养的中草药，就连羊下的粪便都是六味地黄丸。蒙古汉子风趣的自夸，使我胃口大开，我点的头一道菜是"手抓羊肉"，可儿子小声对我讲："别外行了，这里不叫'手抓羊肉'，新疆和内蒙古西部才叫'手抓羊肉'，这里叫'手扒肉'"。这肉确实口感不错，香嫩可口，且没有内陆那股羊膻味。还要了一份清炒鲜黄花菜，老板娘讲，这黄花菜是今天上午刚从草原上采来的，新鲜着哪！主食是清凉面，还有热奶茶。那奶茶特别香醇，饭后我连喝了两杯。

第二天，我们就来到呼伦贝尔草原国家公园观光。在进草原不远的地方，搭建着一方舞台，这里曾是一年春晚的分会场，周围的草深都没过膝盖以上，足有一米。远处有几群白色的羊和彩色的奶牛在贪婪地吃着草，有几只大概吃饱了的奶牛在相互玩起了犄角的把戏。不远处，一片格桑花在迎风摇曳，一些女孩便与花儿合影。我便好奇地走近那片格桑花,脑海中即浮现出少年读中学时我们校园路旁种植的那些满天星花,两种花长得一模一样,五颜六色,开花的季节也是在夏季,莫非它们就是一种花,只是名字不同?带着这种猜想我似乎又回到了童年。在不远处的蓝天白云下,一片蒙古包显得格外壮观。当年,一代天骄成吉思汗就是带领他的蒙古族群在这里生息蕃庶,不断走向了昌盛。而新中国成立后,蒙古族逐渐结束了游牧、四季住蒙古包的生活方式,大都定居在现代楼房的住地,这些蒙古包现在多是用来作旅游居所,当是别有一番意境。下午时分,我们驱车来到离中俄边境不远的额尔古纳河畔的草地。这里的草原则是另一番景色,草长得不高,而各种野花颇多,有红色的萨日朗、紫色的野苜蓿、明黄色的野罂粟、蓝色的勿忘我,还有许多叫不出名字的,五颜六色,仿佛进入了野花的王国。有花则有蝶,一群蝴蝶足有上百只,正吸附在野花丛中,或在吸取花粉、或在吸取花瓣上的露水,专心致志地各忙各的。蝶纷纷,花纷纷,人也纷纷,朋友们纷纷拿出手机,拍下这难得的画面。

河的对岸,有一片一望无际的草地,几千只羊在那里吃草,有的在河边饮水,有吃饱饮足了的干脆躺在草地上睡起大觉。但没看到牧羊人。不一会儿,由远到近地响起了一阵突突的摩托车声,车上骑着一位胸前挂着电动喇叭的蒙古汉子。当他走到羊群时,那些躺在草地上睡觉的羊立马警觉地站起来,像做错了事的孩子一样,两眼胆小地望着它们的主人,主人喊了一句我听不懂的蒙语,那几只羊便低头吃草去了。牧羊人叫巴特尔,今年四十二岁。据他讲,他家养了1800只羊、300多头牛,在分划的4000多亩草地上放牧。奶牛由他的夫人在另一片草地照料。今年雨水好,草地长得丰盛,在冬季之前放牧用不了,就将剩余的草地用割草机收割打包运回圈场地存起来,作为冬季和初春的牛羊饲料。淳朴憨厚的巴特尔还邀请我们到离这儿四十多里的家中做客,到时可现宰最肥的羊招待远方的客人。

夕阳快要落山了,巴特尔吹了几声电动喇叭,羊群便集合起来,在头羊的引领下向圈场走去。夏日的晚霞映照着草原变得一片金黄,额尔古纳河也变得更加清静了,似乎在静静地送走今日天边那最后的一抹橘红,迎接繁星的夜空与它们相伴。

茂密的大兴安岭森林

内蒙古东北部的偏南侧，是我国著名的大兴安岭林区，与黑龙江省接壤。其中的莫尔道嘎森林公园是国家AAA级景区，占地面积57.8万公顷，森林覆盖率为93.3%，是最具有寒温带特色的森林公园，素有"南有西双版纳，北有莫尔道嘎"的美誉。

这里森林的树种以红松和白桦为主，这里还保存有我国一片寒温带明亮针叶原始林及500多种野生植物。地下蕴藏着丰富的黄金、大理石矿藏。当年电影《雁南飞》中那开采黄金的场景，就是在此地。当我们进入林区景区后，即感到一股氤氲弥漫，湿润心脾，天然氧吧给人们送来了如此的舒适。我们不仅见到了茂密的红松古树和白桦，还看到许多在北极才能见到的植被。据林场工人介绍说，五十年代前，对林场管理不到位、乱砍乱伐、山火灾害、病虫灾害等，使森林受到极大破坏；尔后，尤其改革开放以来，国家的森林法规不断健全，森林防火措施的严密实施和科学防治病虫害技术的普及，使森林得到有效保护和大规模发展。以前防病虫害的手段多靠人工喷洒药物。后来，发现白桦树本身能释放一种杀虫的气味，在六十年代植树时，即采取每两棵红松间种一棵白桦，从而有效地防治了病虫害。眼前这一片片茂盛的混合树种就是那时种植的，现已长大成材。

在这里，我们不仅领略了绿色净土、森林世界、天然氧吧给予身心的享受，还大饱了山幽雾漫、松黛桦白、大气磅礴的眼福。

"高高的兴安岭/一片大森林/森林里住着勇敢的鄂伦春……"早年的民歌唱出了大兴安岭地区居住的少数民族部落。其实，这里除了鄂伦春族之外，还有鄂温克族、莫力达瓦达翰尔族等少数民族，其中鄂伦春族和鄂温克族是人口比较多的少数民族。五十年代以前，他们大都生活在森林里，以狩猎为生。如今，早就走出森林，建立了民族自治旗，过上了与汉族一样的幸福美满生活。为了传承民族文化和旅游的需要，景区内还保留着驯鹿放养点、桦树皮手工作坊、鄂温克猎民村等六个部落景点。

亚洲最北端的两大湿地

内蒙古东部的湿地，是亚洲最北端的湿地，也是亚洲最大的湿地。

在内蒙古东北的额尔古纳河流域，有堪称亚洲第一湿地的额尔古纳湿地。该湿地是国家AAAA级旅游景区。一望无际的湿地，生长的植物以灌木和野草为主，是世界鸟类保护的重要区域，每年在这里迁徙停留、繁殖栖息的鸟类达2000万只以上，是丹顶鹤在世界上最重要的繁殖地之一。湿地内属原始无人区，生存着许多蛇类，有百年以上巨蛇。因此，禁止游人入内，以免受到人身伤害并保护生态环境。湿地有马蹄岛、S弯、同心岛、树抱石、祈福树等景点组成，整个湿地被弯弯曲曲的河流水道分割成若干形状各异的绿洲，登高鸟瞰，十分壮观。

根河是额尔古纳河北端的支流，与俄罗斯接壤，其流域滩涂形成湿地，也是我国和亚洲最北端的湿地，且为我国最冷极点，为零下58摄氏度。该湿地与额尔古纳湿地不同，主要生长的是乔木林带，湿地内的水域清澈，若晴天，水中的蓝天白云倒映与树林倒影构成了一副童话世界。有当地居民在湿地的木栈道上用兜网在捕捞鱼，捕捞上的数量不少，但鱼的个头较小。问其原因，他们解释道，因这里常年温度太低，鱼很难长大，别看鱼的个头小，但水质没污染，又是冷水生长，味道和营养都特别好。吃晚饭时，我们真点了一盘根河水鱼，吃起来确实味道鲜美。

神奇的阿尔山

阿尔山既是国家森林公园，也是世界地质公园，属国家AAAAA级旅游景区。全景区方圆数百平方公里，不仅有阿尔山和驼峰岭两个天池，还有石塘林、熔岩丘景点组成的火山地貌山地水系林带和三潭峡、地池景点与哈阿哈河穿流整个景区的曲折景观，更有乌苏浪子湖的惬意悠悠和大峡谷的叹为观止。尽管这两日天公不作美，时而下雨，时而晴天，这半晴半雾的天气恰给整个景区笼罩上一层神秘的面纱，给游客增添了几多深山探幽的好奇。

走进阿尔山，必须带雨具，因为这个季节，眼看着蓝天白云，不时就雾雨漫天。不过漫步林间山路木栈道，省去了跋涉纯山石土路的艰辛和劳累，尽享回归自然的酣畅淋漓。这里植被比莫尔道嘎林区还要多样丰富，不仅有红松、白桦，河边还有柳树、杨树。一路佳木成荫、树影斑驳，空气中含有大量负氧离子和芬多精，有清心洗肺之功效。难怪被誉为天然的"森林浴场"，吸引了越来越多的寻求给烦躁身心"避暑纳凉"的游客争相前来。

有山无水或有水无山，都是一种缺憾，只有青山伴绿水，才是人间喜爱的盛景。而阿尔山不但有着青山的叠翠，还有河流的急湍跌宕和静飘如镜。这里是哈拉哈河的发源地，哈拉哈河在拉尔山间转了无数个弯，形成了三潭峡、地池、乌苏浪子湖等水域景观后，一路奔向俄罗斯的贝尔湖，由贝尔湖又汇入我国的呼伦湖。

延河流边的观景木栈台弯弯曲曲地进入深山，茂盛的树木遮天蔽日，山涧河流哗哗时隐时现。未见其景，先闻其声，瀑布的响声隐约传来。拨开那一抹绿，三潭峡的第一峡，盘龙瀑布映入眼帘。在瀑布飞流直下的中间处，有一块弯曲长形的石条凸出，像一条巨龙盘踞在瀑布中，水流不急时，两股白色浪花好似从龙头的鼻孔喷流而下，绝妙神奇的景观惹得游人不得不排队拍照。

游兴正浓，一阵风雨骤来，将我的雨伞刮入哈拉哈河的急流，听说前头右边的两个潭峡还要走好远的路，我与儿子两人再撑一把伞行走实有不便，我也感觉有些累了，就让儿子继续向右前去观看那另外的两个潭峡，我便到前方不远处的游客逗留点，避雨休息等候他。

雨下了一个多小时便停了，山林间露出一丝丝阳光，树的枝叶在太阳的照射下，泛起一缕缕的白雾，飘曳在山涧林带，使人如仙如醉。延木栈道向前走了不远，突然河流声变得低沉，且不见其踪影，抬头一看，此处一方指示牌上标明，河流由此处变为地下暗河，距离约四、五千米，有的流经地表面不足10米，所以有时只闻其声不见其貌。间隔一段便出现一个不规则的圆形大水池，旁边立着一个标示"地池"的牌子，面积近千平方米，水池的进出口都在其下面与暗河相接。伸手触水，感觉水温特别低，比常年露在外面的河流水温要低得多，估计最多不到10℃。听景区工作人员讲，到了冬季，地池的水温则要比露在外面的河流高得多，进出口处不会结冰，直冒热气。真是神奇！

下午，利用剩余不多的时间我们游览了石塘林和熔岩丘两个景点。这两个景点是紧挨在一起的，游览起来比较方便。据史记载，数万年前，这里火山爆发，火山熔岩将这里的原始山林毁于一旦。大自然生生不息，多少万年后，在火山熔岩的隙缝洞孔间又生长出许多生物，形成了今天绝妙的火山熔岩地质公园。除了多样的花草树木之外，不乏松鼠、蛇类的动物也频频白天出动，构成了人与自然和谐相处的生态圈。在这里，你会饶有兴趣地看到，一棵棵异样的古树奇形怪状地矗立在熔岩中，就是一座座天合之作的盛大盆景，时不时地与蓝天白云一起倒映在溪流湖泊中，就像一幕幕的神话从远古走来。

按正常的旅程安排，阿尔山需要两到三天时间游览，方能将多数景点看完。因事先安排的不够周密，我们只在此游览了一天的时间，有一些景点只能留作遗憾，待方便的时候再来与阿尔山约见。

我国最大的陆路口岸

我们连夜驱车赶往满洲里住下。翌日，冒雨参观满洲里。满洲里位于呼伦贝尔市的中俄边境，原称"霍勒津布拉格"，蒙语意为"旺盛的泉水"。1901 年因东清铁路的修建而得名"满洲里"，是座拥有百年历史的口岸城市，素有"亚洲之窗"的美誉。它是我国最大的陆路口岸城市，背靠我国东北和华北经济区，北邻俄罗斯，西连蒙古国，地处亚欧第一陆桥的交通要冲。改革开放以来，尤其"一带一路"的兴起，满洲里的外贸口岸作用愈加重要，每天都有数十次跨境列车通过，每天都有众多不同肤色的异国商人聚集在这里洽谈生意。同时，这里的旅游资源也得天独厚，被誉为"北疆明珠"。俄罗斯套娃广场充满异域风情；巍峨耸立的国门，庄严肃穆；热情奔放的蒙古风情，雄浑厚重；承继远古文明的扎赉诺尔文化，源远流长；中西交融的文化风格，独具魅力。这一切，编织成一幅幅自然生态与现代景观、远古文化与异域风情交融和谐的优美画面永驻于我的脑海。

再见了，美丽的呼伦贝尔大草原；睡梦中，如画的阿尔山；还有那亚洲最北端最大的湿地和那如火如荼的开放口岸满洲里……多么令人难忘的内蒙古东部！待精心策划好时间，我将再一次来到你的身旁，用心仔细读懂你。

秋风瑟瑟牵牛花

一场秋雨一场寒，瑟瑟的秋风裹着绵绵的秋雨，把大地从凉意中唤醒。

清晨，从楼下邻居自种小菜园的篱笆旁经过时，一股清新扑鼻而来，抬头望去，几朵牵牛花已开放。是的，牵牛花是在这个季节迎着瑟瑟的秋风开放的。

雨过天晴，细小的云片在浅蓝明净的天空里泛起了小小的白浪，晶莹的露珠一滴一滴地撒在牵牛花张开的小喇叭里，在太阳的照射下，泛起一圈晨曦余痕，飘拂欲仙。望着那几朵鲜艳的牵牛花，使我的思绪又回到了童年时代。

瑟瑟秋风伴着绵绵秋雨，似乎就是大自然的绝配。那年的秋天，同样的瑟瑟秋风伴着绵绵的秋雨，把奶奶亲手打理的小菜园吹洒得更加盎然，菜园里挂满了高低错落的紫黑色茄子，还有几行朝天怒放的红辣椒和几架挂满一穗穗的扁豆。这些全是奶奶精心种植的有机蔬菜。那个年代，化肥是稀罕肥料，有门路的才能寻得到。我们家哪有那么多门路？现在看来，当时有门路并不见得是一件什么好事，祸福相倚，反倒享用了多年绿色食品。

园内是一片枝繁叶茂、硕果累累，园外的篱笆墙上则爬满了长势旺盛的牵牛花。这个季节，正是牵牛花大显风头的佳季，经过一夜绵绵秋雨的喷洒，在朝阳的照射下和瑟瑟秋风的吹拂下，各种颜色的牵牛花竞相开放，像一支支多彩的小喇叭与路旁树上的鸟儿一起在演奏着秋日田园丰收的交响曲。

篱笆上的牵牛花颜色颇多，有红色的、白色的、黄色的，还有藕荷色的，一朵朵含露在瑟瑟秋风中摇曳，似乎成了当下秋日里不可或缺的一道风景线。

早饭后，奶奶便采摘了一束各种颜色的牵牛花，装到一个有水的玻璃瓶子里，让我早晨早走一会儿，将花送给我们的班主任李老师。李老师是随父亲到我们乡下来任教的，她父亲在离我们村不远的乡上中心小学当校长，她在我们村当初小老师。李老师不仅师德好，学识也高，深受学生和家长的欢迎。奶奶对她也很崇拜。这不，一大早就让我将自家篱笆院墙上今年采的第一把牵牛花送给她。

当然，我也有自己的小算盘，在送李老师之前，我挑了三枝不同颜色的留下来，打算送我的同桌小云。小云能歌善舞，只是语文、算术学习成绩不好。而我是班里的学习委员，语文、算术和体育都是班里的尖子，只是五音不全，唱歌不好。无形中，我们俩就互相结成了对子，我帮她补习语文、算术，她帮我补习音乐。由于彼此的互相帮助，我的音乐每次考试都获及格以上，她的语文、算术也有了很大进步。在上学年期末时，我们都被评为"三好学生"。这种相互帮助的默契，我们各自存在自己心里，都没透露给家长。记得在一次国庆文艺汇演中，我们班的女生排演的是表演唱，小云担任领唱和领舞。为此，我特地从家里的篱笆院上采来一束牵牛花插在她头顶后面的独辫上，显得更加光彩靓丽。在那次会演中，小云带领我们班的女生获得全校一等奖，为班级争了光，李老师事后在全班特地表扬了小云一番。

正当我们憧憬着一起迈入中学的时候，因"文革"学校停课近一年，复课后，我顺利升入中学。小云没再上学。

后来，我没读完高中就参军了，我与小云也失去了联系。

"文革"后，随之而来的是改革开放，我们的国家真正步入了新时代。几年前的一个晚上，我去参加一个大型晚会，当随着红色幕布拉开后，一个头扎大独辫并别着一束牵牛花的小姑娘，那天籁般的歌声使我眼前一亮，这不是小云吗？可当一阵掌声过后，又把我从梦中唤醒：唉！转眼已五十多年了，小云的孙女或外孙女该是这个年龄了吧……

朝阳照射在篱笆上，牵牛花依然在瑟瑟的秋风里摇曳，她正与我们的新时代遥相辉映。

秋阳暖洋洋

在北方，秋天的阳光是金贵的。

秋天的阳光，不像夏日那样炙热，总是令人敬而远之。

霜降一过，天高云淡，阳光变得日渐温柔和暖。人们不再躲避阳光，万物竞相亲近阳光。

在河畔的林间，秋阳携着各种色彩，把树木涂抹的艳丽神奇：她给枫叶涂上了一层暗红，让那些少女们纷纷来到枫树下映着蓝天留下一张张倩影，还有的在离开树下的一刹那间也不忘采撷几片漂亮的枫叶回头作书签用；她给那银杏树叶洒满一层金黄，在秋风的吹拂下，使树下的道路变成了一条黄金栈道，迎来了一双双白发红衣的老人，脚踏黄叶，迎着晚霞，由女儿按动快门，留下了夕阳无限好的俪影。

秋阳是农家最受欢迎的吉阳。她用自己的光和热，将一棵棵的稻谷变成金黄，将一穗穗的高粱染成红脸，将一束束大豆晒暴胸膛，把夏日的青纱帐变成了丰收的粮仓；她用自己的光和热把一只只原本青绿的石榴变成红宝石般的咧嘴笑颜，把一只只苹果变成彤红彤红的硕果，把一串串的葡萄灌满了甘甜的琼浆，给人们送上了瓜果的甜香；她用自己的光和热，把一线线的小苗长成一棵棵绿色的蔬菜，把一只只毛茸茸的冬瓜催成一个个硕壮的大块头，把新鲜和需要送上了千家万户的餐桌，让人们在美食饭菜中品出了秋阳的芳香。

是啊，农家之所以这般喜爱秋阳，因为她在这季节里用自己的恩泽毫无保留地献给了农田和菜园，让丰收的喜乐填满庄稼人的笑靥。

秋阳不但给北方农家带来欢乐，也给久居城市而想外出观光旅游的人们奉献上一幅幅不可多得的美丽画卷：这时的北方天空，蓝天飘白云，湛蓝送秋风；大兴安岭、阿尔山一片层林尽染，缤纷辉煌；乌苏里江、黑龙江水清澈碧透，暖意渐退；黄河下游湿地，芦苇花飘茫，迁徙鸟群来往。好一派北国风光，处处是游人驻足留影的地方。秋阳给北方大地的恩泽，实在太多太多……

大地感恩秋阳，人们依恋秋阳。把人们惯养了一个季节的秋阳，总要有些恋恋不舍地离开。她竭力抵抗着时时逼近的霜雪，想让漫长的寒冬来得晚一些、更晚一些。人们也在无奈地挽留她的温柔和暖和，尤其那些在这个季节穿惯了套裙、露裸白细长腿的美女们，很不情愿地要在冬季里换上显得有些臃肿的保暖衣物，那对这道亮丽的风景线该是多么的不堪啊！

然而，季节的更替是不可抗拒的，秋阳总是在日渐严寒的冷风里不断向人们告别，使大地愈加苍凉。

秋阳暖洋洋，望着南飞的大雁，人们期盼着来年秋日尽早回来。时间不会太遥远，大雁回归的时候，秋阳依然暖洋洋。

地瓜叶的盛衰

二十世纪六十年代以前，老家那时主要农作物是地瓜，它也是农村人的当家口粮，秋天与冬天，饭桌上的主食是煮地瓜或地瓜干，菜是用大豆经水石磨磨出的豆浆与豆渣一起加萝卜或萝卜缨制成的小豆腐。当时有句农谚："地瓜小豆腐，越吃越享受乎"，说出了当时农家知足常乐的心情。当时的地瓜叶都作为喂猪的饲料，尤其在冬日和初春季节，农家将秋收后的地瓜叶连秧一起晒干后，用石碾压碎储存起来，作为喂猪的主要饲料。随着岁月的变迁，地瓜叶在人们心目中和生活中也经历了盛盛衰衰不断起伏的变化。

二十世纪六十年代初，一场历史罕见的天灾人祸，使人们的生活降到了十分困苦的境地，这在我国历史上被称为"三年自然灾害时期"。那时，农村实行人民公社生产体制，一般每村为一个生产大队，一个大队又按邻近住户每二十多户分为一个生产队。生产队当时是农村最基层的管理单位。

那时，农家餐桌上地瓜和地瓜干已成为珍稀食物，地瓜叶也是上等的食物，野菜都被挖光了，连树叶都用来充饥。

为了度荒，农村中小学实行半日制，一般上午上课，下午与周六周日不上课，让学生在家帮助家里人劳作。小孩子劳作能干什么，只能结伙上山挖野菜。

在没有灾荒的年份，山上的野菜还是满丰盛的，什么山菜、苦苦菜、七七毛、牛角咀、婆婆丁、马齿苋等，应有尽有，用不了多少工夫就能挖上一篓子。可赶上这几十年不遇的灾荒年，那野菜都让人挖采了无数遍了，野菜长得赶不上挖得快，野菜刚一露头，还未等长满叶，就被捷足先登者挖走了。

一个周日，我约了几个小伙伴准备到离家较远的山里挖野菜。为了不耽搁时间，中午不回家吃饭，以全天有更多的时间挖野菜。每人从家里带一点吃的，水有山里择手而来的山泉水。但事实上并不是与我们想象得那样乐观，尽管野菜略比近山处多一些，总有人比我们还早来多次，挖了大半天，也没装满篓子。到了太阳快落山时，我们一个个垂头丧气地挎着不满的菜篓子往家走。走到一块地瓜地休息时，发现在地里铺盖着一层绿意氤氲、鲜汁流淌的绿毯。这是地瓜叶的繁盛季节，叶子宽厚、敦实，满身都流淌着营养的绿浆，颇为诱人。一方面为了充数，填满篓子，同时也想偷采点尝尝鲜，大家便商量着每人采一些地瓜叶放在各自篓子的下面，上面用野菜盖上，掩人耳目。

迎着落日的余晖，每个人的脸上一改原来那种闷闷不乐的样子，带着喜忧参半的心情往家走。大家喜的是表面上一天挖满一篓子的野菜，忧的是偷采生产队里的地瓜叶，毕竟是一件不光彩的事，一旦被发现，那可就要出大事了。而我还多了一层忧虑，怎么向奶奶交代，奶奶向来在道德上对我要求是很严的，决不允许我干偷鸡摸狗的事。唉！已经做了，只能碰碰运气啦。

回到家后，我带着忐忑不安的心情告诉奶奶我回来了，便一头扎到我自己房间里把门关上，静听事态的发展。奶奶开始还夸奖我："今日出远门挖得菜多，都满篓子啦，待会儿奶奶给你蒸两个菜少面多的窝窝头奖赏你！"

当奶奶倒出篓子的野菜发现真谛后，便火了："你给我出来！学会做贼了，还弄虚作假，谁让你偷队里的地瓜叶的？今天我一定好好教训你！""奶奶，我错了！再也不敢了……"我被吓得哭叫着，从没见奶奶对我发这么大的火。当我开门出来后，见奶奶两眼也流出了眼泪，一只手颤抖着向我打来，可半道又将手收了回去，悲愤地说："咱们家祖祖辈辈，尽管受穷，可从不做偷窃之事。你父亲很小就参加革命，为人民奉献了一切。现在你父母不在了，轮到你这辈，可不能把咱的好家风给丢了。……要记住，饿死不窃，穷死不贪，要堂堂正正做人！"奶奶哭着把我抱在怀里，断断续续说了这些话后，从抽屉里拿了两毛钱，便提着半篓地瓜叶，领着我向生产队走去。

生产队长和会计还在说着话，见我们祖孙来了，便很客气地招呼我们到屋里坐。奶奶拉我到屋里并没坐下，而是惭愧地说："今日我孙子到山里挖野菜偷了队里的地瓜叶，是我平日管教的不好，俺向队里赔罪了，认罚！"队长和会计异口同声地说："您老可不能这么说，什么赔罪？孩子知道错就行，下不为例。看把孩子吓的……"奶奶又与队长和会计说了些道歉的话，硬要赔偿地瓜叶钱。临了，队长和会计再三执拗不过奶奶，收下了一毛钱的赔偿费。在那个年代，一毛钱可比一个整劳力一天的工分价值还要多呢！

回到家后，奶奶慢慢消了气，开始给我做饭。我在自己屋里抽泣，一方面想爸爸、妈妈；另一方面觉得奶奶有些过分，自己在家已认错了，还硬拉自己到生产队里丢丑，心里感到有些委屈。

天完全黑了下来。那时，农村没有电，点的是煤油灯。煤油灯下，饭桌上摆上了两只新蒸的窝窝头，还有一盘奶奶用豆面蒸的鲜嫩的地瓜叶。我在屋里抽泣累了，便和衣睡了过去。奶奶知道我很倔强，一半会儿转不过弯来，并未叫醒我，只是帮我铺好被子、脱去外衣，让我放松地睡去。

而后，奶奶只喝了一锅野菜粥，将窝窝头和蒸地瓜叶留到给我后来吃。

这么多年了，地瓜叶随着人们生活的变迁也盛盛衰衰地过了半个多世纪。改革开放后，农村人们的日子过得越来越滋润。如今，随着农村种植结构以种植小麦等精良品种为主，种植地瓜占比较少的现实变化，地瓜叶却成了人们餐桌上的佳品。更有甚者，还有饮食专家硬称地瓜叶具有降血压、降血糖、防癌等传奇功能，使地瓜叶越发金贵、身价骤增，原先作为猪饲料时，一毛钱四、五斤，攀升到现在的数元一斤，比一般蔬菜都贵，且成为集市上的紧缺货。

前一阵子，比我退休早些年的堂兄约我回老家。中午就餐时，亲戚家给上了一桌令我们意想不到的盛宴：烤地瓜、豆面蒸地瓜叶、野菜小豆腐、盐水鲜毛豆、煮芋头、青萝卜、山蘑菇炖散养乌鸡、野生河蟹、油炸幼蝉、油炸蚂蚱，等等，全是当下纯天然绿色食品。

当我拿起筷子挟几片豆面蒸的地瓜叶时，那鲜嫩的地瓜叶立刻触动了我儿时记忆中的那根抖动的神经，泪水模糊了我的双眼：奶奶呀，要是您还在该多好啊，您也可以和孙儿一起品尝您总舍不得吃的豆面蒸地瓜叶了……

赏梅悟清

　　青岛的十梅庵，是目前中国长江以北最大的梅园，被国家农业农村部命名为"梅花之乡"。该梅园占地二百多公顷，有梅花一万多株，一百多个品种、梅花盆景五千多盆。这里的梅花比江南要开得晚些，一般在3月中旬至4月中旬，是花开的鼎盛期，也是赏梅的最佳时段。

　　每到这时，到此赏梅的人群络绎不绝。赏梅者，有的身背摄、照相机，是为了捕捉那"犹有花枝俏"的风姿和人花相拥的美丽瞬间；有的则驻足细观，沉思悠悠，在品梅的意味和风骨。当然，也有背着画板的写生者和观梅是为咏梅作一点功课者。不过，自古以来，画梅咏梅者，不仅在赏梅外在的美，更在品其内在的傲和骨。

　　显然，人们喜欢梅花，不只是因为她有"香自苦寒来"的风骨、"她在丛中笑"的怡然，更有"清姿瘦影立悬崖，幽香润万家"的情怀。清姿，是她的颜值；清纯，是她的品格；清香，是她的韵味。赏梅，得其真味真韵，一个清字贯穿其间，这是她形象的真实写照，是她灵魂溢出的芬芳。

　　这使我想起早已过世的奶奶，身着自织染黑棉布中式袄的神情，淡雅素净，举手投足透着中国妇女特有的含蓄美。她一生过着并不富足的生活，却从来不贪图外来之财，并以己之微薄之力接济邻里一时遇困者。她以清高的行为树起乡舍善良、勤劳和吃亏的形象。借美喻人，奶奶不就是文人墨客赞喻的那朵墨梅吗？

　　崇清尚洁，是中国人自古以来的追求，梅花则承继了这美好寓意。元代画家诗人王冕在《墨梅》里写道"不要人夸颜色好，只留清气满乾坤"。以表白自己的气节，活得冰清玉洁，为后人树立了道德标杆。习总书记在十九届中央政治局常委同中外记者见面会上引用这两句诗的时候，特别强调，在我党领导中国人民正走向新时代时，要坚持自己的"四个自信"：道路自信、制度自信、理论自信和文化自信。在我们所做的一切工作中，不要别人如何夸我们怎么好，只要我们能够给百姓带来福祉、让我们的国家富强，就是我们的初心。

清正廉洁，是我们共产党人的本色。在我们党的历史上，映现出无数楷模，为我们树立了光辉榜样。革命烈士方志敏一生清贫，被捕时敌人竟为在这样一位共产党的"大官"身上搜不到一枚铜板而感到惊诧，他在狱中写的《清贫》，激扬几代人，视"金钱如粪土"，视"革命理想高于天"，为共产主义而进行不懈的奋斗；县委书记的榜样焦裕禄、党的好干部杨善洲，他们都把自身的清洁印在自己的骨子里，把自己的一生献给人民、献给青山绿水。

人们向往"清新的空气""清澈的水"和"清蓝的天空"，更期盼梅花清香满神州，向往清廉的风尚、清爽的交往、清新的社会环境。自党的十八大以来，党中央重拳反腐败、纠"四风"，激浊扬清，使清廉、清爽、清新成为一种返璞归真的新境界，使我们的社会出现了一种触手可及的新感觉、一种生机勃发的新气象。

"梅花喜欢漫天雪，冻死苍蝇未足奇。"在大浪淘沙中，少数人却经不住"清廉"给自己带来的束缚和寂寞，在"权、贪、占、色"上仍不收手，最终落得了像被冻死的苍蝇一样的可悲下场。

故此，我们在观赏梅花时，应将她那清姿韵味记住，感悟我们的人生，并能像她那样"唤醒百花，香飘云天外。"

八大关的海棠

　　青岛的八大关，被称作近代万国建筑群，是十八世纪中叶由西方多国建筑工匠留下的各具特色的欧式建筑。为衬托这些建筑，城市美容师们在每条路段都种植了不同的树花，使整个景区更显"欧式楼房不相同，更有色花别样红"。

　　譬如，从香港路向南至函谷关路段的宁武关路上，路两旁共有四十多株海棠树。树虽说不多，但每到这季节，一串串的花儿却压满枝头，在海风的摇曳中迎来络绎不绝的赏花者。

　　张爱玲说人生多恨，一恨海棠无香，二恨鲫鱼多刺，三恨红楼梦未完。海棠花美艳非常，可永远只能给人们视觉上的享受，她的无香成了文人墨客千百年来笔下的遗憾。可是传说海棠作为天庭的花仙原本是有香的，百里之外就清香扑鼻，几步之内更花气袭人，闻之销魂蚀骨，使玉帝起了纳棠为妾的打算。王母于是暗中命百花之王收回了海棠的香愫，然后作为补偿增加她的花蕾和花期。失去香愫的海棠仙子悲痛欲绝，使挂在枝头的种子失落人间……

　　落到人间的海棠尽管有一点缺陷，却并不少文人墨客的赞许和少男少女的依恋。记得在《红楼梦》中众人就成立了"海棠诗社"，黛玉咏海棠的诗句就有："半卷湘帘半掩门，碾冰为土玉为盆。偷来梨蕊三分白，借得梅花一缕魂。"北方的海棠和梅花，一个在四月始开，一个在四月开败。海棠偷了春花的一丝艳丽，又借来冬梅的一缕暗香。两种花，在冬去春来间接力相传，惺惺相惜，在四季的两头为世人带来多么温馨而华丽的氛围，这不能不说大自然赐给人们的造化。

当霞光沿着海面浸染到八大关时，宁武关上海棠刚从睡梦中醒来，露珠儿正从花蕊中间向花瓣儿流动着，在霞光的照射下宛如一颗颗多彩的珍珠。这时，一些早起到海边晨练的大妈们会情不自禁地驻足海棠树下，左手拽住一束花儿贴近自己的脸，右手用手机进行自拍。很显然，大妈对自拍的那张花儿大头像挺满意，要不怎么会发出咯咯的笑声呢？这使那布满鱼尾纹的沧桑与海棠花的笑靥更加相拥生辉。

春雨是这个时节的常客，淅淅沥沥的小雨自然挡不住赏花人的脚步。到这里冒雨赏海棠的多是外地游客，且还是一双双的情侣占了头筹。只见双双对对的情侣撑着一把把的花雨伞，在海棠树下缓缓地走着。有时在花枝中间会显出一双青春的笑脸，他们把伞拥在脑后，两人的发梢滴着雨水，自拍手机即按下了快门，一幅背景是蒙蒙的细雨和水艳鲜丽的海棠花、主图是两张喜上眉梢的脸蛋构成的天作之合成了他们甜蜜的永存。

直到夜晚，还有少数花痴漫步在海棠树下。他们不时用手电照一照那精力十足的花朵。他们的这般作为，莫非像苏轼《海棠》诗里所云："只恐夜深花睡去，故烧高烛照红妆"，或许"且向花间留晚照。"

回望老家

岁月沧桑，使我的双鬓变白。然而，儿时老家的模样，仍使我记忆犹新，历历在目。我出生在胶州南乡一个较大的村落，当时人口就有一千多，全村主要有孙、姜、刘、匡四大姓家族组成，其中孙姓是全村第一大姓，占据全村一半以上。据老辈人讲，孙家的祖上是在明代永乐年间从云南迁徙落户于此。

当时，村的西南有一条季节小河，河的南岸是一片墓地园林，殡葬着我们的祖先。记得还有多座清朝道光年间立下的石碑，上面刻印着我们祖先的名字。园林中最令人难忘的是有两棵白皮松树，不仅树种是当地少见的，树长得高大也是居首。树高足有十几米，树粗直径也有一米多，是墓地园林的标志性植物。

全村上百座低矮不一的房屋在炊烟弥散的树影里错落，树基般延伸的土路街连着所有院落；几棵浓荫翳日的大洋槐屹立村头，那条季节小河从树旁穿过，向北直奔村后的洋河汇流胶州湾。村的南面是连绵的山丘地，村的东西及后面便是人们四季耕作的依恋田野。

那时的房屋，大都不过是石砌的基，土垒的墙，杉木或松木做的屋顶架上面铺一层厚厚的山草或麦秆，不管穷富，每家都有一个院；虽然普通、平淡甚或有几分古拙，但每一户院落都沿街前后整齐地排列着，全村分划四条街，由南依次向北排列着，前街住的是匡姓家族，往后是刘姓家族，再往后是姜姓家族，最后是孙姓家族。孙姓家族的街最长，约有二里。街宽也有约十米，街两侧错落的院落有数条南北纵向的胡同联结，使整个村庄错落有致，四通八达。几乎每家的院落都划出一小片地梳理成小菜园，种一些应季有机蔬菜；有的人家也不忘在自家院子的墙根处栽一些香椿、杏树之类的能给家人带来新鲜口味的植物。这一切使居住在这里的乡亲，倒也能从清贫之中享受到自然的雨露和清新的空气，使那些劳累的心，有了歇息和安托的去处。

故乡，就是以这样一隅胶州南乡风土，养育着祖辈多少躬身劳作的百姓。

那时，农村实行人民公社体制，全村为一个生产大队，分为24个生产队，每个生产队有二十多户。人们靠人力和少量的牛、驴牲畜辅助劳作，每家主要靠每日劳作的工分积累按夏、秋两季农作物收成分配，各生产队年终还根据全年卖粮和少量副业积累，分配极少的一点现金，算是过年的红头。尽管大家过得贫富差别不大，但总还是能平稳地用粗茶淡饭填饱肚子。全村老少总是乐呵呵地从早干到晚，从春忙到秋，年复一年地过着平淡的日子。

1970年冬，因我是孤儿，高中尚未毕业就被特招离开老家参军去了。在部队待了七年多时间，赶上我国恢复高考，我又考入大学，直到大学毕业分配到青岛市政府机关工作，离开老家足有十几年了。尽管离老家不算远，却因那里没有至亲，就很少回老家了。但身在城市，有时面对夕阳西落不远处的老家，不期然又唤起思乡的缱绻情怀，想到早晨每家屋顶冒出的一缕缕炊烟在霞光的照射下变幻成一抹抹五彩缤纷的纱幔，随风飘曳在全村上空；想到那有着明亮月光的晒麦场，夏天的晚上是否还人影幢幢，挥着麦扇扑萤驱蚊，在听一位老人讲述着古书里故事？还想到冬日的晚上曾与儿时的伙伴多少次去邻村看电影，回来时一起踏着冰雪乡路热烈交谈……

改革开放后，亲朋好友频繁为我传来老家变化的消息，每一次都使我惊喜：乡亲们已拥有承包土地的权利，有离开乡村外出打工的自由；在绕村西南的那条季节河上游已建起了一座风景如画的水库，成了全村人自来水的水源地，家家户户可免费用自来水；全村房屋和街道重新规划布居，几乎每家都有一座二至三层的居住小楼和一处雅致的院落；煤气管道、有线电视、通信网络样样俱全，文化生活一点也不比城市差；连接城市的道路四通八达，要么水泥路，要么沥青路，除了乡间田园还有土路外，以往的交通土路则永久消逝了，村村通有公交班车，在村的东西两面各有一条市间和省际国道，人们想去天南海北已不再是晚间晒麦场上说书老人那里的神话传说……一次次撩拨我心中的想象。于是我也总想找机会回去看看，担心自己失落了乡愁，失落了根基。

老家倒也没有让我"情怯"。每一次回去，都是满桌丰盛的土特产：什么有机蔬菜、自家不添激素喂养的鸡鸭猪羊肉、自家不施化肥而用土杂有机肥生产的五谷杂粮，还有从山上采来的我儿时常吃的那些新鲜野菜……那香香、鲜鲜、甜甜的老家味道，总让我的情愫满满地溢出来，浓得化不开也挥不去。

更让我心灵欣慰的是，老家人奋斗生活的标准跟上了时代的节奏，目光放远了老多。每家的小院不再鸡鸣鸭叫的多种经营场所和小菜园，而多的是花红草绿和蜂飞蝶舞的美观景致；山上除了种植部分果树外，还封闭建起了生态山林，里面山涧清泉长流、飞鸟鸣叫……"绿水青山就是金山银山"的理念在这里显得那样自然厚重！

每次回老家，都让我感慨万千。是啊，那里不仅有我儿时永远抹不去的记忆，更有老家人对新生活的期许、愿景和梦想，年复一年，好像都插上翅膀一般，奋力向着更加文明的目标飞去。每一次嬗变，都让我在梦中笑出声来。

乡愁是什么？"乡愁是一碗水，乡愁是一杯酒，乡愁是一朵云，乡愁是一生情……"雷佳那优美的歌声沉浸在我对老家的深深眷恋中。

山里来的丈人

刘二祥，这个与我八竿子扒拉不着，毫无血缘关系的犟老头，却与我发生了千丝万缕的联系。

因为，他是我的丈人。

我丈人的老家在山东五莲的山里，没上过一天学，斗大的字不识半升。丈人善良勤劳，在老家除了是种庄稼、种菜的好把式外，还会好几门手艺，像手编、简单木工等都在行，就是性情耿直，有点犟。这样的男人来到人世间，应该能幸福平静地度过一生。但百里山村，芸芸众生，无数个善良淳朴的人，却少有素养高洁、普度众生的圣贤。

丈人就一个独生女，与我是大学的同班同学。随着我们俩事业的有成，生活条件也愈来愈好。我们很早在城里就住上了令人羡慕的三室两厅双卫的住房。在丈母娘去世不久，就劝老丈人来城里与我们一起生活，他就是舍不得他那三间刚翻新不到五年的瓦房和那近半亩靠河边的菜地。直到村里实行统一规划，房子被拆、菜地被占，在他生命中的最后几年才来到城市，与我们一家三口生活。

我家住在三楼，刚开始他不习惯，操劳了一辈子，两手闲着不对劲儿。后来一楼院子有一块空地，住户常年在国外，经与其协商，这地儿就变成了丈人乐此不疲的小菜园。

人勤地不懒，在丈人的调理下，一块死气沉沉的平常地，立刻变得生机盎然了，一年到头绿色如茵、菜香四溢。春天，黄瓜、西红柿挂满架枝，小油菜、茼蒿满畦翠嫩；夏天，芸豆、茭瓜满园；秋天，茄子、南瓜等果实累累；即使在冬天，在他的精心呵护下，园子里也会有一丝绿色，像韭菜总会在阳光的照射下露出一层紫绿色的叶芽。自丈人来了之后，家里就不再到市场上买菜了，单自家菜园里种的都吃不完，况且都是无公害的有机蔬菜。丈人还时常将他种的新鲜菜送给左邻右舍，邻居也总在我面前夸他种得菜味道正，好吃，让我在院里很有面子。

除了忙乎小菜园，有空他还会到土杂品商店里买些彩色硬塑料条，将他在老家编柳条的手艺移植在编塑料制品上，他编制的有大大小小形状不同的篮子、果盘，家里用来盛鸡蛋、蔬菜、水果有模有样的。至今，那些花色艳丽的篮子和果盘提在亲人手里，摆在客厅里的时候，有意无意望一眼，总有丝丝哀伤。

丈人有喝白酒的爱好。但他一是喝不多，每天晚饭时一小杯，不多喝；二是不喝名贵酒，只认他喝了一辈子的高粱酒。至今还有两瓶那年过年我给他买的五粮液，一是说贵，咱普通人没必要显摆；二是说喝惯了这便宜的，喝起来顺口。他就这么犟，没办法。

与他一同逛街，他总是在我侧后，后来我发现，即便他与自己的女儿、甚至与任何不相干的人同行，都不超过同行者。每次出远门，他都要征求我媳妇的意见，女儿同意后才出行。一年丈人过生日的时候，我给他买了一件豆绿色的夹克上衣和一条灰色的休闲裤，女儿给他买了一双休闲运动鞋。他便说，人老了穿新衣服浪费，一直到去世，这些衣服也没见他穿几回。有时候他会跟我说起他年轻时如何不服输、跟人家打赌赢了邻村姓姜的一只羊的一些趣事，也会说起几十年来的种种不如意。讲到高兴时，只见他乐得像个孩子一般，满脸带笑、手舞足蹈；说到伤心处，我和他会同时流眼泪，唏嘘长叹。

丈人一生几乎没生过大病，当病魔突袭的时候，他和我们都猝不及防。他去世后为他整理衣服，我专门打电话询问了老家他的那帮老伙计，老人们异口同声地说，你丈人说他百年以后就穿你们平时给他买的衣服，一位简朴的老人，一辈子勤俭持家，临终也同样朴实无华，传承后人。

丈人走了以后，我收拾地下室时，发现靠墙角整齐地放了好几捆旧报纸和废纸壳，还有几纸箱废铁钉和大、小不一的塑料瓶，别人告诉我，这是你丈人积攒起来准备卖钱的，节俭了一辈子，看不惯浪费。更令我们意想不到的，还有在他衣橱里的手帕里包着的积攒下来的三万块钱！这钱是丈人从我们给他的零花钱中一点一点积攒下来的，我们一家三口看着看着，全都泣不成声。

凭着丈人的为人，我和媳妇决定把这三万块钱捐给他魂牵梦萦的老家村里，三万块一分为二：一半捐给了村里老年人，一半捐给了村里幼儿园。虽说钱的数额不算多，但村主任说这是村里收到的第一笔捐款。

我想，丈人在天之灵，肯定会同意我们这么做的。我们知道，丈人最大的心愿就是他的父老乡亲都能过上好日子。我们替丈人圆了心愿。

下篇

专业论著·回忆录

温故而知新　更上一层楼

为了使我市的办公室工作能够适应改革开放的需要，使办公室好的优良传统能够薪火相传，更好地为各级领导当好参谋助手，20年前以牟周同志为代表的老领导倡导成立了我市第一届办公室工作研究会，牟周同志并自告奋勇担任会长。办公室工作研究会经过几代人的不懈努力，走过了其由小到大、由弱到强的发展道路。这当中，有许多东西值得我们回味。

（一）

作为一个社团组织的领导机构，它不像党、政机关，一般是上、下级任命，是直接的上、下级关系，无论是从政治上，还是从干部管理上，是名副其实的上、下级关系；它也不像企业单位，上级决定下级的人、财、物权，是真正的"上级领导下级"。因此，社团组织的领导既没有党、政机关部门的政治优势，也没有企业单位的人、财、物管理优势。作为研究会，其领导机构，主要在两个方面发挥作用：一是"德高望众"；二是"真才实学"。

第一，从研究会的首届会长到现任的会长，都是由市里德高望重的老领导担任。这些老领导不仅长期从事市委、市府办公厅的领导工作，还是办公室工作、文秘工作的专家，有着多年文秘、办公室的实践经验和管理经验，他们当中如已故的牟周、李延令、李乃久、宋修业等同志，还有现任的毕于岩同志等，都是我们办公室队伍中不可多得的优秀代表，是全市办公室工作德高望重的老领导。正是由于有了这样一批德高望重的老领导担任研究会的主要领导，才使研究会的工作如鱼得水，得以顺利开展，并能继往开来，不断取得新成就。一方面，靠他们做人的人格魅力赢得大家的信任；另一方面，靠他们编织的友好基层脉络得到广泛拥护。正是由于这些老领导热心参与、诚心指导、精心呵护，研究会才走出一片新天地。在纪念办公室工作研究会成立20周年之际，我们更加怀念这些为研究会发展作出特殊贡献的老领导。

第二，从研究会顾问到研究会的主要领导成员，其中不乏我市高校的专家、教授，有的是公文写作的学科带头人，有的是办公室工作研究的权威，他们发表的许多论著在全国都占有重要一席。正是由于他们的充实和参与，才使我们的研究会更具学术性和研究性，才向着科学性不断与时俱进。

（二）

办公室工作研究会在成立之初的几年，多是会员聚集一起开会，研究一些表面化的工作，一些理论方面的学术工作并未涉及。仅以一个"情况通报"式的平台，还不能承载学术、理论研究的重任。为此，研究会作了两项工作：一是从高校聘请专家、教授当顾问；二是将研究会会刊改进升级，努力打造学术、创新平台。

研究会所聘请的这些专家、教授，不但参加研究会的各类会议，与会员进行广泛交流，还参与了研究会举办的多项文秘专业及与办公室业务有关的学术报告、专题讲座，并亲自作报告和授课。不仅如此，专家、教授还为我们的《办公室工作研究》撰写了许多理论及实务操作等文章，使各位会员受益匪浅。

正因为我们所做的这两项工作，使研究会的学术研究氛围渐浓了，使研究会目前正走向一个具有研究性、学术性的社会团体。同时，我们所出的《办公室工作研究》这本内部刊物，已设立"高层论坛""经验交流""公文写作""素养教育""文化广场"等十多个栏目。为使刊物办出特色，偏委会定期召开会议，广泛听取意见，认真研讨栏目设置、文风改进、稿件质量等问题，使刊物力求精益求精，越办越好。目前，该刊物可与公开发行的刊物媲美。20年来，该刊物共印发近80期，受到广大会员的欢迎，成为会员进行学习交流、学术研究的重要支撑，也为办公室工作创新扩展了视野、增强了活力。

（三）

一个研究会，不可脱离实际，必须密切联系本会的现实，紧跟时代的步伐，为会员打造好服务平台，做到谋会员之所思，急会员之所需，帮会员之所困。只有这样，研究会才能保持长青不衰。

二十年来，研究会始终围绕全市中心工作大局，按照市委、市府的要求，力所能及地组织一些活动。如，研究会多次参与市里的"公文写作评比活动"和一些重大活动的征文，极大地锻炼了广大会员。与此同时，研究会还根据与办公室业务有关的新法规、新业务、新知识组织专家、学者向会员解读，举办讲座，组织学习研讨，进行培训，为会员提供全方位优质服务，对提高会员的综合素质起到了较大作用。如，中央新的公文规定出台后，研究会多次举办讲座和培训班，及时学习，尽快使广大会员单位贯彻执行新规定。

（四）

一个社团组织，必须广泛组织各项有益活动，才能有生命力。

二十年来，研究会根据自身会员单位结构较广泛的特点，开展了多项有益活动。如：奥帆赛期间，我们组织会员参观奥帆赛赛场，让大家欢畅我国举办奥运会带来的鼓舞；每届啤酒节，研究会都组织会员与举办方的青啤举行联欢，同饮一杯酒，共享欢乐情；胶州湾大桥修建期间，研究会组织会员参观大桥施工现场，见证我国海湾建桥科技创新发展；研究会还组织会员参观崂山水库及自来水制造过程，启发会员对水资源保护和节约用水的意识；世园会开园前，研究会组织会员参观世园会规划及李村河保护现状，并进行征文活动，强化会员环境保护、热爱大自然的意识。

通过这些活动，促进了会员之间的沟通交流，学习了解了相关的知识，强化了责任担当意识，增进了凝聚力和友谊。

温故而知新。通过回忆过去，是为了继往开来。"木欣欣以向荣，泉涓涓而始流。"春天已渐近，新一轮改革的号角已吹响。让我们乘着改革的春风，为研究会的未来更上一层楼。

此文是为青岛市办公室工作研究会成立20周年而撰写的纪念文。

零 非 O

　　某中学语文教研组的随机调查显示，许多学生将汉字的"零"等同于数字的"O"，视为"无"。其实，这是个天大的误会。汉字又称为方块字，"O"是个例外。

　　从字源上说，"零"比"O"的历史早得多。从象形上说，"零"有雨字头，自然与雨水相关，本意是间断小雨，后来逐渐引申出零星、零散、零落等词汇，通常与齐整相对应，与记数（计数）概念并无关联。如，周密概括的《推节气歌》云："若要知仔细，两时零五刻。"这里的"零"，相对于整数而言是指单数，就同民间将三十出头说成是"三十挂零"，将一百零八将称作"一百单八将"是一个道理。

　　在我国古代，从结绳计数到筹码记数，再到算盘计数，均无"O"的标识。在算筹记数的年代，如果出现"O"数位，则用空格来表示。古韵书中，有一个冷僻字"曐"，字义与读音皆同"星"。后来，武则天曾以"O"替代"曐"，却并非用于记数，只能算是韵音符号。有趣的是，重庆有位以"O"为姓的市民，因派出所户籍数据库中当时没这个姓，身份证办不下来，直到报请公安部升级数据库后，才办成了身份证。

　　"相思欲寄无从寄，画个圈儿替；话在圈儿外，心在圈儿里。我密密加圈，你须密密知侬意：单圈儿是我，双圈儿是你；整圈儿是团圆，破圈儿是别离。还有那说不尽的相思，把一路圈儿圈到底。"这首民意流传很广的《圈儿词》，模拟一位不识字的女子，借助"O"的象征意义，来表达对夫君的思念。据学者考证，这首词确为朱淑真所作。由此可知，至晚在南宋时期，"O"（圈儿）就已被人们作为记号使用了，但与数字无关。

宋代以前，汉语书写尚无配套的标点符号，后人在研读古籍时，只能借助线段、框格与钩识等简单符号进行断句。宋代之后，开始出现以圈点为标识的刻本。大圈儿通常置于篇首，小圈儿用于断句。金世宗大定年间，司天监赵知微奉命重修《大明历》，遇有数据空位，就用"○"来表示，如，"309"记作"三百○九"。自此，用"○"代表以往数位中的空格，渐成惯例。

我们通常说的阿拉伯数字"0"，最早出现在古巴比伦城，但在巴比伦人那里，"0"仅仅是个占位符号，而不是完整意义上的数字。古希腊人从巴比伦人那里获悉"0"之后，对它的存在本质提出质疑，禁止使用"0"。直到中世纪的欧洲，仍然以"0"是魔鬼的杰作而拒绝使用。后来，佛教发达的印度首先接受了"0"，以此来表示"虚空"与"无限"。在五世纪印度数字家眼里，"0"不再是单纯的占位符，而是数字序列中的正式成员。有感于此，美国科普作家阿西莫夫（Isaac Asimov）在《数的趣谈》一书中说："从第一个数字符号开始计数，到想出一个表示"无"的符号，竟占用了人类大约五千年的时间。"

在我国古文中，"零"从来就不是数词，即便有了"○"，也只是作空位符使用。大约是在读音和语义上，"零"与"○"相近，随着阿拉伯数字的引入和推广，近代人才将汉字的"零"假借为数字的"0"，用于汉语大写，与壹贰叁肆伍陆柒捌玖拾佰仟并列。为了防止涂改作伪，在书写票据、契约等特殊文书时，通常以中文大写的"零"，替代中文小写的"○"。按照出版物上数字用法的国家标准，汉字数字"○"、阿拉伯数字"0"以及英文字母"o"不能混淆。阿拉伯数字"0"，用作计量时（读位法），汉字书写形式为"零"；用作编号时（读数法），汉字书写形式为"○"。例如，301医院可写作三○一医院，不可写作三零一医院；2017年可写作"二○一七年"，不可写作"二零一七年"。再如，零件不能写作"○件"；零售不能写作"○售"。

是"穿羊肉串"还是"串羊肉串"

　　用竹签等把切好的羊肉块连贯起来做成羊肉串，是叫"穿羊肉串"呢，还是叫"串羊肉串"呢？这两种说法现在都有，在卖羊肉串的店铺里，有写作"手工穿羊肉串"的，也有写作"手工串羊肉串"的。现在有专门制作羊肉串的机器，在推销这种机器的广告中，有的叫作"穿羊肉串机"，有的叫作"串羊肉串机"。在我们收集到的其他语料中，两种说法都有很多。例如：

　　（1）一个穿串工一小时能穿多少羊肉串？

　　（2）三名洗碗工，同时还担负着穿羊肉串的工作。

　　（3）大家决定和阿里木一起劳作，一起生活。他们和阿里木一起穿羊肉串，又一起出摊，在旁边仔细观察他如何叫卖。

　　（4）一斤羊肉大概能串二十串羊肉串。

　　（5）说干就干，姚师傅就兴冲冲地去市场买来串羊肉串的竹签，每天花两个小时制作埃菲尔铁塔。

　　（6）孩子们有的去饭店帮忙、有的去羊肉店串羊肉串，还有去超市装袋、去花店送花，甚至还有去单位保洁的。

　　前三个例子是"穿羊肉串"，后三个例子是"串羊肉串"，那么两种说法哪种更规范呢？这还要从"穿"和"串"的区别说起。

　　首先是读音，"穿"读作chuān，"串"读作chuàn，口语中一般只说"chuān羊肉串"，不说"chuàn羊肉串"，即便写成"串羊肉串"，也读作"chuān羊肉串"。我们问过卖羊肉串的小贩，他们也把"串羊肉串"念成"chuān羊肉串"。因此"串羊肉串"的"串"在口语中实际读音与辞书中注的规范读音不符。

其次是词义。"穿"跟"串"的词义有所不同。"穿"做动词用时有好几个意义，让人们首先想到的可能是"穿衣服"的"穿"。另外还有三个意义，一是弄破、弄透，例如"把木板穿了个洞、滴水穿石"。二是通过（孔洞、缝隙、空地等），例如"穿针、穿过森林、从这个胡同穿过去"。三是用绳线、竹签等通过物体把它们连贯起来，例如"穿糖葫芦、把珠子穿起来"，"穿羊肉串"的"穿"就是这个"穿"。"串"做动词用时也有好几个意义，其中一个跟"穿"最后的那个意义相近，表示"把相关的事物连贯起来"，常用来组词，例如"串讲、贯串、串联"等；有时也能单用，例如：

（7）这部仅仅十分钟的经典动画片《三十六个字》，将36个象形字，串成了一个个好看好听又好玩的小故事。

（8）阅读的时候要去找到这个中心主题，才能抓住材料间的内在联系，把散乱的材料串起来。

（9）索道缆车把山峦连起来，把远山近景串起来，坐在上面大有俯瞰百重山，遥看一千河之感。

"穿"和"串"虽然都有"连贯"的意思，但二者的区别还是很明显的。"穿"是要用绳线、竹签来穿，而且一定要让绳线、竹签从所穿的东西中通过并使它们成串，而"串"只是把相关的东西联系起来，使它们成为一个整体。从词义角度看，"穿羊肉串"的说法更符合道理，因为羊肉串要用竹签等来穿，而且竹签一定要从羊肉块中间通过。

因此，不论从读音上看，还是从词义上看，"穿羊肉串"的说法都是规范的，而"串羊肉串"的说法就显得不够规范了。那么，为什么会把"穿羊肉串"写成"串羊肉串"呢？这是因为"穿"和"串"意义有相通之处。据学者研究，"串"是"穿"的滋生词，"穿"是动作本身，"串"是"穿"的结果，即穿后而成的东西，如"珠子串、羊肉串"，读音也从平声变为了去声。所以"穿"和"串"都有"连贯"的意思，可以说在这个意义上二者是近义词。另外，"串羊肉串"比"穿羊肉串"显得更形象些。这些可能都是出现"串羊肉串"说法的原因。

由于"串羊肉串"的说法在语料中占有一定的数量，以至于有的字典也承认了这种说法。例如：

串（chuàn）许多个连贯成一行（háng）：把羊肉块儿用竹签子串起来。

尽管"串羊肉串"的说法在语料中占有一定的数量，但严格来讲目前还是不符合规范。作为辞书，规范的尺度应该更严格一些，对这种突破现有规范的说法予以承认还是不够妥当的，最好能够在修订时纠正过来。

苦中有乐　乐在其中

做过办公室工作的人大都有这样一种感悟：办公室工作是一个苦差事，但它又苦中有乐。说它苦，是因为办公室工作人员多为默默无闻的幕后工作者，多为"他人作嫁衣裳"，而自己却较为清苦；说它乐，是因为办公室工作是一个光荣而神圣的工作，是最锻炼人、最出人才的地方。

那么，办公室工作是一项什么样的工作呢？又如何当好办公室主任呢？

形象地说，就是要当好四种动物：一是当好"看家的狗"。因狗对主人是忠诚的，作为一名办公室主任，首先要忠诚于你所从事的事业和工作，忠于职守，为领导把好关，为本单位看好门。二是当好"出力的牛"。鲁迅先生说："我吃的是草，挤出的是奶。"说的是甘当"孺子牛"的精神。当办公室主任，就应具备这种"孺子牛"的奉献精神。什么早出晚归、节假日加班加点，都是非常平常的事，付出的大、回报的少也是屡见不鲜的事。因此，如果没有奉献精神，你就不能当办公室主任或当不好办公室主任。三是当好"受气的驴"。办公室既是一个信息中心，又是一个矛盾的交叉点，是一个承上启下、融通四方的枢纽。有时一把手本对某一班子成员中的工作不满或出现的问题而引起的"无明火"发到你办公室主任身上，那你就要有承受能力，并学会"弹钢琴"，利用自己的智慧，协调、化解矛盾；有时基层或部门对领导机关出台的政策、举措不理解甚至有抵触情绪，作为办公室主任，就应向大家多作宣传、解释工作，使领导的意图尽快转化为大家的积极性。四是当好"替罪的羊"。当好办公室主任，应该有担当精神，遇事不推诿、不扯皮，向基层不要官腔，对上不打太极，以真诚对待同事、对待上级、对待朋友。

下面，谈几点看法与大家交流。

一、办公室的功能与工作范畴

（一）办公室工作的功能

概括起来，办公室主要有以下三种功能：

第一，办公室是运筹帷幄的参谋部。办公室首要任务是为领导当好参谋助手。一是事先为领导提供决策参考依据。一个部门，在一项政策或规定出台之前，办公室工作人员要做好调研工作，通过调查研究，将第一手材料经过"去伪存真、去粗取精、由表及里、由此及彼"的加工过程，为领导提供可靠的决策依据。二是事中，在执行过程中，还将进行跟踪调研，将执行过程中的热点、难点、焦点问题及时反馈领导，使领导能适时适度地加以修正已出台的政策和规定，使之更加切合实际。三是事后，要对工作进行总结，甚至形成文字写出专项报告。这就是办公室作为参谋部的一项重要作用。当然，说它是参谋部，还有好多重点工作，如：因它是一个综合部门，还要做大量的协调工作、公文处理工作，等等。

第二，办公室是集思广益的信息部。办公室既是各类信息集中的源地，又是各类信息发布的中心。一是要抓好信息的来源，其来源主要有：上级下发的文件和下面上报的文件；各类参考资料；新闻媒体的报道；社会上带有普遍性、倾向性的呼声；等等。二是要做好信息的摘编。信息源存在的信息都是杂乱无序的，甚至是真伪不清的。这就要求办公室工作人员进行严格、精心地筛选，将其最真实、最新鲜、最有价值的信息进行分类摘编。三是把握信息的利用与发布。对摘编出来的信息，要根据保密程序和主送人的范围，通过不同载体及时进行发布，为领导和基层提供有价值的信息。

第三，办公室是事无巨细的总务部。一是要做好接待工作。这就要求办公室工作人员要具备礼仪、公关知识。二是要做好会务工作。从各类会议议题的征集提出，到会前的全面准备；从会中的协调工作，到会后的总结、督办；等等，都要做到心中有数、有条不紊。三是要做好后勤保障工作。一方面，对领导的衣食住行要细心考虑，充分准备，周密安排；另一方面，对群众的工作环境和生活保障要全面考虑，做到事无巨细。

（二）办公室工作的范畴

办公室工作最通俗的讲法其范畴包括三大块：办事、办文、办会。

第一，办事。有十项内容：一是领导交办事项；二是调查研究工作；三是同级协调工作；四是对下督查工作；五是信访工作；六是机要保密工作；七是宣传公关（新闻报道、广告等）工作；八是信息工作；九是接待工作；十是后勤保障工作。

第二，办文。主要有五项内容：一是公文处理工作，包括发文、收文和档案管理。目前，我国行政机关公文处理的依据是国务院最新印发的《国家行政机关公文处理办法》。而各级行政机关和企事业单位都依据该《办法》结合各自实际制定了公文处理实施细则。二是领导讲话（演讲）稿的撰写。三是各类专题报告的撰写。四是各类法律文书的撰写。五是新闻稿件的撰写及其他应用文的撰写印制。

第三，办会。主要有四项内容：一是要明确会议类型；二是做好会前准备（会议议程安排、会议材料印制、会场布置等）；三是做好会中工作（会议记录、新闻报道、分组讨论等）；四是做好会后工作（会议纪要、会议决定等）。

在办公室工作的范畴中，督办工作也是一项十分重要的工作。其中，领导交办事项、文件要求事项和会议决定事项都应列为办公室的重点督办事项（关于督办工作另列专题讲）。

二、办公室工作的基本原则

办公室工作的基本原则，概括起来主要有十条：

（一）准确的原则。这是我们做好一切工作的基础。要做到这一点，就必须坚持一切从实际出发，实事求是。例如，公文是具有法定效力和规范体式的文书。在撰写公文时，必须准确把握公文的每一个要素，哪怕是一个标点符号都至关重要。这一点，我们要向古人学习那种"推敲"精神。

（二）迅速的原则。办公室是领导机关的参谋部，必须做到处事敏锐，洞察力强，反应迅速，不至于由于办公室工作的懈怠而延误时机。

（三）保密的原则。随着改革开放形势的发展，各个领域的保密有了新的特点，其中最突出的特点是办公现代化的日新月异，使得计算机这一办公手段的保密显得越来越重要。因此，在新形势下，更要加强保密工作，真正做到"保守机密，慎之又慎。"

（四）诚信的原则。诚信是事业成功之源。办公室是一个单位对外的窗口，代表着一个单位的形象，办事必须以诚信为本，不管是对上、对下，还是对外，都要讲诚信。

（五）与时俱进的原则。办公室要跟上时代前进的步伐，要对事物进行超前研究。不可墨守陈章，穿新鞋走老路。要敢为天下先，做第一个吃螃蟹的人。

（六）创新的原则。创新是一个民族的灵魂。办公室要善于发现新事物、研究新事物、支持新事物，要根据领导的意图创造性地开展工作。

（七）严谨科学的原则。办公室要坚持唯物论，要讲科学，做到遇事多问几个为什么，不盲从、不迷信，办事要严密、讲逻辑。

（八）协作配合的原则。在一个单位里，办公室处于中心地位，必须处理好与其他部门的关系。要办好一件事，必须与有关部门密切配合。办事不可推诿扯皮，要讲效率。办公室应成为机关作风的表率。

（九）机动灵活的原则。事物的发展是千变万化的，办公室应随时根据事物的变化采取机动灵活的手段处理好每一件事，这是办公室办事能力的一种体现。

（十）善于服从的原则。办公室是领导决策的参谋部，也是领导决策的推行者，更是领导决策的执行者。执行力的强弱是办公室工作好坏的首要标志。联想集团总裁杨元庆说过："对于企业来讲，制定正确的战略固然重要，但更重要的是战略的执行。能否将既定战略执行到位是企业成败的关键。在我们的办公室里可能聚集着一群高学历的年轻人，你们的上司和领导可能学历没有你们高，因此而忽视领导的决策。这是因为你忘记了一个基本的道理：再无能的领导也比你技高一筹！办公室要坚持善于服从的原则，成为执行力的模范践行者。

三、办公室工作人员应具备的素质及工作要求

（一）要放眼世界，立足全局，认识和迎接新时代提出的挑战

党的十九大以来，习近平同志新时代中国特色社会主义思想，已成为全党的指导思想，是我们实现中华民族伟大复兴而进行努力奋斗的理论基础。面对新的挑战，我们必须努力提高我国国民的科学素质，积极培养大批适应竞争和挑战的优秀人才。我们作为服务于领导的办公室工作人员，必须树立这种迎接挑战的强烈意识。要立足增强服务经济建设这个中心的本领，不断提高自身的综合素质。

第一，要立足服务领导决策，加强对当今世界知识、经济发展状况的了解、学习和研究。如果三百年前的工业革命完全属于外国人，那么今天的知识经济绝不会完全属于外国人，对知识经济的研究也不应该属于外国人。我们要有这种责任感和使命感，作为一个办公室工作人员，必须懂经济。

第二，要努力学习、掌握现代科学技术的基本知识。有人称二十一世纪是"爆炸性变革的时代"，具有"知识暴增的时代特质"。在这样的时代，成功者绝对不是经验最丰富的人，而是改变速度最快、学习能力最强的人。因此，我们必须搞好生涯规划，不断地更新自己。要顺应时代要求，努力学习、掌握现代科学技术的基本知识，更新自己的知识结构。

第三，要积极地学习和掌握现代化的办公手段。大家知道，近十年来，办公网络化已经在我国勃然兴起。随着国民科学素质的提高，网络技术的推广应用速度大大加快了。因此，办公室工作人员学习有关网络技术的知识，已成为"迫切"和"必须"。

第四，要坚持用理论武装自己的头脑，不断提高理论思维水平。实践出真知，而反映"真知"和"规律"的科学理论，又是实践必不可少的指南。因此，必须学理论，努力提高自己的理论水平。那么，怎样提高自己

的理论思维水平呢？恩格斯说，"除了学习以往的哲学，直到现在没有别的手段"，"一个民族要想站在科学的最高峰，就一刻也不能没有理论思维"。所以，我们必须学习理论，努力提高用理论指导行动、指导实践的自觉性。

（二）要眼睛向下，坚持面向实践，学习掌握调查研究的基本功

一个眼界开阔的领导，不管职位多高，他的立足点是实践。实践是认识的起点，也是认识的归宿，又是检验认识是否正确的唯一标准。人民群众是实践的主体，我们只有通过深入的调查研究，不断总结群众的实践活动中创造出来的新鲜经验，并用来指导新的实践，才能有力地推动事物向前发展。作为办公室工作人员，没有调查就没有"参谋权"。我认为，时代无论如何变化，调查研究，仍然是领导干部包括办公室工作人员在内的所有干部开展工作必须具备的基本功。

第一，要"胸有谋"。一个办公室工作人员，要做到既要干事又要谋事，就必须勤政多思，头脑经常装着几个问题，并建立自己的"母题库"，使头脑经常处于"有准备"状态，随时准备接受新情况、吸纳新经验。

第二，要"多积累"。重点对材料的占有，围绕思考的问题，勤奋搜集、占有相关资料，为研究、探讨问题积累丰富的资料。有人认为，"21世纪成功属于会记录的人，不是属于会记忆的人"。就是不再提倡死记硬背，而是提倡多储存。

第三，要"勤整理"。黑格尔在他的《哲学史讲演录》中说，"一堆知识的聚集，并不能构成科学"。"占有"是为了"研究"。要对占有的资料勤于加工整理，多分析、多综合、多归纳，以便从中得出普遍的规律和结论。达尔文说，"科学就是整理事实，以便从中得到普遍的规律或结论"。这启示我们，占有"资料"之后，一定要勤于"去粗取精，去伪存真"的分析、加工，力求有所发现、有所创新。

第四，要"善研讨"。即在自身勤政多思的同时，善于在办公室内部造成民主的、研讨的氛围。庄子有句名言："知出于争"，可解释为"真理"产生于"争论"。一个好的办公室主任或秘书处（科）长，应善于围

绕重点工作，广开言路，鼓励大家思考问题，来个"百家争鸣"，以集思广益，为领导提供更多有价值的建议。

（三）要胸襟开阔，学会协调的艺术

第一，要提升个性，学会理解和体谅。提升个性，就是提高自己了解个人情绪弱点、控制自身情绪的能力。碰到不愉快的事情，绝不感情用事，而要保持冷静，讲究策略，机智处理，使自己的个性色彩更加鲜明和具有魅力。这叫"发乎于情而止乎于理"，而不是"由乎于性"。古语讲，"急则生乱"。一个因急躁而失误的行动犹如一盒水，泼出去覆水难收。因此，要学会冷处理，"摸着石头过河。"

第二，要待人以敬，容人容物。八十年代，我在《青岛日报》发表一篇杂文，题目是《对同志要理直气和》，讲的就是这个道理。首先，要学会敬人。心理学上说，"在人类所有的情绪中，最强烈的莫过于被人重视。"在现实生活、工作中，待人以敬或屈己待人，往往最受欢迎。要让所有来办公室办事的人，都能找到忠实的听众，如坐春风，本身就钝化了矛盾。纵使来人言辞过激，只要不是恶意，我们也要耐心听下去，这本身就是理解和体谅。其次，要容人容物。EQ（情商）与IQ（智商）最大的不同，是IQ比较偏向技术能力，而EQ是培养一个人的包容力，是提高人际关系运作能力的必备条件，也是搞好办公室协调工作所必需的。作为一个办公室工作人员为领导服务，必须做到大事当参谋，小事不干扰。怎样才能做到小事不干扰？一是不做高调人物；二是不搞小题大做。这两条的核心，就是在一些非原则问题上沉住气，决不感情用事，斗气生非，要能容点人、容点事。美国研究应激反应的专家理查德·卡尔森教人这样防止激动：（1）要看到我们生存的环境本身就是不公平的；（2）要认清世上万物、任何人和任何事物都是不完美、不完善的；（3）任何一个人、包括登上权力顶峰的人，也不可能完全按个人意志、计划办事情。所以，不可苛求完善、完美。懂得了这层道理，即使个人受到委屈，也应做到四不：一不发牢骚；二不附和别人的顺情话；三不在公众社交场合议论得失长短；四是不嫁怨于人。

第三，要学习策略，讲究方法。一个人在成功的人际关系运作中，应当能够"外圆内方，随而不流"。随，即随俗；不流，即在大的原则问题上不"同流合污"。办公室的工作环境和工作性质，要求其工作人员必须正确处理"圆"和"方"的关系。所谓"圆"，就是要求我们加强多方面修养，注意工作方法，在圆满和完美上多下功夫；在完成工作任务时一定要圆满周详，不论是起草文稿、报送信息，还是督查督办事务服务，都应该周全完善，缜密细致，探幽发微，有始有终。所谓"方"，主要体现在思想方法和行为准则上，看问题要精辟独到，不能人云亦云；生活中要正直无私，坚持原则。这里，"内方"是根基，缺乏这个根基就无以安身立命；"外圆"是智慧，这种为人处世的智慧，只需建立在"内方"的基础上，才能显出完美的意义。

（四）对己要"责备求全"，处理好六个关系

柳亚子在一首诗中写道："责备求全论己苛，阳秋贬笔未宜多。"我想，一个成熟、优秀的办公室工作人员，对己要"责备求全"，永不满足。这就要处理好六个关系：

第一，要处理好对上与对下的关系。从根本上讲，对上服务与对下服务在本质上是完全一致的，出发点和落脚点都是为群众服务。办公室工作人员只有把对上服务与对下服务有机结合起来，才能使服务更到位、更有效。一是要服务好领导。要"身为兵位，胸为帅谋"，紧紧围绕一个时期领导关注的重点、难点和热点，为领导提供优质及时的服务，当好领导的参谋与助手。二是要服务好基层。要从大局出发，从基层实际出发，沟通领导与基层的联系，让领导真实地了解基层情况，让基层及时把握领导的决策和意图。这里，对基层来访的人要特别做到：进有迎声，问有答声，走有送声；杜绝门难进、脸难看、话难听，事难办的衙门作风。三是要服务好群众。要面向群众、听取民声，掌握民情，体察民心，反映民意、集中民智，以维护好人民群众的根本利益。

第二，要处理好被动与主动的关系。办公室的服务职能多属于被动性工作。但要做好办公室工作，又必须发挥办公室工作人员的主动性，善于在被动中求主动。变被动为主动。一是要把握规律性。要善于分析、总结办公室工作的基本规律，对一些循环型的常规性工作（如年终工作总结

等），不要消极等待领导安排，而要主动着手，提前准备。二是要把握灵活性。对领导临时交办的任务、应急事件和突发事件的处理等非确定性工作，要灵活应变，分清轻重缓急，做到忙而不乱。三是要把握前瞻性。要积极适应领导工作思路的发展变化，想领导之未想，谋领导之未谋，做领导之未做，尽量把问题想在前面，把工作做在前头，主动做好超前服务，力求做到领导未思有所谋，领导未闻有所知，领导未示有所行。

第三，要处理好继承与创新的关系。要做好办公室工作，就必须在继承和坚持过去行之有效的好传统、好做法的同时，不断在实际工作中探索新方法、新途径，努力开拓办公室工作新局面。一个办公室主任、一个秘书可能会陪几任一把手，这就要处好承前与启后的工作，要做到"扬弃"而不全盘否定前任，不能当"风派"人物。一是要创新思想观念。要坚持实事求是，一切从实际出发，破除"因循导旧"思想，确立"开拓创新观念"；破除"小进则满"思想，确立"争创一流"观念；破除"唯书唯上"思想，确立"求真务实"观念；破除"墨守陈规"思想，确立"与时俱进"观念。二是创新思维方式。要全方位、多角度思考问题，力求把问题考虑得早一点、高一点、远一点、深一点，转变工作作风，顺应形势发展。三是要创新服务方法。要防止和克服按老章程和"惯例"办事，避免经验主义，要开拓创新，创造性地做好服务工作。

第四，要处理好大事与小事的关系。办公室工作既有涉及宏观问题的大事，也有涉及微观问题的小事。办公室工作人员只有处理了大事与小事的关系，才能保证整体工作健康有序地推进。一是大事不含糊。要增强全局观念，坚持原则性和政策性，对原则问题要旗帜鲜明，不模棱两可。二是抓大不放小。既要善于把握宏观，又要善于抓微观，要从点滴抓起，通过办好每件小事，完成办公室工作的大事。三是小事不轻为。要树立"办公室工作无小事"的思想，见微知著，对细微小事不马虎，高标准、严要求地办好每一件小事，力求实际工作"零差错"，不让办公室形象在自己这里受损害。

第五，要处理好做人与做事的关系。做人必须做事，要把事情做好，首先要学会做人，只有老老实实地做人，才能在做事情上大有作为。青岛市台东五金店是一个多年的先进商店，它的广告语中就有这么一句（大概意思是）：要做好生意，先学会做人。著名作曲家唐诃生前也说过：我是先学会做人，后学会作曲的。可见，做人是何等的重要。一方面，一是要严于律己。要时时慎思自省，既看到自己的长处，更要看到自己的短处，真正做到自重、自省、自警、自励；另一方面，要宽以待人，与人为善，换位思考，取人之长，容人之短。二是要踏踏实实做事。要看事业重如山，把心思花在谋事上，把精力用在干事上，真正做到干事创业，能办大事，会办难事，敢办新事。三是要扎扎实实做学问。学习是做人、做事的基础。办公室工作人员要树立终身学习的观念，通过学习，既做精于某一方面的"专才"，又做通晓多方面的"通才"，用渊博的学识洞察社会、明辨是非、审视事物、指导实践。

第六，要处理好苦与乐的关系。一是要甘于寂寞。办公室工作人员只有耐得住寂寞，淡泊名利，才能有所作为。一个有作为的办公室工作人员，在市场经济条件下，必须把握得住两袖清风，在热闹场中、诱惑面前，甘居寂寞，耐得住清苦，吃得下辛苦，付得出艰苦，受得住委屈，任劳任怨地恪尽其职，干好工作。二是要勇挑重担。要努力调整好自己的心态，以健康积极、平和从容的心态来应对复杂的工作和人际关系，以冷静的态度对待是非，以宁静的态度对待得失。只有这样，才会有"咬定青山不放松"的境界，"有所得必有所失"的思想，"名利乃身外之物"的观念，才能以苦为荣，视苦为乐，在忙碌中享受生活，在艰苦中体验快乐。

适度调整负债结构 保持信贷资产的流动性

一、从国民收入分配格局的变化看，储蓄存款应引起商业银行的重视

改革开放以来，国民经济的迅速发展以及国民收入分配格局的变化，使城乡居民收入大幅度增加。在国民收入分配格局中，个人所占份额不断上升，城乡居民的储蓄存款进一步增加，城乡居民已逐步成为持有社会资金的主体，经济建设资金已越来越依靠居民的储蓄。就世界范围而言，各个国家的经济增长是与国民储蓄成正比的。也就是说，只有积极发展国民储蓄事业，才能有效提高投资率，增加建设投资所必需的融资，推动国民经济长期稳定增长。而交通银行作为全国第一家综合性商业银行，其吸收存款主要来源是对公，储蓄存款所占的比重则甚少。为适应国民收入格局的变化，拓宽融资渠道，应适度调整负债结构，使储蓄存款占有适当比重。

二、从负债结构现状看，商业银行的储蓄存款实有扩大之必要

按照国家的规定，商业银行的资金要自求平衡，中央银行不可能给予足够的再贷款。而目前在商业银行全部负债中，工商企业的存款占了绝大部分。在市场经济刚刚建立，其发育还不够完善的形势下，企业之间的竞争尤为激烈。在竞争中，一部分企业经济效益下降，一部分企业经济效益则不断提高。因此，对企业来讲，不管是经济效益上升的还是下降的，要

470

维持正常的生产经营，都需要大量资金，而且资金周转的速度较快，所沉淀的资金较少。这就造成对公存款的波动性、起伏性较大。与其相反，随着城乡居民收入的不断提高，储蓄存款在不断增加，并且这些存款大都是以积累待消费为目的，因此存款有相对的稳定性。尤其是随着我国第三产业的迅猛发展，城乡个体户等高收入户的存款也呈上升状况，据有关资料的最新统计，户均存款达19500元，人均5400元。这些情况表明，积极发展储蓄业务是大有潜力的。然而，目前商业银行的负债结构不尽合理，储蓄所占的比例甚小。以下是青岛市银行系统今年（1993年）8月份的存款对照表：

项目 \ 数目（万元）	对公存款	储蓄存款	所占比例（对公：储蓄）
工商银行	308484	433864	33：4.3
中国银行	71550	111870	3.5：5.6
农业银行	286984	244745	4：4.8
建设银行	156266	129768	3.1：2.6
交通银行（商业银行）	119210	17027	2.4：0.3
中信银行（商业银行）	68540	1095	1：0.016

从表中看出，全市四家专业银行，除一家银行的储蓄存款略低于对公存款外，其余储蓄存款都高于对公存款，唯有两家商业银行的储蓄存款所占的比例太小。这不能不在某种程度上影响了商业银行存款实力的增长和自身的发展。因此，商业银行的储蓄存款实有扩大之必要。

三、扩大储蓄存款的主要对策

（一）适当增加储蓄网点

商业银行起步较晚，许多硬件建设还没跟得上，尤其是在储蓄网点建设上，存在着少而功能不全的问题。为此，应采取两条腿走路的办法，一是尽快上一批起点高、功能全的储蓄网点；二是在一些较大且经济效益较好的企事业单位及社会团体内适当增加储蓄代办点，以弥补储蓄网点不足的局面。

（二）开发储蓄新品种，增强竞争力

随着金融业的改革，储蓄在各银行之间的竞争更为激烈。作为起步较晚的商业银行，必须采取"人无我有，人有我优，以优取胜"的策略，努力开发储蓄新品种，不断增强竞争力。几年来，交通银行曾开发了一些新品种，如通知存款、大额可转让存款等，都曾对增加存款起到了很好的作用。随着城乡居民收入的不断提高，其生活方式和消费花样也在不断变化，储蓄品种也应随着不断翻新和变化，如十二生肖礼仪储蓄、各类有奖储蓄等，目前还是深受居民欢迎的。与此同时，在服务意识和方式上应借鉴内外服务行业的成功经验，不断创新，以优质服务争取客户。

（三）在发展电子化和现代化手段上，要有超前意识

目前，整个交通银行全国仅有16个分支行67个储蓄网点应用微机实现业务处理自动化，这与其他专业银行相比差距很大，离服务对象的要求和向国际化接轨的要求相差更远。因此，商业银行必须面对金融业务处理自动化、现代化的现实，在发展电子化和现代化手段上，要有超前意识，进行全面规划，舍得花本钱、下功夫，尽快改变储蓄业务使用手工操作的落后局面，应用计算机，实现柜台业务处理自动化。要在建立同城网络、实现同城通存通兑的基础上，进一步建立区域网络乃至全国网络，实现更大范围的通存通兑和更多的新的银行服务项目和服务手段，使储蓄在商业银行中占有适当的位置。

当代国际金融业的发展趋势与区域性国际金融中心的形成

在我国对外开放格局中，山东半岛是最具有发展潜力的区域之一。青岛作为山东半岛改革开放的龙头和前沿，客观上要求其成为区域性国际金融中心。本文力图把握当代国际金融发展趋势和国际金融市场的运行规律，在探讨区域性国际金融中心形成的条件、标志及特征的基础上，理清我国银行参与国际银行业分工竞争的思想和途径，为使青岛成为区域性国际金融中心提供参考。

一、当代国际金融业的发展趋势

九十年代，战后美苏经济、政治和军事对峙的格局业已崩溃，美加、欧共体和东亚三大区域经济集团势力影响明显上升，中东、东欧、和东南亚将变成主要争夺的投资市场。在国际资本流动频频转向、国际债务危机愈演愈烈、国际货币体系动荡不已的大环境下，世界银行业掀起金融创新和金融改革的浪潮，以逃避和放松管制，拓展业务，加强竞争。九十年代伴随着世界经济的区域化、一体化和低速增长，国际金融业呈现出以下发展趋势：

第一，金融管制宽松化。八十年代以来，在西方国家通货膨胀严重、利率急剧上升、竞争日趋激烈的情况下，金融当局逐渐放松管制，金融业日趋自由化。80年代后，西方国家掀起了以自由化为特征的金融改革浪潮，其中改革规模最大的是美国，其次是英国、德国、法国等。这些国家金融改革的内容主要有三个方面：（1）资金价格自由化，取消存款利率限制，放开汇率管制，取消证券交易中的固定佣金制度，让金融产品的价格重新发挥市场调节作用；（2）扩大各类金融机构的业务范围和经营权力，使它们能够公平地开展竞争。如美国1982年开始允许非银行金融机构或其附属机构经营几乎所有的金融业务，允许银行通过其控股公司跨州兼并破产的储蓄机构；（3）各国放宽了外国资本、外国金融机构进入本国金融市场的限制。

第二，银行业务国际化。主要表现在外国金融机构数量和市场份额增加及海外资产比重提高。银行国际化从七十年代起开始进入新阶段，并在八十年代得到迅猛发展。这一时期，世界的大银行都致力于在世界各大洲、各个国家广设办事处和分行，建立海外附属行以及附属金融机构，甚至建立非金融性质的分支机构，并与其他银行组成合资银行或国际银行集团。进入九十年代面临利润下降、倒闭增加和信用评级下降的困难，西方银行经过一定时期的收缩调整后将重新加快国际化速度。1983年到1988年欧洲和环太平洋国家的外国银行在美国贷款市场所占的份额由21.4%上升到27.5%，到1991年9月约400家外国银行在美设立了4000多个分支机构，总资产达2381亿美元，约占33%。对全面开放型经济的亚洲"四小龙"来说，发展国际金融业务，提高金融业国际地位，已越来越成为它们经贸发展的关键。1984年外国银行资产、外汇存款和外汇贷款分别占韩国金融市场的9.2%、4.1%和51.5%。到1986年底，外国银行在香港的分支机构达1400多家，权次于伦敦和纽约，居世界第三位。

第三，国际融资证券化。八十年代以来，由于受国际债务危机影响，国际金融市场的一个重要趋势是融资由银行贷款转向具有流动性的债务工具，筹资者在金融市场上直接通过金融工具的买卖融通资金。国际融资证券化的主要表现是国际债券的发行额超过国际信贷额，成为国际融资的主要方式。1985年国际债券占筹资总额的比重首次超过国际信贷。1987年国际债券发行量增长两倍多，而银行贷款则下降27.3%。1988年国际债券占国际筹资总额的比重由1981年的26.4%提高到62.8%。融资证券化在美国表现得更为明显。首先是银行本身将其资产债券化，到1990年底全美抵押贷款的1/3强已债券化，同时银行还将700亿美元的信用卡和汽车贷款债券化。其次是非金融企业筹资债券化，1990年非金融公司从发行商业票据筹到的资金与从银行的贷款同样多，银行的贷款业务大量减少。

第四，银行经营全能化。（1）银行贷款业务多样化。八十年代前，银行只重视批发贷款业务，对个人零售贷款不屑一顾，但近几年在融资证券化打击下，银行批发贷款利润大幅下降，各国银行越来越意识到个人零售贷款业务将带来大量利润；（2）表外业务长足发展。不涉及银行资产负债额的表外业务，主要包括承诺、保证向客户提供的各种非银行金融服务、货币利率互换、金融期货与期权合约、远期利率合约。1983—1986 年，美国银行表外业务量所占资产比例由78%上升到142.9%；（3）银行向证券业渗透。1986 年英国允许所有金融机构均可参加证券交易，许多银行大量收购证券公司。目前，法国许多银行都有自己的证券公司。九十年代金融业限制取消后，西方银行经营证券业将迅猛发展；（4）银行与保险趋于一体化。由于银行网点多，客户稳定，其保险成本仅为保险公司的1/3，因此西方国家银行纷纷涉足人寿保险业。据统计，1991 年底德国银行已占人寿保险市场的10%，法国近年新增的人寿保险中有一半为银行所有，日本从1994 年春起允许银行从事保险的零售业务。

第五，金融市场全球自动化。香港金融市场是跨越时空的开放型国际性市场，既没有时间限制，也没有地域限制。从时间上讲，香港银行通常实行三班制，24 小时为客户服务。从地域上讲，香港金融市场除金银贸易场和股票联合交易所外，多数为无形市场，借助电话、电传等电讯工具进行全球性交易。在 80 年代银行业务电脑化的基础上，九十年代银行业将进一步向电子银行服务和家庭银行服务，银行服务对生产、流通和消费的介入更加深入和广泛。西方发达国家在国际贸易中普遍采用电子数据交换（EDI）的浪潮，这必将推进金融市场的全球自动化，并向电子网络化迈进。

第六，金融创新日新月异。金融工具创新涉及大面额可转让定期存单等货币市场工具、自动转账服务等银行存款账户和信用卡、自动取款卡等支付工具三大领域。金融业务创新间接融资方式由同实物、出口货物相联系的租赁和出口信贷扩展到银团贷款、票据发行融资和多种选择融资；直接融资方式突破了债券与股票长短期债务、固定与浮动利率的界限，出现证券灵活到期、利率定价模式创新、利率与货币两类债务调换和资金方面选择权的创新（如分期购买债券、发行与偿还的双重货币债券）。金融市场创新由外汇、国债等利率期货保值服务发展到期权交易、股票指数期货交易，为市场参与者套期保值。金融机构创新之一是从单一的传统结构逐步向集团形式方向发展，此外能向顾客提供任何服务的金融联合体或金融超级市场已逐步遍及西方世界。

二、区域性国际金融中心形成的条件

区域性国际金融中心是以地区范围为主体建立的各种金融机构，是集中进行各种国际金融活动的地区或城市。区域性国际金融中心的形成和发展，需要具备一定的自然条件和社会条件。

第一，占据适当的地理位置。这里有两层基本含义：一是处于交通枢纽，二是有利的时区。当今，世界各地的金融中心，尤其是境外金融中心，以伦敦境外美元市场为中心，形成互为条件和互相联系的整体。各地美元市场实际是伦敦境外美元市场的延伸，同时战后纽约逐步成为世界最大的国际金融中心之一。因此在时差上要具有与伦敦和纽约国际金融中心相衔接的有利条件，才有可能成为主要金融中心。例如，亚洲"四小龙"的国际金融中心的开盘报价可与纽约国际金融中心的收盘价相衔接，收盘价可与伦敦国际金融中心的开盘报价相衔接，从而保证美元交易一天24小时不停地进行，造就了这一地区有可能成为重要的区域性国际金融中心的地理条件。

第二，具有大量的国际金融业务和日趋健全的银行体系。国际金融中心有与本国（地区）经济相结合及单纯的"金融中转"为主两种形式。战后通过实施外向型战略，亚洲"四小龙"的发展水平接近发达国家，而且外向型经济的发展诱发大量的国际金融业务，同时其国际金融中心也具有"金融中转"功能。因此，经济发展导致国际金融业务的扩大，促进银行体系的健全和国际化。亚洲"四小龙"银行体系的建立和国际化趋势与经济发展及其外向程度加深相一致，从而为区域性国际金融中心的形成创造了机构和人才条件。

第三，拥有发达的通讯设备。世界各地的国际金融中心行情变化十分频繁，及时地获取或交流这些信息，是国际金融中心发展的另一重要条件。亚洲"四小龙"在经济发展过程中，加强基础设施建设，先后使其通讯设备现代化，为区域性国际金融中心的发展创造了有利条件。

第四，法律制度完备，具有比较健全的金融法规。国际金融中心是西方工业制度的产物，它要求在法制的环境中得到发展。因此，有无健全的法律制度，也是国际金融中心形成和发展的重要条件。"四小龙"对于银行注册、营业登记、业务规范、雇佣事宜、债务清偿等都有一整套法规。香港政府推行"积极不干预"的政策，对银行业的管理采用国际上通行的惯例和制度，制定完备的管理法规，对外来的银行法律规定一视同仁，着力提高金融业的自由操作程序，从法律上为区域性国际金融中心的形成创造了条件。

第五，无外汇管制或管制较少。国际金融中心的资金流动频繁，客观上要求资金可以自由流动，因此有无外汇管制或管制宽严，虽不是国际金融中心形成的前提条件，但属决定一国或一地区能否成为国际金融中心的重要条件。取消外汇管制分为两种情况：一种是主动型，即与自由港相结合的香港和新加坡国际金融中心为适应金融国际化趋势主动取消外汇管制；另一种是被动型，即台湾因外汇储备过多而取消外汇管制。香港是自由港，其发展经过了管制到取消管制的过程。在属英镑区时仍有外汇管制，只允许有制约的自由交易，1973年起取消外汇管制，资金可以自由出入，各种货币自由兑换，外汇市场不受限制，在亚洲"四小龙"中最早成为区域性国际金融中心。

第六，税制简明及税收优惠。吸引投资最核心的条件是放松资金自由流动的管制、征税较低和投资安全。与其他国家相比，香港税制简明且税率低、减免较宽，除对烟、酒等六种商品征收关税外，其他商品均可自由进出，同时实行17%直接税的标准税率，只对薪俸、利润和物业租金三种收入征收所得税，资本增值和股息收入无须纳税。1982年先后取消存款利息税和外币存款15%的利息预扣税，从而为香港扩大境外银行业务创造了条件。新加坡1968年取消外币存款利息预扣税，吸引外资银行到新加坡营业。1988年在新加坡从事外汇及离岸业务的金融机构，其所得税得率由30%降到10%，对亚洲美元债券和亚元存款利息收入给予减免所得税的优惠、岸外外汇、投资、租赁及岸外银团贷款与包销债券、岸外证券与基金管理收入只收10%税率，使新加坡发展成为离岸国际金融中心。

三、区域性国际金融中心形成的标志及特征

（一）标志

第一，银行资产占国民生产总值比重很高。银行资产与国民生产总值的关系，既反映银行的规模与作用，也反映金融业的规模与地位。香港六十年代前期银行资产与生产总值的比率不到100%（1961年仅为83.7%），六十年代后期超过100%，1971年达125%，1980年升至252.9%，1986年则达582%。这一比率的成倍提高表明金融业的地位大大提高。1985年新加坡该项比率为181%。1983年台湾的比率则为90.8%，1987年跃升到143%左右。

第二，金融尤其是国际金融在就业结构中比重提高。香港金融从业人员占就业人员总数的比重，1961年仅占1.6%，1971年升至2.6%，1980年底又升达5.4%，1986年则达到6.3%，1991年从业人员达到74596人，成为香港从业人员最多的几个产业之一。台湾则由1972年的1.8%升到1986年的2.7%。

第三，金融机构集中，特别是外资银行众多。1991年香港有银行163家，其中外国银行占86%，本地银行仅13家，此外还有152家外国银行办事处。1986年新加坡拥有国内外商业银行135家，其中外国银行122家，占90%。

第四，银行国际化程度高。一是在银行资产和存贷款中外币占较大比重。1991年香港银行资产总额5.62万亿港元，外币占79%，港币占21%；二是资金大部分来自海外，1991年香港海外同业存款为3.32万亿港元，存放海外同业2.33万亿港元，存贷差达1.08万亿港元；三是贷款大部分用于海外，1991年香港贷款海外与本港使用之比为60∶40；四是外汇交易中外币占大多数，1992年4月香港外汇日成交量610亿美元，港元兑美元占18.8%，美元兑其他货币占72.7%，其他货币间兑换占8.5%。

此外，金融创新活跃、国际结算、证券交易等定性和量化指标，也应视为国际金融中心的一般标志。

（二）特征

一是在特定的历史条件下人为地设立，在政府的积极推动和严格管理下发展起来的。历史上的国际金融中心都是自然形成的，经历了一个由初级到高级的发展过程。其决定条件是该国在经济与金融实力不断增强的基础上，逐步发展成为国际贸易与国际结算中心。新加坡国际金融中心产生于特定的历史条件，是新加坡调整本国经济结构、发展经济的一个重大战略措施。1965 年诞生的新加坡共和国，在面临国内困难的形势下，为了加速经济发展，决定大力发展国际金融业。新加坡政府发展金融业的目标与美国银行策划离岸金融市场的意图不谋而合。1968 年 10 月，一个以经营离岸银行业务为主的国际金融中心在新加坡诞生。新加坡政府高度重视中心的建设，一方面采取各种措施，为吸引国际银行前往开业而创造有利的投资环境和良好的经营条件；另一方面制定了严格的管理制度，保证市场的健康发展，较好地发挥了市场的有效功能，限制了其消极作用。自中心设立以来，新加坡没有一家银行倒闭，很少发生重大金融案件。政府的积极鼓励和严格管理是新加坡国际金融中心健康稳定发展的重要保证。

二是内外分离型金融市场、离岸银行系统与国内银行系统互相补充，共同发展。新加坡经营离岸金融业务的金融机构，经金融管理局批准后，被称为"亚洲货币单位"，必须单独设立账户，本国居民不得将新元存入离岸金融市场，从离岸金融市场上筹集的资金也不能用于国内放款或投资。实行这种限制的目的是防止外国资本频繁进入本国金融市场，保证国内金融市场的稳定和金融政策发挥正常的作用。离岸银行系统和国内银行系统虽相互隔离，但两者互相补充，共同发展。自放松直至取消外汇管制以来，离岸与国内银行系统的区分已没有那么严格，资金可以在两市场之间自由地流动。但离岸银行业仍保持独立的账户，形式上新加坡国际金融中心仍是一个内外分离型的市场。

三是形成经营综合性国际金融业务的功能中心。新加坡除了亚元市场、国内货币市场外，还有不断完善的资本市场、外汇市场和金融期货市场。新加坡资本市场包括股票与债券市场两部分。1973年5月开业的股票交易所，到1985年股票市场资本总额在国民生产总值（GNP）的比重达60%，在亚太地区仅次于中国香港、日本而居第三位。1987年外汇市场日交易量由1982年的80亿美元增加到340亿美元，与香港持平，位居世界第六大外汇市场。由黄金期货交易发展到各种金融期货交易的新加坡国际货币交易所于1984年7月开业，也是亚洲第一个开展金融期货的市场。1987年欧元期权交易量相当于伦敦国联金融期货交易所同类合同的86.7%。

综上所述，从区域性国际金融中心形成的条件、标志、特征以及当代国际金融业的发展趋势来看，青岛要建成现代化的国际城市，其区域性国际金融中心的地位亦应成为必要的前提。因此，青岛在向着现代化国际城市目标奋进的同时，在金融体制改革和发展战略中，应把建立区域性国际金融中心放在重要位置。

公文常用词辨析

在公文写作中，发现有人经常将一些常用近义词使用得不够准确。公文的用词要求严格、规范，需要咬文嚼字，认真推敲。本文收集了以下五十例常用词并加以辨析，供公文写作者参考。

1."截止"与"截至"

截止指到一定期限为止或停止。截至指截至到某个时候。截止与截至的主要区别在于，前者强调"止"，即在什么时点上，所进行的事情已经完结或基本完结；后者则不强调事情的完结，强调的是该计时点的事态。

2."制定"与"制订"

"制定"与"制订"是近义词，二者除了结构不同、词义强调的重点不同之外，语气和语体色彩也不相同。"定"即是确定不更改的语气强，有严肃、正式、庄重的语体色彩，"制定"适用于路线、方针、政策、法令、规章制度等。"订"即是经过研讨、议论而确定，确定的语气较弱，有平等、理性、灵活的语体色彩，"制订"适用于方案、规划、计划。

3."按照""依照"与"遵照"

"按照""依照""遵照"都是介词。"按照"重在引进动作行为的凭借和依据，如"按照事实说话"；"依照"重在强调以某事为根据完全照办，法律条文使用"依照"多，如"依照刑法×款×条"；"遵照"多用于介绍行为依据的重要原则、指示和精神，如"遵照上级的指示办事"。

4."部署"与"布置"

"部署"指安排布置人力、物力、任务等，一般指大规模地、全面地、原则地安排配置，多指上级安排任务，如"会议部署了下一阶段工作"。

"布置"指在一些活动中作出安排，多指具体的安排、配置等。

5. "察访"与"查访"

"察访"指通过观察和访问进行调查，如"实地察访"；"查访"指调查打听，如"为尽快破案，纪检部门到处查访线索"。

6. "处治"与"处置"

"处治"指处分、惩治，如"对腐败分子要从严处治"。"处置"①表示处理；②指发落，如"务必妥善处置"。

7. "反应"与"反映"

"反应"指有机体对外部刺激的回应，又指事情发生后引起的看法或表现，如"反应迟钝"。"反映"本意为按照，比喻人们对外部事物的认识和表达。

8. "分"与"份"

"分"指成分，即含有的东西；如："水分""分量""分内事""分子"；另指分开，与合对应，如"分家""分裂""分水岭"。"份"指整体中的一部分，如："股份""省份""身份""月份""1份""两份"。

9. "度过"与"渡过"

"度过"指某时间已过去，如"欢度佳节"。"渡过"指由此岸到彼岸，有"通过"的意思，如"共渡难关""远渡重洋"。因此，"欢度春节"不能写成"欢渡春节"。

10. "对"与"对于"

"对"和"对于"都是介词，都表示动作行为所涉及的对象，在一般情况下，二者可以通用，凡能用"对于"的地方均能改为"对"，如"他对（对于）工作很负责"。但它们又有一些不同：当"对"含有对待、向等意味时，"对"不能换成"对于"，如"对他表示感谢"；当"对"用在助动词、副词之后时，"对"不能换成"对于"，如"绝不对困难低头"。

11. "而且"与"并且"

"而且"表示进一步，前面往往有"不但""不仅"等跟它呼应，它连接的是递进关系，如"我们不但战胜了多种困难，而且获得了大丰收"。"并且"主要有两种用法：一是用在两个动词或动词性词组之间，表示两个动作同时或先后进行，如"会上大家热烈讨论，并且一致通过了这个方案"；二是用在复合句的后一半里，表示更进一步的意思，如"她被评为先进工作者，并且出席了全国劳模表彰大会"。

12."范围"与"范畴"

"范围"与"范畴"都表示周围的界限或限制。"范围"用于具体事物；"范畴"用于理论概念等抽象事物。

13."分辨"与"分辩"

"分辨"指分清辨明，根据事物的特征在认识上加以区别；"分辩"指用语言辩白。

14."赋予"与"付与"

二者都有交给的意思。但所交给的对象不同。"赋予"指交给重大任务、使命等，如"圆满完成党赋予的光荣使命"。"付与"指拿出交给钱物等，如"他把20万积蓄付与党组织作为自己的最后一次党费"。

15."监察""检察"与"检查"

"监察"指监督各级国家机关和机关工作人员的工作并检举违法失职的机关部门或工作人员。"检察"指审查被检举的犯罪事实，为法律术语。"检查"：①表示为了发现问题而用心查看；②指考查；③指检讨。

16."矫正""校正"与"教正"

三者都有改正之意。"矫正"指改正、纠正，主要用于工作偏差、视力、错误等，如"矫正工作中的偏差"。"校正"指校对改正，多用于语言文字或数据等，如"校正文稿"。"教正"即指教改正，是把自己的作品送给人看时用的客套话，如"送上拙作一册，请教正。"

17."结余"与"节余"

"结余"指结算前余下或结算后余的钱。"节余"指因节约而剩下的钱或物，动词。

18."界限"与"界线"

两者都有不同事物分界之意，但"界限"还有尽头处、限度之意，多用于思想方面和抽象事物。"界线"指两个地区的分界线，或某些事物的边缘，多用于具体事物。

19."精练"与"精炼"

"精练"是形容词，指文章或讲话没有多余的词句。"精炼"：①动词，指提炼精华，除去杂质；②同"精练"。

20．"精粹"与"精萃"

"精粹"作为名词，可以指精炼纯粹，如"这些作品都是他创作中的精粹"；也可以作为形容词，如"这是一段精粹的语言"。"精萃"指精品荟萃，如"本作品集是该同志诗歌创作的精萃"。

21．"基于"与"鉴于"

"基于"主要表示依据、根据，如"基于上述理由"。"鉴于"含有觉察到、考虑到之意，多指可以引以为鉴或作经验教训的事，如"鉴于此次事件的教训"。

22．"俭朴"与"简朴"

"俭朴"指检省朴素，多形容生活作风，如"生活俭朴"。"简朴"指语言、文字等简单朴素，如"语言简朴"。

23．"急需"与"亟须"

"急需"指紧急需要，如"急需处理""以应急需"。"亟须"指紧迫地。

24．"举行"与"进行"

"举行"指进行集会、比赛等，后可以带宾语，如"举行会议""举行活动"。"进行"指从事某项活动，用在持续的、正式的、严肃的行为、短暂性的和日常生活的行为不用"进行"，不能带宾语，如"进行讨论""进行教育和批评"。

25．"考察"和"考查"

"考察"多用于目的性不强的场合，对象通常是客观事物，如山川、地质、工程等，有时是人。①实地观察调查，如"我们考察了水利工程"；②仔细深地观察，如"搞科学研究必须勤于考察和思考"。"考查"用于目的性较强的场合，指用一定标准来检查、徇人的行为、活动等，如"对拟任用干部进行考查"。

26．"厉害"与"利害"

"厉害"指猛烈、严厉，形容词，如"心脏跳得厉害"。"利害"指利益和危害，名词，如"利害关系"。

27．"面世"与"面市"

"面世"即问世，指作品、产品与世人见面。"面市"指商品开始投放市场。

28．"谋取"与"牟取"

"谋取"指设法取得，其范围较宽，如"谋取权位"。"牟取"专指谋取名利，适用范围较窄，如"牟取暴利"。

29．"拟订"与"拟定"

二者都有起草的意思，但起草结果不同。"拟订"指初步草拟，属于初步意见，如"拟订计划"。"拟定"含有定下来的意思，如"拟定规划""拟定方案"。

30．"品位"与"品味"

"品位"是名词，指作品与产品的档次水平或物品质量或文艺作品所达到的水平。"品味"是动词，指尝试滋味，仔细体味、品质和风味等，侧重欣赏、玩味。

31．"品行"与"品性"

二者都与人的品德有关。"品行"指有关道德的行为，如"该同志品行端正"。"品性"指品格性质，如"他品性质朴"。

32．"启事"与"启示"

"启事"是常用文体的一种，指为了公开声明某事而登在媒体或贴在载体上的文字、名词，如"征稿启事""寻人启事"。"启示"即启发思索，使有所领悟，可作动词、名词，如"某某的做法给了我们深刻的启示"。

33．"歧义"与"歧异"

"歧义"指语言、文字有两种或几种可能的理解，如"这种写法容易产生歧义"。"歧异"指意见、主张、观点等有分歧、差异、不相同，如"同样的问题，立场不同，对它的认识就有歧异"。

34．"启用"与"起用"

二者都与"用"有关，但所用的对象不同。"启用"的对象是物品，指开始使用。如"本单位公章自今年7月1日始启用"。"起用"的对象是人，指重新任用已退休或免职的官员，有时也指提拔使用新人。

35．"权利"与"权力"

"权利"指公民或法人依法行使的权力、享受的利益，与"义务"相对。"权力"：①指政治上的强制力量；②指职责范围内的支配力量。

36．"期间"与"其间"

"期间"指某个时期里面，不能单独作时间状语，其前面须添加修饰或限制语，如"抗战期间""春节期间"。"其间"即中间、其中，指某一段时间，可单独作时间状语。

37．"签订"与"签署"

"签订"指订立条约或合同并签字。"签署"指在重要文件上正式签字。

38．"前提"与"基础"

"前提"指事物发生或发展的先决条件。"基础"指事物发展的根本与起点。

39．"审查""审察"与"审核"

3个都是动词。"审查"指检查核对是否正确、妥当（多指计划、提案、著作，个人的资历等），如"经审查，情况属实"；"审察"指仔细观察；"审核"指审查核实（多指书面材料或数字材料），如"审核预算"。

40．"审订"与"审定"

"审订"指审阅、修订，如"审订文稿"；"审定"指审查决定，如"审定生产任务"。

41．"实行"与"施行"

"实行"指用行动去完成，用行动来实现（组织、政策、计划等），如"实行改革"。"施行"：①指法令、规章等公布后从某日起发生效力、执行，如"本办法自印发之日起施行"；②按照某种方法或办法去做，"施行"的内容较为具体。

42．"声明"与"申明"

"声明"：①指公开表示态度或说明真相，如"郑重声明"；②指声明的公告，系公文的一种文种，如"发表联合声明"。"申明"指郑重说明，如"申明理由"。

43．"凸显"与"突显"

"凸显"指清楚的显露出来，强调显现的明显。"突显"强调显现的突然性。

44．"营利"与"盈利"

"营利"指谋求利润，目的性强，是贬义词。"盈利"是作名词时指企业单位的利润；用作动词时指获得利润，是中性词。

45．"以至"与"以致"

"以至"：①表示在时间、数量、程度、范围上的延伸；②用在下半句开头，表示承接上文的条件，引出下文的结果，往往是好结果，如"他太专心了，以至下雨了也不知道"。"以致"表示所引出的结果多是不好的或不如意的，如"由于事先没作充分调查研究，以致做出了错误的结论"。

46．"整顿"与"整改"

"整顿"指使紊乱的变为整齐，使不全的健全起来（多指组织纪律、作风等），如"整顿基层组织"。"整改"是整顿并改革，强调的是"改革"，如"经过整改，工作效率明显提高"。

47．"置疑"与"质疑"

"置疑"是加以怀疑之意，常用于否定，常与"不容""不可""勿庸"等否定词连用，表示结论的确无疑。"质疑"是指提出疑问，请人解答之意。

48．"议程"与"日程"

"议程"是指在一次或一天的会议中所安排的程序。"日程"是指在一定时期内（少则1天，多则数月）工作、活动所安排的进程。

49．"推荐"与"推介"

"推荐"把好的人或事物向人或组织介绍，希望任用或接受，如"推荐她去当老师""向青年推荐优秀的文学作品"。"推介"是指向外推荐介绍本（人、单位）的（特点、产品等）活动的一种组织形式，如"产品推介会"。

50．"分寸"与"方寸"

"方寸"本指一寸见方，言其小，也借指心、心绪，如"乱了方寸"。"分寸"指长度单位，其义为：①一分一寸，比喻微小；②短暂的时间；③说话或做事应该掌握的尺度、界限。

实行文档一体化是二十一世纪机关档案管理的必然趋势

随着办公室自动化的普及与发展，机关中所形成的纸质文件逐渐被电子文件所代替，传统的文书与档案管理工作进行分离的模式已被打破，实行文档一体化已成为21世纪机关档案管理的必然趋势。

一、实行文档一体的必然性

第一，从文件具有的双重价值性和文件运动周期论看实行文档一体化的必然性。

美国的"档案价值鉴定理论之父"谢伦伯格认为，文件具有原始价值和从属价值。前者指的是文件对其形成部门所具有的行政参考价值、法律价值、财务价值和科研价值，即文件的第一价值；后者指的是文件的现行效用结束后对将来的查考和研究所具有的价值，又可分为证据价值和情报价值，即文件的第二价值。这一理论告诉我们，档案工作者需要对文件需要的双重价值有一个全面的了解，并在管理中向需求者提供全面服务。可见，文档分离的模式是很难做到这一点的。从这个意义上讲，谢伦伯格的双重价值理论为我们实行文档一体化提供了理论基础。

我国学者陈兆误教授对文件的运动提出了四阶段论，即文件的产生阶段、现实使用阶段、暂时保存阶段和永久保存阶段。他认为，文书、档案工作贯穿于文件运动的全过程，其表现形式在于：文件是档案的前身，档案是文件的归宿。文书工作是在文件形成与现实使用阶段的处理与管理过程；档案工作是在文件暂时保存和永久保存阶段中为尔后的需求者提供有

488

关服务的管理过程。文书与档案管理两者关系密切。这一理论对于漠视文书与档案工作原本一脉相承的我们，影响无疑是巨大的。它将改变以往文书人员只考虑文书工作、档案人员只考虑档案工作的人为割裂的思维方式，而代之以从事物的有机联系出发认识事物本质的新的思维方式。按照这一理论，对文档实行一体化管理，是符合文件运动规律的，是一种发展趋势和客观需要。

第二，办公自动化的不断发展要求机关实行文档一体化。

办公自动化对人类生活带来的影响是深远的，对档案工作带来的影响也是深远的；尤其是电子文件的产生，改变了传统观念中对档案的理解，也改变了对档案存在形式、特征、意义的认识。电子文件的产生、形成、归档及其传送、存贮、保存等管理均与传统的纸质档案所用技术、方法不同。这是文件管理的一场革命。在这场革命中，国际档案理事会（ICA）高度关注办公自动化所带来的文档管理的新问题。早在1992年的国际档案大会上就成立了档案影像委员会、电子文件委员会和档案自动化委员会，并在之后进行了卓有成效的工作，出版了《从档案角度管理电子文件的指南》等文献。这些文献提出了在现代办公自动化朝着计算机网络化和智能化方向发展的同时，文档管理一定要实行一体化。现代化程度较高的国家在这方向都快速行动起来。例如：英国公共档案馆在电子文件管理方面开展了大量的研究工作，并取得了丰硕的成果，制定了《电子文件管理指南》。《指南》对文档一体化也提出了要求，认为电子文件的管理应纳入相关业务范畴，要与办公自动化系统的建设同步进行，同时应有设计和运行可靠的电子文件管理系统予以支持，并满足文件和档案管理的要求。《指南》还提出，在既有电子文件又有纸质文件时，所有相关文件应按统一主题有机地互相联系在一起，统一管理起来。

我国在"八五"期间，中共中央、国务院发布了《关于加速科学技术进步的决定》，加快了办公自动化的发展步伐。国家专门成立了档案自动化技术委员会、档案标准化技术委员会等档案管理方面的科技专家委员会。这些不能不说对我国档案管理的现代化起到了强有力的保障和推动作用。之后，国家档案局又制定了《计算机管理档案软件测评标准》，从功能、兼容性、速度、易用性、安全可靠性等方面都做了明确规定，对文档一体化的实施进行了规范。行政手段的优势，管理标准规范，为机关实行文档一体化营造了一个得天独厚的良好氛围。

办公自动化的普及，计算机的广泛应用，产生了大量的电子文件。电子文件是以计算机软盘、磁带、光盘等化学磁性材料为载体的文件材料，其特性与使用方式跟纸质文件大不相同。由此在一系列工作程序、管理方法和原则上，就必然要求进行大的转变。原有的纸质文件立卷程序是：文书处理部门清理已处理完毕的文件材料，将其中仍具有查考利用价值的文件收集齐、保留下来，把它们组合成一份份案卷。在计算机用作办公设备的情况下，这种程序已不适应，要求实行文档一体化管理。近几年，我国金融界的工、农、中、建、交五大银行都利用本系统内实行全国上、下级网络化的优势，通过电子信箱传递文件，并先后推出本系统的文档一体化管理程序，收到了良好的效果。

第三，实行文档一体化更利于文档管理的规范化和现代化。

（1）实行文档一体化，使机关公文处理改变了传统的文书与档案两张皮的局限，使之更加统一规范。机关公文处理，从发文、收文、办理到归案利用，是不可分割的整体过程。但是，以文书、档案两套不同的系统分别管理，人为地割裂了这种联系，不能保证信息的完整性和全面性。传统的公文处理认为，机关档案都具有"滞后性"，即是说在机关工作过程中产生的各类文件一般都在事后归档；实行文档一体化则不是这样，自文件产生的同时即存储到数据库中去了，可以说在文件产生的同时就归了"档"。

（2）实行文档一体化，提高了工作效率。机关工作要提高效率，在很大程度上依赖于信息的畅通程度，文档一体化管理为此提供了有效的保障。在交通银行系统，各分行机关在实行文档一体化管理的过程中，把两套系统通过微机联网有机地结合起来，文档人员共同使用，各司其职，把公文办理过程和归档过程的信息按序全部输入电脑存贮起来，实行统一管理、综合利用。把办文（督办）系统和档案管理系统相互结合起来，优势互补，打破互相隔断、缺乏沟通的组织形式，形成一个敞开式的系统，将大量分散、无组织的信息集中起来成为有机联系的整体，变单一信息管理为综合信息管理，有效地克服两套系统的缺陷，这无疑从深度和广度提高了文档管理的效率和水平。

（3）实行文档一体化，减少了重复劳动。文书工作和档案工作有些登记项目是相同的，两项工作一体管理，许多内容可一次登录多次使用，取消了过去档案必须由档案人员分类编号、著录标引的工作，从而减少了工作程序，避免了重复劳动。

（4）实行文档一体化，为档案的查阅和利用提供了方便。由于数据集中处理，为检索利用提供了更多的可选途径，既可以根据收文特征，也可以根据发文特征进行检索，兼顾不同的使用对象和查询方式，满足各方需求，同时也大大提高了查全率和查准率。如交通银行所推行的机关文档一体化系统，在公文处理的检索中，可以根据各自需要在微机上采用以下任何一种检索方法查阅到文件：①按总序号查阅；②按收文号查阅；③按发文号查阅；④按主办部门查阅；⑤按登记日期查阅；⑥按来文单位查阅；⑦按收文部门查阅；⑧按文件标题查阅（既可根据全标题，也可根据标题的关键词组进行模糊查阅，如"信贷管理""利用调整"）；⑨按文种查阅；⑩按主题词查阅。

二、实行文档一体化的可能性

第一，我国各级党政机关提出了文件无纸化的要求，并率先推行文件、信息资料无纸化，为推行文档一体化起到了体制上的保证。

几年前，中共青岛市委办公厅和青岛市人民政府办公厅发出指令：青岛市所有的单位、部门（含中央、省驻青单位）都须安装统一的文件、信息接收与发送的自动化办公系统，使全市的文件、信息传送初步达到了无纸化的要求。在这当中，如果哪个单位不安装此系统就收不到文件和信息，无法工作。实际上，这一无纸化的办公处理要求在体制管理上已为机关文档一体化的推行提供了保证。

第二，机关减人增效的发展趋势需要实行文档一体化。

目前，干部人事制度的改革正在全国范围展开，其核心就是减人增效，而受波及最大的是机关部门。机关减人增效的发展趋势和机关办公自动化程度的提高，需要实行文档一体化。另一方面，近几年来机关文档人员通过各类在职学习和有关业务培训，综合素质不断提高，从而为推行文档一体化在人的问题上提供了保证。例如：交通银行系统文档人员通过在职多种类型的专业培训，100%的人员熟练地掌握了微机操作技术和文档一体化管理操作程序。

第三，计算机技术的发展为实行文档一体化提供了支撑。

计算机作为当代最先进的科学技术成就，已渗透到国民经济各个领域，发挥着越来越大的作用，对整个人类社会产生了深远的影响。随着我国改革开放和经济发展的不断加快，计算机技术已成为我国经济运行和社会活动的重要支撑。同样，计算机技术的发展和在办公自动化中的应用，也为实行文档一体化提供了支撑。当今计算机发展趋势以"巨、微、网、智"为代表，而计算机网络和智能模拟更适用于办公自动化。（1）建立计算机网络，可以使广大用户能够共享网络中的所有硬件、软件和数据资源。由于资源共享，可以充分发挥各个计算机系统的资源特长和作用，在实现文档一体化中可以协同、规范操作，提高可靠性，降低运行费用，还可以避免重复性投资。（2）计算机智能模拟的出现、光盘的问世和使用，使辅助海量存储器面貌一新，为实行文档一体化提供了广阔的背景。例如：北京超电子技术公司开发的超星光盘的收发文自动化管理系统和文档管理系统是目前国内较为先进的系统。该系统将收发文以图像方式录入计算机并存入光盘，每张光盘片可存储两万页的资料，使用者可以随时查看和复制一份文件的原文。该系统具有收发管理、承办、催办、自动归档等文档一体化管理功能。

三、实现文档一体化应具备的条件

第一，外部条件。

首先，要加强办公自动化的硬件建设。硬件设备是计算机系统的物质基础，整个系统的处理能力、可靠性及运算速度等指标均与硬件设备有很大关系。因此，机关要实行文档一体化，就必须在硬件设备上舍得投入，并要有超前性。例如：交通银行在建立全国网络的基础上，各管辖行（商业银行的大区行，管辖1——4个省的范围）都购置两台以上美国NCR小型机，实行全辖的业务、办公网络化。单在文档一体化方面，就配置了三台586型计算机和与之配套的 UPS 和 HP—4VC 等较先进的激光打印机，通过局域网分别用于电子信箱进行收发文件和文档一体化管理。

其次，要依靠高新技术的支持，在开发管理软件上有所突破。从二十世纪八十年代后期开始，我国的档案计算机管理软件开发开始起步。在这个阶段主要强调了逐步走向实用，强调要有一定规模的系统数据量，这也曾作为评选国家档案局科技进步奖的一个条件。在这期间，随着用于档案管理的计算机硬件环境的改观，档案管理文件的功能也丰富起来，出现了文档管理一体化的软件。国防科工委、浙江省档案局等单位所开发的文档一体化软件是其中的佼佼者。近几年来，随着微机 CPU 性能的提高和外储器容量的大幅度增加，档案计算机管理系统在网络技术及其软件产品方面都已相当成熟。档案界经过实践积累，很自然地将微机局域网络应用提到了日程上，但目前在机关文档一体化软件的开发上还缺乏规范化、标准化和系统化。因此，应在国家规范化、标准化的前提下，开发统一的管理软件，至少目前应按行业系统统一管理软件，以保证各种软件数据间的互相转换与兼容，并为尔后的档案移交进馆创造条件。

第二，内部条件。

首先，要调整文档管理人员的配置，使之高科技含量占比不断提高。目前，各个单位的机关文档人员水平不一，现状不容乐观。有的单位将文档这一岗位当作包袱的角落和照顾亲朋好友的自留地，其文档管理根本谈不上规范化和达标上等级。其实，国家早就明文规定了文档人员所具备的条件。在当前，应结合机关减人增效，严格按照文档人员的条件持证上岗，真正做到"能者上，平者让，庸者下"，合理调整文档人员的配置，并能使那些懂文档业务管理又精通计算机业务的人员在机关文档岗位上占主流，以便顺利地实行机关文档一体化。

其次，要抓好文档管理人员的继续教育工作。在继续教育蓬勃发展的今天，文档专业队伍的继续教育也得到了国家及一些地方档案行政管理部门的重视，并做了大量的工作。国家档案局在档案教育"九五"规划中提出，要加强档案队伍中的继续教育工作，要有计划、有组织地对具有专业技术职务的档案人员进行继续教育，培训率要达到60%。为此，应注重以下几方面的工作：一是要抓好文档管理人员的学历教育，积极支持在职人员参加文档专业的成人学历教育，使机关文档人员全部达到大专以上学历；二是按照在职人员缺啥补啥的原则，利用脱产或业余时间对其进行补课，并进行严格考试，持证上岗；三是在职文档人员要注重对计算机等高新技术的学习，积极掌握世界文档管理的领先技术，更好地推行机关文档一体化。

讲话节奏漫谈

汉语是一种具有音乐美和韵律美的语种，其美的本质就在于节奏。节奏是汉语语音在一定时间里呈现的长短、高低和轻重等有规律的起伏状况。作为一篇文章或讲话稿，作者利用这个节奏抒发自己的情感，或表达清楚事情的完整过程；读者或领导者则随着它的旋律产生出情感的共鸣，或向参会者讲明自己要传递的完整信息。

通俗一点，我们说的每一句话，其实都是由几个组块构成的。比方"青岛市第十届工人运动会现在开幕"这么一句话，即由三个组块构成，一是"青岛市"，二是"第十届工人运动会"，三是"现在开幕"。如果在不该停顿的地方大喘气，意思就拧了，有的领导同志变成这样讲："青岛市第十届、工人运动、会现在开幕！"

从这个角度来看，语言的节奏，就是说话和听话时跟语义表达或理解相关的组词断句的语言体现，是由语义的表达和理解需要所决定的一种旋律，有着硬性规定，要求必须这么说。比方"有心栽花花不开，无心插柳柳成荫"这句话，其组块是四三的节奏，意思才准确。若按三四的节奏来读呢，顺是顺口了，但意思拧了，有人读成了"有心栽，花花不开；无心插，柳柳成荫"，并美其释曰为：你特意去栽花呀，它是什么花也不开，叫花花不开；你无意地弄根柳条随便一插呢，它是插一根，活一根，叫柳柳成荫。还有人读"先天下之忧而忧，后天下之乐而乐"也照此办理。该句的组块结构应是五二的节奏，但若按四三的节奏读，则成了"先天下之，忧而忧；后天下之，乐而乐。"其解释自然也非本义了；先下生的人，永远是忧愁的，忧了还忧，叫忧而忧；后下生的人呢，就永远快乐，乐了还乐，故叫乐而乐。如此解释，听上去似乎也有点道理；但若在高考中，学生要这么答，绝对判零分！

然而，这些少数领导者，有的本身对汉语语言的理解就差，加上善于打官腔的嗜好，在作报告、讲话中喜欢拖长腔，但又往往忽略了汉语语言的客观节奏，结果就出了不少笑话和非义。如："西哈努克亲王八日抵京"，此话的组块结构是六四的节奏，他偏偏按五五的节奏念，则成了"西哈努克亲，王八日抵京"；再如："中央代表团长途跋涉来到我们这里慰问"，此话的组块结构是五四六二的节奏，他却按六三二六的节奏讲，则讲成了"中央代表团长途跋涉，来到，我们这里慰问"；还如："黄河小浪底大坝加高仪式现在开始"，这句主持词的组块结构是五六四的节奏，他硬是以习惯的官腔按三三三二四的节奏讲成了"黄河小，浪底大，坝加高，仪式，现在开始!"

因此，作为领导干部，除了以主要精力忙于公务外，还是抽点时间学点汉语语音、韵律及语法、修辞、逻辑，以丰富自己的语言表达能力，在作报告、讲话中，使老百姓能听得懂，起码不至于成为大家的笑柄。

"报告"与"请示"的同异及其处理要求

尽管国务院《国家行政机关公文处理办法》（国发〔2003〕23号）中已对"报告"和"请示"这两个文种的定义及其处理要求都做了明确的规定，但不少发文者在公文处理过程中，仍出现将两者混淆的现象。譬如：《……关于××××的请示报告》，两个文种一起用；还有的本属请示的事项用报告。这些错误的出现，都是发文者对"报告"和"请示"这两个文种的定义及其处理要求没弄明白。现就这两个文种的同异及其处理要求做如下阐述：

一、"报告"与"请示"的定义及相同点

（一）报告是下级机关向上级机关，执行机关向权力机关汇报工作、反映情况及答复上级机关的询问和交办事情完成情况等使用的文种。

（二）请示是下级机关向上级领导机关或业务指导机关请示指示、答复、审核和批准有关事宜时使用的请求性文种。

（三）"报告"与"请示"的共同点：一是皆为上行文；二是一般情况下都须逐级行文，不得越级行文；三是格式上都须有"签发人：×××"栏；四是为便于归案管理，上行文在主题词的文种词后都需加归属词，即加行文单位（部门）的缩写。

二、"报告"与"请示"的不同点

（一）目的不同

1. 报告：不需要批复、答复，只是为了向上级报告情况，便于上级了解情况；

2. 请示：则要求上级批复、答复。

（二）时间不同

1. 报告：不能事先，只能事中或事后；

2. 请示：须事先。

（三）内容不同

1. 报告：只是汇报，已是事后，不需具体批准；

2. 请示：或属急迫性，或需上级批准方可办理。

（四）格式不同

1. 报告：一是不需在"附注"栏中注明联系人及其电话，二是根据必要可以"抄送"栏中抄送其他上级机关或下属单位和部门。

2. 请示：一是应在"附注"栏中注明联系人及其电话，二是既不准多头请示也不得在"抄送"栏中抄送其他上级机关和下属单位、部门。

三、"报告"与"请示"的特点及其写作要求

（一）报告的特点及写作要求

报告的本质特征是汇报工作。因此，汇报要做到情况清楚、准确，分析恰当、深刻，观点鲜明、正确，对策（措施）可行、得力。其写作要求有以下五点：

1. 陈述为主。反映情况要客观全面，实事求是，有一说一，有二说二，不歪曲事实真相。在此基础上，进行分析加工，提出见解。讲观点时

据有材料，摆情况时渗透观点，材料与观点紧密结合，自然严谨。切忌罗列现象和堆砌数字。

2. 一事一文，中心突出。不能把几件事纳入一个报告上报。不摆与中心无关的情况，不讲与中心无关的话。不绕弯子，不兜圈子。只有这样，才能主题明确，中心突出。

3. 结构严密，层次清楚，文字流畅，简明扼要。工作报告多是上行文，要求材料真实，逻辑严谨，表达准确，言简意赅，质朴无华，一般书面报告以一、二千字为宜。切忌舞文弄墨，套话、空话连篇。

4. 格式与内容统一。报告作为公文的一个种类，其格式总体上是应符合公文基本规范的，如有标题、开头、主体、结尾等。由于这一文种使用较为广泛，其本身又分为多个类别（如：政治报告、综合性工作报告、专题报告、调查报告及按时间为分月、季、年度报告等），内容繁简不一，故其格式不可千篇一律。

5. 写报告切忌夹带"请示"事项。

（二）请示的特点及写作要求

请示的主要特点是请求性。所谓请求性，即本单位（部门）打算办理某种事情，而无权自行决定，或者无力去做，或者不知道应不应该去办，必须请求上级机关批准或同意后，才能去办。写作要求有以下三点：

1. 请示缘由，写在正文的开头，应简要说明为什么请示。具体表达方式一般是叙议结合，先叙后议或夹叙夹议。

2. 请示事项和意见，是要求上级领导机关给予批准、指示的具体事情，以及向上级提出自己对解决问题的态度或意见。因此，请示事项中阐述情况要扼要集中，实事求是。申述理由要充分，让上级领导机关看后一目了然，能迅速决断。

3. 请示结语，是正文的结束语，紧接事项之后，另起一行。常用的结语有："当否，请批示""特此请示，请批复"等等。

关于青岛大学建校情况的回忆

改革开放初期，青岛市委、市政府为加速培养各种建设和管理人才，适应改革开放的需要，决定建立一所综合性的大学——青岛大学。当时笔者作为青岛大学筹建领导小组的秘书，亲身经历了筹建青岛大学的过程。现将其中的部分内容回忆如下，以献给为筹建青岛大学做出贡献的人们。如今，青岛大学已作为一所山东省的重点综合性大学，为青岛乃至山东培养了数万名人才，使当年为筹建青岛大学而积极奔波的各级领导同志和各界人士无不为之欣慰。

建立青岛大学的提出

1984年4月27日至29日，全国人大常委会委员、教科文卫委员会副主任委员、原教育部党组书记张承先同志，受国务院常委副总理万里同志（当时其主管教育工作）的委托，专程来青岛向市委、市府提出建立青岛大学的意见，具体讲了建立青岛大学的必要性和怎样办大学的问题。而当时的市委主要负责同志对此积极性不高，没有出面会见张承先同志，出面会见的是市人大副主任王稔五、市文委主任刘涛、市人大教科文卫委员会主任孙涛及青岛职业大学校长王肇基等同志。

尔后，张承先同志从青岛去烟台，向烟台方面提出建立烟台大学的意见。当时烟台市委书记王济夫同志对此特别积极热情，他说，感谢中央对烟台的重视和支持，烟台有必要也有能力办一所综合性大学。当时，烟台市的四大领导班子在烟台的全体成员出面会见张承先同志。张承先同志对烟台的态度非常满意，回京即向万里同志做了汇报。后来，全国人大教科文委还专门给烟台大学5000万元的支持。

刘鹏同志担任中共青岛市委主要领导后，对青岛筹建青岛大学的态度提出了批评，认为青岛夜郎自大，不给不要，给了也不要，并要求立即着手筹建青岛大学。

1984年8月18日，市九届人大常委会召开第八次会议，通过了关于建立青岛大学的决议。之后，青岛大学筹建领导小组成立，省委常委、副省长、代理市委第一书记刘鹏同志任组长，副市长宋玉珉、施稼声和市府副秘书长兼文办主任刘涛同志任副组长。青岛大学筹建领导小组于1984年8月24日举行首次会议。刘鹏同志和市委书记王今吾同志主持会议并讲话。会议认为，我市建立青岛大学的条件已经成熟，必须抓紧进行筹备。会议决定在小组下设3个班子：一是建校指挥部，由宋玉珉同志任总指挥；二是教学办公室，由施稼声同志任主任，刘涛同志、王肇基同志任副主任；三是集资办公室，由市政局具体负责。

至此，青岛大学的筹建已正式启动。新一届青岛市委领导同志关于建立青岛大学的决定，是与时俱进的伟大战略决策，是一项教育兴市的历史贡献。

青岛大学筹建方案的确定及申报

之后，青岛大学筹建领导小组便紧锣密鼓地开展了各项工作。首先，经过反复论证，确定了建校方案：

一是办学目的和指导思想：为了适应四化建设和对外开放的需要，充分发挥青岛市的地方优势，加速培养各种建设和管理人才，促进我市和全省经济繁荣，确定建立青岛大学。青岛大学应办成一所现代化、开放式、多层次、具有中国特色的社会主义新型大学，应成为全市教育和科研的中心。青岛大学实行收费、不包分配、择优录用的原则。

二是学校规模和专业设置：青岛大学的规模，计划至1990年在校学生达3000人，2000年在校学生达到10000人；根据我市以及全省、全国人才需求情况，经反复论证，拟设立汉语言文学、英语、日语、应用数学、应用化学、计算机应用、机械设计与制造、电气工程、工业与民用建筑、工业微生物、食品工程、对外贸易、国际金融、企业管理、管理信息工程、经济信息工程、旅游经济、农业经济、农产品加工等19个专业；学生修业年限，本科4年，专科2至3年。

三是基建投资与办学经费：青岛大学校址选在青岛市宁夏路东侧、大麦岛村西北，用地1000亩；青岛大学基本建设投资和正常办学经费，均由青岛市政府自行解决。拟实行由山东省政府和青岛市政府双重领导，以青岛市政府领导为主的领导体制。

1984年8月中旬，市委、市府派刘涛、王肇基同志及文办副主任王恒顺同志专程去北京（当时我随从），向万里副总理办公室、教育部和张承先同志汇报筹建青岛大学的有关情况。当时，我们先相约到了张承先同志住所，向张承先同志做汇报。张承先同志听了汇报后说：青岛在国内外都有影响，实行对外开放，需要办一所综合性大学。通过办大学，可以更好地发挥"窗口"的作用，积极培养面向现代化、面向世界、面向未来的人才。张承先同志认为：办大学规模小了不经济，应适当办得大一些。专业设置要做到"乘虚而入"（即立足当前，从高教布局上看，办好短缺专业）和"乘需而入"（即放眼未来，根据国民经济发展的需要确定培养方向）。张承先同志还特地强调了师资队伍的建设问题，他认为，"山不在高，有仙则名；水不在深，有龙则灵"。办大学不在名字大小，关键要有名人。这好比演戏，戏台子搭得再好，没有好主角不行。他说，我可以向南开大学、天津大学等老大学做工作，让他们在师资方面给予一定支援。

当时，万里副总理不在北京，他的秘书张镜源同志（当时为副部级，后任中央国家机关党委书记）听取了汇报。张镜源同志当即表示，由地方集资办大学，相信万里同志会百分之百地支持的。张镜源同志还亲自给教育部部长何东昌同志办公室的董秘书打了电话，请教育部听取青岛的汇报。当时主管高教工作的黄辛白副部长不在北京，教育部由计划司司长尚志同志听取了汇报。尚志同志当时表示，由地方集资办学，教育部积极支持是毫无疑问的。可以先搞筹备工作，具体手续待接到山东省政府的报告后，教育部再研究办理。

1984年9月10日，山东省人民政府正式向国务院呈报了《关于建立青岛大学的报告》（鲁政发〔1984〕100号）。

1984年10月15日，全国人大常委会、全国人大教科文卫委员会副主任委员张承先同志，省委常委、副省长、市委第一书记刘鹏同志，山东省副省长马长贵同志在青岛就筹建青岛大学的有关问题进行了座谈。参加座谈的有青岛市副市长施稼声、青岛市政府副秘书长兼文办主任刘涛、青岛职业大学党委书记兼校长王肇基等同志。参加座谈会的同志对青岛大学的专业设置、总体规划、师资建设、集资办法、校舍建设等有关问题交换了意见，并取得了一致看法。

1984年10月24日至26日，中共中央总书记胡耀邦同志来山东视察工作。当时在烟台视察时，胡耀邦同志应王济夫同志的请求，为"烟台大学"亲笔题写了校名。胡耀邦同志在青岛视察时，刘鹏同志向其汇报了筹建青岛大学的有关情况，并请求其为"青岛大学"题写校名，胡耀邦同志当时说，烟台是小城市，我可以题，你们是大城市，我不题。10月26日，刘鹏同志随省委领导同志陪同胡耀邦同志到临沂视察工作。当时，胡耀邦同志在离开临沂赴江苏省视察之前，接见了临沂的老干部，并亲笔为老干部题写了一副对联。刘鹏同志在胡耀邦同志题写对联时就想，这是最后的机会了，即向其再次请求道：总书记，我请求您的事，还未办啊。胡耀邦同志问：什么事？刘鹏同志答道：就是为"青岛大学"题写校名啊！胡耀邦同志当时兴致正浓，在题写完对联之后，随即答应并亲笔题写了"青岛大学"的校名，但未落款。青岛大学现在校门口所用的字就是当时胡耀邦同志所题写的字样，其真迹在我手上保存了好长时间。在我离开筹建领导小组时按规定交到了市档案馆。

1984年11月28日，教育部印发了《关于同意筹建青岛大学的批复》（教育部〔84〕教计字231号）。

12月上旬，根据张承先同志的建议，市委、市府同意南开大学和天津大学为青岛大学的重点支援学校，并派出施稼声、刘涛、王肇基同志前往两校商洽有关事宜。当时我随从前往。

1984年12月17日至23日，应青岛市委和市政府的邀请，由南开大学党委书记李原、天津大学党委书记杨辉率领的两校代表团，在青岛与我市党政领导同志就青岛大学的建校和办学问题进行了商谈。市委、市府领导同志刘鹏（市委第一书记）、王今吾（市委书记）、刘镇（市委副书记）、臧坤（市长）、张惠来（常务副市长）、孙炳岳（市委副书记）、王玉成（市委常委、宣传部部长）、宋玉珉（副市长）、施稼声（副市长）、刘涛（市府副秘书长兼文办主任）参加了商谈。商谈取得了一致意见，并形成了会谈纪要。

1984年12月31日，教育部向南开大学、天津大学发出《关于支援筹建青岛大学有关事项的通知》（〔84〕教计字254号文）。

1985年1月25日，根据省委书记梁步庭同志的意见，由山东省教育厅与青岛市人民政府联名致函中国科技大学，恳请中国科技大学在教学骨干配备、师资培训、教学科研工作规划以及实验室建设等方面对青岛大学给予支援。

1985年3月11日至14日，山东省教育厅厅长高维真、青岛市政府副秘书长刘涛、省教育厅高教处副处长路广滨、青岛大学筹备领导小组教学办公室副主任王肇基等在合肥，就青岛大学与中国科技大学的合作问题与中国科技大学副校长辛厚文、研究生部主任王文涛、校长办公室主任姜丹、教务处处长朱滨、学生处处长刘贤荣、师资处处长刘来泉、人事处长王溪松、科研处副处长马善贤同志进行了会谈。辛厚文与高维真分别代表中国科技大学和山东省教育厅签署了《会谈纪要》。

青岛大学正式建立及领导班子的确定

1985年4月27日，青岛市政府向山东省政府呈报了《关于正式建立青岛大学的请示》（青政发〔1985〕118号）。

1985年5月30日，青岛市政府向山东省政府呈报了《关于青岛大学一九八五年招生计划的请示》（青政发〔1985〕149号）。

1985年6月8日，国家计委教育处处长承念祖、教育部计划司计财处处长徐敦煌等来青岛检查青岛大学的筹建情况，认为青岛大学具备了正式建校的条件。

1985年6月10日，青岛市政府向山东省政府呈报了《关于改变青岛大学领导体制的报告》（青政发〔1985〕158号）。报告中提出，青岛大学由省市双重领导，并将原"以市为主"改为"以省为主"。

1985年6月13日至18日，张扬同志（根据省委书记梁步庭同志提议拟任青岛大学党委书记）与我一起前往省委、省府，汇报、沟通关于向国务院呈报"关于正式建立青岛大学的请示"的相关情况。当时，根据省委、省府领导同志的意见，省教育厅在代省政府起草文件时已明确："青岛大学的基本建设投资及所用外汇由青岛市自筹，正常经费由省财政解决。"我与张扬同志持会签文稿找副省长马世忠同志会签时，马世忠同志则将原文中的"正常经费由省解决"改为"正常经费由省内解决"。对此，我认为马世忠同志将"由省解决"改为"省内解决"，尽管一字之差，但实质内容却发生了根本的变化，"由省解决"非常明确；而"由省内解决"概念模糊，其中则包含着"青岛市"。我即对张扬同志说："对此，我们应坚持不动摇。"而马世忠同志则坚持"由省内解决"的表述，一方面说"省"与"省内"是一样的，且资金来源更广；另一方面说，"省内"也是省领导同志的意见。在僵持不下的情况下，我与张扬同志便回到招待所。考虑到时间紧迫，我便给梁步庭同志的秘书徐振基同志打电话汇报了这一情况。两天后，梁步庭同志对分管财政的副省长马世忠同志提出批评，并坚持原为"由省解决"的表述。过后，马世忠同志在南郊宾馆还当面训斥了我："你这个小同志，你怎么为此事到梁书记那里告我的状？"现在回想起来，当时自己年轻，办事考虑策略不够，直来直去，冒犯了副省长实属不应该。但我的这一办事态度受到市委领导同志的表扬，认为我在争取青岛利益的原则上立了大功。

1985年6月18日，山东省政府向国务院呈报了《关于正式建立青岛大学的请示》（鲁政发〔1985〕67号）。

1985年6月23日、24日，山东省教育厅副厅长李祖衡、青岛市委副书记刘镇以及张扬、刘涛、张作军（省教育厅计财处副处长）等同志专程去北京（我也同时前往），向国家教委（此时教育部已改为国家教委）汇报青岛大学的建设及1985年招生的问题。临行前，省长李昌安同志还亲笔给当时的国务院副总理兼国家教委主任李鹏同志写了信。信的内容如下：

李鹏副总理：

　　省委同意并全力支持建立青岛大学。今派青岛市委副书记刘镇等同志专程进京向您汇报有关情况，请您在百忙中听取汇报，并请国家教委能尽快予以批复。

　　此致
敬礼！

李昌安

八五、六、二十二

　　国家教委听取汇报后，口头答复：同意正式建校并招生，正式批复按办文流程办理后即发。

　　1985年6月29日及后来，省委、省府分别发文（鲁任［1985］34号、鲁任［1985］39号），批准青岛大学领导班子：张承先兼任名誉校长；张扬（中国科技大学派出）任党委书记；何炳林（南开大学派出）任校长；印邦炎（南开大学派出）、徐乐平（天津大学派出）、竺苗龙（中国科技大学派出）、刘涛（青岛市派出）、陈洪彬（南开大学派出）任副校长。同时，确定青岛大学实行校长负责制。何炳林主持全面工作，印邦炎协助校长主持全面工作；徐乐平、竺苗龙负责教学工作；陈洪彬负责人事工作；刘涛负责后勤工作。

　　1985年7月5日，国家教委印发了关于《同意正式建立青岛大学》的通知（［85］教计字085号），并批准1985年在英语、应用数学、企业管理3个专业招收本科生100人。

　　1985年7月6日，青岛大学举行建校奠基典礼。省、市领导同志，李昌安、刘鹏、臧坤（青岛市市长）等参加典礼，李昌安和臧坤及有关方面代表分别讲话；李昌安、刘鹏和青岛大学校长何炳林剪彩；省、市领导，驻青岛部队首长，青岛大学领导及有关方面负责同志参加了奠基典礼。

　　9月，青岛大学首届新生（为了保证办学质量，招生条件定的较高，实际招收本科生78名）在青岛远洋船员学院（临时借用）举行了开学典礼。

　　当时，青岛大学领导班子成员是由几所大学和青岛市政府分别派出的人员组成。由于各自教学风格、工作特点不同和各自利益的不同，从一开始就处于不和谐的工作氛围，并逐步出现了不可调和的矛盾。在这种情况下，于1986年3月，南开大学、天津大学派出的人员向山东省委、省府提出辞呈，并离开青岛大学返回各自学校。1986年3月17日，市委副书记刘镇、市府副秘书长刘涛根据马长贵副省长的电话通知去济南听取省委负责同志解决青岛大学有关问题的意见。当晚，省委副书记陆懋曾、省教育厅厅长高维真向青岛方面通报了南开大学、天津大学派出人员何炳林等向省委、省府递交辞职书的情况。3月18日，遵照省委书记梁步庭、副书记陆懋曾等领导同志的意见，省教育厅副厅长李祖衡、青岛市委副书记刘镇和青岛市政府副秘书长刘涛同志专程去北京向张承先汇报南开大学、天津大学派出人员的辞职情况和梁步庭同志关于解决青岛大学有关问题的意见。

1986年8月5日，省政府印发了《关于任免潘承洞等工作人员职务的通知》（鲁政任〔1986〕16号），任命：著名数学家、山东大学副校长潘承洞为校长，孙荣文（山东工业大学副校长）、李庆臻（山东大学派出，列竺苗龙之前），崔西璐（山东师范大学派出，列刘涛之后）为副校长；著名科学家、中国科学院院士曾呈奎为青岛大学顾问；同时免去南开大学、天津大学派出人员在青岛大学的职务；青岛大学名誉校长仍由张承先兼任；党委书记仍由张扬担任。

自此，青岛大学在省委、省府和市委、市府的领导下，在教育部的指导下，在全校教职员工和广大师生的努力下，已逐步走上规范化、科学化的发展轨道，在全省乃至全国树立起良好的大学形象。

我与岛城银行业的两个"第一"

伴随着我国改革开放的步伐,岛城银行业发展的步伐也在不断加快,真正成了山东的龙头。从20世纪90年代初开始,笔者从政府部门转入刚恢复重建不久的交通银行青岛分行工作,并较长时间兼管机构工作。其中两项岛城银行业的"第一次",是由我亲自主办或经历的——

1999年9月1日:岛城第一家"自助银行"开业

时代进入20世纪90年代,电子化在银行业的发展突飞猛进,以自助银行、电话银行、银行卡等为代表的新的货币工具及结算方式已风靡全球,而在我国仅在北京、上海等大城市少数银行中才偶尔出现。交通银行作为我国首家股份制商业银行,是我国金融改革的实验田,理所当然地要在这些方面走在其他银行的前面。

1999年8月间,交通银行青岛分行欲借搬迁中山路6号之机,开办自助银行业务。当时,银行业监管由人民银行负责。而对开办电子银行一类的业务,人民银行的监管也持慎审严格的原则,须按设立机构报批的程序,经省级人民银行转报人民银行总行批准方可。交通银行青岛分行拟向人民银行山东省分行提出《关于我行在青岛开办自助银行业务的请示》,并由我专门全程负责办理。

我在拟草《关于我行在青岛开办自助银行业务的请示》时,列据了交行作为国家金融改革实验田的政策优势及青岛作为计划单列市和沿海对外开放城市的地理条件优势,阐明了开办自助银行业务的必要性,同时提出了我们自身已具备的条件。

8月23日，我与秘书胡伟带着《请示》文件起程到济南向人民银行山东省分行汇报。为使工作办得顺利，我请在省委工作的大学同学王泽厚先向省人行做好疏通工作。当日上午，分管机构的于宪庭副行长专门听取了我们的汇报，并当场同意，由专人起草向人总行的《请示》。这时，已到了中午吃饭的时间。如果再按部就班地走发文程序，当天是拿不到文件了。我便向省人行办公室的人求情，给予尽快办理。他们也真给照顾，硬是延误吃午饭，在下午1点前将文件印好。我们也没顾上吃中午饭，冒着8月盛夏的炎热，带着文件赶火车去了。在赶往北京的火车上方觉得有点饿。车上已过了卖饭时间了。无奈，便买了两包饼干，我们凑合着打发了一顿饭。

傍晚，我们到了北京，在距人总行较近的一家旅馆住下。为了使此事办得顺利，我便给交通银行总行（设在上海）机构办的喻康祥处长电话，请他来北京向人总行协调，以争取尽快获人总行批准。喻处长便连夜乘飞机赶往北京。当天夜里，我们商量好明天向人总行汇报工作的安排。

8月24日，喻处长带着我们向人总行银行司机构处王兆星处长汇报情况。由于喻处长的工作，王兆星处长听完汇报后，即起草同意的批复。按程序经银行司司长签字——办公厅主任签字——人总行分管副行长签字后，由办公厅正式印发了《关于同意交通银行青岛分行开办自助银行的批复》文件。

8月27日，人民银行山东省分行根据人总行的批复，正式复批交通银行青岛分行开办自助银行业务。经过领导研究，我行的自助银行开业新闻发布会定于1999年9月1日。这毕竟是岛城及山东省的第一家自助银行开业，我行邀请了总行和市有关领导出席新闻发布会。

9月1日上午10时，自助银行开业新闻发布会开始。交总行董事长殷介炎出席，市委常委、常务副市长邹立健出席并讲话，青岛市各新闻媒体单位的记者及有关客户代表出席。

我行自助银行的开业，开启了岛城及山东省电子银行业务发展的先河。经过十几年的发展，岛城所有银行网点都开办了自助银行业务，并给百姓工作、生活带来极大方便。各银行开办类似电子银行业务，也省略了复杂的报批程序，只需向当地银监局备案即可。

2001年9月11日：我国第一只开放式基金在岛城发售

经过改革创新，银行业务不再是存贷款、结算等较传统的业务。2001年9月11日，经中国证监会（证监基金字〔2001〕33号）批准，我国第一只开放式基金——"华安创新"基金由交通银行托管，并由交通银行在北京、上海及青岛等全国共13个分行代销。事先，我行也是千方百计做工作向总行写报告，一步一步争取来的。山东只有青岛代销。这一业务的开展，不仅丰富了银行业务的多样化，也同样开辟了岛城乃至山东百姓理财的先河。

该开放式基金首次募集规模为50亿份，采用"总量控制、限额发号、领号预约、凭号认购"的方法，向个人投资者销售30亿份；采用"全额预缴、比例配售"的方法，向机构投资者销售20亿份。青岛只向个人投资者销售2亿份额。基金发行日期为2001年9月11日；基金成立日期为2001年9月21日；基金募集期为3个月。

该基金发行的消息传出后，青岛和山东的个人投资者异常踊跃，青岛周边的烟台、威海、潍坊等市的个人投资者于9月10日晚便来到交行青岛分行营业厅门前排队等候领取预约号，其火爆是前所未有的。《青岛生活导报》在9月11日的头版和二版以"'华安创新'今发售牵动投资者的心·交行门口昨夜排长龙"为题刊发消息和照片予以报道。

"华安创新"开放式基金的发行，不仅为银行业的改革吹响了集结号，为后来大量各类基金在银行业的发行奠定了基础，也为个人投资者带来较好的效益，截至2014年3月末，"华安创新"基金累计每份净收益3.1260元，累计收益率248.72%，共分红8次。

后　记

干了一辈子文秘工作。从十四岁参军，先是在特务连干文书工作，而后又到团、师机关从事新闻报道工作，直到退伍。赶上我国恢复高考，读完大学教了两年书之后，即到青岛市政府机关部门干秘书工作，一干就是10年。从1993年开始，我又到金融单位继续从事文秘工作，一干又是二十多年，直到退休，可谓"老秘"了。这当中，无论是当秘书，还是作秘书处长、办公室主任，都是干着文秘工作一种行当。

因一辈子与文字打交道，除了直接从事公文处理一类的工作外，业余时也经常写一些评论、杂文、散文、小小说及专业论文在报刊上发表。但很可惜，一方面因受当时存储条件所限，一方面自己积累经验不够，九十年代以前发表的文稿大都遗失，没有保存下来。随着计算机技术的进步，自2000年以后，在时任打字员李维珍女士的帮助下，将我发表过的大部分文稿在电脑里给存储起来，并于近些日子给予分类整理。因此，我应非常感激她对此书初稿整理所付出的辛勤劳动。

当然，我还应感谢画家洪涛先生对本书封面所作的设计及对书内篇目所作的插图。特别应感谢的是原《青岛日报》原总编辑余钦伟先生为本书写了序言。出版社的编辑们在为本书编辑过程中，同样付出了宝贵的心血。在此，也一并表示谢意。

本书是从自己已发表过的文稿中筛选了部分作品，按体裁类别分为上、中、下篇，上篇为评论、杂文；中篇为散文及小小说；下篇为专业论文、回忆录。

由于自己的学识有限，书内定有不妥之处，敬请大家指教。

孙宪武

2019 年 11 月

图书在版编目（CIP）数据

老秘新语 / 孙宪武著． -- 北京：作家出版社，
2019.12

　ISBN 978-7-5212-0759-0

　Ⅰ．①老… Ⅱ．①孙… Ⅲ．①杂文集－中国－当代
Ⅳ．①I267.1

中国版本图书馆CIP数据核字（2019）第248156号

老秘新语

作　　者：孙宪武
责任编辑：宋辰辰
装帧设计：老　左
出版发行：作家出版社有限公司
社　　址：北京农展馆南里10号　　邮　　编：100125
电话传真：86-10-65067186（发行中心及邮购部）
　　　　　86-10-65004079（总编室）
E-mail:zuojia@zuojia.net.cn
http://www.zuojiachubanshe.com
印　　刷：北京玺诚印务有限公司
成品尺寸：152×230
字　　数：511千
印　　张：33.25
版　　次：2019年12月第1版
印　　次：2019年12月第1次印刷
ISBN 978-7-5212-0759-0
定　　价：68.00元